박경리 朴景利 (1926. 12. 2. ~ 2008. 5.

본명은 박금이(朴今伊). 1926년 경남 통영에서 태어났다. 1955년 김동리의 추천을 받아 단편 「계산」으로 등단, 이후 『표류도』(1959), 『김약국의 딸들』(1962), 『시장과 전장』(1964), 『파시』(1964~1965) 등 사회와 현실을 꿰뚫어 보는 비판적 시각이 강한 문제작을 잇달아 발표하면서 문단의 주목을 받았다.

1969년 9월부터 대하소설 『토지』의 집필을 시작했으며 26년 만인 1994년 8월 15일에 완성했다. 『토지』는 한말로부터 식민지 시대를 꿰뚫으며 민족사의 변전을 그리는 한국 문학의 걸작으로, 이 소설을 통해 한국 문학사에 뚜렷한 족적을 남긴 거장으로 우뚝 섰다. 2003년 장편소설 『나비야 청산가자』를 《현대문학》에 연재했으나 건강상의 이유로 중단되며 미완으로 남았다.

그 밖에 산문집 『Q씨에게』 『원주통신』 『만리장성의 나라』 『꿈꾸는 자가 창조한다』 『생명의 아픔』 『일본산고』 등과 시집 『못 떠나는 배』 『도시의 고양이들』 『우리들의 시간』 『버리고 갈 것만 남아서 참 홀가분하다』 등이 있다.

1996년 토지문화재단을 설립해 작가들을 위한 창작실을 운영하며 문학과 예술의 발전을 위해 힘썼다. 현대문학신인상, 한국여류문학상, 월탄문학상, 인촌상, 호암예술상 등을 수상했고 칠레 정부로부터 가브리엘라 미스트랄 문학 기념 메달을 받았다.

2008년 5월 5일 타계했다. 대한민국 정부는 한국 문학에 기여한 공로를 기려 금관문화훈장을 추서했다.

토지

토지

박경리 대하소설

2부 2권

6

다산
책방

차례

꿈속의 귀마동

8장 - 17장

8장 심장을 쪼개어 바치리까

길상은 뒤꼍에서 서희의 노한 음성을 들었다. 그의 노여움
은 용이보다 자기 자신에게 던져진 것이라 생각한다. 뒤꼍을
들락거리며 일을 하던 새침이, 달래오망이가 길상을 힐끗힐
끗 훔쳐본다. 이들 역시 길상과 마찬가지로 용이를 거쳐서 길
상을 치고 있다는 것을 알고 있었다. 용이와의 깊은 사연을
잘 모르고 있을 뿐만 아니라 왜들 이러는 게지? 모두들! 하는
모두들, 그 말에서도 짐작할 수 있었고 그간 서희의 무거운
침묵을 이들은 잘 알고 있다. 때때로 벌어지는 체통 잃은 신
경질도 보아왔다. 왜 그러겠느냐? 중늙은 찬모와 어린 계집아
이는 길상이 회령에다 여자를 얻어놓은 때문이라 하며 수군

거렸다.

"우리 아기씨보다 그 과수댁 더 미인으로 생긴 모앵이디?"

호기심에 차서 달래오망이가 말하면 새침이는,

"설마…… 우리 아기씨보다 그럴 리 있겠슴둥?"

그의 이름대로 새침해서 말했고,

"그러믄 어째 빠졌는가?"

"그러기 별난 일이랑이."

"송애는 상기 혼자 생각으 한답매?"

"어째 생각으 앙이 하겠슴둥?"

"그래도 소앵이 없지비. 돈이구 권세문 제일인 이런 세상 앙임둥? 그것도 싫당이, 그런 사람으 송애가 목으 매다안다고 무시기 맘 돌리겠슴?"

소문이라는 것은 흔히 사실보다 한발 먼저 가는 수가 있다. 길상의 이번 경우가 그러하다. 회령 한양여관에서 우연히 만난 옥이네라는 젊은 과부는 시초부터 치한의 추태 대상으로 나타났었다. 송장환 같은 순정파라면 모를까 술집 여자를 희롱한 경험이 있었고 스물일곱 나이의 건장한 사내인 길상에게는 그 사건이 자극적이었음을 부인할 수 없었고, 해서 그는,

'내가 알기론 우리 사내새끼들이란 본시부터 아까 그 치한 같은 종자여서, 성인군자도 여자와는 무관하지 않았고, 하물며 우리네 범부들이야……. 흐흠 사실은 왈가왈부할 것도 아니었지.'

말했던 것이다. 그러나 그들 모녀에게 도움을 준 것에는 별 저의가 없었다. 손님으 어찌 만나뵈옵습매까? 고개를 숙이고 여자가 물었을 때도 무심히 말했었다. 어려운 일이 있으면 장거리 복지곡물상으로 연락을 하라고. 여자를 두고 정사(情事)를 생각했더라면 길상은 그런 말을 하지 않았을는지 모른다. 다만 자진하여 딸을 떠맡기려는 은씨를 귀찮게 생각는 터라 그 은씨에게 실망감을 안겨주고 싶은 기분이 있었던지. 소문은 바로 그 은씨 입에서 시작된 것이거니와 창고 앞에서 웅칠이가 그 여자와의 일을 말했고 송애가 험악한 태도로 대했을 때 사실 소문은 앞서 와 있었다 할 수 있겠다. 여자에 대해 심상찮은 욕망은 이미 발동된 후였다 하더라도 회령에서 가끔 피우는 바람기였을 뿐 구체적인 것은 아니었으니 말이다.

"김형, 거 소문 고약하던데 설마 사실은 아니겠지요?"

언젠가 송장환이 물어본 일이 있었다.

"왜요? 사실이면 어쩌시겠소?"

"턱없이 품행이 방정치 못하오."

"그럼 머릴 깎을까요?"

"머리 깎은 놈도 마찬가집디다. 거 불쌍한 과부 울리지 말구 정들기 전에 손 떼시오."

길상은 옥이네에게 어떤 장래를 약속하는 따위의 언질을 준 일은 없다. 냉정하다기보다 무책임했다. 그것을 그는 여자에게 감추려고 하지 않았다.

"손을 떼라니요? 장가갈 생각인데 그러시오?"

여자에 대한 감정이 무책임했을 뿐만 아니라 소문에 대해서도 길상은 무책임했다. 여자와의 혼인을 그는 한 번도 심각하게 생각해본 적이 없었으면서도 입으론 부담 없이 지껄이며 스스로 소문을 조장해온 것이다. 누가 어느 정도의 소문을 서희에게 옮겨놓았는지, 아니면 새침이 달래오망이가 하는 말을 그들 모르게 우연히 들었는지 알 길은 없다. 다만 확실한 것은 회령의 일을 서희는 거의 정확하게 알고 있으리라는 것이다. 가느다란 실오라기 한 가닥 같은 귀띔만 잡아도 그의 예리한 추리력은 맹렬하게 인내 깊게 전체를 조명해나가고야 마는 그런 지독한 성미였으니까. 그간 길상과 서희 사이에는 줄곧 침묵이 계속되어 왔었다. 그것은 바람 없는 바다같이 표면상으로는 지극히 조용했었지만 헤일 수 없이 수많은 생물들이 끊임없는 사투를 벌이고 있을 바닷속처럼 서희 심중 깊은 곳에서는 모조리 동원된 지혜와 격정이 무서운 싸움을 벌이고 있으리라는 것을 일거수일투족 그 습벽을 잘 아는 길상으로서는 능히 짐작할 수 있었던 것이다.

길상의 사랑이 범상한 남녀의 사랑일 수 없게 잘 조련되어 온 것이었다 할지라도, 관음상(觀音像)을 향해 느끼듯이, 전혀 일방적이요 정밀한 그런 유의 사랑이었었다 할지라도, 어느날 갑자기 그 대상이 이쪽으로 인하여 고통을 받게 된다 할 것 같으면 그것은 무상(無償)에서 보상으로 간주될 수 있는 일

11

이요 상대의 고통이 고통으로 오되 희열이 따를 것이 거의 틀림이 없다. 그런데 길상은 왜 절망하는 것일까. 견디기 어려운 오뇌 속으로만 빠져들어가고 있는 것일까. 더 이상 접근할 수 없는 거리에서 이상현은 빙빙 돌다가 떠나고 말았다. 그들의 접근할 수 없었던 거리는 길상과 서희 사이의 거리이기도 하다. 서희의 대상으로서 상현은 사모(思慕)와 기혼자(旣婚者), 이 두 상극 선상(相剋線上)의 존재요 길상은 야망(野望)과 하인(下人), 그러나 이것은 반드시 상극된 것은 아니다. 야망은 불순물이다. 불순물은 혼합될 수 있는 것이다. 상현과 사이에 질러놓았던 지름목은 길상과 서희 사이에는 제거될 수 있는 것이며 그것을 드러내려는 서희의 모험을 길상은 잘 알고 있는 것이다. 서희가 원하는 것이라면 무엇이든 다 해주고 싶다던 그러나 길상은 그것만은 용납할 수가 없다. 서희와의 거리는 절체절명의 것이다. 왜냐? 자존심 따위, 사내로서의 오기 따위 그런 것으로는 설명이 되지 않는다. 사랑의 순결 때문이다. 순결을 지키고 싶은 때문이다. 대체로 길상의 심정은 이런 정도로 밝혀볼 수 있겠고 서희의 경우, 길상이 생각했던 것처럼 서희 역시 그렇게 믿고 있음이 틀림없다.

시초부터 야망의 수단이 아닌 길상과의 결합은 가능할 수 없었다. 적어도 길상과의 결합에 그것 이외 어떤 구실로 서희는 자신을 설득시킬 수 있었겠는가. 자식을 버리고 구천이를 따라간 생모를 생각해서라도, 그렇다면…… 서희의 보다 깊

은 영혼 속에는 숙명적인 길상과의 애정이 잠을 자고 있었다
할 수는 없을까. 무시무시한 내적 투쟁은 과연 야망의 좌절에
서만 빚어졌다 할 수 있을까. 강렬한 질투, 강렬한 패배감, 광
적인 증오심ㅡ.

　이튿날 열두 시가 지난 뒤 길상은 편지 한 장을 조끼주머니
속에 집어넣고 집을 나섰다. 처음에는 왼편 쪽을 곧장 가다가
무슨 생각을 했는지 발길을 돌려 반대 방향으로 걸음을 빨리
한다. 그가 들어간 곳은 상의학교 교사실이었다. 윤이병이 넋
나간 사람같이 책상 앞에 앉아 있었다.

　"안녕하십니까, 윤선생."

　윤이병은 펄쩍 뛰듯 놀란다. 잘못을 들킨 사람 같고 몸집이
더욱더 작아 보인다.

　"아 예. 어, 어떻게 오시었소?"

　헐레벌떡 일어서며 의자를 끌어당겨준다.

　"자아 앉으시오."

　"고맙소."

　"무슨 일로?"

　역시 안정을 잃은 표정이다.

　"송선생은 아직 공부 가르칩니까?"

　"네. 곧 끝날 겝니다."

　"그 댁에 손님이 와 계시다는 말을 들었기에."

　"네? 손님이라구요?"

"연추에서 오신 손님이라 들었는데 편지 한 장 그 편에 보낼까 싶어서요."

"아, 네."

하는데 윤이병의 눈에 긴장하는 빛이 돈다. 그러니까 금녀를 데려가면서 발목을 묶어놓듯 자기 끄나풀 되기를 강요했던 김두수에게 한 달 남짓 되는 동안 윤이병은 비교적 충실히 첩자 노릇을 한 셈이었다. 김두수가 용정에 나타나는 일은 드물었고 수족 노릇을 하는 한가(韓哥)라는 위인에게 연락을 취하곤 했었다. 그런데 우선 김두수가 수집하고자 한 정보는 최서희를 중심한 일군의 사람들, 영문을 모르는 윤이병은 서희를 중심한 일군의 사람들이 독립운동과 무슨 관련이 있는 것으로 생각했고 그러는 한편 서희의 미모나 처지 그리고 재산 등 매우 식지(食指)가 움직이는* 것을 윤이병이 다만 방도가 막연하여 관망 상태에 있는 것도 사실이었다.

그런저런 일들로 하여 자연 태도에 심상찮음을 나타내었던 것이다.

"요즘 듣건대 윤선생께선 술을 많이 하신다면요."

신문에 눈을 주다가 길상이 묻는다.

"많이 하다니, 낭설이오."

윤이병은 필요 이상으로 강하게 부정한다. 순간 길상의 머릿속에 떠오른 말이 있었다.

'윤선생, 그 사람 왠지 불안한 것 같소. 요즘 돈 쓰는 게 헤프고 남자가 몸치장은 뭣 땜에 그리 하는지, 나가는 월급은 뻔한데 말이오. 얼마 전만 해도 누이가 왔다면서 여비도 변통해가곤 했었는데…….'

송장환은 입맛이 쓰다는 듯 뇌었던 것이다. 아닌 게 아니라 작은 몸집이 더욱 줄어든 듯한 꼴을 하고 있긴 했으나 해사한 얼굴에 썩 어울리는 하늘색 양복은 새로 지어 입은 것인 듯싶다. 윤이병은 한동안 어디 몸이라도 불편한 듯, 망설이는 것 같더니,

"손님이라면 역시…… 운동하는 분이겠군요."

그 말은 일기 시작한 의혹에 갈구리처럼 걸려들었다.

"아니 내가 듣기론 친척이라든가, 그렇게 들었소."

하면서 길상은 송장환이 경계하여 윤이병에겐 아무 말 하지 않았던 것을 눈치채었다. 손님이란 다른 사람 아닌 권필응이었다. 마침 종이 울리고 송장환이 벌건 얼굴을 하고서 들어온다.

"어, 김형."

하고 웃는다.

"끝난 게요?"

"네. 토요일이니까."

윤이병은 가만히 다음 대화를 기다리는 눈치다.

"좀 나갑시다."

술 마시러 나가자 한다면, 해도 안 저물어 이상할 게고 윤선생도 나갑시다, 하지 않을 수 없어 길상은 난처한 대로 그

렇게밖에 말할 수가 없다.

"네, 그럽시다."

송장환은 다행이 왜 그러느냐 하고 묻질 않았다.

"그럼 윤선생, 나 먼저 나가겠소. 뒷일 부탁합니다."

윤이병은 그러라고 대답하기는 했으되 실망보다 묘하게 외로운 표정이 된다. 거리로 나선 길상은,

"권필응 선생 아직 안 떠나셨지요?"

"네."

"댁으로 혼자 찾아갈까 하다가 송선생 편에 전하는 게 낫겠다 싶어서."

"뭔데 그러시오?"

"편지요."

"이동진 선생께 말입니까?"

"그렇소."

"그것뿐이오?"

"그런 셈이지요."

"그건 그렇고,"

하다가 송장환은 길 위에서 생각는 것 같다.

"김형."

"네."

"우리 강가에 회 먹으러 안 가겠소? 별일 없지요?"

"내일 회령에 갈 일만 남아 있소."

"그럼 됐수다."

송장환은 이마 위에 내려온 머리칼을 더풀거리며 걷기 시작한다.

나루터와는 사뭇 떨어진 한적한 강가 언덕에 제법 운치가 있어 뵈는 주점이 하나 있었다. 풍류객에 고담준론(高談峻論)의 우국지사 등이 드나드는 좀 색다른 주점인 것이다.

"아주머니, 횟거리가 뭐 있소."

송장환은 들어서면서 물었다.

"오늘 회는 안 되겠는데."

"왜요?"

"물이 좋잖아요. 생선찜 같으면 되는데."

"그럼 그거라도 해주슈. 우선 술부터 들여주시고요."

열려 있는 들창에서 강이 내려다보이는 작은 방으로 들어간 송장환은 윗도리를 벗어놓고 자리에 앉는다.

"그동안 골치가 지근지근 쑤셨는데 오늘 좀 풀어야겠소."

중 본연사건 때문에 송장환은 골치를 앓은 모양이다. 남의 집안 사정이어서 길상은 아무 말 하지 않는다. 술이 들어오고 대작으로 몇 순배 한 뒤,

"김형."

송장환의 표정은 자못 심각하다.

"네."

"나 결국은 떠나기로 작정했소."

"이번에 말이오?"

"아니, 권선생께서 연추 다녀오신 뒤, 그 양반이 상해로 가신다니까 나도 동행할 작정이오."

"상해는, 왜요?"

"나야 뭐 본시부터 심부름꾼 아니오? 권선생 따라다니면서 시중이나 들어드릴 생각이오."

송장환은 조금 전의 심각했던 표정과는 달리 하하핫……하고 웃는다. 그러나 공허한 울림이다. 그러고는 다시 우울하게 말없이 술을 마신다. 어느덧 생선찜도 들어왔고 주기도 상당히 올랐다.

"붕괴될 것이 시간문제로만 남아 있는 대청제국인데,"

송장환이 얘기를 시작한다.

"그렇게 되면 이놈의 땅 만주가 미묘하게 될 게고."

"이미 미묘하게 돼 있지요."

길상이 짜증스럽게 말한다.

"남의 집안싸움이라 해버리면 고만이겠으나 그게 그렇게도 끝나지 않을 테니 걱정이지요. 왕창 그냥 무너져서 그것으로 고만이면 중국을 위해서 그렇고 앞으로 전개될 우리들 일을 위해서도, 우선 우리가 뛸 수 있는 자리의 일관성은 있어야겠는데 말입니다."

"그 일관성이라는 것도 나름이지 뭐."

길상은 여전히 짜증스럽게 말했다. 뻔히 아는 일들을 밤낮 되풀이하는 것이 지겹고 그래서 송장환이 싫어질 때가 있다.

"그건 그렇소. 일본의 입김이 들어간 일관성이라면 그건 절 망이지요. 아무튼 예상하건대 청조(淸朝)는 이곳을 그네들 마 지막 보루로 삼을 겁니다. 그렇게 되면 연해주와 중국 본토와 의 연결이 어려워질 게고 분열을 일삼는 게 인간 본성인데 활 동 범위가 몇 동강이 나고 보면 작은 대가리들만 불어날 게고 처처에 흩어진 우리 이민들의 자각이란 바랄 수도 없게 되오. 그들은 그들이 속해 있는 자리에서 동화되고 만단 말입니다. 영원히 죽는 거지요."

"그럴까요? 나는 그렇게는 생각지 않는데? 삼백 년 가까이 만주족한테 지배되어온 한족(漢族)이 오늘날 청조를 딜이 엎어 버리려 하는 것을 눈앞에 보지 않소?"

"소수민족하곤 경우가 썩 다르지요. 조선이 삼백 년을 지배 당했다고 생각해보십시오. 씨가 말랐을 것이오."

길상은 잠자코 만다. 그것은 송장환의 말이 옳았기 때문이 다. 그러나 옳아서 어쨌다는 거냐, 다만 옳을 뿐이 아니냐, 너 는 그 자리에 그렇게 앉아 있고 나는 이 자리에 이렇게 앉아 있을 뿐, 너는 조급증에 사로잡혀 있고 나는 혼란 속에 빠져 있다. 그것뿐이야. 권필응이라는 사람을 따라간다고는 하지 만 사실 어디로 가나 교육사업 이상의 적격 장소는 아마 없을 걸? 근기와 열정은 있어도 자넨 영악하질 못해. 민첩하지도 못하고 말이야. 길상은 속으로 뇌며 송장환에 대한 자신의 신뢰를 까닭 없이 깔보는…… 그것은 자기 자신을 깔보는 심정임에 틀림이 없다.

"하여간에 이러나저러나 답답하기론 마찬가진데, 아무튼 내가 마음에 안 드는 것은 처음부터 손문(孫文)이 일본을 끌어들이려 했던 그거요. 외세를 끌어들여 안 망한 나라가 없고 설령 망하지 않았다손 치더라도 제 육신의 일부를 찢어준 역사를 우리는 잊을 수 없을 거요. 결국 배신이 다반사로 되어 있는 일본이고 보면 약속대로 할 리도 만무고 그래서 우리는 그 광동(廣東) 점령의 계획이 실패로 돌아간 것을 보았소. 어째 그 일을 생각하면 김옥균의 경우가 눈앞에 떠오른단 말입니다. 물론 땅덩어리가 크고 하니 그 규모나 광범위한 조직 도처에서 감행되는 치열한 투쟁이라든가 시야가 넓은 지도자에 자각하고 호응하고 나서는 일반민들, 어느 면으로는 석금(昔今)을 논할 처지는 아니지만 겨우 몇 자루의 총과 일본도 나부랑이로 궁성 담장이나 넘던 김옥균이 왜 눈앞에 떠오를까요? 왜 모두들 전철을 밟느냐 그거겠지요. 세상에 공짜가 어디 있을 거라구."

"경상도 속담에 낭개에도 돌에도 못 댄다는 말이 있지요. 그러니 할 수 헐 수 없어 그랬다는 변명 같은 얘긴데, 그 손문 선생께서도 다급한 김에 그랬을 거요. 조갈증이 나서 말입니다."

길상은 심각한 송장환을 발길질하듯 냉정하게 웃는다. 그러나 송장환의 열이 식을 리 없다.

"하여간에 그놈의 혁명세력이라는 것도 가닥이 너무 많아서 과연 앞으로 중국이라는 이 땅덩어리 위에 어떻게 엮어나갈는지, 우리는 또 어느 곳에다 포석을 놔야 하는지, 그러나 이렇게 미적지근하게 있어서는 안 된다는 생각이 들긴 합니다. 신빙성이 있는지는 모르겠습니다만 들은 말에 의하면 혁명단체의 결사대 대원들은 일주일 이내에 효험을 나타내는 치명적인 독약 주사를 맞고 전투에 나선다고도 하고……. 그런 말을 들으면 왠지 우리는 잠을 자고 있다는 생각이 자꾸 든단 말입니다."

언제 내렸는지 들창 밖에 비가 내리고 있다. 빗발이 고와서 거의 빗소리가 들리지 않는다. 안개에 싸인 강물과 강물에서 번져나간 것만 같은 모래밭과 거의 평면으로 펼쳐진 숲, 그리고 뗏목들, 머지않아 겨울이 오고 강물이 얼어버리면 뗏목은 볼 수 없을 것이다. 열띤 송장환 음성을 바람 소리처럼 이제는 무심하게 들으며, 술잔을 손에 들고 창밖을 바라보는 길상의 가슴에 돌연 뜨거운 것이 치민다. 불덩이 같은 슬픔이, 생명의 근원에서 오는 눈물 같은 것이, 무엇 때문에 슬픈가. 무르익은 봄날 보랏빛 꽃이 포도송이같이 주렁주렁 매달린 등나무에는 크고 퉁겁고 윤이 흐르는 곰벌[熊蜂]만 찾아왔었다. 스산한 가을바람이 부는 들판의 작은 꽃에는 무슨 벌레가 찾아드는 걸까. 심장을 쪼갤 수만 있다면 그 가냘픈 작은 벌레에게도 주고, 공작새 같고 연꽃 같은 서희애기씨에게도 주고,

이 만주땅 벌판에 누더기같이 찾아온 내 겨레에게도 주고, 그리고 마지막에는 운명신(運命神)에게 피 흐르는 내 심장의 일부를 주고 싶다……. 술잔을 놓은 길상이 담배를 붙여 문다. 길상이 자기 얘기로부터 완전히 떠나 있는 것을 뒤늦게 깨달은 송장환이 당황한다.

"김형."

"네."

"김형은 무슨 일로,"

"뭐 말이오?"

"이동진 선생한테 무슨 볼일이라도,"

"편지 때문에 그러시오?"

"좀 궁금해서,"

길상은 갑자기 취기 어린 눈이 된다.

"이 사람이 언제부터 남의 일에 열심인가…… 좀 모르겠군."

담배를 비벼 끄고 술잔에 술을 붓고 그리고 마신다.

"김형 심경에 무슨 변화라도 생겼나 싶어서요."

"독립운동에 투신하기로, 그런 변화 말이오?"

피식 웃는다.

"우리 상전 애기씨 혼처 땜에 그러는 게요."

"……?"

"연추에 계시는 그 어른은 우리 상전 애기씨 아버님이나 다를 바 없는 분이니까."

"어디 혼처가 생겼다 그 말이오?"

"왜? 생겼다면 송선생 마음이 좀 달라질까?"

"허 참 거북하게 자꾸 이러기요?"

"혼처가 아니 생기니 그 어른더러 오시라 가시라 하게 됐다 그 말 아니오. 나도 나이 삼십을 바라보는데 몽다리귀신은 되기가 싫고,"

"그러면!"

"파발은 안 태우고 말만 달리면 되겠소? 성미도 급하지."

송장환은 서희와 길상과의 혼인을 생각했음이 분명하다. 얼굴이 빨개진다.

"회령서 눈이 빠지게 날 기다리는 과수댁이 있다는 것을 설마 송선생이 모르실 리가 없겠는데?"

길상은 큰 소리로 웃는다.

두 사람은 어둡기 전에 우산 하나를 빌려 쓰고 주점을 나왔다. 봄비 같은, 그러나 한결 살갗에 차가운 비를 맞으며 이들은 윤이병에 대한 얘기를 약간 했다. 서로 간에 경계하라는 암시 정도로.

이튿날, 이른 아침 길상은 회령으로 가기 위해 집을 나섰다. 서희는 깨어서 길상이 나가는 것을 알고 있는 기색이었고 사업을 위한 회령행이지만 서희의 기분이 심상할 리 없다는 것을 길상은 쓴 약을 머금듯 느낀다. 밤에는 계속하여 부슬비가 내리더니 이른 아침 하늘은 맑게 개이고 얼마지 않아 해가 솟아오를 것 같다. 그러나 거리는 아직 조용하다. 장거리 쪽으로 들어섰을 때 무엇을 하러 나왔는지 우두커니 서 있는 월선의 뒷모습이 눈에 띈다. 길상은 인사를 할까 말까 망설이다가 축 처진 두 어깨며 힘없이 늘어뜨린 두 팔 하며 망실 상태의 모습이 안쓰러워서 못 본 척 급히 지나쳐버린다. 떠나기로 작정한 용이와 가게를 차리고 앉은 월선이, 축 처진 두 어깨며 힘없이 늘어뜨린 두 팔 하며, 길상은 월선의 마음을 알 수 있었다. 오광대굿이 벌어지던 하동 장터의 장작불이 타오르던 밤, 명주 수건을 풀어 어린 봉순이 얼굴을 싸주던 그 외로운 여자, 순간 길상은 목을 꺾어 발끝을 내려다보며 달아나듯 급히 걷는다.

마차는 쾌적하게 달렸고 푸른 두만강을 질러서 나룻배는 대안(對岸) 조선의 땅으로 길상을 내려놨다.

'빌어먹을! 용이아재도 떠나고 모두 다 떠나는구먼. 나도 따라갈까 부다. 송선생 따라서 상해나 북경이나, 뒷골목의 쓰레기통 뒤지는 거지가 돼보든지 아니면 권총 솜씨를 익혀보든지.'

자기 몸가짐이 허물어져가는 것 같다. 팔난봉으로 히죽히죽 풀려나가는 것 같다. 딱딱한 고치에서 빠져나자 훨훨 나는 나비가 되는 것 같다. 아니 그보다 높은 봉우리를 향해 쇠부채 같은 날개를 펴고 날아오르는 한 마리의 소리개 같은 생각이 든다. 그 영악한 눈알과 발톱을, 전율하는 힘을, 심장을 쪼아먹는 그 구부러진 주둥이를, 도시 운명은 어디 있단 말인가, 평화는 어디 있고 행복은 어디 있고 사랑은 또 어디 있는가, 심장을 쪼개어 바쳐질 그것들은 도시 어디메에 있는가……. 싸움이 있을 뿐이다. 자기 자신과의.

"날씨 좋습니다."

같은 나룻배를 타고 왔을 뿐인 생면부지 나그네에게 길상은 말을 걸었다.

"비 오신 뒤라 산천이 맑아졌소이다."

나그네는 묵객(墨客) 같은 말을 한다.

"네, 사람의 마음도 산천같이 씻겨졌다면 오죽이나 좋겠습니까."

"글쎄올시다. 사람의 마음이 빗물에 씻겨진다면야 공자 맹자가 무슨 소용이겠소."

나그네는 성큼성큼 앞서가고 뒤따르던 다른 행인도 길상을 앞서 지나가고 하늘의 구름만이 다가오다가는 머리 위를 넘어 사라진다.

회령으로 들어가서 여관에 방을 잡은 길상은 저녁을 청해놓고 행구에서 책자 하나를 꺼내어 비스듬히 드러누워 읽기 시작한다. 책자는 벌써 오래전 상해에서 간행된 추용(鄒容)의 저술 『혁명군(革命軍)』이다. 내용은 청조 타도의 선언이요 혁명의 필연을 설파한 것으로, 그 저자도 이미 옥사하여 세상에 없다. 이 책자를 길상은 송장환에게 빌렸던 것이다.

"저녁상 들어가요오."

방 밖에서 뜻밖의 여관집 안주인 목소리가 들려왔다. 길상은 재빨리 책을 뒤집어놓으며 일어나 앉는다. 방문을 열어놓고 밥상을 들여오는 안주인, 뜻 모를 미소를 띤다.

"아주머니께서, 이거 황송해 어쩌지요?"

"그놈 자식 석이 놈을 심부름 보냈더니 영 와야지요? 바쁘면 내 장산데 어쩌겠소."

"천천히 먹어도 되는데……."

"이거 다 김씨 탓이야."

"네?"

"쓸 만한 계집을 싹 돌려 뺐으니 내가 이 고생 아니오? 자아 어서 들어요, 식기 전에."

밥그릇의 뚜껑을 벗겨준다. 길상이 수저를 드는데 여자는 나가지 않고 엉거주춤 서 있다.

"그래 요즘 재미가 어떻소? 깨가 쏟아지는 거 아니오?"

길상은 비웃음 반 무안기 반 하여 웃는다.

"나야 뭐 장사가 되니 좋기야 좋지만 살림을 차려놓고 밥은 여관에 와서 자시는 심보를 영 모르겠구만?"

단순한 호기심을 위한 천착인가, 아니면 나이를 잊은 계집의 교태인가. 길상은 밥을 뜨다 말고 여자를 힐끔 쳐다본다. 여관에 들어올 때 가짜배기 상아 물부리에 궐련을 끼워 물고 태깔을 부리며 앉아 있던 여자의 남편 얼굴이 떠오른다.

"아주머니가 보고 싶어서요."

"정말?"

"네에!"

길상은 후딱후딱 밥을 먹기 시작한다. 여자는 간드러지게 웃다가,

"늙은 게 한이로군."

겨우 방문 닫아주고 나간다.

"제에기랄!"

밥을 먹은 뒤 길상은 여관을 나섰다. 복지곡물상에서 계산을 끝내고 내온 술상을 마다하지 않고 얼근히 술이 취해 거리를 나섰을 때 밤은 꽤 저물어 있었다.

'용정에는 송애도 있고 그 밖에 시집오겠다는 처녀도 있고 은씨 딸도 그만하면 됐는데 왜 하필 과부 장가, 과부 장가, 하는 겔까. 이 나쁜 놈의 새끼야! 언제든지 손쉽게 버리려고 그러는 게지? 흥, 누가 약속이라도 했더란 말이야? 밖에서 과부 장가, 과부 장가 하는 것하고 옥이네한텐 손님같이 찾아가는 것하곤 상당히 거리가 있지. 여자는 함께 산다는 것 꿈도 꾸고 있질 않단 말이야. 양해하고 들었는데 나쁜 놈이고 좋은 놈이고 어딨어? 여관에서 뭇 사내들 희롱감이 되느니보다 아암, 여자는 다행으로 생각할 게야. 그 어린 나이에 과부가 됐으니 어차피 누구에게든 먹인 먹이야. 여자를 위해 슬퍼할 것도 안쓰러워할 것도……. 음 뭐 그렇지 뭐.'

비틀거리며 여자가 세 든 방의 방문을 열었을 때 남폿불 아

래서 바느질을 하고 있던 여자는 후닥닥 놀라서 일어섰다. 아
랫목에는 옥이 잠들어 있었다.

"누가 잡아먹으러 왔나? 놀라기는 왜 놀라는 게요?"

여자는 체념한 듯 눈을 내리깐다. 자기 몸을 바치는 체념이
아니다. 사내의 마음을 체념하는 것이다.

9장 구만리 장천(長天) 나는 새야

일요일이어서 홍이는 학교에 가지 않았다. 길거리에 아이
들이 노는데 저만큼 주갑이 보따리 하나를 들고 걸어오는 것
을 보았다.

"주갑이아재! 어디 가요?"

"저기, 저어기."

팔을 들고 허공을 가리키며 벌죽 웃는다.

"저기, 저어기, 어딘데?"

"강가에 간단께로."

"강가에? 뭐하러 갑니까?"

"그거사 뭐."

"그라믄 나도 따라갈라요."

"니가?"

"야."

"아따, 그리허자고."

이번에는 시꺼멓게 담뱃진에 전, 들쭉날쭉한 이빨을 드러내놓고 웃는다. 홍이는 주갑이가 좋다. 아버지처럼 무섭지 않아서 좋았고 엄마들처럼 눈치를 보지 않아도 되기 때문에 좋았다. 그가 하는 말이면 어쩐지 우습고 재미가 난다.

길모퉁이를 돌아갔을 때,

"홍아. 이 보따리 좀 받더라고."

하며 주갑은 들고 온 보따리를 홍이에게 건네준다. 그러고 나서 때 묻은 주머니를 끄른다.

"이 보란께."

잡화상 앞이다. 계집아이가 삐죽 얼굴을 내민다.

"여기 돈 두 푼인디 눈깔사탕 돈대로만 주시요이."

그새 며칠 동안 집 짓는 곳을 찾아다니며 날품을 팔더니 돈푼 생겼다고 걸핏하면 홍이에게 군것을 사주곤 했었다. 그러면 홍이는 으레 그러려니 사양 없이 받아먹는 것이다. 주갑은 보따리를 되받아 들고 홍이는 신문지조각에 싼 사탕을 쥐고 다시 걷기 시작했다. 강가에까지 갔을 때,

"주갑이아재."

"워찌 그려?"

"정말로 우리 내일 촌으로 가요?"

"간단께로. 니 아부지가 그런다 혔인께로 틀림없이 가기는 갈 것이여."

"그라믄 나는 핵교도 못 가겄소."

"그놈의 공부 헌다고 벼슬헐 기든가? 성명 삼 자만 쓰면 된 단 말시."

"아재는 성명 삼 잔가 뭐? 성명 두 자 아니오? 주갑, 나도 이홍."

"이잉 안 그려 주씨 성에다 갑이니께로 성명 삼 자 아니더라고?"

홍이는 개글개글 웃는다. 웃다가 다시 시무룩해지며,

"핵교 못 가믄 정호도 못 보고……."

"정호가 누군디?"

"우리 반에서 젤 공부 잘하고 또오 나하고 젤 친한 동무요."

"처처에 사람은 살고 있인께로 맨들면 되는 거여. 걱정허지 말어."

"옴마도 보고 접을 기고……."

"그건 그려. 내가 생각혀도 국밥집 니 엄니 데려갔이면 좋 겄는디."

그 말 대꾸는 없다.

강가 모래밭을 밟고 가던 주갑은,

"홍아."

"야?"

"넌, 저어기 저기, 풀밭에 가서 나비나 잡고 놀들 않겄어?"

"나비가 있어야제요."

"그라면…… 옳지! 여치가 있을 긴디 가보더라고."

주갑은 별나게 갑친다.

"와요?"

"허, 이눔 아아가 어른 말 들어야 헌단께로?"

여간 엄격하지가 않다.

"나 좀 있다 널 부를 것이니 어른 말 듣더라고."

홍이는 시부룽(뾰루퉁)해서 내려온 곳을 되잡아 풀밭 쪽으로
간다.

"홍아―."

홍이 휙 돌아본다.

"눈깔사탕 빨고 이잉―."

홍이는 풀밭에 와서 펄썩 주저앉으며 사탕 한 알을 입에 넣
는다.

따돌리려 드는 주갑이 섭섭해서가 아니다. 눈물이 날 것 같
다. 길에서 아이들과 놀 적에는 그렇지도 않았는데 내일 떠난
다는 생각을 하니 슬퍼진다.

'와 가겟집 옴마한텐 못가라 카노. 와 아부지는 성만 낼까?
가겟집 옴마한텐 한 분 가보지도 않고. 이렇기 말도 없이 떠
나믄 정호가 나를 나쁘다 할 기다. 손가락 걸어서 지하고 나
하고 맹세를 했는데 말이다. 선생님도 그렇고 김생원도 그렇
고……. 아부지는 와 그렇기 성만 낼까.'

사탕이 녹아서 침이 흐르려 한다. 얼른 침을 삼킨다. 그러

나 홍이는 이내 다디단 사탕 맛과 여치를 잡느라고 시간 가는 것을 잊고 슬픈 생각도 잊는다. 풀 냄새도 좋고 발등을 간질 여주는 풀의 촉감도 기분에 좋다. 풀밭에 뒹굴어보기도 하고 벅수를 넘어보기도 하고 풀꽃을 따서 신발에 소복이 담아보 기도 한다. 얼마나 시간이 흘렀는지.

"홍아— 이—."

주갑이 부르는 소리에 놀라서 일어선다.

"여기 있소오—."

신발을 들고 홍이 쫓아 내려간다. 신발에 담았던 풀꽃들이, 그새 시들어서 모래밭 위에 더러 떨어진다.

"하 참, 몸이 날아갈 것같이 개볍네. 이렇그름 좋은 거 를……."

눈이 둥그레져서 홍이는 주갑이를 쳐다본다. 전혀 딴 사람 이 거기 서 있는 것 같다.

"매욕허고 머리도 감고, 홍아? 이자는 사람겉이 뵈들 않더 라고? 그렇지야?"

"옷도 갈아입었소?"

"하모. 무명옷으로 갈아입었제. 여름도 설설 물러갔인께로."

주갑은 싱글벙글 웃는다. 단정하게 빗어 올린 상투하며 땟 국이 빠져버린 얼굴, 그리고 흰 베옷은…… 학이 한 마리 거 기 서 있는 것 같다. 입술은 푸르스름하다. 강물이 차가웠던 게다. 제삿날이면 옷 갈아입고 망건 위에 갓을 쓰고 그런 아

버지를 바라보는 홍이 마음에 자랑스러움이 넘쳤었다. 마찬
가지로 지금 학같이 슬기롭게 보이는 주갑이아재, 왠지 가슴
이 찐해진다.

"이자부터 벗은 옷을 빨아야제."

엄지손가락으로 코끝을 퉁긴다. 본시대로의 주갑이다, 그
꼴은.

"우리 옴마보고 빨아돌라 카믄, 남자가 우찌……."

홍이는 민망해진다.

"아니여. 남자가 우찌랑이? 그따위 소린 약은 버러지가 허는
말인디 공자 왈 선비들 양기가 모자래서 엄살 떤 거란 말시."

"양기가 머요?"

"그건 니가 상투 찌르게 되면 저절로 알게 돼."

주갑은 물가에 주질러 앉는다. 조그맣게 된 토막 비누를 꺼
내어 빨래를 시작한다. 홍이는 옆에 쭈그리고 앉는다. 가죽과
뼈뿐인, 그러나 뼈마디가 굵은 손이 익숙하게 비누칠을 하고,
주무르고 비비고,

"아재요."

"말하더라고."

"맹세를 안 지키믄 죽어 저승에 가서 세(혀)를 뺀다 카던데."

"그려."

"그라믄 우짜꼬? 나 정호하고 맹세를 했는데."

홍이는 울상이 된다.

"무신 맹세를 혔는디?"

"후제, 크믄 말 타고 총 들고 독립운동하자고."

"후제 일 아니란가?"

주갑은 껄껄 웃는다.

"하지마는 촌에 가서 공부도 안 하고 촌놈 되믄 말을 우찌 탈 기요? 총은 우찌 쏘고? 우리 선생님이 그러는데 배워야 나라를 찾는다고."

"제에기릴! 아따야아 안 배워도 동학난리 때 이 주갑이 총 쏘았단께. 말이사 안 타보았지마는, 자고로 식자우환이란 말이 있딜 않더라고? 니 거 무른 대가리에 식자깨나 들었다고 벌써 우환인 기여. 하늘 보다 땅 보고 철기를 알면 세상 이치는 거기 다 있다 그 말인디, 에라 모르겠다."

하더니 주갑은,

"새가 새가 날아든다아ㅡ."

별안간 목을 뽑는다. 어찌나 목소리가 크던지 홍이는 깜짝 놀란다.

> 새가 새가 날아든다아
> 온갖 새가 날아든다
> 남풍 쫓아 떨치나니
> 구만 장천에 대붕새
> 문왕이 나 계시니

기상조약의 봉황새애
문한기후 깊은 회포오
울고 남은 공작새
소선적벽 칠월야
......

기막힌 목청이다. 쩌렁쩌렁산천을 울리는가하면애연하
게 올라가고침통하게 내려오는, 자유자재로 굴리는 가락가
락―신이 나서 앉은 채 어깨를 들썩이기도 하고 목의 울대뼈
가 전율하기도 하고 일손을 멈추며 얼굴을 쳐들고 하늘을 우
러러본다. 구만리 장천을 나는 대붕새를 생각함인가, 만경창
파 녹수상(綠水上)에 원불상리(願不相離)원앙새를 생각함인가,
스르르 눈을 감고 눈꼬리에 한 줄기 눈물이 흐르듯.

성성제혈 염화지
귀촉도 불여귀이

홍이는 나른한 채 신발에 남아 있는 풀꽃을 모아 다발을 지
어서 강물에 퐁당퐁당 담그곤 한다. 이따금 지나가는 뗏목배
나룻배 사공과 선객들 중에 좋다! 잘한다! 소리가 들려오고
뱃전을 치는 소리가 들려오고, 삿갓을 쓴 청인 사공들은 대개
이쪽을 응시한 채 가버리고 혹은 제 할 일만 하기도 하고.

야월공산 저문 날에

저 두견이 울음 운다아

이 산으로 오며 귀촉도

저 산으로 가며 귀촉도

짝을 지어서 우르―음 운다아

이이이이잇 이이잇 이, 이, 이

주갑이는 다 빤 옷을 모래 위에 펴놓고 물가로 돌아온다. 곰방대 꺼내어 담배를 넣는다. 손등은 까맣고 물에 분 손바닥이 희여끄름하다.

"주갑이아재."

"워째 그려?"

"주갑이아재는 아들 없소?"

"있었제."

"어디에?"

"그거는 지금 모르겠구마."

"그라믄 마적단이 데리갔소?"

"아니제. 전생에 있었다 그거여. 아들만 있었간디? 딸도 있었고 마누래도 있었고 사방처마에 풍겡이 빙글빙글 도는 기와집에 살았었구마. 앞뒤로 기화요초(琪花瑤草)는 우거지고오 나부가 너울너울 춤을 춤시로, 새들은 사철을 지저귀고 비단보로 위에는 나는 이렇고름 앉아서,"

36

허리를 쭉 편다.

"치이 거짓말."

주갑은 곰방대를 물고 불을 붙인다.

"들판에서 깜박깜박허는 별을 치다봄시로 그런 생각을 허는 것도 재미진 일이니께. 심심허거나 배가 고플 적에, 칩울 적에 그런 생각 허믄 배고픈 것 칩운 것 더러 잊을 수 있다 그 말인디 홍이도 후제 그런 일이 있일 것 겉으면 그리해보더라고?"

"주갑이아재, 배 많이 고파봤소?"

"하모. 배 많이 고파봤제. 헌디 굶는다고 사람으 목심이 관대로 없어 안 지니께 조화가 요상타 그거 아녀?"

주갑은 킬킬 웃는 것 같더니 성급하게 담뱃대를 빨아당긴다. 꺼지려던 담뱃불이 희미하게 피어나고 주갑이 콧구멍에서 연기가 풀려나온다.

"뭐니 뭐니 혀도 배고픈 정 아는 그게 사람으로서는 제일로 가는 정인디, 혀서 나도 니 아부지를 믿고 정이 들어서 따라가는 거 아니겄어? 부모 자석이라는 것도 따지고 보면 주린 배 채우주는 거로 시작된다 그거여. 저기 보더라고. 저기 물새도 모이 찾아서 지 새끼 먼저 먹이는 거, 어디 사람뿐이간디?"

두 다리를 세우고 무릎 위에 턱을 괴고 앉아서 풀꽃 한 송이 한 송이를 띄워 보내고 있던 홍이 얼굴을 들면서,

"아, 나도 아요!"

"뭐를?"

"주갑이아재."

"말허라니께."

"길상이아재 아요?"

"모르는디?"

"우리 선생님하고 친하고 또오 나를 귀엽아하고 또오 자알
생기고 또 공부 많이 하고."

하다가 킬킬 웃는다.

"언젠가 말이오? 작년인가, 아부지 심부름을 갔는데 길상
이아재 방으로 간께 흐흐흐훗…… 길상이아재 방으로 간께
말입니다. 아재가 들창문에 문구멍을 뚫어놓고 밖을 내다보
고 있었소. 아재, 하고 불렀더니 손을 흔들믄서 가만히 있으
라 안 캅니까?"

"워째 그러더란가?"

"그러더니 아재는 나를 번쩍 안아서 들창문 문구멍에 눈을
갖다 대주는 거 아니겠소?"

"뭐가 있었지야?"

"참새요."

"참새애?"

"야. 참새들이 모이서 수수알갱이를 묵고 있는데 모두 새끼
들을 데리고 안 있겠소? 어미 참새가 한 놈 한 놈 주둥이를 열
어서 수수 알갱이를 먹이는거 아니겠소? 어미 참새도 여러 마
리고 새끼 참새는 더 많아요. 참 신기스럽더마요."

"으음."

"길상이아재가 수수알갱이를 뿌리준 거라요. 그런데 길상
이아재는 홍아! 야? 한께 어째 참새란 놈이 저리 사람을 안 믿
으까? 문을 열고 내다보믄 다 달아나거든. 지금도 쫑긋쫑긋
사방에다 정신 파니라고 어미는 제대로 묵지도 못한다 말이
다. 벌써 여러 날쨴데 도모지 나하고는 친하려 안 하거든, 함
시로 슬픈 얼굴을 하더라 말입니다. 나도 그때 문구멍에서 새
끼 주둥이 열고 모이 먹이는 것 똑똑히 봤소."

주갑은 아무 말도 하지 않았다.

다음 날. 이른 새벽, 어둠이 걷혀지려면 아직 한참을 기다
려야 할 무렵이다. 실하게 꼰 새끼줄로 멜빵을 삼아 짐을 나
누어 짊어진 용이와 주갑이, 옷 보퉁이를 이고 간장이 든 두
루미병 하나를 든 임이네, 그리고 조그맣게 만든 보따리를 짊
어진 홍이는 흡사 바랑을 짊어진 새끼 중 같았다. 이들 일행
은 야간도주라도 하는 것처럼 소리 없이 움막을 나서는 것이
었다. 장거리를 피해서 사잇길로, 희미한 별빛을 밟으며 간
다. 임이네는 못내 머리끄덩이가 뒤로 끌리는 것 같은 심정을
버리지 못한다.

'머 거기가 천리만리 밖이라던가? 오고 가고 이백 리 길 설
마한들 다시 못 올라더냐?'

거둬들이지 못한, 얼마간의 빚 준 돈 때문에 그렇다. 공노
인네 객줏집 앞을 지나간다.

'못 받는 돈이사 그렇고, 그년 오직이(어지간히) 당하는 기이 고소해서 내사 마 춤이라도 추고 접다. 그만 말라져 죽어부리라 이년아! 내 낭군 내 자식이 어디로 갈 기든고? 머리카락으로 신을 삼아*보제? 지 사람 되고 지 자식 될 기든가. 이자는 홍이 아배도 아주 끊어부리기로 단을 내린 모앵이니, 흥! 공가 놈 늙은 것도 그렇지. 누가 자게만치 꾀가 없이까 바? 사람을 사알살 꼬시더마는 내가 언제 난 여자라고? 그렇그름 사람을 괄시하고 구박하더마는, 나는 내 낭군 내 자식하고 떴다봐라 하고 떠난다 말이다. 음지가 양지 되고 양지가 음지 되고, 속이 씨원해.'

그러나 누가 있어 남편을 따라 통포슬로 가겠느냐, 아니면 대신 월선이를 보내고 너는 남아 그 가게를 차지하겠느냐, 어느 편을 택하겠느냐 하고 말한다면 임이네는 과연 어느 편을 택했을까? 사실 그의 독백이라는 것도 평소 그 얄밉게 옹골찬 말재간에 비하면 맥이 빠져 있고 감정과 말과 서로가 따로따로 노는 느낌이 적지 않다.

임이네는 앞서가는 용이 뒷모습을 흘낏 쳐다본다. 짐 위에 올려놓은 바가지 두 짝이 조금씩 흔들리고 널찍한 어깨도 좌우로 흔들리고 있다. 두 사내는 한마디 말도 없이 걷는다. 홍이도 땅바닥을 내려다보며 걷고 있다.

'저놈의 혹 덩어리는 와 달고 가는 기지?'

춤을 추고 싶다 하지만 역시 기분이 안 좋은 거다. 주갑이를 빌어 꼬투리를 잡으려는 것이다. 사실 며칠을 함께 있으면서 임이네는 주갑에게 여간 거만했던 것이 아니다. 얼빠진 못난 사내로 치부했으며, 그렇기 때문에 날품을 팔아 적으나마 밥값을 냈어도 심드렁하게 굴었고 용이는 모르는 그 돈이 제 주머니 속에 들어갔고, 주갑이 밥그릇에 밥을 담을 때는 밑 빠진 그릇에다 밥을 담듯이 조심조심, 그러고도 주걱 잡은 손은 망설이는 것이었다. 좀 더 적게 담을 수는 없을까 하고. 옛날 윤보 목수를 홀아비에 가난뱅이 무식꾼 장이 바치 이상으로 생각지 않고 업신여겼듯이.

'덩신 겉은 년. 지 주제에 장사라고? 내가 있어서 손발이 맞았으니께 그만치라도 돈을 벌었지. 세상에 그런 벅수가 어디 있노. 돈이 들고 나는 것도 모름시로 만판 해봐야 남 좋은 일 시키는 기지 머. 송애 그년의 가시나만 호박구덩이에 굴렀구마. 고 가시나아도 약아빠져서 자알 해처묵을 기구마는.'

배가 아프다. 역시 배가 아파 견딜 수 없는 것이다. 실상 월선이 돈을 번 게 아니라 임이네 자신이 돈을 벌었다는 내막이야 내막인 대로 내버려두는 송애도 자기처럼 생쥐처럼 돈을 물어 낼 것이라는 것만이 임이네가 확신할 수 있는 일이요 몸이 달아오르기 시작한 일이다. 월선에 대한 미움이 송애에게로 옮겨간다. 철천지 원수같이 미워진다.

'발톱만 한 제집아 년이 간덩이가 부풀게 생겼고나. 고 가시나아 앞길도 뻔하지 뻔해. 시집도 안 갔이믄서, 하기사 누가 아나? 객줏집에서 컸으니께 뭇 사나들이 들랑거리는 객줏집이고 보믄 말이 가시나지. 지가 무신, 장차 잘돼바야 기생이고 색주가밖에 더 될라고?'

미움은 자꾸자꾸 피어오른다. 뭉게구름같이 부풀어 오른다. 억울하고 괘씸하다. 신경질이 치밀어서 이고 가는 보퉁이를 길바닥에 내동댕이치고 싶어진다.

'거기는 장차 젤 좋은 자리가 된답매. 가만 눕어서 돈 버는 장소랑이. 국밥집으 아주망이 쇠스랑으 돈 긁으 거라, 무시기 그런 말들 모두 하지 않겠슴?'

새벽바람을 마시며 가는 임이네 얼굴이 불에 덴 것처럼 뜨거워오고 숨결은 태산준령을 넘는 듯 거칠어진다. 남편 자식도 갖고, 국밥집도 갖고 월선이도 죽어버리고 미운 사람들도 다 죽어버리고 그래주었으면 임이네는 오죽이나 좋았을까. 참으로 욕망 무한, 슬픔 없는 목숨이며 비렁땅 꽃 한 포기 새 한 마리 없는 황막한 인생이다.

시내를 막 벗어나려 했을 때다. 용이는 걸음을 멈추었다. 마치 그러기로 미리 약속이나 돼 있었던 것처럼 주갑이도 걸음을 딱 멈춘다. 걸음을 멈추기는 멈췄으되 용이를 쳐다보지는 못하고 목을 뽑으며 보이지 않는 강변 쪽을 바라본다. 용이는 길 한켠에 가서 다리를 꺾고 비스듬히 드러눕듯 몸을 넘어뜨리며 어깨에 걸린 새끼멜빵을 벗긴다. 짐을 내려놓고 일어선 용이는 손바닥으로 얼굴을 문지른다.

"주서방."

"야."

주갑의 음성은 계집아이처럼 가냘프고 기어든다.

"여기서 좀 기다리주겠소?"

"그, 그렇기 허겠소!"

기어들던 목소리가 용수철 모양으로 튀어 오른다.

"홍아."

"야."

"니 날 따라가자."

"어디로요?"

"암 말 말고, 가자."

평생 없었던 일이다. 용이는 아들의 손목을 잡았다. 뒤늦게 무엇인가를 깨달은 임이네,

"홍이 데꼬, 어, 어디로 간단 말입니까."

"임자는 여기 주서방하고 기다리는 기이 좋겠고."

"안 할라요! 나도 따라갈랍니다. 내가 가서 안 될 곳이 어디 있소."

"따라가아?"

되묻는데 무시무시한 분위기다. 움직이지 않는데도 전신을 후둘후둘 떠는 것만 같다. 임이네는 물러선다.

"나, 나, 내가 가믄 우떨 기라고, 우, 우째서 그라요."

"너 신상을 생각해서 그런다."

"그기이 무신 말이지요?"

"두말 마라. 홍이하고 월선이를 데리고 내 종적을 감추어부리믄 니는 혼자 살겄제?"

"야? 뭐라꼬요?"

"그렇기 안 되기를 원하거든 여기 기다리고 있어라. 가자, 홍아."

"아부지."

"와아?"

"이 짐은 우짜꼬요?"

"그냥 짊어지고 가자. 그거는 니 소용품이니께."

홍이는 매인 양 새끼처럼 아비를 따라간다.

"홍아—."

뒤에서 울부짖는다.

"옴마아—."

홍이는 손등으로 눈물을 씻으며 아비를 따라 걷는다.

"홍아—. 공부 잘혀어! 총 들고 말 타게 말이여—."

주갑의 고함이 귀청을 친다.

국밥집에 갔을 때 월선이는 없었다. 송애가 자다 일어나며 어디 갔는지 모른다는 것이다.

"홍이 니는 여기 있거라."

홍이를 가겟방에 남겨두고 용이는 어둠을 헤치듯 뛰어나간다.

그는 움막으로 가는 것이다. 걷다가 뛰다가 뭔지 미치광이 같다. 움막의 거적을 걷고 들어서며 꼭 그러려니 믿은 것처럼.

"월선아!"

씽하니 되돌아오는 정적과 어둠,

"월선아!"

캄캄한 움막 안을 더듬는다. 미친 듯이 헤맨다.

"워, 월선아—."

손끝에 닿는 굳어진 몸뚱이, 낚아채고 포용하고 뜨겁게 포옹하고 흐느껴 운다.

"지가 여기 있는 거를 우떻게 알았소?"

여자의 목소리는 싸늘하다.

"니는 내가 떠나는 거를 우찌 알았노."

"꿈을 꾸었소."

낮게 웃는다.

"호랭이 새끼는 산으로 가고 오리 새끼는 물로 간다 하더마요."

"그거는, 그거는 다아 우리하고 상관이 없는 얘기다."

여자 얼굴에 입맞춤하며 뜨거운 눈물로 얼굴을 적신다.

"이리될 줄은 진작부터 알고 있었소. 지가 들어서 당신 신세를 궂힌 것도 다 알고 있소. 버리고 가, 가소."

"……."

비바람이었다. 뇌성벽력이었다. 휩쓸고 가는 사내의 정열,

그것은 경건한 의식(儀式)이다. 참으로 여러 해 만에. 밀려갔던 조수가 천천히 천천히 다시 되돌아온다. 조용하게 슬프게.

물 부피는 불어나서 방천(防川)벽에 금을 그으며 조용하게 슬프게 올라온다. 충만하고 넘친다.

"가게에 홍이 데리다 놨다."

"야?"

"심이 들겄지마는 공부시키고 니가 키워라."

"참말이오?"

"음."

"지 엄마가,"

"데리고 가믄 아이는 버린다. 내가 그곳에 가기는 가되 가을 한 철 있일 기고 곧 산으로 갈 기구마."

"산에는 머할라꼬 가시오."

"벌목꾼들 벌이가 좋다더마. 겨울 보내고 산에서 내리올 적에는 이리로 오께. 여름 한 철은 가서 농사지어주고, 내 맘 알겄나?"

"야."

월선이는 사내 가슴에 얼굴을 묻고 운다.

"니가 알았이믄 됐다. 우리가 더 이상 머를 바라겄노. 니를 위해 모질게 맘을 묵을라 했더마는…… 결국에는 이렇기밖에 못 살 긴갑다. 그라고 내 간 뒤 객줏집 어른께 내가 그동안 저지른 일들, 내 잘못을 잘 알고 있더라고, 무신 면목이 있어 인사를 하겠느냐고 니가 잘 말해라."

용이로서는 긴 얘기였다. 꽤 곰상스럽게 타이르는 투이기
도 했다. 움막 사이로 희미한 새벽빛이 새어든다. 역두 쪽에
서 말 우는 소리가 들려오고.

개울가에 짐을 풀어놓고 점심 요기를 끝낸 일행은 각기 제
마음대로 시선을 던지고 있다가 용이는 담배를 붙여 물었고
임이네는 개울물에 얼굴을 씻기 시작한다. 팡파짐한 엉덩이
는 아직 탄력에 넘쳐 있다. 서른아홉, 황혼을 바라보는 무르
익은 나이. 흐르는 시냇물같이 활기차고, 자식과 이별하고 온
슬픔이 없을 리 없겠는데 시냇물같이 바위벽같이 여자의 모
습은 자연 그것으로만 보인다. 머리에 쓴 수건을 벗겨 상기된
얼굴을 닦는다. 그러자 주갑이 훌쩍 일어서며 밥을 다 비워버
린 양푼을 절렁 든다. 개울 옆에 가서 물을 퍼서 마신다. 입가
에 흐르는 물방울을 손등으로 닦고 별안간 양푼을 치켜들고
주먹으로 치기 시작한다. 쇠붙이 아닌 주먹에서 뭐 그리 희한
한 소리가 날 리도 없겠는데 그러나 장단이 썩 잘 맞고 곁들
여서 그 일품의 노래를 뽑으니 임이네의 눈이 휘둥그레진다.

용이는 변화 없는 표정이다. 한참을 혼자서 신을 내던 주갑
이는,

"형씨."

"와요."

"나 이래 봬도 어떤 여자한테 옷 한 불 얻어입은 일이 있었

지라우."

"흠."

"아마 그 여자가 나헌티 반혀서 그랬나 비여."

"눈이 멀었던 게지."

"눈이 멀었던 게 아녀. 귀가 밝았다 그거여."

"흠."

"그게 또 기생이다 그 말인디, 하기사 기생 퇴물이었제. 주막서 술쪽 든 신세가 됐으니 기생 퇴물이다 그건디, 아 그 기생 퇴물이 귀가 밝더라 그 말이오."

"하던 가락이 있어 그랬겠지."

"하모니라우. 바로 그거여. 그래 뭐래는고 허니, 아깝도다, 명창이 됐을 것인디이 손이 이리 험하게 되얐으니 만고풍상 다 겪었소이, 함시로 내 손을, 이 내 손을 어루만지더라 그거여."

"흠."

용이는 귀담아듣고 있지도 않는 듯 먼 곳을 바라보며 담배만 피운다.

"그리혀여, 며칠을 공짜로 주막에서 묵음시로 가는세 베옷 한 불을 얻어입었지라우."

"함께 살지 그랬소?"

"헌데 그게……."

주갑이는 장난스럽게 웃는다.

"반해서 옷까지 해주었이믄……."

용이의 말은 어디까지나 건성이다.

"귀만 밝아서는 안 되겠더라 그거요?"

느닷없이 임이네가 말참견이다. 용이 눈에 조소가 지나간다. 새벽길에서 홍아— 하며 울부짖던 소리가 멀리서 차츰차츰 꼬리를 감추듯 용이 마음에서 아픔이 사라진다.

"홀가분해졌다."

"야?"

주갑이 되물었으나 용이는 대꾸 없이 담배통을 독 위에 대고 뚜드린다.

"아짐씨, 귀만 밝아서는 안 되겠다 그게 아니란께요."

주갑은 임이네에게 말머리를 돌린다.

"쪼그랑 할매더라 그 말이어라우."

용이 웃는다. 화가 나서 웃고 서글퍼서 웃고 자기 자신이 옹졸해서 웃고 주갑이 부러워서 웃고, 임이네는 샐쭉해진다.

방심한 사이, 뭔지 주갑이한테 말려든 기분이 들었다.

성난 임이네 얼굴에 곁눈질을 하며 주갑은 다시 양푼을 치기 시작한다.

"양푼 쭈그러지겄소!……."

임이네가 팩 소리를 지른다.

10장 풍운

출발 시, 꽃잎같이 팔랑거리며 날아내리던 눈은 훈춘이 가까워지면서 치열하게 내리쏟아지기 시작했다. 숱한 눈송이들은 날아내리기가 바쁘게 세찬 바람에 휩쓸리어 눈보라가 되었고 다시 바람은 눈을 몰고 산간 구릉 쪽으로 달려가서 눈무덤을 만들어놓곤 했다. 눈이 쌓일 새가 없는 깡깡 얼어붙은 길을 마차는 달리는 것이다. 날아내리고 날아오르면서 광무(狂舞)하고 광란하는 눈, 울부짖는 바람 소리, 포장을 찢어발기듯 지나가는 바람 소리, 지각(地殼)은 지축(地軸)에 밀착하여 숨을 죽이고. 앞이 가려 보이지 않는 길을 숙련된 말은 규칙적인 발굽 소리를 내며 말방울을 울리며 달리고 있다.

북방 이곳에서는 흔하게 불어대는 강풍인 것이다. 마차에 흔들리면서 바람 소리에 귀를 기울이면서 권필응은 궐련을 피워물고 있었다. 바싹하게 메마른 얼굴, 메마른 입술, 이따금 희미하게 내리깔고 있던 눈시울을 들어올리곤 한다. 그럴 때마다 권필응의 눈은 무섭게 빛났다. 생각을 한곳으로 집중시킬 때 튀는 광채다.

권필응의 옆자리에, 조는 것도 아닌 성싶은데 눈을 감은 채 마차에 흔들리고 있는 사람은 이동진, 고국을 떠나 열두 성상(星霜)을 보낸 이동진의 모습에는 황혼이 깃들었다. 삼십 대 좋은 시절은 만주 벌판 사진과 풍설(風雪)에 흩날려버리고 오십 고개에 다다른 마흔아홉 나이보다 늙었다. 이들 두 사람은 만주 군벌(軍閥)에 큰 영향력을 가지고 있는 모 중국인과 접촉하기 위해 길림으로 가는 길이다. 도중 용정서 며칠 머물면서 길림과의 연락을 다시 면밀하게 취한 뒤 떠나게 된다.

'치수 그자가 땅 밑에서 지금 내 심중을 안다면? 아마 나를 타살이라도 하려 들 게야.'

눈을 감은 채 씁쓰레한 웃음이 떠오른다. 피곤하여 의식이 차츰 희박해지면서부터 이동진은 용정에 있는 서희 일이 생각났던 것이다. 서희로부터, 그의 부친이요 자신과는 막역지우인 최치수를 연상한 것은 충분히 그럴 수 있는 일이겠는데 그보다 이동진은 되도록이면 피하고 싶은 일이 있었다. 피하려 한다고 피해지는 것은 아니다. 결국은 상념 속에 기어드는 상현을 허용할 수밖에 없다. 초췌한 얼굴, 노한 눈동자, 지난여름 연추에 나타났던 아들과의 대면을 되새겨본다는 것은 역시 우울하다.

몇 날을 자지 않고 먹지 않고 헤매어온 것 같은 상현은 냉수 한 그릇을 마신 뒤 비로소 눈은 분노에 타오르기 시작하는 것이었다. 인사를 하고 그간의 경위를 대강 설명하고 나서,

"핏줄은 속일 수 없는 것인가 봅니다. 그 어미에 그 딸, 사람이 그렇게도 치사스러울 수 있겠습니까?"

몹시 자제를 하는 것 같았으나 감정은 터져 나오고 말았다.

"치사스럽다? 정말 그리 생각하느냐?"

시치미를 떼었다. 이놈아, 무슨 소릴 하는 게냐! 남들은 집도 버리고 가족도 버리고 희망도 기약도 없는 세월을 오로지 내 겨레를 위해 뛰는데 사사로운 정에 얽매여 사내자식이 이무슨 추태냐! 하며 소리치고 싶었으나.

"네. 후안무치로밖에 달리 말할 수 없는 일 아니겠습니까. 명색이 사대부 집 규수가 하인 놈하고 혼인이라뇨? 그것도 처녀의 몸으로 그 자신의 입에서 나온 말입니다. 그럴 수도 있습니까?"

"......."

"물론 저는 아버님을 뵙기 위해 이곳에까지 왔습니다. 그러나 최참판네 서희아가씨와 함께 온 것도 사실이며 그런 만큼 책임을 느낍니다. 해서 드리는 말씀입니다마는 아버님께서도 돌아가신 그 어른과의 우의를 생각하시면 외면하실 수 없는 일 아니겠습니까? 아버님께서 이번 일은 기필코 막으셔야 합니다. 정녕코 그럴 수는 없는 일입니다."

모두 구실에 지나지 않는다는 것을, 반대의 절실한 이유는 등 뒤에 감추어버리고 자못 정당한 척, 그 구차스러움을 돌아볼 만한 여유가 없다. 그뿐이랴, 길상과 서희와의 혼인을 빠개버릴 수만 있다면 어떤 방법 어떤 비열한 수단도 서슴없이, 죄책감 없이 강행할 상현의 정신상태였다.

"나는 그럴 수 있다고 생각하는데?"

"네?"

"어째 너는 한 나라의 공주가 바보온달에게 시집가기를 자청했던 고사(古事) 생각은 못하느냐?"

이동진은 껄껄껄 소리 내어 웃었지만 웃음소리는 어색했다.

"치사스럽기는커녕 서희는 총명하게 판단하고 결정한 거 아니냐?"

"뭐라 말씀하십니까? 아버님!"

"여러 가지 좋은 자질을 가졌음에도 그것을 다 메어치고 하치않은 권위에 매달렸던 최치수 그 사람이 생각나는군. 그 사람에겐 아마 자기 스스로를 얽어매려는 서글픈 방법이 아니었나 하는 생각도 들고. 불행한 친구였지."

상현에게 의미심장한, 어버이로서의 충고였다.

"네에, 아버님! 저도 그 하치않은 권위를 아직은 신봉하고 있습니다."

강한 몸짓으로 반항하며 상현은 내뱉었다.

"내 말을 마저 들어. 하여간에 서희는 그 아버지의 딸로서 부족함이 없다는 생각을 늘 했었다. 한데 지금은 윤씨부인 그 어른의 손녀였었구나 하는 생각이 불현듯 드는구먼. 상현이 너의 생각이 잘못이니라. 서희는 비록 계집아이지만 사내보다 담력이 있어. 눈도 매 눈이야. 아마 연해주 간도 바닥을 다 찾아도 길상이만 한 신랑감은 없을걸? 뿐이겠느냐? 하동땅에 있었다 하더라도 그만한 배필을 구하긴 힘들 게야. 길상이는 서희한테 아주 썩 걸맞는 짝이니라."

이동진은 자신의 말 한마디 한마디가 비수가 되어 아들 심장에 꽂히는 것을 안다. 그러나 피는 흘릴 만큼 흘려야 병은 치유되는 법이다. 감정 같아서는 지지리 못났다 싶어 울화통이 치밀고 한편으로는 부자간의 정, 나이도 어린데 싶어 심약해지기도 한다. 검붉게 타고 있던 상현의 얼굴에서 핏기가 싹 가셔진다.

"아버님!"

"상현이 넌 걱정 안 해도 돼. 너는 너의 앞일만 생각하면 되는 게야. 여자란 아무리 잘났다 하더라도 웬만한 남자라면 만나서 얽매여 살게 마련이요 사내는 그렇지 않아. 언제든지 혼자 서야 한다는 것을 잊지 말아야지. 내가 전에 말했듯이 고향에 가서 사돈댁과 상의하여 일본에 가도록 해라. 그리고 잘 판단하여 너는 조선에 남아 있어라. 밖에서 하는 일도 중요하지만 나라 안에 뿌리를 박는 것도 사실은 시급한 일이지. 알겠느냐, 내 말? 그리고 일러두고 싶은 말은, 어떤 경우에도 내 겨레를 배신하지 말아라. 그것은 너의 죽음이다. 그 이상의 행동에 대해선 너의 판단에 맡긴다."

상현은 이동진의 말을 조금도 귀담아듣고 있지 않았다. 패배감과 증오심에서 이글이글 타는 눈이 마치 원수를 보듯 아버지를 쏘아본다.

"아닙니다! 저는 그놈을 찔러 죽이려 했습니다!"

"못난 놈!"

상현은 새파랗게 질린 얼굴에 경련 같은 웃음을 떠올린다.

"네, 알겠습니다. 그러면 아버님께서도 시류에 따르시겠다 그 말씀이군요."

이동진은 머리끝까지 치미는 노여움을 꾹 참는다.

"시류라니?"

"시류를, 모르셔서 하시는 말씀입니까?"

"글쎄다. 네가 아비인 나한테 따지고 드는 것도 시류의 일종 아니겠느냐? 그것을 허용하는 내 자신을 생각해보건대 나역시 시류에 따르고 있다 할 수 있겠지. 허나 예배당에 나가서 찬송가는 아니 불렀느니라. 하하핫⋯⋯."

어거지로 웃는 웃음소리는 초라하고 오히려 아들보다 이동진이 왜소한, 자신도 패기도 잃어버린 지극히 평범한 남자로 전락시키는 것이었다.

"네. 그러실 테지요."

하다가 갑자기 상현은 목을 꺾어버리듯 고개를 숙인다. 터져나오려는 울음을 참는 것이다. 비로소 상현은 자기 마음속에 난 상처가 얼마나 깊은 것인가를 절감한다. 서희 마음 한구석에 자기를 향한 한 줄기 사모의 정은 있으려니 하던 희망까지완전히 난도질당한 것을 깨닫는다. 과연 길상은 자기 적수인가? 아버지의 말이 아니었더라도 그 알량스런 가문 하나 뽑아버린다면 길상은 이, 내 상현을 훨씬 능가하는 인물이 아니냐, 죽이고 싶다. 함께 달라붙어서 깊은 낭떠러지에 떨어져 죽고 싶다. 너도 죽고 나도 죽고 서희는 벼랑에 혼자 피어 있어라!

"머리가, 머리가 빠개지는 것 같습니다. 아버님!"

상현은 비틀거리며 일어선다.

'불민한 놈!'

말발굽 소리, 말방울 소리, 거슬러 올라가는 바람 소리— 희박해져가던 의식 속에 기어들어왔던 갖가지 상념이 현실에 밟혀서 넘어진다. 바람 소리, 말방울 소리, 말발굽 소리, 갖가 지 상념이 마차 바퀴에 깔려서 시체처럼 길바닥에 뻗는다. 과 연 이번 길림행은 성공할 것인가.

이동진과 권필응이 훈춘 역두에 내렸을 때 눈발은 다소 기 세를 죽이는 듯싶었다. 아직은 해 지기 전이지만, 물론 해는 구름 속에 가리어 훈춘 시내는 온통 서릿빛 나는 회색 안개 속에 묻혀 있는 것 같았다. 멀지 않은 곳에 유할 집이 있어서 바람이 세차게 몰아치는 거리를 두터운 외투 깃을 세우며 서 두르지 않고 두 사람은 걷는다. 역두에서 과히 멀지 않은 곳 이라지만 시내와는 반대쪽 방향이었으므로 얼마지 않아 시야 에 들판이 펼쳐졌다. 희뜩희뜩 내리는 눈발 사이로 나직한 구 릉 기슭에 몸을 비벼대듯, 농가들이 눈에 띄었고 전봇대같이 밋밋한 겨울 나무도 몇 그루 서 있는 것을 볼 수 있었다. 이윽 고 이들이 다다른 곳은 몇 동의 농가가 산재해 있는 중심부 쯤 퉁거운 말뚝 위에, 그러니까 지상으로부터 두서너 자쯤 올 려서 바닥을 만든 만주식 곡창과 건조장, 그리고 가축사 등이 늘비하게 줄지어 있는 옆이다. 그곳에서 벽돌로 두텁게 벽을 쌓고 곧은 사선을 이룬 지붕에 기와를 올린 견고한 집 한 동을 바라볼 수 있었다. 벽면마다 잘게 엮은 창살의 창문이 있고 집의 외양도 순전한 만주식이다. 두 사람이 미처 출입문으로 다가서기도 전에 뒤에서 누군가가 말을 걸어왔다.

"권선생님 오십니까?"

솜바지에 기장이 긴 솜저고리를 입었고 털이 달린 피모(皮帽)를 깊게 뒤집어쓴 삼십 안팎의 사나이, 행동거지가 조심스럽다. 깊숙이 머리를 숙이며 인사를 하는데 조금도 비굴하지 않고 어딘지 세련된 것 같아 남의 집 하인살이로는 생각할 수 없는데, 그러나 그는 이 집의 머슴 진서방이었다.

"오영감께서는 계시느냐?"

"안 계십니다. 시내 노대인댁에 잔치가 있어서 가셨는데 하마 돌아오실 겁니다."

진서방은 튼튼한 판자에 무늬를 아로새긴 출입문 쪽으로 앞서가서,

"마님, 연추서 손님이 오셨습니다."

하고는 문을 열어준다.

"손님이라구?"

드높고 탄력 있는 여자 목청이 밖에까지 울려 나왔다. 그러나 나타난 사람은 목소리와는 딴판으로 머리칼이 희끗희끗한 초로의 여자다. 몸집이 비대하고 어딘지 희극적으로 느껴지

는 것은 그의 차림새 때문인지도 모른다. 머리 모양은 쪽머리요 다섯 돈쭝가량의 작은 금비녀를 찌르고 있었는데 입고 있는 것은 번들거리는 까만 공단에 섬세한 매듭단추를 달고 소매가 넓은 청국 여인의 복장이었다. 털신발을 신은 발은 여자치고 굉장히 큰 발이었다.

"그간 안녕하시었습니까."

권필응이 인사를 하자,

"아이구우, 권선생이시구면. 이게 얼마 만이오? 그건 그렇고 다른 한 분은? 오오라! 이선생 아니시오? 이동진 선생."

"네. 그간 별고 없으셨습니까?"

"이를 어쩌나. 나도 이제 망령이 드는가 보지요? 이선생을 못 알아보다니, 이런 결례가 어디 있겠소? 용서하시오. 자아, 자아 두 분 어서 들어오세요."

수다스럽지만 정다운 늙은 여자다.

"하룻밤 신셀 지고 가야겠습니다."

권필응과 이동진은 모자를 벗고 눈을 털며 들어선다. 방 안의 훈훈한 열기가 얼굴을 친다.

"그래 그곳은 다 편안들 하시던가요?"

"별일 없지요."

권필응이 대꾸한다.

"하여간에 반갑군요. 하룻밤이 아니라 열흘, 한 달이면 싫어하겠소오? 이제는 겨울로 접어들었으니 할 일 없는 밤이 좀 길우? 영감이 돌아오시면 입이 함박같이 벌어지겠소. 그래 우리 아이들은 다 잘 있다 하던가요?"

난롯가에 여덟 모 난 나무의자를 잡아당겨 손짓으로 앉을 것을 권하며 늙은 여자는 말했다. 두 사내는 의자에 걸터앉아 난로에 언 손을 쬐며, 권필응이 대꾸했다.

"아주머니께서 아시는 이상으로 우린들 알겠습니까?"

"하긴 그래요. 연추는 지적이지만 배태로, 뭐라 하던가? 그곳이야 수천 리, 좀 멀어야지."

아들 둘을 페테르부르크까지 유학 보낸 늙은 여자는 이들로부터 아무 새로운 소식을 들을 수 없었는데도 실망하는 빛 없이 매우 원기왕성하고 유쾌해 보인다. 남자같이 소탈하기도 하다.

"그러면 우선 차 먼저 넣어드리지."

늙은 여자가 방에서 나간 뒤 두 사람은 망연한 눈길을, 석탄이 타고 있는 벽면 난로에 던지고 앉아 있다. 방 안에는 정교하게 조각된 여덟 모의 탁자 두 개가 놓여 있고 탁자를 축소시킨 것 같은 모양의 의자가 네댓 개, 벽면 쪽에는 침상 같은 걸상이 있었다. 걸상 위에는 아라사 제품인 듯 선명한 붉은 빛깔의 푹신한 모포가 깔려 있었다. 묵직한 선인도(仙人圖)의 분채대병(粉彩大甁)이 하나 사방탁자에 놓였고 벽에 박아넣은 세 폭의 미인도하며 전장에서 늘어진 사각등 등등, 방 안은 퍽으나 호사스런 중국풍으로 꾸며져 있었다.

이 집 당주는 청국에 귀화하여 현재 지방주인(地方主人)을 지내고 있는 오득술(吳得述)이라는 사람이다. 그의 마누라가 방금 방에서 나간 늙은 여잔데 성씨는 문씨(文氏)며 올해 나이 쉰아홉, 영감보다 세 살이 연장이니 오영감의 금년 나이는 쉰여섯인 셈이다. 어디서 연유되어 퍼진 말인지, 문씨는 옛날 어느 감영의 행수기생이었다고 한다. 오십이 되면서부터 몸이 붓기 시작해 지금은 얼굴도 호박덩이같이 커졌으나 사십 대까진 발이 큰 것이 흠이었지 미인이었다는 얘기다. 오득술도 영감이라는 존칭으로 떠받쳐주곤 있지만 전신이 아전(衙前)이라는 것이고. 그러니까 젊었을 시절, 남녀는 눈이 맞았고 사또가 총애하던 문씨이고 보면 결국 도피 행각 끝에 국경을 넘었을 것이다. 지금에 와서 과거지사를 들추어 흉허물 볼 사람도 없겠으나 이제는 일장의 춘몽일 뿐 하여간에 오늘날 적지 않은 토지와 재물을 가지고 훈춘에 정착하게 된 오영감 내외는 지방주인으로서 동포들의 편리를 충실히 봐주는 면에서도 그러했고 독립지사들을 음으로 양으로 도와왔으며 내외가 다 손님들을 좋아하는 성품 때문에 신망이 있었다. 오늘의 터전을 잡기까지 다소의 불미스런 일들이 없었다 할 수는 없지만 제 나라 국적을 버리고 청국에 귀화한 것도 그중 하나일 것이다. 그러나 향리(鄕吏)로서의 경험은 사고무친한 남의 땅에서 생존경쟁하는 데 도움이 됐을 것이 뻔하다. 물정 모르는 선비들과 다르고 우직한 농사꾼과도 다른, 약삭빠르고 요령 있는 처신, 체면 같은 것 생각할 필요가 없는 셈속, 그래서 개간한 땅에 처음 심은 것이 앵속(罌粟)이었다. 당시에는 앵속 재배가 불법화되지 않았었고 아편 기호의 악습이 날로 만연되는 사태에 공급이 딸리는 형편이어서 오영감은 상당한 이득을 보았다. 연추에 있는 최재형의 지우를 얻어서 아라사군에 소규모이나 군납을 하여 재산을 불리기도 했고, 이런 역정으로 보아서 오영감이 고결한 인품을 가졌다 할 수 없고 학식이 깊은 것도 아니며 정의감에 불타는 인물도 아니다. 그러나 한 가지 묘한 것은 귀화를 했던 탓인지 조선의 사회와 깊은 유대를 가지려는 노력에는 집요한 것이 있었다. 거의 비굴할 정도로 우국지사들의 발길이 멀어지는 것을 두려워했다. 그것은 귀화했다는 그 자체에 대한 심한 열등의식이 있었기 때문인지도 모른다. 그 심리를 짓궂은 사람들이 더러 이용하기도 했고 괴롭혀주기도 했다. 이들 부부에게는 소생이 없었다. 최재형의 주선으로 페테르부르크에 유학 간 두 아들은 부모를 일찍 여읜 오영감 동생의 자식들이었다.

뜨거운 중국 차를 받쳐들고 들어온 문씨는,

"또 쏟아지는구먼요."

하며 찻잔을 건네준다. 받으면서 이동진이 되묻는다.

"눈이 또 쏟아집니까."

"네. 펑펑 쏟아지고 있구먼요."

권필응은 찻잔을 손아귀에 꽉 쥐듯 하며 차를 마신다.

"내일 못 떠나면 야단인데."

이동진이 근심스럽게 뇐다.

"여기 오는 눈이야 뭐, 날이 새면 바람이 말짱 쓸어갈 건데 무슨 걱정이오? 우리 영감한테 붙잡혀 못 떠난다면 혹 모를까, 눈에 붙잡힐 일은 없을 게요."

한 모금 차를 마시고 나서 이동진이 묻는다.

"여긴 첫눈이 언제 왔습니까."

"아 글쎄, 시월 초순에 벌써 왔다오. 그래서 가을갈이 땜에 얼마나 혼이 났는지 몰라요."

"그럼 소를 빌려야 할 사람들은 가을갈이도 못했겠군요."

"아마, 못한 사람이 숱할걸요."

"명년 봄엔 농부들 골이 빠지겠구먼요."

"이 차중에 해빙기라도 늦어진다면 큰일이오. 파종이 더욱 더 늦어질 거 아니에요? 겨울이 긴 이 고장에선 농사철이 번개 같다니까요. 그래도 우리 조선사람들끼리야,"

하는데 별안간,

"아주머니가 어디 조선사람이오?"

말이 통 없던 권필응이 장난을 걸듯 말해놓고 피식 웃는다.

"아아니."

항의를 하려다 말고 문씨는 까르르 웃는다. 이동진도 웃는다.

"하긴 우리도 되놈 다 되긴 했지요."

"다 된 게 뭡니까? 아주 돼버렸지요. 그런데 조선사람들끼리 말고 되놈들끼린 어떻게 하던가요?"

"권선생도 무척이나 짓궂은 데가 있구면."

한바탕 웃고 나서 문씨는,

"청인들 밑에서 소작하는 조선사람들 거 말도 마시오. 소작만 하는 게 아니라 반 머슴이지. 걸핏하면 불러다 부려먹고 소도 그냥 빌려주는 줄 아시오? 그나마 빌려와선 별안간 추위는 닥치고 땅은 얼고 참말이지 눈물 나서, 빚이나 져보시오? 딸이고 마누라 할 것 없이 빚 못 갚으면 뺏긴다오."

슬그머니 일어선 권필응은 벽면의 미인도 앞에 서서 그것을 바라본다.

"이선생."

"말씀하시오."

여섯 살이나 연하이건만 이동진은 정중하게 대한다.

"옛날에 말입니다."

권필응은 난롯가로 돌아와 앉는다.

"욕심으로 똥창까지 막혀버린 시어머니가 있었더랍니다. 그에겐 며느리가 셋 있었는데 며느리들의 관심사는 무지무지하게 많은 시어머니의 패물이었소."

이동진은 무심상하게 앉아 있고 문씨는 도대체 무슨 얘기를 하려나 호기심에 차서 권필응을 쳐다본다.

"드디어 시어머니는 병이 들었고 정말 똥창이 막혀서 똥을 못 누게 되었더랍니다. 헌데 어떻게 했는고 하니, 큰며느리가 손가락으로 똥을 후벼냈더라 그겁니다. 똥이 아니라 그건 시어머니의 패물이었으니까요. 오오, 내 효성스런 며늘아기야 내 패물은 모두 너에게 주리니, 그 말이 나올 것을 믿었던 게지요. 자아, 그런데 속이 탄 사람은 둘째 며느리였소. 어떻게 어떻게 해서 큰며느리가 뒷간으로 쫓아간 새 드디어 둘째 며느리는 손가락으로 똥을 후벼내는 영광을 입었던 거요. 셋째 며느리는 어떻게 했는고 하니 밖에 나와서 엉엉 울었더랍니다."

문씨가 한마디 디밀었다.

"인심이 서글퍼서 울었구먼."

"아니지요. 그 귀하고 귀한 황금의 똥을 도저히 만져볼 기회가 없어진 때문이지요."

이동진은 빙그레 웃고 문씨는 계집아이처럼 캑캑거리며 웃다가,

"그, 그래서 어찌 되었지요?"

"뭐 말씀입니까?"

"아 그 패물 말이오."

"그건 모릅니다."

권필응은 한동안 잠자코 있다가,

"간도땅에는 우리 조선사람이 청인들보다 네 배 넘게 살고 있지요?"

"그렇게 될 게요."

"땅은 겨우 산간 언덕바지에 청인들의 반 정도……. 왜 그럴까요? 아주머니."

"권선생도, 권선생이나 아실 일이지 이 늙은 여자가 어찌 알겠소."

이동진은 혼자 빙그레 웃는다. 별안간 추위는 닥치고 땅은 얼고 참말이지 눈물 나서, 하던 문씨 말에 대한 권필응의 비애는 우회하다가 왜 그럴까요? 아주머니로 맺어진 것이다.

저녁을 끝낸 뒤 잡담들을 하고 있을 즈음 오영감은 손님 한 사람을 데리고 귀가했다. 떠들썩한 오영감의 목소리가 문밖에서 들렸지만 소피라도 보러 갔었는지,

"아이구 이거 어쩐 일이시오!"

먼저 들어온 손님은 희색이 만면해져서 권필응과 이동진에게 소리쳤다. 권필응 연배쯤 됐을까? 싱겁게 키가 큰 것 같고 턱이 짧다. 어쩌다 눈에 띄는 수염 몇 오라기, 조그마한 눈이 만만치가 않다.

"그간 안녕들 하시었소?"

두 사람도 자리에서 일어서며 인사를 나눈다.

"하하핫…… 마침 잘되얏군그랴. 내 뭐라던가? 함께 가자 가자 할 때는 뭔가 맘에 씌어 그러는 게고, 거 보아. 날 따라왔었기 때문에 귀한 손님을 만나게 된 거 아냐?"

들어서면서 오영감은 너털웃음이다. 양털을 속에 받친 외투를 벗어 걸고 털모자도 벗어버린 오영감의 머리는 다행히

변발은 아니었고 다른 사람들과 매한가지로 하이칼라 머리였으나 입은 것은 회색 비단 다브잔스에 곱게 누비고 전을 두른 마꿸을 겹쳐 입고 있었다. 턱 밑의 수염도 두 치쯤 되겠고.

"아무튼, 잘 오시었소. 반가운 손님이 한꺼번에, 모두들 앉으시오."

"여전하십니다."

이동진이 자리에 앉으며 웃는다.

"아암요. 여전하다마다요. 아직은 밤을 새워 술 마실 자신 있소이다. 이보게 허군, 자네도 앉게나."

자기 수하 사람처럼 허군이라 불린 허묵(許默)이 자리에 앉는다. 그러나 그는 오영감에게 깍듯이 공손스러웠던 것은 아니었다. 오영감 역시 호칭이 만만했을 뿐 태도는 대등한 것이었다. 이윽고 술자리가 베풀어졌다. 문씨도 영감 못지않게 기분이 좋아서 술 시중을 핑계 삼아 방 안을 들락거리며 말 한마디라도 귀담아듣고 싶어했고 자신도 말참견을 하고 싶어했고 오영감은 또 그러는 마누라를 나무라거나 쫓아내려 하지 않는다. 술이 얼근해지자 술맛 떨어지게 기왕이면 늙은 기생 말고 젊은 기생 불러들이라 하며 버릇없이, 주정 비슷하게 허묵이 이죽거렸지만 늙은 내외는 그런 일에 이력이 난 듯 기분 상해하는 흔적이 없다.

주연이 무르익어 사내들끼리 시국으로 얘기가 들어가자 문씨는 하품을 깨물게 되고 손님들 술심부름을 하녀에게 밀어버리게 되고 마작판이 벌어지기는 틀렸고 밤은 저문다. 문씨는 슬며시 침실로 사라지고 만다.

"풍지박산이라 풍지박산, 춘추전국시대는 유도 아니라니, 바야흐로 군웅할거의 시대가 온 게요."

오영감이 신바람이 나서 지껄인다.

"군웅할거하라고 누가 내버려둔답디까? 양놈 왜놈들 발목때기를 누가 묶어놨다 하던가요?"

수전증이 있는지 손에 든 술잔의 술을 엎지르며 허묵이 뇌까린다. 권필응은 이동진에게 술잔을 건네주며,

"내 보기는 태평성세만 같소. 해가 지면 해가 또 뜨고."

허묵의 재빠른 시선이, 그러나 미처 권필응의 표정을 포착하기도 전에 상대편 왼팔에 꽉 몰려든다. 무서운 인력으로 허묵의 시선을 끌어당긴다. 당황한다. 권필응은 눈을 내리깐 채, 입가에 엷은 미소를 머금은 채 슬그머니 허묵의 파들거리는 촉수를 놔준다.

'무서운 놈이다!'

허묵은 허둥지둥 입 속에 술을 털어 넣는다.

'살갗의 구멍 하나하나를 곤추세우고 있었구나. 수풀 속에 웅크린 맹수 터럭같이 말이다. 마치 흡반(吸盤)처럼 주변의 안팎을 모조리 흡수한다. 저놈의 살갗은 어떤 자리 어떤 군중 속에서도 적과 동지를 가려낼 것이다. 시종 눈을 내리깔고 있구나. 저놈의 귀는 무엇을 듣고 있는고? 필경 멀리 가까이서

들려오는 소리로부터 위험과 안전을 가려내고 있겠지.'

허묵은 권필웅에게 술잔을 쑥 내민다.

"권형, 내 술잔 받으시오."

"네."

철철 넘치게 술을 붓는다. 수전증 때문만이 아니다. 이동진
과 오영감의 얘기가 어울리고 있다. 이동진의 큼직큼직한 체
구에 비하여 권필웅은 초라하다. 얼굴도 그렇다. 미남은 아니
지만 호남, 얼굴이 훤한 이동진에 비하면 권필웅은 깡마르고
소소하고, 투박스런 곳이 없다. 학자풍의 흰 수염을 흩날리며
너그럽고 유연했던 그의 부친 운헌 선생과도 딴판이다. 한데
도 왜 권필웅 편에 빛이 날까? 허묵은 이상한 느낌에 사로잡
힌다. 이동진은 서너 번 만난 일이 있고 권필웅은 이번이 두
번째다. 술자리에 마주 앉기는 처음이었고.

'이동진이 저 사람 정도면은…… 다분히 호방하고 야망도
있는 것 같고 반역적 기질…… 폭도 넓고, 사내장부로서 저만
하면, 그러나 사람을 끌어당기는 힘이 없단 말이야. 어딘지
성글단 말이야. 민첩하고 치밀한 수하 몇을 거느린다면 그런
대로 두령감이긴 하지. 한데 두 사람을 함께 두고 보니 어째
서 이동진 저 사람의 빛이 죽을까? 도대체 권가 저자의 빛은
어디서 오는 겔까? 그 비밀은 무엇일까?'

허묵은 거만한 사내였다. 마음속으로 좀처럼 남에게 승복
아니하는 사내였다.

"권형. 자아 또 술잔 받으시오."

"네."

또다시 철철 넘치게 술을 붓는다. 그렇게 대화 없이 잔을 주고받고 하는 동안 이동진과 오영감은 여전히 얘기를 계속하고 있다.

'분명 이자는 지도자다운 꼴은 아닌데…… 어둠과 침묵 속에 묻힌 인물, 그러나 혼자서도 무슨 일을 해치울 것 같다. 기적을 이룰 것 같다.'

"권형!"

"네, 말씀하시오."

"이선생은 커다만 광주리 같소. 권형은 놋쇠 주발 같구요."

"그래요? 당신은 간웅(奸雄) 같구려."

허묵은 꿈적하며 놀란다.

"과찬 마시오. 그러나 나는 그 말을 아주 썩 기분 좋게 들었소."

"만주 벌판에 제국 하나 설립하시오."

허묵은 전신을 흔들어대며 큰 소리로 웃는다.

"자아, 주발이고 나발이고 간에 잔이나 받으시오. 투전판을 기웃기웃하는 그따위 눈빛도 거두시고,"

네가 부어서 처마셔라, 하듯 술잔을 건네준 뒤 술병을 거칠게 밀어붙인다. 허묵은 손가락 다섯 개를 머리칼 속에 쑤셔넣고 긁적긁적 긁어대다가 술을 부어 마신다. 그리고 나서 슬며시 도망을 치듯 오영감을 끌어당겨서 그들 대화 안으로 숨어들어버린다.

"무창(武昌)을 점거했다 할 것 같으면 따닥따닥 붙어 있는 한구(漢口)나 한양(漢陽)이야 저절로 그저 먹은 거나 다름이 없는 거구, 한마디로 말할 것 같으면 앞으로 점령지구를 지키는 것은 혁명군의 군자금 조달에 달려 있다. 그거 아니겠어?"

"그건 재론할 필요가 없는 게요. 다른 성(省)들이 낮잠이라도 처자빠져 자고 있다면 모를까, 벌집을 쑤셔놓은 듯 각 성마다 아우성인데 동에서 번쩍 서에서 번쩍 뭐 권군이 번갯불이랍디까? 군자금 따윈 지금 문제가 안 돼요. 내 얘기는 임시 아군도독(我軍都督) 자리에 모셔 앉혀진 그 얼간이 같은 여원홍(黎元洪) 그 인물에 대해서."

"허허 이 사람, 자네도 거 개떡 같은 말을 하네그랴. 도독 자리 아니라 설령 황제 자리라 하더라도 임시변통인데 그게 무슨 상관이야? 지금 형편으로 말할 것 같으면 논바닥에서 허수아빌 쑥 뽑아다 앉혀놔도 개탄할 것 한 푼 없네. 게다가 내 듣기론 그 사람 혁명당 할 사람은 아니더라만 사람이 어질고 덕망도 있다 하더구먼."

"덕망이라구요? 하하핫…… 핫핫, 내 말 좀 들어보시오. 도독으로 추대할려고 혁명군 병사들이 찾아갔을 때 어떻게 한 줄 아시오? 그 병신이 지 죽이려 온 줄 알고서 비명을 지르며 집 안에서 마구 도망질을 했답니다."

"허허 그거 다 상관없대두. 아 허수아빌 쑥 뽑아와 앉혀놔도, 하기야 사태가 수습되기까지 사실은 허수아빌수록 더 좋다 그거 아니겠어?"

"허수아비한테 칼을 쥐여줘 보슈? 허수아비로 그칠 성싶소? 굼벵이도 궁글 재주 있답디다."

건성으로 하는 허묵의 말에 오영감은 그것도 모르고 열을 올린다. 하기는 오영감의 말이 터무니없는 것은 아니다. 중국인 사회에 지기(知己)도 많았고 수시로 묵고 가는 독립지사들, 자연 들은 풍월이 있는 데다 그 나름의 판단도 꽤 실질적인 것이었다. 언제 그랬는지 이동진은 침상 같은 걸상에 가서 쭉 뻗어 있었다. 코 고는 소리가 들려온다. 권필응은 계속하여 술을 마시고 있었다.

"하여간에 앞으로 원세개가 어떻게 나오느냐, 그게 볼 만한 일일 게야. 뭐니 뭐니 해도 실상 원세개 향배(向背)에 따라 사태는 결정되는 거 아니겠어?"

"배신자 원세개 말이오? 네에, 무술정변(戊戌政變) 때처럼 말이지요?"

"암, 암, 그렇지. 한데 말씀이야, 그때보다 원세개로선 놀아보기가 훨씬 더 좋게 되었다 그거거든."

"그럴까요?"

허묵은 비웃는다.

"서태후 없는 청나라 조정은 원세개한테 죽어라 매달릴 게고 혁명당 쪽에선 또 결사적 추파를 보낼 거구."

"그렇담 밖에 나가 있는 손문 선생 그 양반은 어떻게 되는 거지요? 복장이 바싹바싹 타겠구먼."

"물론이지. 말해 뭘 하누. 설핏 잘못되면 재주는 곰이 넘고 돈은 중국놈이 먹는 꼴이 될 게야."

"손문인들 곰은 아니지요. 그 사람도 돈 먹는 중국놈의 한 사람이오."

"그거야 어찌 되었든 중국놈한테 돈 뺏기지 않으려면 곰 쪽에 무진장 군자금이,"

미처 말이 끝나기도 전에,

"바탕이 장사꾼이라 할 수 없군요. 군자금, 군자금, 군자금 혼자서 자금성(紫禁城) 내로 걸어 들어간답디까?"

"허허 그놈의 말버릇,"

입씨름이 장장 밤 두 시까지 계속된다. 시월에 일어난, 그러니까 신해혁명(辛亥革命)에 관한 얘긴데 좀처럼 끝이 날 것 같지 않다. 얘기는 사천의 폭동이 혁명군과 관계가 있느냐 없느냐로 옮겨간다. 애초 철도 국유(國有)를 둘러싸고 지식인 민중들 사이에 권리회수(權利回收) 운동이 활발하던 차, 철도 국유는 한갓 애매한 구실이요 내막은 국고의 궁핍을 모면키 위해 막대한 외국 차관을 끌어들이려는 수단이라 하여 특히 이해관계가 밀접한 사천성(四川城)에서 대대적 폭동이 일어났는데, 그것을 두고 오영감과 허묵은 실랑이질이다. 혁명군 쪽에서 계획한 일이다. 10월 19일 조서(詔書)에도 혁명당이 국가 안녕을 문란케 할 목적으로 밀모(密謀)한 것이라 했다. 아니다, 오히려 관련이 없기 때문에 혁명당에 뒤집어씌우려 했다. 그러면 폭동을 진압하기 위해 군대를 끌고 간 단방(端方)을 왜 죽였느냐? 군대 속에 혁명당 조직이 있었기 때문이 아니냐, 아니다, 오기로 돼 있던 은 오만 냥이 오지 않았기 때문에 급료를 못 받은 병사들 불만에서 저질러진 일이다. 그가 살해된 다음 날 은 오만 냥이 도착했는데 하루 사이가 단방에겐 비운이었고 혁명군에겐 행운이었다. 등등…… 끝이 없다. 권필응은 취한 사람 같지 않았다. 일체 대화에 끼어들지 않고 술만 마셨는데도 그의 등뼈는 곧았고 한 방울 술이 술잔에서 넘쳐 흐르지 않았다. 새벽 세 시가 지나면서 결국은 오영감이 나가 떨어졌다. 허묵은 희룽해룽하며 몸을 가누지 못한다. 그러나 그도 정신은 멀쩡했다.

"여보시오, 권형!"

허묵은 갑자기 권필응을 향해 손가락질을 했다.

"왜 그러오?"

"당신 벙어리 대회장에 시합하러 왔소?"

"……."

"뭐라 말 좀 해얄 거 아니오!"

"……."

"권형, 좀 물어봅시다! 강유위(康有爲)가 잘났소, 손문이 잘났소!"

"그건 알아 뭘 하려오?"

"강유위의 『대동사회(大同社會)』를 볼 것 같으면, 일! 전 세계는 하나의 총정부를 두고오 약간의 구역으로 나눈다. 이! 총정부 및 구정부는 모두 민선(民選)에 의한다. 삼! 무가족, 남녀 동서는 일 년을 넘지 못하며 시기에 이르면 모름지기 남에게 넘긴다. 사! 아 그 정도로 하고 그놈의 양귀신(洋鬼神)에 들린 손문은 무슨 정치 이념을 들고 나왔더라?"

"……."

"그러면 내 또 묻겠소오. 양계초(梁啓超)가 잘났소, 손문이 잘났소?"

"모르겠소."

"다음은, 다음은 말입니다아, 담사동(譚嗣同)과 손문은 어떠하오? 무술정변 때 모두가 다 달아나는 형세에서 홀로 남아 말하기를 중국 변법(變法)을 위해 피 흘리는 자, 청하노니 사동(嗣同)으로부터 시작될 것을…… 그리고 죽었는데 어떻소! 권형! 당신은 조선의 담사동이 되겠다 그거요? 말하시오."

"나 그쪽 일은 잘 모르오."

허묵은 객객거리며 웃는다. 한참을 객객거리며 웃다가,

"눈감고 아옹이네."

"사탕발림이지."

"해서, 만주 벌판에 제국 하나 설립하라 했겠다? 그래 내가 보좌에 앉으면 권형은 재상 되려오?"

"이놈아!"

권필응 입에서 무서운 노성이 터졌다. 그러나 이내 목소리
는 낮아졌다.

"만주 벌판의 들쥐가 되겠다. 어쩔 테냐."

"하하아아핫핫 하하아하아핫⋯⋯."

자리에서 일어선 권필응은 탁자 다리를 한 발로 밀어붙인
다. 덜덜 소리를 내며 탁자는 밀려간다.

"거지발싸개 같은 것들, 독립지사연하는 자가 있는가 하면
애국애족하는 풍월객이 있고, 이건 또 뭐야? 혁명투사냐?"

코를 고는 이동진, 나가떨어진 오영감을 함께 싸잡아서 욕
설이다.

"야! 이놈아! 강유위가 너 할애비냐? 양계초가 너 애비란
말이냐?"

허묵은 짧은 턱을 흔들며 캑캑캑 웃고 권필응은 문을 밀고
밖으로 나간다.

그새 눈은 멎었고 구름도 날아가고 없는 하늘에 별이 몹시
가깝다. 주기가 한꺼번에 엄습해온다. 멀리서 닭이 홰치는 소
리가 들려온다. 쇠죽을 끓이러 나온 진서방이 땅바닥에 주질
러 앉아 하늘을 쳐다보고 있는 권필응을 보자 다가온다.

"권선생님."

"응."

"술이 과하셨군요."

"아니다, 밤하늘이 얼마나 좋으냐?"

"눈이 그쳐서 길 떠나시기 마침 다행이군요. 날씨도 좀 풀리는 것 같구요."

11장 신발이란 발에 맞아야

길상은 마차를 빌려 타고 가자 했으나 이동진은 걸어가자고 했다. 날씨는 맑았다. 바람은 있지만 이 고장으로선 아직 모진 추위는 아니다. 이동진이 용정에 온 지 이틀째, 권필응과 함께 묵고 있었으므로 어제 잠깐 들러 서희를 보고 간 뒤 오늘이 두 번짼데,

"김훈장을 잠시 찾아 봬야겠다. 길상이 함께 가주겠나?"

해서 두 사람은 집을 나섰던 것이다. 시내를 지나는 동안 어느 쪽에서도 말이 없었다. 서로가 다 할 얘기가 있었을 터인데, 연추로 보낸 길상의 편지 건에 대해서 한마디쯤 말이 있을 법한데 건드리지 않는다. 복잡한 심회로 두 사람이 걷고 있는 것만은 확실하다. 역시 뭔가 모를 벽이 있다. 아들 상현에게는 용정 바닥을 다 찾아도 길상이만 한 신랑감은 없을 것이라 단언한 이동진, 막상 본인을 대하고 보니 옛일이 생각난다. 사랑 뜨락에서 장작 한 아름을 안고 오던 소년, 통인

(通引)감이라 했던 자신의 말이 생각난다. 만석꾼 최참판댁 사랑에서 통인감이라 했던 소년이 오늘날 서희 신랑감이 될 줄이야. 상현의 심정과 일맥 통하는 감정이 이동진에게는 괴롭다. 괴롭기는 길상도 마찬가지였다. 아니 괴롭다기보다 주제 넘은 짓을 했었구나, 후회가 되는 것이다. 서희에게선 그것을 못 느꼈는데 이동진에게는 양반님네들 알아서 할 일인데 네가 뭐 한다고 남의 제상에 감 놔라 배 놔라 하는가, 뚜렷한 간격이다. 평소 이동진의 인격을 존중해온 터인데도 불구하고.

시내를 벗어났다. 겨울의 들판은 쓸쓸하다. 겨울과 밀접한 북쪽고장이기 때문에 더욱 쓸쓸하다. 두 사람이 어깨를 나란히 하고 거닐면서 각기 다른 처지였던 옛날, 그 남쪽의 고향을 생각하기 때문에 북방의 이 겨울 풍경이 한결 더 생소하고 황막했을까.

"농가라 했던가?"

이동진이 물었다.

"네."

"노인이 적적하시겠구먼."

"그러실 테지요."

"농가라면…… 식구는 많은가?"

"노부인하고 며느님, 아들 형제가 있었는데 큰아이는 연추에 있는 삼촌을 따라갔다 하더군요."

"노부인이라구? 그럼 그냥 농사꾼은 아니란 말이지?"

"네. 의병장 하다 왜 헌병한테 잡혀 총살을 당한, 박, 박재수라…… 이름은 잘 기억할 수 없군요."

"맞어. 박재수, 그런 분이 계셨지."

"바로 그분의 가족이라는 말을 훈장어른께 들었습니다."

"그래?"

이동진은 더 이상의 관심을 나타내지 않았다. 그러나 심중에 충격은 다소 받고 있었다.

'우연치고는 묘하구먼.'

박재수의 동생 박재연을 안다. 연령의 층이 상당하여 사석에선 별로 만난 일이 없지만. 우연이라 생각한 것은 오는 도중 해삼위에서 들은 얘기 때문이다. 박재연이 어떤 괴한의 습격을 받고 병원에 입원했다는 얘기였다. 괴한이란 필시 밀정일 것이며, 밀정일진대 거물도 아닌 박재연을 살해코자 연해주까지 침입하여 끈덕지게 노렸다는 것이 이상하지 않느냐, 노린 이유는 무엇이며, 만일 밀정이 아니라면 사원(私怨)으로 볼 수밖에 없겠는데 남에게 원한 살 그런 위인은 아니라는, 대강 그런 얘기였다. 다행히 생명에는 별 지장이 없다 하기는 했지만 그렇다손 치더라도 지금 찾아가는 가족들에게는 소식을 알려야 할 것인지 이동진은 망설인다.

"그런데 용이 그 사람은 통포슬로 갔다며?"

"네."

"가족들을 다 데리고 갔나?"

"그런 셈이지요."

길상은 애매하게 대답한다. 이동진은 임이네나 월선이, 그리고 최참판댁과 얽힌 사정은 잘 모른다. 용이는 어릴 적에 치수를 따라다녔으므로 아는 터이지만 하동 읍내에서 평사리 마을의 일을 속속들이 알 리 없고 최치수 살해사건이 난 것은 고향을 떠난 후였으니까.

"이 댁입니다."

길상이 초가 앞에 서며 말했다. 이동진은 또 한 번 망설인다.

'관두지. 모르는 편이 아는 것보다 마음 편할 게 아닌가. 노모가 계시다고 했는데…….'

"허, 참, 이, 이거 이럴 수가 있나. 이공."

김훈장은 버선발로 뛰어내리다시피 이동진 손을 덥석 잡으며, 눈에는 눈물이 가득 고인다.

"많이 늙으셨구먼요. 얼마나 고생이 많으십니까."

"날씨가 춥소이다. 자 방으로 들어가셔서, 원 도무지 목이 메어서."

방 안으로 들어간 이동진을 아랫목으로 밀어 앉히듯 하며 김훈장은 연신 코를 들이마신다.

"고맙소이다. 고맙소. 이 늙은것을 잊지 않고 찾아주시니, 국사에 바쁘실 텐데 말씀이오."

"별말씀을 다 하십니다."

"늙으면 할 수 없는가 보오. 요즈막에는 고향이 눈앞에 어른

거려 견딜 수 없소. 꼬장꼬장하던 내 성미…… 이제는 모든 것이 원망스럽기만 하고, 이공, 서희 그 아일 만나보시었소?"

"네. 잠깐 동안 보았습니다."

"그 아이, 아주 못쓰게 됐소. 사대부 집 규수가 시정배로 떨어졌다 그 말 아니오? 이마 이공께서도 섭섭한 일을 당하셔서 아실 터이지만."

이동진을 만나 반갑고 추위에 갇혀 움직일 수 없었던 답답 중, 두 가지가 함께 몰려 김훈장을 흥분시킨 것이다. 흥분은 요즈막의 그의 병이기도 했었다. 체통을 아주 잃어버렸다 할 만큼 서희에 대한 험담을 못해 기를 쓴다.

"철없는 아일 어쩌겠습니까? 김생원께서 너그러이 생각해 주십시오."

"그, 그야 주체스런 명을 그 아이 덕분에 이어나가는 처지고 보면, 말 못하지요. 꿀 먹은 벙어리같이 말 못하지요. 장사를 하건 친일을 하건……. 그 아인 나를 이곳에다, 용정서 뚝 떨어진 이런 외진 곳에다 귀양을 보낸 거란 말씀이오. 봄여름이면 또 모르겠는데 늙은 몸이 눈 오고 바람 부는 겨울을, 한두 걸음도 아니요 어딜 나가겠소? 속절없는 갇힌 몸이오. 하니 서희 그 아이가 내 하는 소리를 듣기 싫다 그거겠는데,"

하다가 김훈장은 불안스럽게 길상의 눈치를 본다. 다른 때처럼 서희를 변호하고 나서지 않는 것이 오히려 마음에 걸리는 모양이다. 길상은 한곳에 시선을 모으고 돌부처같이 앉아 있었다.

'이 양반이 노망기도 좀 있는가 본데, 이래가지고는 인적 없는 절도(絶島)에 귀양 온 거나 다름없긴 하지. 이상해지는 것도 무리는 아니다.'

훈춘의 오득술 내외 생각이 난다. 손님만 보면 기갈 든 사람같이 붙잡는 그들 심리 속에 깊이 뿌리박힌 외로움을 생각해본다. 내외가 함께, 그리고 유복한 살림이건만, 귀화하여 보장되고 약속받은 터전이건만 이민족 속의 우리, 이민족 속의 나, 그 의식이 그들만의 것은 아니다. 흘러온 수만 이곳 조선인들의 사무친 슬픔이다. 늙어 쇠잔해졌고 단신의 김훈장의 경우는 더 말해 무엇하겠는가. 모시올 같은 수염을 흔들며 치매(癡呆) 같은 꼴을 하고 앉아 있는 김훈장이 미구(未久)에 찾아올 자기 자신의 모습이 아니라고 장담할 수는 없다. 고국 땅을 다시 밟을 희망이 없는 늙은이, 담뱃대를 물고 큰기침을 하며 마을 길을 거닐어볼 꿈조차 꾸어볼 수 없는 늙은이, 십 년 이십 년 후의 자기 자신은 아니라고 장담할 수는 없다. 십년을 보내고 나면 독립이 될까? 기약이 없다. 영영, 어쩌면 영원히 그 꿈은 이루어지지 않을는지도 모른다. 독립운동에 투신하고 있는 자기 자신은 한낱 어릿광대인지도 모른다. 어쩌면 최치수 그는 꿈에 속아 넘어가지 않았던 영악하고 강인한 인간이었는지 모른다. 사방팔방이 절망의 두터운 벽으로 둘러싸여져 있다. 길림으로 간다지만 아홉 마리 소 중의 터럭

하나만큼이나 도움이 될는지, 제집에 불이 났는데 남의 집 불을 꺼줄 사람은 없을 것이다.

'이선생, 그물 한 코 엮어보는 셈 칩시다. 한 코라도 부지런히 엮어나가면 고기 잡는 그물이 될 겝니다. 안 그렇소?'
하고 웃던 권필응의 얼굴이 생각난다.

"한데 이공."

이동진은 아차 싶어서 김훈장을 쳐다본다. 주절대는 김훈장 말을 전혀 듣고 있지 않았던 것이다.

"듣자니까 큰 자제가 향리로 돌아갔다구요?"

"네."

"그거 잘못하시었소. 나는 내 아들 한경이를 못 데리고 온 것이 한이 되니 말입니다."

이동진은 피시시 웃는다. 조상숭배의 사상이 사무쳐 있는 김훈장을 알기 때문이다.

"선영은 어쩌시구요."

"선영…… 그러니 내가,"

자기 가슴에 주먹질을 할 듯하더니 그러지를 못하고 살가죽이 늘어난 눈만 꿈벅거린다.

"기왕 나는 그러하나 이공께서는 향리에 선영 지킬 자제가 또 있지 않소."

"그 애는 양자 갔으니까요."

"그는…… 그렇고 지금 청나라에선 야단이라면서요?"

"글쎄올시다."

또 그 얘긴가 싶어 이동진은 지겹다 생각한다. 정작 청국사람 그네들은 잠잠한데 왜 조선인들이 이 야단인고 싶기도 하다.

"조정을 뒤엎고 임금을 쫓아내려 한다면서요?"

"여진족이 삼백 년 가까이 해먹었으니 한족이 가만 있겠습니까."

"하긴 그렇소. 오랑캐들이 오랫동안 누리긴 했지요."

"실은."

이동진의 어세가 달라졌다.

"오늘 여기 찾아온 것은 훈장어른을 뵙고 의논도 할 겸,"

"무슨 일이신데?"

김훈장은 꾸부렸던 등을 꼿꼿이 일으켜 세운다. 겨우 선비로서의 체통을 자각한 것 같다.

"여기 본인이 앉아 있고 해서 다소 거북하긴 합니다만 갈 길이 바쁘고 떠나고 나면 좀체 오기가 어려울 것 같아 여쭙는 것입니다. 단도직입으로 말하겠소. 길상과 서희의 혼인문제입니다."

"뭐라 하시었소?"

김훈장의 눈이 등잔같이 커다래지는데 길상은 실감을 못하고 우두커니 앉아 있다. 그도 분명 길상과 서희의 혼인이란 말을 들었다. 그러나 상대들이 바로 두 사람이라곤 생각지 않는다. 왜 그런고 하니 연추에 적어 보낸 편지 속에 자신도 혼인을 해야 할 처지고 보니 애기씨의 혼인을 먼저 치러야 하지 않겠느냐는 뜻을 비쳤기 때문이다.

"아아니 누구와 누가 혼인을 한다는 말씀이오?"

"지난여름에 상현이가 연추, 소생한테 와서 하는 얘기가 있었소이다. 길상이는 모르는 일이겠습니다만 서희가 길상이하고 혼인할 것을 원한다는 얘기였었소."

"저런 해괴망칙한!"

김훈장이 소리 지르는 것과 동시 길상의 얼굴에선 핏기가 사라진다.

"허허허. 훈장어른께서는 어찌 그리 고루하시오. 그러면 서희가 처녀 몸으로 늙어야 한다 그 말씀이시오?"

이동진은 저도 모르게 화를 낸다. 김훈장에게 화를 낸다기보다 자기 자신에게 화를 냈을 것이다. 길상이 동석한 것을 깨달은 김훈장은 허둥지둥 장님이 더듬듯이 담뱃대를 찾는다. 빈 담뱃대를 입에 물었다가 다시 허둥지둥 뽑아서 담배를 넣고 성냥을 그어대고 연기를 뿜어내면서 눈을 감는다.

"양편에 다 부모가 없는 만큼 훈장어른께서는 길상의 아버님이 되신 셈 치시고 소생은 서희 아비 된 셈 쳐서 일을 진행시키는 것이 옳을 줄 생각합니다."

"……."

"지금 이 자리에선 이 일 이외는 일체 거론될 필요가 없고,"

"그것은 안 되는 얘깁니다!"

총알같이 길상의 음성이 날아들어 왔다. 그의 손등에서는 피가 흐르고 있었다. 언제 그리했는지 손등을 물어뜯은 것이다. 팽팽한 긴장이 감도는 방 안, 김훈장 이동진 어느 편도 길상의 손등에서 피가 흐르고 있다는 것을 모른다.

"왜? 자네도 훈장어른과 같이 고루한 생각이냐?"

"아닙니다. 저는 이미 언약을 한 여자가 있습니다. 애기씨도 알고 계시지요."

이상한 일이었다. 이동진의 어깨가 축 처진다. 실망이기보다 안도의 분위기다. 김훈장은 붕어 물 먹듯 부지런히 담배를 피워댄다.

"신발이란,"

담뱃대를 빨고,

"발에 맞아야 하고,"

담뱃대를 빨고,

"사람의 짝도 푼수에 맞아야 하는 법인데,"

담뱃대를 빨고,

"이공의 말씀은 없었던 것으로 하는 편이 상책인 성싶소. 야합이 아닌 다음에야 그런 일은 있을 수 없지요."

"……."

"서희 그 아이가 실리에 너무 눈이 어두워서,"

하지 말았어야 할 말이다. 길상의 턱 밑에 심한 경련이 인다.

"길상이 장가간들 설마하니 서희 일을 몰라라 하겠소? 약은 쥐가 밤눈이 어둡다는 말이 있긴 있지요."

문틈 사이로 겨울바람이 스며드는데 길상의 이마에 땀이 배어난다.

용정으로 돌아온 이동진은 서희 집에 들르지 않고 곧장 자기 숙소로 돌아갔으며 길상은 변두리 술집을 찾아 들어갔다. 술판 앞에 앉은 길상은 똬리를 틀고 대가리만 치켜든 뱀의 형상을 하고서 밤새도록 술을 마시는 것이었다. 실상 그 자신이 지껄이고 있었다.

'뱀아 뱀아. 만인간한테 저주를 받는 뱀아. 나는 슬픈 뱀이고 너도 슬픈 뱀이다. 난들 뱀이 되고 싶어 되었겠나. 넌들 뱀이 되고 싶어 되었겠나. 왜 뱀이 싫은가. 뱀이기 때문이다. 왜 싫은가. 상놈이기 때문이다. 어느 뼈다귀의 손인지 모르기 때문이다.'

노래이며 신음이며 울음이며 그칠 수 없는 슬픔의 불길. 길상은 밤새도록 마셨다. 내장이 타고 불이 붙는 황주를 마셨다.

새벽녘에 핏빛 같은 눈알을 하고서 길상은 느닷없이 월선옥에 들어왔다.

"이 새북에 길상이 웬일고?"

가게 바닥에 퍼질러 앉아 파를 다듬고 있던 월선이 의아한 얼굴이 되어 물었다.

"밤새 술을 했더니…… 해장국 먹으러 왔지요."

월선은 핏빛 같은 길상의 눈을 힐끔 쳐다본다.

"뭣 땜에 밤새워서 술을 했노."

가겟방 등불이 김에 서려 뿌옇다. 송애는 거들떠보지 않고 밥쌀을 씻고 있었다. 머슴아이 봉구는 국솥에 불을 지피고 있었다. 쌈싸래하고 구수한 국 냄새가 풍겨온다. 홍이만 자고 있는 모양이다.

"국이 닳지 않아서 맛이 없일 긴데 조금만 기다리겠나?"

"그러지요."

"봉구야, 부지런히 불 때라."

"옛꼬망."

가겟방에 걸터앉은 길상은 궐련을 꺼내 붙여 문다.

"아지매."

"와."

"와…… 와?"

월선의 음성을 흉내 내본다.

"참, 와 숭내를 내제?"

"인심이 무서워서요."

"새삼스럽게."

월선은 다시 핏빛 도는 길상의 눈을 쳐다본다. 길상은 웃고 있었다.

"손등은 와 그랬노. 피딱지가 앉았네."

"야."

"묻는데 야?"

"야."

"참말로 이상타. 뜬금없이 새북에 와가지고 와 그러제? 무
신 일이 있었나아? 술 묵고 쌈이라도 했나?"

"아무 일도 없었소. 용이아재 소식은 듣습니까?"

"으음. 며칠 전에 펜지가 왔다. 인편에 부치왔더마."

파리한 얼굴이 미소에 허물어진다. 침을 한 번 삼키고 나서,

"산에 들어감시로 보낸 펜진데 뵈주까?"

"야."

치마를 털고 일어서서 가겟방에 잇달린 골방으로 들어간
월선은 꼬기꼬기 접은 편지를 가지고 나왔다. 침을 묻혀가며
꼭꼭 눌러쓴 연필 자국, 짙은 빛과 연한 빛깔의 서툰 글자가
비틀배틀 연이어진 편지는 '홍이에미 보아라'에서 시작된다.

날씨가 칩어지는데 홍이랑 잘 있는지 모르겠소. 훈장어른, 애기
씨, 길상이, 객줏집 모두 다 잘 기시는지 모르겠소. 여기서는 영
팔이, 주갑이, 함께 산으로 들어가는데 마침 용정 가는 사램이
있어서 일자 적어 보내니 그리 아소―.

편지는 더 계속돼 있었지만 길상은 꾹꾹 눌러쓴 연필 자국
만 내려다본다.

"아주방이. 국으 가지왔습매다."

송애는 어디 갔는지 그새 없어졌다. 편지를 접어 봉투 속에
넣어두고 길상은 뜨거운 국물을 마신다. 속이 따갑다. 쓰라리
다. 한데 어떤 쾌감이 있다. 아픔에서 오는 쾌감이다. 더 아파
라, 더! 용솟음치고 싶어진다. 씨름마당에서 지르던 함성 같
은 것이 목구멍에서 꾸럭꾸럭 소리를 내는 것 같다.

'신발이란…… 발에 맞아야 하고…… 사람의 짝도 푼수에
맞아야 하는 법인데…… 훈장어른 말씀이 옳습니다. 옳다마
다요. 야합이 아닌 다음에야 그런 일 있을 수 없지요…… 서
희 그 아이가 실리에 너무 눈이 어두워서…… 네에. 야합이 아
닌 다음에야. 옳은 말씀이오. 옳다마다요.'

함성 같은 것이 목구멍에서 꾸럭꾸럭 소리를 내는데 사람
과 사람 사이의 무서운 심연을 본 어제 충격이 가슴 바닥에
서 아직 울렁거리고 있다. 두 어깨가 축 처지면서 안도의 숨
을 내쉬는 것 같았던 이동진의 얼굴이 크게 커다랗게 눈앞에
서 확대되어간다. 차츰 바닥에서 울렁거리고 있는 것은 실상
충격이기보다 두려움이다. 오싹오싹해지는 공포감이다. 도둑
이 칼을 들고 덤비는 것보다 더한 무서움이 있다면 그것은 무
엇일까. 미움도 사랑도 없는 비정(非情) 그것이 아닐까. 칼 든
도둑 한 사람마저 없는 오직 한 사람이 남은 세상을 상상해
보라. 하늘과 산이 무서울 것이며 들판과 시냇물도 무서울 것
이다. 비정이기 때문이다. 하나 남은 사람은 차츰 들판을, 산
을 닮아가고 사람이 아니게 되어갈 것이다. 한 그루 나무같이

되어갈 것이며 한 덩이의 돌같이 되어갈 것이다. 사람이 사람 아니게 되어가는 공포. 처음, 서희가 길상이하고 혼인할 것을 원한다는 얘기였었소 하고 이동진이 꺼내었을 때는 충격이었다. 평소 서희의 마음을 짐작했으면서도 전혀 처음 듣는 놀라움이었다. 밤길에서 허공을 디딜 때 가슴이 철렁 내려앉는, 그리고 격렬해지는 감정에 저도 모르게 손등을 물어뜯은 것이다.

"아지매."

"와."

"아지매는 무당 딸이고,"

순간 월선의 얼굴빛이 싹 변한다.

'아아 저 눈이 무서워하고 있구나.'

"나는 낳아서 산속에 버려진 백정 아들인지 광대 아들인지."

"와 그런 소리를 하노."

낮은 음성이다. 마음을 놓으면서 아파하는 눈이 길상을 쳐다본다.

'내가 여길 왜 왔을까? 옳지. 수없이 겪었을, 그 무서움이 새겨진 월선아지매 얼굴이 보고 싶어 왔을 게야.'

김훈장의 사람됨이 잔인해서도 아니다. 고의로 한 말도 아니다. 사람됨이 잔인했거나 고의로 한 짓이라면 미워해버리면 그만이다. 등을 돌려버리면 그만이다. 김훈장은 오히려 착한 편이다. 정직한 사람이기도 하다. 사리사욕도 별반 없는 사람이다. 고지식하다. 그의 입에서 나온 말들은 그로서는 당연하다. 팔이 어깻죽지에 붙어 있듯이, 다리가 엉덩이 쪽에 붙어 있듯이 추호도 이상할 것이 없는 그의 말이다. 다만 김 훈장은 길상을 한 그루 나무로 본 것이다. 한 덩이 길가에 굴러 있는 돌로 본 것이다. 그럴 때는 그 자신도 나무였다. 돌이었다. 결코 반대 그 자체가 부당했다는 것은 아니다. 부당했던들 어떠랴. 아픔이 있고 미움이 있고 실낱같은 괴로움이라도 있었더라면. 몇백 년의 세월이, 몇백 년의 제도가 빚어낸 메울 수 없는 심연, 이켠과 저켠이 결코 합칠 수 없는 단층, 왜 그것을 여지껏 못 깨달았는가. 아니 아니 못 깨달았을 리가 있나.

길상은 온종일 창고 속에서 장부정리를 하고 재고조사를 했다. 세 시가 지난 뒤 웅칠이를 집으로 쫓아버리고 창고방에, 퀴퀴한 냄새나는 이불을 뒤집어쓰고 누웠다. 괴로운 잠에 빠져들어갔다. 허공에 떨어지는 꿈을 연달아 꾼다. 쫓기는가 하면 쫓고 벼랑인가 하면 벌판. 쫓는 사람 쫓기는 사람은 서희였다가 상현으로 변하기도 했고, 김형— 김형— 상현이 쫓아오면서 불렀다. 김형! 김형! 멀리서 들려오던 목청이 아주 가까이서 울린다.

"허허어. 이래가지고는 업어가도 모르겠군."

송장환의 음성이다.

"어."

벌떡 일어나 앉는다. 송장환의 불그레한 얼굴이, 난처해하는 표정이다. 깨우느라고 애를 먹은 눈치다.

"듣자니까 밤에는 집에도 안 들어왔다는데 글쎄, 어디서 무엇을 했기에 이리 정신을 못 차리는 게요?"

길상은 잠이 덜 깨어 입맛을 다신다.

"행실이 나빠서 영 못쓰겠구먼."

"행실 좋은 사람, 그래 무슨 일로 날 찾는 게지요?"

"무슨 일이나 마나, 응칠이가 여기 계시다기에 찾아왔는데 그냥 가버리려 했소."

"이별주를 하자 그 말이구먼. 내일 떠나는 게요?"

"이별주는 이별주로되 나는 얼마간 여기서 지체될 것 같고 두 양반이 내일 떠나시는데 집안이 시끄러워서 말입니다."

"밖에서 한턱하시겠다 그 말씀이오?"

"그렇소. 김형도 참석해주시오."

"가만히 계시오. 그러면은 어느 쪽에서 주연을 베풀어야 하는지 좀 생각해봅시다. 우리 댁 상전께서도 그냥 있을 일이 못 되거든요."

"그거야 뭐 어느 쪽에서 하든지,"

"강가 그 주점이 좋겠구먼."

"나도 그 생각이오."

벌써 밖은 어둑어둑했다.

강가 주점에서 길상과 이동진이 또다시 대면했을 때 길상은 냉정했다. 이동진도 전날보다 차가운 표정이었다. 이동진의 차가운 표정은 위장이었다. 그도 그럴 것이 길상과 헤어져 숙소로 돌아온 이동진은,

　'아뿔싸!'

하고 실수를 깨달은 것이다. 전후 사정을 보아 길상의 거절은 당연했다. 밸이 빠진 사내새끼가 아닌 다음에야 그런 분위기 속에서 혼인제의를 받아들일 그따위 위인이었더라면 이동진이 무엇 때문에 그런 역할을 맡아 나왔을 것인가. 그러나 뒤집어 생각해보면 그럴 것을 예상했다 할 수도 있다. 무의식의 방해공작이었더란 말인가. 김훈장에게 가지 않아도 얘기는 할 수 있었다. 이동진은 참으로 착잡한 기분이었다.

　주연에 참석한 사람은 모두 일곱 명이었다. 길상이 모르는 삼십 대 사내가 세 사람 이동진과 권필응을 따라왔던 것이다. 간단한 이름 소개 정도로 인사를 끝낸 뒤 연령의 층이 있어서 비교적 조심스레 술을 마시며 오가는 대화도 나직했다. 술이 몇 순배 돌았을 때다.

　"김군."

　뜻밖에 권필응이 길상을 불렀다. 초대면인데, 길상이 당황하여 대답한다.

　"네."

　"밖이 좀 수상하군."

아주 들릴락 말락 낮은 음성이다. 순간 길상은 그들의 밀담을 위해 자리를 비워달라는 뜻으로 들었다. 길상은 가만히 일어섰다. 방문을 밀고 한 발 내딛는 순간 누군가가 얼른 등을 돌리면서 급한 걸음으로, 다음은 뛸 기세다. 길상이 바싹 다가갔다. 뛴다. 길상의 팔이 먼저였다. 상대편 팔을 겨드랑에 꼭 끼고 마치 다정한 친구처럼 주점을 나선 길상은,

"윤선생."

"……."

"어찌 된 일이시오?"

"나, 저어, 저어 여기 술 마시러 왔다가,"

"혼자서?"

"호, 혼자서,"

길상은 그의 팔을 낀 채 강가 쪽을 향해 걷는다. 아이가 어른 팔에 매달려 걷고 있는 것 같다.

"춥죠?"

"……."

"춥지 않소?"

길상은 말하면서 자기 내부 속에 숨어 있는 잔인성을 강하게 느낀다. 물론 강바람은 맵다. 그러나 윤이병이 떠는 것은 추위 탓만은 아니다.

주점서 한참 떨어진 모래밭까지 온 길상은 비로소 팔을 풀어준다. 풀어주는 순간 윤이병은 뛴다. 뛴다는 것은 자신의

죄질(罪質)을 인정하는 것이 되고 뛰어도 소용없을 것이 뻔한
데 그러나 그것은 죄를 범한 자의 어쩔 수 없는 본능이다.

"이 새끼!"

목덜미를 거머잡고, 민들레 씨앗같이 가벼운 몸뚱이를 빙
그르르 돌려세우는 것과 동시 한 손이 면상을 내리치고 있었
다. 연거푸 친다. 치고 또 친다. 길상은 죽여버릴까 싶었다.
죽일 수도 있는 일이었다. 전혀 반항을 못하기 때문에 죽일
수 없었다.

뻗어버린 윤이병을 일으켜 세운 길상은,

"내일 일찍 용정을 떠나라. 만일에, 만일에 말이다. 되지 못
한 수를 쓴다면 그땐 널 죽이겠다. 자아 가라!"

확 떠밀어버린다. 쓰러진다. 비실비실 일어선 윤이병은 비
실비실 몇 걸음을 가다가 미친 것처럼 달아난다. 울음을 터뜨
리며 달아난다.

달아나는 뒷모습을, 달밤에 바닷가를 기어다니는 게같이
달아나는 윤이병을 바라보고 서 있던 길상은 손등에 통증을
느낀다. 손등을 싸잡으며 모래밭에 털썩 주질러 앉는다.

"그 양반 귀신이구먼. 허 참."

한 발을 들어서 발끝으로 모래를 거슬러 올리고 날려보내
며,

"귀신이구먼."

주연 자리에 돌아가기가 싫었다. 울음을 터뜨리며 달아나

던 조그마한 사내 윤이병이 미운 것도 아니다. 불쌍한 생각도 없다. 다만 얼어붙어버린 것 같은 겨울밤의 달과 어디든 행구(行具)를 챙겨 떠나야 할 자기 자신이 있다는 것만 실감할 뿐이다.

12장 회령 나들이

십이월로 접어들었다.

길상은 길 떠날 채비를 차리고 안에서 기별이 있기를 기다리고 있었다. 한집에 살면서 서희 얼굴을 못 본 지가 보름이 넘는다. 서로 간의 용무는 새침이가 왔다 갔다 하면서 전달을 담당했었다. 그런데 뜻밖의 일이, 어젯밤 새침이가 와서 하는 말이,

"아기씨 몸이 아파 회령 병원에 가신답매."

"어디가 아프신데?"

"잘으 모르겠소꼬망. 진찰으 받아보쟎고 어찌 알겠슴둥?"

"그래서?"

"무시기, 그렁이 내일 아침 아기씨랑 함께 가야 한다 하시문서리 채비 채레라 하십매다."

말을 끝내고 홀짝홀짝 뛰는 시늉을 하며 가는 새침이 뒷모습이 묘하게 마음에 걸렸으나, 아파서 병원에 간다는데 달리

생각할 아무런 까닭이 없다.

'어디가 아플까?'

미상불 걱정스런 일이긴 하다. 웬만한 병이면 한약 몇 첩 달여먹고 나면 그만인데, 비교적 서희는 건강했었다. 길상은 걱정을 하면서 한편으론 서희를 보는 것이 불안스럽다. 겁이 나기도 한다. 말이 상전이지 어린 날부터 오늘까지 고락을 함께 하면서 서희의 일거수일투족을 옆에서 지켜보며 지순한 사랑일지라도 우러러 뵙는 것은 아니요 내려다보며 어린 누이 같이 응석과 못된 성미를 허용해왔었다. 그러나 지금은 다르다. 이동진을 김훈장 방에서 만난 이후부터 길상은 서희가 두렵다. 이동진은 서희를 만나지 않고 그냥 떠났었지만 서희가 그 사실을 알든 모르든. 서희의 희망을 거절했었다는 죄책감에서는 물론 아니다. 무엇을 거절당했으며 무엇을 희망했었는가. 혼인을 거절하고 혼인을 희망했었다. 단순히 그것은 아니다. 오히려 무엇인가를, 지순한 것을 거절당한 것은 이 편이며 거절한 것은 그 편이 아니었던가? 길상의 두려움은 서희에 대한 자기의식이 어떻게 변해가고 있는가를 보는 데 있었다. 이윽고 새침이가 왔다. 아가씨는 곧 나가게 되어 있으니 먼저 역두(驛頭)에 가서 기다리라는 전갈이다.

역두에는 아침 안개가 차츰 걷혀지고 있었다. 완벽하게 방한 차림을 한 사람들이 입김을 내어 뿜으면서 우왕좌왕하고 있었다. 사계절 어느 때보다 강물이 얼어붙는 겨울철의 교통이 가장 활발한 만큼 역두는 활기에 찬 느낌이다. 시가의 절반은 황무지로 만들었던 지난 오월의 무서운 화재의 상처도 이제는 말끔하게 가셔진 용정은 바야흐로 육로가 된 두만강을 수없이 달릴 마차에 짐을 가득가득 실어보내야 하는 관문, 활기에 넘칠 수밖에 없다.

"아니 박서방 아니오?"

방한모에 얼굴이 거의 가려진 키가 작은 사내는 지게를 짊어지고 있었다.

"회령 가시오?"

입김을 뿜어내며 웃는다.

"어째 지게는 지시었소."

"목구멍이 포도청인데 할 수 없지 않소?"

"그러나 생업이 따로 있는데 지게 질 것까지야."

"모두들 생업, 생업 하지만 그거 다 옛날 얘기요. 그렇다고 뭐…… 음 억울하다는 얘기는 아니고 나는 지게 지는 편이 훨씬 마음 편하지요."

"그건 또 왜 그럴까요."

어차피 서희를 기다리며 서 있는 무료한 시간이다.

"그걸 말로 하기는 어렵소. 바로 이 내 심정이니,"

박서방은 제 가슴을 두드려 보이며 웃는다. 길상도 함께 웃는다.

"품팔이하면서부터 내 맘이 편해져서, 내 식구들도 따라서 맘이 편해지고, 먹는 거야 죽 한 그릇이면 어때서?"

"흠……."

"내 성심성의껏 지은 신발이 그냥 몇 푼 돈을 남겨놓고 떠나는 것은 참말로 견딜 수 없는 일이거든. 그나마 누구 손에 고이 간직되는 물건인가요? 아무리 꽃 같고 달덩이 같은 신부 발에 신겨지는 신발일지라도 필경에는 해어지고 버려지는 게 신발 아니겠소? 그것을 눈이 짓무르도록 내 맘을 다해서…… 서글픈 얘기지. 서글픈 얘기라…… 그나마 개명돼가는 세상 아니오?"

새침이를 데리고 서희가 역두에 나타났다. 발목까지 내려오는 긴 망토가 작은 몸을 감싸고 있었다. 진갈색빛 망토다. 손에 낀 가죽 장갑도 갈색이다. 머리엔 망토에 달린 모자를 썼고 투명한 작은 얼굴이 그 속에 있다. 처음 입어본 옷인데 오랫동안 맵시를 익혀버린 듯이 자연스럽고 서희에게는 썩 잘 어울렸다.

'어디가 분명 아프긴 아프신 모양이야.'

길상은 미간을 모으며 유심히 서희를 바라본다. 그가 근심했던 것 같은 불안, 두려움은 일지 않았다.

'안색이 좋지 않아.'

여위어서 서희의 눈동자는 커다랗고 한결 짙어진 눈시울은 눈 가장자리에 병적인 음영을 드리우고 있었다. 엷고 부드러운 입술도 다소 푸르스름한 것 같다. 그러나 병적인 음영과

초췌해 보이는 얼굴은 오히려 처연한 아름다움을 발산한다. 여러 시선이 서희에게 집중된다. 여자, 남자, 어린이, 노인 할 것 없이 모두 두려운 눈으로 서희를 바라본다. 숨이 막히고 고뇌스러우며 탄식하게 되는, 아무튼 보는 사람에게 황홀감을 주기보다 괴로움을 주는 서희의 미모, 용정 바닥에 얼마나 많은 이야기를 뿌린 여자이던가. 전설과 같은 얘기들, 어떻게 하여 저 흑요석(黑曜石) 같은 눈동자의 어린 여자는 어마어마한 그 재산을 삼사 년 동안 쌓아올렸을까. 기적이다. 그 기적을 상징하는 것이 독특한 그의 용모다. 기품과 요기(妖氣)와 교만과 총명의 도저히 이해될 수 없는 여자. 서희의 시선은 일순도 머문 곳이 없었다. 길상에게조차 단 일별을 허용치 않고 마차에 오른다. 털을 바닥에 깐 작은 단화, 역두에 선 사람들이 마지막 본 것은 서희의 그 귀여운 구둣발이었다.

새침이는 길상에게 접은 모포 한 장과 여행 가방을, 그리고 점심이 들어 있는 봉지 하나를 건네준다.

"너는 안 가는 게냐?"

놀라서 길상이 묻는다.

"옛꼬망."

"아니!"

"아기씨가 가자구 앙이했습둥."

"그럼 시중은 누가 들지?"

당황한다.

"궈래(당신)가 시중 들면 앙이 되겠슴?"

하고 새침이 실쭉 웃는다. 길상은 얼굴을 붉히며 화를 냈으나 도리가 없다. 마차에 오를 수밖에 없다. 마차에 올라 자리를 잡고 앉으니 어제저녁 때 홀짝홀짝 뛰는 시늉을 하며 가던 새침이 뒷모습이 묘하게 마음에 걸려들었던 일이 생각난다. 그때보다 좀 더 뚜렷하고 불길한 의혹이 고개를 치켜든다.

'왜 새침이를 안 데리고 가실까? 한 발 밖으로 나가실 때도 꼭 새침이를 데리고 갔었는데. 이상한 일이다. 정말로 아픈 걸까? 정말로 안 아프다면 왜? 그는 그렇고 여관에 묵게 될 텐데 시중은 누가 들어주지. 이상한 일이다. 그렇지만 아프지 않은 것을 아프다 할 이유가 없지 않은가. 무엇 때문에 거짓말을 하시는 걸까? 거짓말을 해야 할 이유가 없지. 이유가, 그럴 까닭이 없단 말이야. 역시 어디가 아프신 거야.'

그러나 그것으로 의혹이 풀리는 것은 아니었다. 의혹은 끈덕지게 물고 늘어졌다. 길상은 눈을 내리깐다. 가죽 장갑을 낀 손이 거기 무릎 위에 깍지 껴져서 놓여 있다. 길상은 새침이가 건네주던 모포를 서희 무릎에 덮어준다. 서희는 미동도 하지 않는다.

마차는 출발했다. 끝없는 방황, 끝없는 여정의 사람들을 싣고 회령이라는 확실한 방향을 정한 마차는 얼어붙은 외줄기 길을 따라 떠난 것이다.

구름 한 점 없이 맑은 겨울 하늘, 바람은 스산하게 불지만 산천은 얼음덮개를 쓰고 사진 한 톨 없는 쾌적한 공기다. 두만강을 그냥 달려갈 마차, 여정은 한결 빨라지겠지. 마차바퀴는 빙판 위에서 매끄럽게 굴러간다. 멀리 구릉진 곳에 회갈색 수노루 한 마리가 뛰어가는 것을 볼 수 있고 잎 떨어진 백양나무는 연방연방 마차 창밖에서 달아난다.

끝없이 끝없이 회백색으로 펼쳐진 벌판, 나직한 구름이 가끔씩 나타났다간 사라진다.

서희는 변함없는 자세, 돌덩이로 굳어버렸는지 고개 한 번 돌리려 않는다. 만주 벌판의 겨울 풍경은 그에게는 무연한 것인가 보다. 그는 오로지 그 자신의 심중만을 골똘히 들여다보고 있는 성싶다. 다만 다물려진 입매에 어떤 결의가 엿보일 뿐이다. 용정이 멀어지면 질수록 입매를 감도는 결의가 굳어지는 것 같기도 하고, 도대체 서희는 무슨 결의를 하고 용정을 떠났을까.

여러 시간을 달린 마차는 점심때쯤 해서 신흥평(新興坪)에 당도했다. 손님들은 점심 요기를 위해 모두 마차에서 내려 주막으로 몰려갔다. 길상은 점심 봉지를 서희에게 내밀었다. 서희는 고개를 한 번 저었을 뿐이다.

"저는 주막에 가서 먹겠습니다. 점심 드십시오."

서희는 또 한 번 고개를 저었다. 엉거주춤하던 길상은 하는 수 없이 빈 마차 속에 서희 혼자를 남겨두고 밖으로 나온다. 밖에 나온 순간이었다. 번개같이 머릿속을 스치는 생각이 있었다. 옥이네였다. 처음 이곳에서 옥이네를 만났던 생각이 난 것이다. 왜 옥이네 생각이 났을까. 옥이네와 마차 속에 앉은 서희 사이에 줄이 쫙 그어진 것이다. 그러나 그것이 무엇인지 분명하지 않다.

'그 여자하고 애기씨가 무슨 상관이지? 무슨 상관이냐 말이다.'

길상은 자기 자신에게 신경질을 낸다.

'제에기! 될 대로 되겠지. 내가 무슨 상관이며 그 여자는 또 오…… 그 여자가 어떻다는 게지?'

주막에 들어서자마자 길상은 술부터 청했다. 연거푸 몇 잔을 들이켠다. 속이 얼얼하는 독한 술이다.

'내가 무슨 상관이야! 내가 무슨 상관이냐 말이다!'

길상은 서희를 안중에 두지 않으리라 결심한다. 안중에 두지 않기 위해 술을 마시는 것이다.

'내가 종놈이야? 내가 빚졌어? 내가 팔려왔어? 내 이 두 다리는 최참판네 다리가 아냐! 이 내 두 다리는 엄연하게 분명하게 있었을, 성도 낯짝도 모르는 내 부모가 만들어준 내 다리란 말이야! 어디든 내 맘대로 갈 수 있단 말이야! 누가 잡아? 누가 잡느냐 말이다! 최서희의 남편? 흥! 종신 종놈 삼으려고? 어림 반 푼어치도 없다! 그만했으면 음, 그만해 주었으면 땅 밑의 윤씨부인께서도 날 의리 없는 놈이라 하지는 않을 걸. 에이잇, 싫다 싫어! 도둑놈들을 위해서 내가 살아? 양반

놈들 위해 내가 살아? 난 간다. 간단 말이야. 흐음, 그 그 권
필응인가 그 사람 근사하더군그래. 나도 반하긴 반한 모양이
야. 송장환만 반한 줄 알았더니, 애기씨? 아니 최서희 이 계집
애야!'

길상은 마차가 떠나기 직전까지 주막에서 술을 마셨다. 그
는 술 냄새를 피우며 혼란된 의식을 극복하지도 못하고 마차
에 올랐다.

'어떠시오? 애기씨! 길상이 술 처먹은 꼴 보고 역겹지도 않
으시오? 도도하고 오만무쌍하고, 내 그 그물에 걸릴 성싶소?
종신 종놈은 안 될 겝니다. 안 되고말구요! 애기씨 어릴 적에
나무를 깎아서 신랑 신부 양반 상놈 기생에다 중놈, 뜻대로 소
원대로 다 만들어드리긴 했습니다만 난 나무토막은 아니오!
피가 통하고 썩는 살점을 가진 사람이란 말입니다! 최서희! 당
신하고 꼭 같은 사람이란 말입니다! 야합이라면 모르까? 당신
어머니는 야합이나 했었지만 최서희가 그럴 여자요?'

길상은 회령이 가까워질수록 그야말로 지랄을 하고 있는
것이다. 혼자서 마음속으로 광태를 부리고 있는 것이다.

'최서희가 그럴 여자냐 말이야! 사모하던 이상현을 불러다
놓고 길상이를 서방으로 맞겠다 하며 돌려보낸 그런 최서희
가 아닌가 말이다! 한마디쯤 너 뉘 앞인데 감히 술을 마셨지?
몰상식한 인간 같으니라구, 아니 몰상식한 종놈 같으니라구
하실 만도 한데 말입니다!'

회령에 도착했다. 길상의 마음속의 광풍은 계속하여 불고 있었다. 옥이네와 서희 사이에 줄이 그어진다. 되풀이 줄이 그어진다. 무엇 때문인지 분명하지 않은 줄이 심장을 가로지르면은 냉정해지려는 노력을 어처구니없이 뒤엎어버리곤 한다.

　길상이 서희를 데리고 한양여관으로 들어섰을 때 여관집 주인 여자의 눈은 화등잔같이 벌어졌다. 가짜배기 상아 물부리를 물고 있던 그의 남편도 눈이 커다랗게 벌어졌다. 사환 석이 놈의 눈도 크게 벌어졌다. 그들은 모두 서희에게 눈이 못박힌 듯싶었다. 참다 못했던지 여관집 주인 여자는 길상에게 바싹 다가섰다.

　"거 뉘시오?"

　귓속말로 물었으나,

　"방 말입니다, 젤 좋은 방 하나 비워주시고."

　여관집 주인 여자의 말은 들은 척 않고 일부러 큰소리로 말했다.

　"젤 좋은 방이, 글쎄 좋은 방이래야."

　여자는 태연하게 서 있는 서희를 훔쳐본다. 아무 표정이 없는 데 질린다.

　"그리구 심부름할 여자가 하나 있었으면 좋겠소."

　길상은 여전히 큰소리로 말했다.

　"별안간 어디서,"

　"없다면 할 수 없지. 아주머니께서 수고 좀 해주시오. 시중 좀 들어주시라 그 말입니다! 알아들으시겠소?"

"아아니 대낮부터 주정이신가? 나 귀도 안 먹었는데 왜 이러시까?"

여자는 볼멘소리로 말하기는 했으되 지금껏 이렇게 뻐세게 나오는 길상을 상상해본 일조차 없었기에 밀리는 기색이다. 길상은 무섭게 여자를 쏘아본다.

"하여간에 부탁드리는 거니,"

"네, 네 그러지요."

아주 기세에 눌려버린 여자는 서희를 안내해주고 돌아와서 있는 길상에게 다시 물었다.

"거 뉘시오?"

"공주님이시오."

"농담이겠지만, 아닌 게 아니라 공주님이라 할 만도 하구먼. 내 일찍부터 이 장사 해왔으나 저런 손님 보기는 처음인데?"

감탄해 마지않는다.

"그러니 아주머니께서 시중을 잘 들어주시야겠소. 실수가 없도록 해주시오."

"네, 네, 알았소이다. 궁금증은 풀어주지 않으면서."

무슨 생각을 했는지 여자는 더 이상 묻지는 않는다.

"그럼 저는 나갔다 오겠습니다. 절 찾으시거든 복지곡물상에 갔다고만 말씀해주십시오."

길상은 이날 밤 여관에 돌아가지 않았다. 그는 이를 득득

갈면서 술에 곤죽이 되어 옥이네와 잠자리를 함께 했다. 그리고 조반 때쯤 해서 여관으로 돌아왔다.

"저를 찾으시던가요?"

"아침에 부르시더구먼. 가보시오."

"조반은 드시었소?"

"아직 안 드시겠다 하시더구먼."

"어제저녁은요."

"조금 드셨소. 도모지 어려워서……."

여자는 약간 눈살을 찌푸린다. 길상은 망연히 서 있었다.

"아니, 가보시라니까?"

"그러지요. 한데 어느 방이오."

"날 따라오우."

길상은 주인 여자를 따라가면서 과연 서희는 무서운 여자라 생각한다. 낯선 여관에 혼자 내버려두었는데도 아침이 되어 비로소 자기를 찾더라는 여관집 주인 여자의 말이 생각나서다.

"이 방이오."

"알았소."

길상은 주인 여자가 가고 난 뒤 발밑을 한 번 내려다보고 나서,

"부르셨습니까."

"……."

길상은 방문을 두드렸다.

"들어와."

오래간만에 처음 듣는 목소리였다.

방문을 열었다. 방 안에는 개켜놓은 모포 한 장, 여행 가방 하나 그리고 옷걸이에 망토가 늘어져 있을 뿐 자줏빛 치마저고리를 입은 서희는 단정하게 앉아 있었다.

"서 있지만 말고 앉아."

무릎을 꺾고 앉는데 길상에게는 억만년과도 같은 침묵이 흐른다. 입을 떼기론 서희가 먼저였다.

"한 가지 부탁이 있어."

"……."

"날 좀 데려다주어."

"병원에 말씀입니까?"

"아냐."

"……."

"그 여자 집에 말이야."

"네?"

"길상이 살림을 차렸다는 그 여자 집에 날 데려다주어."

"뭐라 말씀하셨지요!"

"왜? 안 데려다주겠다 그 말이냐?"

"……."

"나 그 여잘 한번 만나고 싶어."

길상은 고개를 들고 서희를 쳐다본다. 분에 못 이겨 이글이글 타고 있을 줄 생각한 눈은 의외로 설움에 가득 차 있다. 그런 서희의 눈은 처음 본다.

"애기씨께서 왜 그곳에 가셔야 합니까?"

"나도 모르겠다."

서희는 외면을 하고 벽에 축 늘어져 있는 망토 자락을 쳐다본다.

"안 됩니다! 애기씨가 거기 가실 이유가 없습니다."

거의 비명이다.

"이유가 있어."

"그래도 안 됩니다!"

"그래? 그러면 나는 이 여관에서 움직이지 않을 테야. 모든 굴욕을 참고 이곳에까지 왔어. 이대로 용정에 돌아갈 성싶으냐?"

"그러면 저는 애기씨한테 하직인사를 올릴밖에 없겠소."

"마음대로 하려무나. 나는 이곳서 떠나지 않을 테니, 그 여잘 보기 전에는."

노한 길상의 눈을 똑바로, 쇳덩이같이 받아내는 서희의 눈빛은 아까 그 서러움이 아니었다. 증오와 원망과 용서하지 않겠다는, 목숨을 내어건 그런 치열한 눈빛이다.

한 치의 여유도 없다.

문밖에 발소리가 들려왔다.

"손님, 조반상 들여도 되겠습니까?"

주인 여자의 들뜬 음성이다.

"아니오. 나 조반 아니하겠소."

서희의 대답이다.

13장 뜨내기꾼

"이 애, 복애야! 여기 숭늉 한 그릇 다오!"

소리를 질러놓고 은씨는 계산이 끝난 장부를 포개 얹으며 하던 말을 계속한다.

"왜병 놈들이 병영(兵營)인지 뭔지를 짓는다고 날이면 날마다 물자가 산더미같이 들어오고 야단법석인데 그 틈새 끼어서 우리네 곡물상들 형편이 말씀 아니오. 이래가지고는, 자아 김씨 담배 태우시오."

은씨는 길상에게 담뱃갑을 내민다. 길상이 담배 한 가치를 뽑아 입에 무는데 딸아이가 숭늉 대접을 들고 들어온다. 체면치레인지 냉담하게 물대접을 받아 벌떡벌떡 들이켠 은씨는 물그릇을 내어주고 그도 담배를 붙여 문다. 마고자 입은 양어깨가 둥그스름하다. 솜을 두텁게 두어서 그렇지만 한결 몸이 불어난 것도 사실이다. 짤막하고 살빛이 흰 얼굴에 군살이 오른 것을 보더라도.

"청진 상인들 그림자도 볼 수 없는 게 한 달이오. 이래가지고 어디 장사 해먹겠어요? 밑이 지든 빚이 지든 장사란 물건이 들고나고 돈이 돌아야 하는 건데…… 그 빌어먹을 병영인지 옘병인지는 왜 짓는지 모르겠구먼. 재목상들은 덕분에 한 대목 보는 모양이나…… 자본이 있다면, 글쎄 넉넉한 자본이 있다면 강둑에다 제재소 하나 차리는 것도 괜찮겠지. 원목은 원목대로 사고팔고 기계는 또 송판을 만들어 팔고 삯돈 받고 나물 켜주기도 하고, 꿩 먹고 알 먹는 사업 아니겠소? 여러 가지 돌아가는 형편을 가만히 보아하니 싸전이라는 것도 정미소나 방앗간을 겸해 해야지, 원체 곡물이란 박리다매라 이렇게 요즘같이 짐발이 묶여서는."

덩치를 보아 듬직한데 은씨는 방정맞게 담뱃재를 털어낸다. 상긋상긋 웃는 것 같은 눈매는 변함이 없으나 군살 오른 얼굴에 수심을 띠다 보니 여덟 팔 자 눈썹이 되고 그것이 또 우는 듯 웃는 듯, 면판이 전만 영 못하다.

"불경기 타령의 초장이구먼요."

길상은 은씨 하는 양을 물끄러미 쳐다본다.

"허허 참 실정 얘길 하는데, 에이 여보시오. 타령의 초장이라니."

"그럼 중장이오?"

"나이 대접 해주구레. 이래 봬도 내 딸년이 정혼을 했으니 멀잖아 장인 소릴 들을 텐데 하하핫…… 김씨하고 내가 어째서 요즘 이리됐는지 모르겠소."

은씨는 빤히 쳐다보는 것 같은 길상의 눈길이 거북한 모양이다. 실상 길상은 은씨에게 감정이 있어서 쳐다보는 것은 아니었다. 거듭하여, 파상(波狀)같이 연거푸 밀어닥치는 혼란에 지쳐빠져서 이제는 의식의 반 이상이 대상도 없는 막연한 곳에 한눈을 팔고 있는 상태였다. 해서 그의 다음 말은 은씨 너스레하고는 사뭇 장단이 맞지 않는다.

"불경기는 청진서 곡식을 실어내지 않아 그런 거구요."

"그러니까 그 말이 내 말 아니오. 듣자 하니 일본 미시장(米市場)에서 곡가가 뚝뚝 떨어지고 있는 형편이라니 청진서는 배가 뜨지 못하는 게고 그러니 마치 이건 길 막힌 곳에 마차가 자꾸자꾸 밀어닥치는 꼴이라. 그렇지. 바로 그 꼴이지. 강이 얼었으니 회령서는 간도 곡물을 아니 실어낼 수도 없고 말이오."

"좀 좋소?"

"좋기는?"

"이런 기회, 농사꾼이야 눈물을 빼든 핏물을 빼든 헐값으로 빼앗아다 창고에 차곡차곡 쌓아두시라 그 말 아니오. 그걸 모르실 은씨는 아닐 성싶은데 왜 남의 돈으로만 장살 하려 들지요?"

건성으로 하는 말이었지만 은씨는 여전히 감정이 있어 빈정거리는 투로 받는 모양이다.

"그 무슨 말이오? 아 그래, 그러면 내 밑천은 장롱 바닥에다 깔아두었더라 그 말이오?"

억울해 죽겠다는 시늉으로 여덟 팔 자 눈썹은 더욱 아래로 처진다.

"난리가 날까 봐서요?"

길상은 비밀상황을 얘기하듯 소근거린다.

"하하핫…… 하하핫, 김씨 그러지 맙시다. 아까도 말했지만 어째 우리 사이가 틀어졌는지 모르겠소오?"

"글쎄올시다. 모르겠는데요."

"그는 그렇고 하하핫…… 경성서 말이오, 경성서 열렸다는 상업회의손가 뭐 그곳에서 의논이 됐다는 그 일 말이오."

얘기를 돌려버린다.

"세금철폐안 말씀이오?"

"그, 그렇지, 그렇지, 그 일 말이오."

지난 사월달에 서울서 상업회의소연합회(商業會議所聯合會)에서 의결되었고 정부에 건의키로 된 미곡수출입세철폐안(米穀輸出入稅撤廢案)을 두고 하는 말이다.

"듣자하니까, 아니 신문에서 봤지요. 그런데 이번에는 일본에서 그 회의가 다시 열린다잖소? 그래서 조선서도 여러 대표들을 뽑아 그곳에 보낸다더니만. 세금 안 내는 운동을 하러 말이오. 한데 그 결말이 어떻게 났는지 소식을 못 들었소. 혹 김씨는 아시오?"

"간도에 사는 사람이 어찌 조선의 일을 은씨보다 더 잘 알 겠습니까."

"또오 또, 허허어."

"모릅니다. 안들 뭐 신통하겠어요? 그것 다아 쌀 그저 뺏아 가자는 수작이겠지요."

"그럴까? 우리네 곡물상으로서는, 박리다매하는 처지고 보 면 혜택을."

"황소한테 매달려 다니는 소꼬리만도 못한 조선사람 장사 꾼들 혜택을 받으면 얼마나 받을라구요."

"말인즉슨 그런데 우리네는 그놈의 황소 꼬리에도 못 드는 영세상인이라, 하하핫…… 하지만 김씨 사정이야 어디 그렇 소? 용정선 이름난 거상(巨商)이고 보면,"

아첨이다.

"모두 다 배꼽이 빠지게 우스운 얘기요만 그보다 용정의 세 금도 왜놈들이 징수한답디까?"

하고 길상은 맥빠진 웃음소리를 냈다.

"말을 하자면 그런 거고 뭐 세금 얘기는 그렇고 그런 것, 장 차 김씨는 수만금 재산의,"

순간 눈빛이 날카로워지며 은씨를 노려보던 길상이 또다시 허허 하고 웃으며 재떨이에 담배를 꾹 눌러 끈다. 은씨는 우 물쭈물하는데 당황한 것은 아니었다. 험한 눈빛에 질린 것도 아니었다. 그런 척해 보인 그것뿐이다. 그동안 딸과의 혼담을

꺼내지조차 못하게 한 길상의 태도가 얄미웠고 자기 딸보다
더 나았더라면 또 모르겠는데 그렇지도 않은 과부를 얻었다
는 것이 잘난 자기 딸에 대한 모욕만 같아 고의적으로 나발을
불어대었지만 냉정히 셈을 놔보면 길상을 적대시하여 이로
울 것은 없었다. 그렇다고 해서 최근 들은 일이 있는 소문대
로—서희의 남편이 될 것이라는—되리라는 것은 믿지 않았
다. 아무렴 근본이 하인, 그따위를, 지가 잘났으면 얼마나 잘
났으랴.

여유 있는 판단을 은씨는 하고 있었다.

"김씨."

"……."

"이곳에다가 병영을 짓는 일을 어찌 생각하시오."

화제를 바꾸어놓고도 딸아이를 불러대어 숭늉을 가져오라
하더니 환약을 꺼내어 입에 털어 넣고 물을 쏟아붓는다. 생김
새나 덩치에 비하여 역시 하는 양이 방정스럽다.

"아무래도, 앞으로 온전찮을 것 같은데 김씨 생각은 어떻
소?"

은씨는 다시 물었다.

"무엇이 온전찮을 거란 말씀이오?"

"시끄러워지겠다 그 말이지. 회령이 말이오."

"회령이란 터가 본시 옛날부터 그렇게 되기로 돼 있는 모양
이지요."

"옛날은 옛날이고, 어디 병영뿐인 줄 아시오?"

"두만강 따라 큰 신작로 나는 얘긴가요?"

"그렇지. 청진서 회령 간의 길이야 그런대로 인마(人馬)의 내왕을 위한 길이라 하겠으나 웅기(雄基)서부터 두만강 따라 나는 신작로는 심상하지가 않다는 게요. 이곳에 짓는 병영 하며,"

"국경이니까 그런 게지요. 강물이 얼 때마다 독립군들이 내려올 테니까."

"독립군보다 요즘 청나라 안에서 난리를 겪고 있다니까 그 틈새를 타고 왜놈들이 전쟁을 일으킬 심산은 아닌지 모르겠소."

"전쟁은 무슨……."

"병영만 해도 그렇지. 독립군들이 필시 그곳에다 눈독을 들일 터인데 우리네 장사꾼들 마음이 안 놓이지요."

"간담이 써늘합니까? 걱정 마시오. 생각하기 나름 아닙니까? 은씨 같은 졸부에겐 오히려 병영이다 신작로다 그 모두가 든든하게 울타리 노릇 해줄 게요. 제발 걱정일랑 마시고 남의 돈으로만 장사할 생각도 마시고, 장롱 바닥에 깔아놓은 밑천 활용해서 거상 한번 돼보시오. 뭐 그런 거 아닙니까?"

"졸부라니?"

"아까 거상은 아니시라 말씀 아니하셨소? 졸부랄밖에요."

길상은 바람 부는 날의 키 큰 수숫대처럼 마음과 몸이 다 함께 흔들거리며 맥없이 주워섬기는데 도둑이 제 발 저리더라

고, 하기는 말 속에 모멸이 없는 것도 아니어서 능청스런 은
씨도 조금은 빨끈해지는 눈치다.

"언중유골이라, 나 이 은무진은 그래 이 나라 조선 백성이
아니더라 그 말씀이오?"

정색하며 따지고 든다.

복지곡물상을 나선 길상은 별안간 눈앞이 캄캄해져오는 것
을 느낀다. 방금 은씨하고 옥신각신 언쟁으로까지 발전해간
일이 꿈속의 일이었던 양 아리송하다. 어제 하루는 내쳐 술만
마시었고 오늘은 아침도 굶은 채. 미쳐 날뛰는 말이 기진하여
두 다리 꺾어버릴 것만 같은 피곤과 망실이 엄습해온다.

언 땅을 구르며 짐 실은 마차가 지나간다. 방한모를 깊게
쓰고 눈만 내놓은 마부의 모습이 무척 훌륭해 보인다. 말 한
필이 길상의 옆을 스쳐서 질주한다. 일본 장교의 망토 자락이
펄러덕거린다. 서희의 망토 입은 모습이 나타났다가 멀어진
다. 멀리, 먼 곳으로 멀어져간다. 말굽 소리도 차츰 바보같이
멀어져가고 사라진다. 구름이 날리는 하늘에는 네 줄기 전선
(電線), 사위는 여전한 겨울이며 북국의 낯선 풍경이다.

허술한 뒷골목 음식점으로 찾아 들어간 길상이 청한 것은
역시 술이었다. 삶은 돼지고기 한 접시와 술이 넘치는 술잔
과, 그것들을 올려놓은 술판을 골똘히 내려다보고 앉았던 길
상이 이윽고 술을 마시기 시작한다. 아침나절이라 음식점에
는 손님이 없었다. 길상이 또래의 젊은 사내 말고는. 사내는

늦은 조반을 드는 모양이다. 얄삭한 주석숟가락이 낯간지럽게 보일 만큼 몸집이 장대한 젊은이다. 주모 격인 여자와 주고받는 얘기로 미루어 연해주에 벌이하러 갔다가 한 철을 보내고 고향으로 돌아가는 눈치다.

"돈은 얼마나 벌어왔소."

술잔을 입에서 떼며 길상이 느닷없이 말을 던졌다. 사내는 어리둥절하다가,

"돈 백 원이나 벌었습매다."

하고 뚝뚝하게 대꾸한다.

"뭘 하셨기에?

"고깃배르 탔습매다. 마우재 고깃배요."

'마우재 고깃배…… 고깃배…….'

"어째 거까지 벌이하러 갔었소?"

"무시기, 까닭이 있겠습매까? 먹고 살기 어려워서 가난뱅이들으 모두 많이 가쟀소? 손님으 이 고장 사람 앙이겠으이? 잘으 모르겠소꼬망."

"철새처럼 가고…… 오고 많이들 그러는 걸 왜 모르겠소."

길상은 얼굴을 일그러뜨리며 술을 마신다.

'가고 오고…… 가고 싶은데 왜 못 떠나나. 있고 싶은데 왜 떠나려 하는 게야. 어느 게 진심이냐 말이다. 어느 편이 진심이냐 말이다. 서희는 여관방에 도사리고 있겠지. 울고 있진 않을 게야.'

"내 사사아로는, 본시 장사르 했습매다."

사내는 뚝뚝한 말씨와 생김새와는 다르게 길상이 옆으로 바싹 다가앉으며 주변머리가 좋아 뵈지도 않는 어투로 말을 시작했다.

"펭안도에서 등짐장사알 했소꼬망."

"말씨는 평안도 아닌데요?"

"태생으 이 고장입매다. 무시기, 부미 형제가 함경도 말씰 쓰잉 말씨 고쳐지잺습데다."

"장사아르 어째 치웠습둥?"

주모의 말참견이다.

"그렁이 작년입매다. 초정월임둥. 펭안도 순천(順川) 장날에 큰 난리가 벌어졌지비."

"무시기, 난리랑이?"

"장사꾼들이 벌 떼같이 일어서서 왜놈들으 때레 죽이구 왜 놈들으 집에 불으 지르구."

"왜놈으 때려 죽였다 말이?"

"옛꼬망."

'결단을 내려야지, 결단을. 내가 가면 서희는 혼자 남는다. 무너질 것이다. 서희의 소망, 서희의 인생은 무너지고 말겠지. 간다면 어디로 가나? 어디로 가는 게 문제가 아니야. 떠나는 게 문제다. 떠나는 게, 떠나버리는 게⋯⋯.'

"우리 조선사라암도 예닐곱 명이 총에 맞아 죽었답매."

"애그마니나! 육시랄 왜간나, 얘기합소. 그렁이 귀래도 거기 있었다 그 말임둥?"

"옛꼬망. 있었쟎고? 함께 돌으 던지구 왜놈으 밟아 죽이구 불으 지르구 했소꽝이. 왜놈으 간나들으 숱해 죽였습매."

'오길까. 이목일까. 배배 비틀어진 마음일까. 못난 사내는 되기 싫다 그건가? 그렇지? 그렇지? 지금 너 옆에는 순천 장폭동사건에 가담한 사내가 지껄이고 있다. 몸이 건장하고 순박해 뵌다. 씩씩하구. 너는 지금 기가 죽어 있어. 못난 놈이라구 말이야. 쩨쩨하고 갈밭 쥐새끼 같은 놈이라구 말이야. 그래 술맛이 이리 쓰고 괴로운 게냐? 오 년 전에, 그렇지 오 년 전의 일이구나. 최참판댁을 습격해온 마을 사람들과 합류했을 때 일이다. 마을 사람들이 조준구를 죽이려고 혈안이 되어 있을 때 너는 서희를 위해 토지 문서를 찾으려고 뛰어다녔다. 나라의 비운보다 서희 비운에 너는 더 많은 눈물을 쏟았다. 그때 넌 평사리 벽촌의 작은 개구리였어. 지금은 달라. 넓은 만주 벌판에 서 있단 말이다. 잘난 사내들, 쓸개가 썩지 않은 사내들이 모여드는 곳이란 말이야. 삭풍 열사(熱砂) 속에 육신을 묻으려고. 한 달에도 몇 번씩 넘나드는 국경에서 너는 무엇을 보았나. 고향 잃은 가난한 내 겨레가 이불 짐에 솥단지 하나 얹고 두만강을 건너는 것을, 영팔이아재는 청인들 땅을 부치러 떠났고 용이아재는 벌목꾼이 되어 떠났고 이 사내는 마우재 고깃배를 타다 돌아왔다. 그렇지. 높은 곳에 좌정해 있었던 지난날의 이부사댁 나으리, 슬기로운 선비로 우러러보았던 이동진 씨. 그 사람조차 지금 내 눈에는 개새끼로 보인다. 그런데 너는 어떠냐? 너는! 한 계집아이를 잊지 못하고 꾀꼬리 새끼를 잊지 못하고 넌, 넌 더한 개새끼다! 한데 넌 지금 무슨 생각을 하고 있었지? 무엇을 타협하려 했나? 서희와 혼인할 생각을 했지? 당당하게 좋아하는 여자를 거머채는 게 뭐가 나쁘냐구? 아니, 아니다. 종신 종놈이 되어서라도 서희 곁에 있고 싶은 게 너 본심 아니었나? 안 그렇단 말이냐? 떠난다 떠난다 하면서 왜 못 떠나지?'

"난장판이 벌어진 까닭으 장세 내라 앙이 내겠다, 시비서 시작했습매다. 처음으 해물장사 조서방보고 왜놈이 장세 내라, 앙이 내겠다, 그렇이 왜놈이 달겨들어 갓을 찢었답매. 무시기 그렇이 장사꾼 장꾼들이 몰려간 겝매다. 말은 갓값 물어 내라는 게지만."

'어릴 때부터 넌 구천이 그 사람을 늘 부러워했다. 천상의 선관(仙官)이 하계에 하강해온 것처럼, 늘 그 사람에 대해선 그렇게 생각했다. 아름다운 별당아씨를 데리고 도망간 것을 이 세상에서 젤 아름다운 일이라 생각했었다. 너는 서희를 그런 꿈으로 바라보아왔다. 그러나 서희는 별당아씨는 아니었어. 흥, 무슨 지랄 망근 같은 소릴 하고 있는 게야?'

"최봉환(崔鳳煥)이라는 사람으 보부상 접주입매. 거 사람 영악하고 똑똑합두망. 와글와글 떠들어대는 장꾼들으 하나로

딱 뭉치게 하잖는가? 그런 사람이 칼 들고 말 타면 장수 되는 게에 앙이겠소오? 떠억 뻗치고 서서 여러분! 당신네들은 단지 갓값만 받으려고 이곳에 왔습니까! 하더란 말이. 그렁이 장꾼들은 앙이오! 장세르 폐지하라고 우리는 요구하러 왔소오! 하며 우레 같은 소리르 지르잖능가. 신바람이 절로 나더라 그 말 앙이겠소오? 무시기, 그렁이 그 왜놈으 아아가 겁이 더럭 나잖을 게요? 장세는 앙이 받겠다 했소꽝이. 무시기, 그래도 최봉환이 그 사람 그 수에 넘어가지 않습데다. 아주 다부집데다. 여러분! 이 일본사람의 말만으로 믿을 수 있겠습니까!"

사내는 그때 모습을 흉내 내듯 두 팔을 번쩍 치켜올리는데 때에 절고 누덕누덕 솜이 비어져나오는 반두루마기의 소맷부리가 처량하기만 하다.

"그렁이 장꾼들으 모두 말만 가지고는 믿을 수 없소오! 약정서를 쓰시오! 했잖앴소? 앙이 되겠다는 게지. 왜놈으 그 간나새끼가 앙이 되겠다 하더랑이. 돌이 날아갔지비. 그렁이 왜놈으 그 간나새끼가 총질을 했슴. 그렇지마네두 총으 가지구 어쩔 것이람? 중과부족, 어쩔 것이람? 불 지르구 왜놈으 간나새끼들으 보이는 쪽쪽 때레 죽이구 밟아 죽이구 왜놈으 간나아들 집이라면 모조리 때레 부시구 낭태질으 했답매. 어째 앙이 그러겠소? 생각해봅세. 무시기, 남의 땅에 왔으면서리, 피땀 흘린 등짐장수 쌈지까지 노리는 데야 어찌 가만히 앉아 당하겠슴? 없는 놈이야 어디로 가나 당당하잖는가? 몸 하나 한

새쿠 싸울 수 있답매. 일이 그리 됐으이 왜 헌병 놈으 새끼들이 오쟎을 게요? 잠잠하겠슴? 모두 집들으 비워놓고 달아났지비. 아주망이도 한분 생각으 해봅세. 나쁜 놈으 새끼들 앙인가. 개놈으 새끼들 앙인가. 왜놈의 간나새끼라면 칼르 푹푹 찔러주고 싶다이. 연해주 우리 조선사람들으 모두 칼을 갈고 있단 말이."

사내가 밥값을 치르고 떠난 뒤에도 길상은 술잔을 기울이고 앉아 있었다.

'옥이네하고 아무 일도 없었으니 그냥 용정으로 가자 할까? 모두 헛소문이니 믿지 말라 할까. 아니면 관계를 끊을 테니 그냥 돌아가자고 할까. 서희하고 혼인하겠다 할까. 거짓말도 방편이라 했어. 우선 저러고 뻗쳐 있는 서희를 여관방에서 끌어내야 할 거 아니냐 말이다. 에잇, 빌어먹을! 가보자면 가는 게지 못 갈 건 뭐 있어! 과부건 언청이건 상전 아씨께서 선보겠다는 걸! 고마운 얘기 아니냐 말이다! 제에기랄.'

14장 목도리

한양여관에 있는 서희는 안주인을 불렀다.

"혹 댁에선 아는지 모르겠소?"

"뭐 말씀인데요?"

주인 여자는 하얀 동정이 삼각으로 내려가서 맺어진 서희의 앞가슴 쪽에 불안한 눈길을 보낸다.

"나하고 함께 온 그 사람이 살림을 차렸다는 집 말이오."

"네? 아니, 그, 그거는."

당황한다.

"내가 좀 만나보려고 그래요."

"저는 모르는데요?"

여자는 당황했다가 생각해보니 당황해할 까닭이 없다. 어떤 신분, 어떤 관계, 어떤 내막인지 알 수 없지만 뭔지 점입가경(漸入佳境)의 느낌도 없지 않아 갑자기 신이 난다.

"그렇지만 그 여자라면 잘 알지요."

"……."

"본시 옥이네는, 네, 그러니까 그 여자 말인데요. 옥이네는 우리 여관에 있었답니다. 계집아이가 하나 딸린 의지가지(의지)할 곳이 없는 과부지요. 스물세 살인가…… 아마 그쯤 됐을걸요. 예쁘장하게 생긴 편이지요. 고생만 안 했더라면."

"그런 말은 그만두시오. 내가 알고 싶은 것은 사는 집이라니까."

"네? 아아 네."

코빼기를 치는 것 같은 말에 산전수전 다 겪은 여자도 머쓱해서 입을 다문다.

"집을 모른다니 할 수 없군. 누구 다른 사람이라도 혹……."

서희는 혼잣말처럼 중얼거린다.

"가만히 있자…… 아, 우리 집의 석이란 놈이 알는지 모르겠군요."

"그렇다면,"

"하지만 김씨가 뫼시고 가면 될 텐데? 곧 돌아오지 않을까요?"

시치미를 떼고 서희 신경을 건드려줄 양으로, 그리고 나서 여자는 잽싸게 서희 눈을 훔쳐본다. 한동안 침묵이다. 이윽고,

"데려다주지 않으니까 그러는 게 아니오?"

하고 말끄러미 바라보는 데는 여자도 더 뭐라 걸고 들 말이 없다.

"네. 알았어요."

타둑타둑 발소리를 내며 나간 여자는,

"석아! 석이 거 없나?"

요란스럽게 갈라진 음성으로 불러댄다.

"무슨 일이세요."

변성기에 든 목청이다.

"너 옥이네, 그 여자 살림을 차렸다는 집 알지?"

"살림을 차리기요? 삯바느질 시작한걸요?"

변호하듯 퉁명스럽다.

"아나 모르나, 그거나 대답하면 될 거 아냐."

"알아요."

"그럼 됐다."

"왜요?"

"용정서 오신 안손님 좀 뫼셔다 드려야겠다."

"뭐하러요?"

"이 녀석아! 하라면 하라는 대로 할 일이지. 네가 알아야겠니?"

화를 낸다.

여자는 서희 앞에서 주눅이 들고 어리벙벙했던 일이 새삼 생각이 나서 신경질을 부리는 눈치였다.

'참, 정말 무슨 공주이기나 한가? 도도하기가 원, 나잇살이나 먹은 사람을 계집종 부리듯, 외양값 하느라고 조막만 한 계집애가.'

공연히, 등을 구부리고 앉아 있는 남편 옆모습을 향해 여자는 혀를 차고 눈을 흘긴다.

"여보."

"왜 그래."

할 일 없이, 심심한 자체를 즐기고 있는 것 같은, 얼굴이 긴 여자의 남편은 실낱만큼이나 가늘게 다듬은 대 꼬치로 물부리를 쑤시고 있었다.

"참 이상도 하지."

"뭐가 이상하다는 게야."

"아 글쎄 김씬가 뭔가 그 사람이 데리고 온 처녀 말이우."

"천하절색이라서?"

"아아니 당신두 넋 빠졌수?"

"넋 빠진들 별수 있어?"

"사내들이란 늙으나 젊으나……. 아 글쎄, 옥이네를 찾아가 겠다지 뭐요? 김씬 김씨대로 식전에 벌써 내빼고 돌아오지 않 으니 필유곡절이 있긴 있는 모양인데,"

"허 참, 임자 수선떠는 게 더 이상하군. 젊은 계집도 아닌 주제에 샘이 나서 그러는 게야?"

천천히 얼굴을 들고 마누라를 올려다보는데 커다랗게 불거 진 눈이 어떤지 섬뜩하다.

"망측스러워라. 별난 사람이 왔으니 그렇잖소. 옥이네만 해 도 우리 집에 있었던 계집 아니오?"

무안하여 제풀에 또 화를 낸다. 그러면서도 서희가 나오는 기척을 느끼자 얼른 방문을 열어본다. 서희는 어제 들어왔을 때 그 차림을 하고 나왔다. 그러고서는 인사는커녕 일별도 없 이 석이를 따라 걸어 나간다. 갈색 망토 자락이 펄럭이듯 문 간에서 사라진다.

'정말 무슨 공주이기나 한가? 도도하기가 원, 안하무인이라 니, 당돌한 계집애 같으니라구.'

여자는 혀를 두드리고 방문을 소리나게 닫아부친다.

석이를 따라가는 동안 서희는 아무 말도 묻지 않았다. 석이 는 아예 말 따위는 걸어볼 생각을 않고 덧니 사이로 가쁜 숨

127

을 내쉬며 우쭐우쭐 앞서 걸어간다. 이따금 주근깨투성이인 얼굴을 찌푸리고 엷은 구름밖에 없는 하늘을 올려다보며 한숨을 삼키곤 한다. 사춘기의 소년은 어쩐지 부끄러운 것이다.

'참말로 예쁘다. 아가씬 옥이엄말 왜 찾아가는 겔까? 침모로 데려갈려구? 김씨 땜에 혼내줄려고? 껌껌하고 좁은 골방에 들어갈 수 있을까? 예쁘기도 하지만 또 얼마나 돈이 많으면……. 청진 갔을 때도 저렇게 좋은 옷 입은 여잔 못 봤다.'

소년은 다시 하늘을 올려다본다.

옥이네가 세 든 집은 허술한 오막살이였다. 중심지와 과히 멀지 않은 곳인데 그런 허술한 초가들이 산재해 있었다. 마당에는 나뭇단이 흩어져 있었으며 꿀꿀거리는 돼지 소리도 들려왔다.

"옥이엄마!"

처음으로 석이는 소리를 내질렀다. 방문 가까이 가서 다시,

"옥이엄마!"

"뉘기야?"

"손님이 찾아오셨소!"

"무시기, 뭐이래?"

놀란 목소리다. 석이는 볼일 다 보았다는 겐가, 인사도 없이 등을 앞으로 확 꺾으며 달음박질쳐서 달아나버린다. 방문을 열고 얼굴만 내보인 옥이네는 서희와 눈이 마주치는 순간 안색이 싹 변한다.

"어디메서 오셨습매까?"

서희는 눈시울을 치켜올리며 얼굴만 내민 옥이네를 응시한다. 포수가 짐승을 겨냥하듯이. 앙상하게 여윈 얼굴이다. 머리칼에는 솜가루가 앉았는가 희뿌옇다. 아무렇게나 걸쳐입은 옷매무새.

"잠시 들어가도 좋겠소?"

"옛꼬망. 방이 누추하이, 이르 어쩌겠습둥?"

나중은 혼잣말이었다. 옥이네는 옥이를 방구석에 떠밀어 붙인다. 솜뭉치도 아이 곁으로 밀어붙인다. 옷감을 말아들이고 가위 실꾸리를 반짇고리에 집어던지고, 앙상한 팔이 거칠고 재빠르게 움직였으나 천 조각 솜 부스러기는 여기저기 굴러 있다. 옥이네는 삯바느질로 얻어온 남자 바지에 솜을 두고 있었던 것이다. 서희는 어느새 방 안으로 들어와 앉아 있었다.

"어망이 뉘기야?"

구석지에 떠밀린 채 옥이 물었다. 옥이네는 아이를 무섭게 노려본다. 어미의 공포, 어미의 경계심은 그대로 전달되어 생쥐같이 몸을 도사린 아이는 옥을 깎아서 만든 것 같은 서희 옆모습에 눈길을 박고 움직일 줄 모른다. 손에는 알맹이도 없는 캐러멜 빈 곽이 꼭 쥐여져 있었다.

무릎 하나를 세우고 서희와 마주 앉아 눈을 내리깐 옥이네는 슬그머니 손끝에서 골무를 뽑아 손바닥 속에 감추어버린다.

"나 용정서 왔소."

"용정서……."

옥이네 안색은 또다시 변했다.

방 안 흙벽에는 주렁주렁 옷이 박혀 있었다. 한곳에는 유일한 나들이옷이었을까, 검정 치마에 남색 솜저고리가 걸려 있었고 그 옆에 눈에 익은 쥐색 남자 목도리 하나가 축 매달려 있다. 길상의 것이다. 허둥지둥, 목에 감는 것을 잊어버리고 간 모양이다. 어젯밤 길상이 이곳에 와서 묵고 간 것을 알아차린 서희는 아무래도 처녀인 만큼 얼굴에 핏기를 모았으나 이내 일그러진다. 보기 흉하게 비참하게 일그러진다.

"살림을 차렸다기, 왔더니 찢어지게 가난하구먼. 길상이도 천하에 못난 사내구."

격한 음성이었는데 다음은 침묵의 계속이다. 차츰 침묵은 옥이네의 완강한 의지로 굳어져가는 것 같았다. 수그린 그의 콧날에 자존심 같은 것을 느낄 수 있다. 대신 서희의 격노는 식어갔고 눈이 잔인하게 빛난다.

"삯바느질을 하는 게요?"

"그렇습매다."

"벌이가 괜찮소?"

"무시기, 그럭저럭 살아갑네다."

"애기 엄마."

"옛꼬망."

"우리 집에 가지 않겠소?"

"무시기, 뭐레 갑네까?"

처음으로 눈을 들어 서희를 정시한다.

의심과 경계의 빛이 팽팽하다.

"침모로 가자 그 말이오."

"침모……."

"어렵지 않게 해주겠소."

"싫습매다."

"싫다구?"

"옛꼬망."

눈을 떨군다.

"싫습매다. 김씨 그분 저하고 아무 상관 없소꼬망. 동정으 받았습매다마는 펴일 날 있으면 갚아드리얍지요. 그리 생각으 하고 있으이."

목소리가 댓살같이 곧게 울려온다. 서희 얼굴이 긴장된다.

"그래요? 내가 듣기하곤 다르군."

"……."

"그 사람은 애기 엄마랑 혼인할 생각을 하는데도 애기 엄만 아니하겠다 그 말인가요?"

이상한 일이다. 순간적인 심리변화라는 것은. 서희는 거짓 없이 말했던 것이다. 사실 당초부터 서희에게는 경쟁의식 같은 건 없었다. 얼굴이 어떻고 조건이 어떻고 따위는, 그런 것을 길상이 필요로 하지 않는다는 것을 아슴푸레 느끼고 있었다. 그렇다면 길상은 무엇을 원했으며 어떤 결과를 만들려는가. 서희가 거짓 없이 말했다는 것은 길상이 이 여자와 헤어지지 않을지도 모른다는 예감 때문이다. 설령 사랑하지 않는다 하더라도. 아니 사랑하고 있지 않아. 그건 설움 때문이야. 서희는 속으로 뇌며 눈길을 여자도 목도리도 아닌 곳으로 옮긴다. 서희가 알기로도 길상에게는 좋은 혼처가 많았다. 그것을 다 마다하고 볼품없고 가난에 찌든 아이까지 딸린 과부와의 관계를 숨기지 않고 떠벌리고 다녔다는 것은, 그것이 길상의 슬픔이라는 것을 서희는 비로소 느낀다.

"앙입매다. 거짓말으 마옵소꽝이. 어째 모르겠습매까. 생각으 해보옵소. 어째 새 총각으 처지 알라까지 따른 가스집(과부)과 혼인하겠슴? 사람으 괄시하면 앙이 됩매다. 누귀 그 말으 믿겠소꽝이? 그러잖애도 그분이 도와준 돈으 갚겠다아 그 일념으로 밤 새워가문서리 바느질으 하는 기요."

이번에는 곧은 목소리가 아니었다. 강하게 흔들린다. 상처받은 비둘기가 날개를 퍼득거리듯이.

"가셔서 말씀 전해주옵소."

서희는 바람 부는 거리를, 펄럭이는 망토 자락을 꼭 쥐며 걷는다. 세상에 나서 오늘까지 혼자 걸어보기는 처음이다. 더군다나 집 떠나온 낯선 고장의 거리를.

'북쪽 여자라서 그럴까? 성질이 드세다.'

앙상하게 여윈 얼굴, 솜가루가 앉은 뿌연 머리카락, 아무렇게나 걸쳐 입은 옷매무새— 눈앞에 밟힌다. 미움도 동정도 아니면서 무시할 수 없는 무게가 마음에 실려온다. 서희는 거리를 눈여겨보지 않고 걸어간다. 들린 것처럼 쫓기는 것처럼 걸음이 빨라지다가는 느낌에 젖는지 보조가 느려지기도 한다.

'고아 같다. 뭐 언제는 내가 고아 아니었었나? 그렇지만 더욱더 고아 같다.'

못에 매달린 목도리를 보았을 때 서희는 여자를 집에 데려다 놓고 길상에게 고통을 주리니 생각했었다. 길상이 자기를 낯선 여관에다 내버려두고 여자 집을 찾아간 행위가 애정 없는 것이었다 하더라도 용서할 수 없었던 것이다. 결코 용서하지 않으리. 그 무자비한 감정을 무엇이 풀어놨나. 풀린 것은 그것만이 아니다. 서희는 스스로, 자기 자신마저 질곡에서 풀어버린 것이다. 용정에 쌓아올려 놓은 자기 성(城)으로 돌아간다면 또 어떻게 변할지 알 수 없으나 그 끈질긴 숙원과 원한에 사무친 보복심과 잠들 수 없는 자긍을 내어버린 자유, 무겁고 숨막히는 철갑을 벗어버린 자유다. 사랑할 수 있는 자유, 다 버리고 어디든 떠날 수도 있다는 생각, 그러나 바람에 날려가는 나뭇잎같이 왜 슬프고 외로운지, 고아의 느낌이 가슴을 저미는지 서희는 알 수가 없다. 덮어놓고 걷는다. 하늘 끝까지 내처 걸어갈 것처럼 걷는다. 여관과는 사뭇 방향이 다른 것도 개의치 않는다.

거리에 일본인 상점이 눈에 띈다. 잡화상이 있고 담뱃가게

가 있다. 식료품에 의류를 진열한 오복점*이 있다. 이발소가
있고 목욕탕 간판도 보인다. 목덜미에 회칠을 하고 목욕대야
를 한 팔에 낀 일본 기생이 움츠리며 지나간다. 왜나막신 소
리가 카락카락 맑게 울린다. 일본 병대(兵隊) 서너 명이 점잖을
빼며 기생 옆을 지나친다. 걸음을 멈추고 오복점을 바라보고
있던 서희가 그곳으로 다가가서 문을 열고 들어선다. 앞치마
를 입고 제법 격식을 갖춘 고조*가 뛰어나오면서,

"이럇사이(어서 오십시오)."

서희를 살펴본 고조는 질린 듯 연신 꾸벅꾸벅 절을 한다.

"나니가 고이리요데스카(무엇을 찾으십니까)."

서희가 멍해지며 쳐다보노라니까 비로소 조선여자인 것을
깨달은 고조오는 더욱 허리를 굽신거린다. 조선사람이면 모
두 초라하고 거지 같다는 소견머리로서는 일종의 경이였을
것이다.

'히야! 에라이, 미분노 다카이 히토리시이나아(야아! 대단히 높
은 신분의 사람인가 보다).'

그래서 도움을 청하듯,

"겐상 춋토(겐씨 잠깐만)."

주판질을 하며 장부정리를 하고 있던 반토*를 부른다.

"나니카(뭐냐)?"

고개를 든 그도 서희를 보자 후닥닥 놀란 시늉을 하며 일어
선다. 두 손을 싹싹 비비면서 비굴한 웃음을 띠며,

"나니가 고이리요데스카."

말이 통할까? 근심스런 표정을 지으며 묻는다.

"오도코노 에리마키(남자 목도리)."

똑똑한 발음이다.

"하이, 하이, 고자이마스. 시바라쿠, 하이. 촛토 오마치 구다사이(네, 네, 있습니다. 잠시 좀 기다려주십시오)."

아름답고 고귀해 보이는 조선여자가 일본말 쓴 것이 그에게는 크나큰 영광이었던가. 의기양양해서 진열장을 열고 진열장 유리 위에 남자용 목도리를 펴놓는다. 서희는 여러 개의 목도리를 차례차례 넘겨보고 나서 그중의 진갈색을 하나 뽑아낸다.

"이쿠라(얼마냐)?"

"하이, 하이, 고엔데 고자이마스(네, 네, 오 엔입니다)."

서희는 지갑을 꺼내어 십 원을 내어준다. 거스름과 함께 물건을 꾸려준 반토는,

"하쿠라힌데스카라(박래품이어서)."

그래서 비싸다는 얘긴 모양이다. 방아 찧는 것만큼이나 방정맞게 절을 해대는 꼴을 본체만체 오복점을 나선 서희는 전혀 뜻밖의 자기 행위에 놀라고 당황한다.

'어째 내가 이걸 샀을까?'

후회하는 것은 아닌데 화를 내며 주어야 할지 잠자코 내밀어야 할지 난감하다.

여관에 서희가 들어섰을 때,

"이제 오시는군요."

기다리고나 있었던 것처럼 주인 여자가 맞이한다.

"저어 김씨가 돌아왔어요. 방금 들어왔어요."

벼르고 있었던가. 여자는 건들건들, 놀려대듯 한 태도로 말했다. 아무 대답이 없자 다시,

"술이 고주망태가 돼서 돌아왔습니다. 원 세상에 대낮부터 무슨 술을 그렇게나 마셨는지 아마 지금 안손님 방에 있을 게요."

"내 방에?"

"네에. 그렇다니까요."

여자는 의미를 품은 웃음을 흘리고 그의 남편은 마누라 어깨 너머로 안 보는 척하면서 묘하게 끈적거리는 기분 나쁜 눈초리로 서희를 쳐다본다.

"어떻습니까? 계집이 볼품없지요? 안손님한테 비하면 설중매(雪中梅)에다 야화(野花)도 못 되지 않던가요? 공연히 김씨가 그러지."

어디서 배운 풍월인가, 겨우 틀이 잡힌 듯 자신 있게 지껄였다.

"방자하기가 들여우 같구먼."

서슴없이 내뱉고는 아연해서 입도 다물지 못하는 여자를 내버려두고 들어간다.

"대단한 여자구먼. 자알 당했어, 잘 당해. 싸지 싸아. 임자 화냥기는 예나 지금이나, 하핫하하……."

사내는 너털웃음을 웃으며 젊은 아이에게 모욕을 당한 마누라를 툭툭 친다.

서희는 방문을 열고 들어섰다. 길상은 떡 버티고 앉아 있었다. 가라앉은 눈이 차갑게 서희를 쏘아본다. 그러나 중심을 못 잡는 듯 상체는 흔들린다.

"구경 자알하고 오십니까? 아가씨."

애기씨가 아니라 아가씨.

"경치가 어떻던가요? 눈이 세 개 달렸습디까아? 코가 정수리에 붙었던가요?"

서희는 장승처럼 선 채 길상을 내려다본다. 지독한 술 냄새가 풍겨왔다.

"네에? 네? 코가 정수리에 붙었더냐고 묻지 않습니까? 아가씨! 나, 나 오늘부터 최서희 종놈 아니기로 했소이다. 본시 문서 없는 종놈이고 보니 몸값 치를 필요는 없겠구요. 그 그리고 그동안 뼈가 빠지게 머슴살이 했지마는 새경 달라고도 아니하겠소. 피장파장 줄 것 받을 것 아무것도 없으니 우리 인간 대 인간으로 나갑시다요. 아시겠어요? 네, 네? 그래 불쌍한 가스댁이 구경 자알했수다. 그는 그렇고 음…… 얼마나 시주를 하고 돌아오시었소? 어떤 양반네는 흉년에 보리 한 말 주고 논 한 마지기 뺏어서 떵떵 울리는 만석꾼이 됐다 그 말이고오, 음…… 그런데 사람은 얼마에 사시었소? 설마 보리 한 말은 아니겠지요? 아무리 사람값이 헐하기로 논 한 마지기 꼴이야 되겠습니까? 아무리 창자가 비고오 비리 오른 강아지 꼴이 된 그 가스댁 모녀지만 말입니다아. 하하핫…… 하하핫…… 허나 그렇게는 안 됐을걸요? 섬섬옥수 내민 손이 부끄러움이나 아니 당했을까 이 길상이 놈 걱정했수다. 아가씨! 돈방석에 앉은 놈만 도도한 줄 아시오? 피죽 먹는 놈도 도도할 수 있단 말입니다. 신주 모시고 족보에 곰팡이 슬는 양반네만 기고만장인 줄 아시오? 상놈 백정도 기고만장 못하란 법 없지요. 대명천지에 돈 있고 족보 있는 사람들만 사는 줄 알았다간 큰코다칠 게요. 오장육분 어느 쪽이 성할까? 그래 아가씨! 최참판네 아가씨! 그 여자 돈 안 받지요? 이 정든 님의 돈도 안 받는 여자요. 안 받지요? 네, 네? 한마디 말씀이 없으시군."

말을 뚝 끊고 고개를 숙인다. 조는가 했더니 자맥질하던 해녀같이 얼굴을 치켜세운다. 아까처럼 차가운 눈은 아니다. 몽롱한 취안(醉眼)이다. 씩 웃는다.

"최서희가 잘났으면 얼마나 잘났어? 흥, 천하를 주름잡을 텐가? 어림도 없다!"

어조를 싹 바꾸며 반말지거리다. 장승처럼 서 있는 서희 얼굴에 경련이 인다.

"넌 일개 계집아이에 지나지 않단 말이야! 거 꿈 하나 거창

하지. 아무리 돼지 멱따는 소리 질러봐야 이곳에 구종별배(하
인)도 없고 으음, 있다면 왜놈의 경찰이 있겠구먼. 흥, 그 새
뼈가지 몸뚱이로 어쩔 텐가? 난 지금이라도 널 희롱할 수 있
어. 버릴 수도 있고 흙발로 짓밟을 수도 있고 가는 모가지를
비틀어 죽일 수도 있다 그 말이야. 날 부처님 사촌쯤으로 생
각한다면 그건 큰 잘못이지. 아암 큰 잘못이고말고. 나 술 안
취했어. 내 핏속엔 술이 아니고오, 음 그렇지 그래. 대역죄인
의 피가 흐르고 있을 게야. 아니다. 아니 그보다 식칼 들고 고
갯마루를 지키는 산도둑놈의 피가 흐르고 있을지도 모를 일
아니겠어?"

"이놈아!"

드디어 서희 입에서 욕설이 굴러 나왔다.

"네에. 애기씨 말씀하시오."

"너 나를 막볼 참이구나."

"네에. 막보아도 무방하구 처음 본대도 상관없소이다. 십여
년 세월 수천수만 번을 보아와도 늘상 처음이었으니까요."

길상은 끼들끼들 웃다가 또 고개를 푹 숙인다.

서희는 망토를 벗어 던지고 방바닥에 굴러떨어진 꾸러미를
주워 물끄러미 쳐다본다. 그러더니 다음 순간 그것을 길상의
얼굴을 향해 냅다 던진다.

"죽여버릴 테다!"

서희는 방바닥에 주질러 앉아 울음을 터뜨린다. 어릴 때처

럼, 기가 넘어서 숨이 껄떡 넘어갈 것 같다. 언제나 서희는 그 랬었다. 슬퍼서 우는 일은 없었다. 분해서 우는 것이다. 다만 어릴 때와 다르다면 치마꼬리를 꽉 물고 울음소리가 새나지 않게 우는 것뿐이다.

"난 난 길상이하고 도망갈 생각까지 했단 말이야. 다 버리고 달아나도 좋다는 생각을 했단 말이야."

철없이 주절대며 운다.

"그 여자 방에 그, 그 여자 방에서 목도리를 봤단 말이야, 으흐흐흐훗……."

길상의 눈동자가 한가운데 박힌다.

"그 꾸러미가 뭔지 알어? 아느냐 말이야! 으흐흐…… 목도리란 말이야 목도리."

하더니 와락 달려들어 나둥그러진 꾸러미를 낚아챈다. 포장지를 와득와득 잡아 찢는다. 알맹이가 밖으로 나왔다. 그것을 집어든 서희는 또다시 길상의 면상을 향해 집어던진다. 진갈색 목도리가 얼굴을 스쳐서 무릎 위에 떨어진다.

"헌 목도린 내버려! 내버리란 말이야! 흐흐흐…… 으흐흐훗……."

엄마 데려와! 엄마 데려와! 하며 발광하고 울부짖고 까무라치고 아무거나 잡히는 대로 집어던지고, 그칠 줄 모르게 패악을 부리던 유년시절, 그때 서희를 생생하게 어제 일처럼 기억하고 있는 길상이지만 길상은 어떻게 할 바를 모른다. 술이 깨고 정신이 번쩍 들지만 무릎 위에 떨어진 목도리를 집었다 간 불에 덴 것처럼 놓고 또다시 집었다간 놓고 하면서 서희의 울음을 그치게 할 엄두를 못 낸다. 드디어 그는 목도리를 두 손으로 꽉 움켜쥐고서 마치 훔쳐서 달아나는 도둑처럼 방을 뛰쳐나간다. 문밖에서 엿들으려고 서 있는 여관집 주인 여자 와 하마터면 이마빡을 부딪칠 뻔했다. 제 방으로 돌아온 길상 은 우리 속에 갇힌 짐승처럼,

"미쳤을까? 애기씬 미쳤을까?"

중얼거리며 맴을 돈다.

다음 날 아침 길상은 서희를 몰아댔다. 용정으로 가자는 것 이다. 두 남녀는 여관을 나왔고 함께 길을 걸었고 마차에 올 랐으나 성난 얼굴로 서로 외면하는 것이었다. 상대편 얼굴 보기가 민망하기도 했으나 그보다 역시 아직은 서로의 마음 에 풀리지 않는 멍울이 남아 있었던 것이다. 푼수 없이 지껄 인 길상이나 체모 잃고 울어버린 서희, 푼수 없었다고 느끼는 이상, 체모 잃었다고 느끼는 이상, 이들 사이에는 엄연한 거 리가 있는 거고 거리를 의식하면 할수록 멍울은 굳어질 수밖 에 없다. 그들은 더 깊은 고뇌를 안고 돌아가는 것이다. 흔들 리는 마차 속에서 때론 절망이, 때론 희망이 교차하는 마음은 끝없이 방황하면서.

그러나 이들에게 결정적인 계기가 왔다. 그것은 용정을 향 해 달리던 마차가 어떻게 되어 그랬던지 뒤집힌 사건이다. 학

성(鶴城)에서 안미대(安味臺)에 이르는 중간쯤, 계곡 사이의 좁고 가파로운 내리막길을 달리던 마차가 돌연 뒤집히면서 계곡으로 굴러떨어진 것이다.

15장 꿈속의 귀마동(歸馬洞)

찰상(擦傷)이 난 얼굴에 약을 발라주면서 조선인 조수는,

"걱정 마십시오. 저 정도였으니 다행이지 뭡니까."

하고 길상에게 말을 걸어왔다. 약이 스며들어 상처가 쓰라리다. 조수는 소독된 가제로 상처를 덮고 반창고를 잘라서 붙이며 다시 말했다.

"혼수하는 것은 머릴 좀 다친 탓이고 다리뼈는 부러졌지만 병신이 되진 않을 겝니다. 뼈가 붙을 때까지 시일이 다소 걸리겠지만요. 누이동생이세요?"

아까 의사가 한 말을 되풀이하는데, 누이동생이세요? 어감이 축축하고 은근하다.

"아니오."

"그럼?"

길상은 못 들은 척 반창고로 눌러놓은 가제를 만져본다. 용모가 헌칠한 편인 조수 눈에 실망 비슷한 것이 지나간다.

"얼굴에 손대지 마십시오."

갑자기 태도가 무뚝뚝해졌다.

서희가 입원실로 옮겨진 뒤 길상은 용정에 기별을 부탁하기 위해 복지곡물상을 찾아갔다.

"아니 얼굴은 왜 그리되었소?"

하며 은씨는 의아해하다가 길상이 대강 형편을 설명하자,

"저런! 아니 무슨 놈의 변이오?"

눈이 휘둥그레진다. 길상은 내일 아침 용정으로 사람을 보내달라 부탁하고 몇 자 적은 쪽지를 내민다.

"무슨 놈의, 어이구 생판 날벼락을 맞았구먼. 이 애 복애야!"

평소 나직한 음성을 높이니까, 우스꽝스런 기성으로 들린다. 딸아이가 놀라서 쫓아 나온다.

"여기 미음 한 그릇 내오너라. 마침 속이 안 좋아서 미음을 쑤라 했더니, 어서 한 그릇 내와. 북새통에 언제 속을 차렸을라구."

따끈따끈한 미음 한 그릇은 고맙다. 미음이 목구멍 속으로 흘러들어가자 비로소 길상은 추위와 허기를 느낀다. 은씨는 옆에서 연신 지껄이고 있었다. 아직 혼수상태에 있다 그 말이냐, 병원에서 내는 음식을 먹겠느냐, 집에서 미음을 쑤어 갈 테니 걱정 말라, 이럴 때 서로 도와야잖겠느냐, 등등 하찮은 선심을 튀겨서 부풀려서. 미음 한 그릇을 비운 길상은 일어섰다.

한 보따리 안겨준 은씨의 속 빈 선심을 이리저리 흩날려버리듯이 길상은 어두워진 거리를 거닐어 병원으로 돌아온다.

바람은 살갗을 찢을 듯 차다. 건물에서 새어 나온 등불빛이 얼어붙은 거리에 희미하게 깔려 있고 먼 곳 병영 쪽에서인지 섬찟한 종소리가 울려오곤 한다.

입원실로 들어온 길상은 벽면 쪽에 붙여놓은 의자에 몸을 던지듯 앉는다. 피곤이 몰려오고, 미음 한 그릇 덕분에 시장기는 가셨으나 기력이 없다. 긴장이 풀린 탓이겠는데 앉은 채 한잠 자보려고 눈을 감았으나 잠이 올 것 같지가 않다.

'뼈 부러진 데는 똥물이 제일이라던가?'

뼈 부러진 데 똥물을 먹인다는 것은 농촌에선 흔히 듣는 얘기다.

"뻬 뿌러진 데는 똥물이 제일인 기라. 그기이 넘어만 가믄 되넘어 오지 않는 기이 희한하거든."

산에서 헤어진 박총각, 그 당시 삼십을 넘었던 사내 음성이 귓가에 들리는 것 같다. 모닥불을 피워놓은 어느 골짜기의 밤이었던 것 같고, 비탈에서 굴러 팔을 삔 열일곱 살짜리 오동이라는 아일 보고 한 말이었었다.

"남 모함한 놈한테 퍼믹이는 기이 똥물이라 카더마는 상놈들 뻬 뿌러진 데는 그기이, 선약이니, 흥! 약까지 더럽고 천하고나."

휘파람 불듯 어둠 속에 침이 날아갔었다.

"내 소싯적 일이지마는, 세도깨나 쓰는 어떤 양반 놈 문전에서 담배를 피웠거든. 그랬더니 흥, 방자한 놈이다 그거지.

그놈의 집구석 하인 놈들이 우르르 몰려나와서 나를 패는 기라. 나도 힘깨나 쓰는 놈이고 보니 그냥이야 맞것나? 몇 놈 작살을 내놨더니 일이 크게 벌어질밖에, 하하하하…… 그때 내 꼴이란 몰이꾼에 쫓기는 짐승 한 마리라. 중과부적, 별수 없는 노릇이제. 만신창이가 되고 허리뼈를 뿌라서 달포를 기동을 못했는데 똥물을 묵고 게우 일어났거든. 제에기랄, 무슨 놈의 귀코(귀하고) 귀한 목심이라고, 지금 생각하니 가소롭다야. 이리 굴리도 천하고 저리 굴리도 천한 목심, 하하하하…… 똥물 묵고 부지했다 그거거든."

박총각은 장사였었다. 한때는 임꺽정같이 되는 게 소원이었다 했고 동학 잔당의 한 사람으로 의병에 합류했던 것이다. 식량이 큰 그는 노상 배고파했으며 세상을 원망하고 심사가 좋지 않을 때 누가 조금이라도 거스르기만 하면 나무를 뿌리째 뽑아서 휘두르며 광태를 부리곤 했었다.

잠이 오지 않는다. 맥락도 없는 지난 일이 불쑥 솟았다간 가라앉고, 앞일, 지난 일이 뒤죽박죽이 되어 잠 안 오는 안막을 어지럽힌다. 몇 시쯤 됐을까. 자정이 넘은 것 같은데 서희는 눈을 떴다.

"정신이 드십니까?"

"여기가 어디야?"

하고 또렷한 목소리로 묻는다.

"병원입니다."

"병원?"

"용정서 오실 때 병원 가신다 하지 않았습니까? 말씀대로 된 거지 뭡니까."

반가워서 가슴이 뭉클한데 길상은 화난 소리로 오금을 박는다.

"앞으론 그러지 마십시오."

"길상이 네가 왜 걱정이지? 누구 훈계하는 게야?"

왜 병원에 간다고 거짓말을 했는가? 그 원인과 결과가 한꺼번에 상기(想起)되어 그러는 걸까. 서희 얼굴에 독기가 피어난다.

"귀찮아서 그렇지요."

이번에는 들떠서 길상이 말한다.

"그럼 가버리면 될 거 아냐?"

"귀찮아도 별도리가 있습니까? 가버릴 수 없지요."

"누구 놀리는 게야?"

서희는 휙 돌아누우려다 꼼짝 않는 한쪽 다리, 군데군데 입은 타박상의 맹렬한 통증 때문에 신음한다.

"움직이지 마십시오!"

"……."

"갑갑해도 참으셔야 합니다. 뼈가 붙을 때까진, 뼈는 부러졌지만 잘못될 염려는 없답니다."

"듣기 싫어! 더 이상 지껄이면 여기서 뛰어내릴 테야. 병신이 되면 어떻다는 게지?"

"……."

"상관 말어!"

서희는 설움이 목구멍까지 꾸역꾸역 차오르는 눈치다. 길상의 마음을 모를 리 없다. 기뻐서 안도에서 그러는 것을.

"이까짓 다리 하나 부러지면 어때? 눈이나 깜작할 줄 알어?"

악몽이다. 그것은 순전히 악몽이다. 서희의 음성을 듣고 있는 길상은 눈이 희끗희끗 쌓인 언덕 아래서 망가진 인형처럼 기절한 서희를 안고 미친 듯이 입김을 불어넣던 그때 얼굴, 입술의 감촉을 기억할 수가 없다. 실낱같은 숨결을 뽑아내는 서희를, 솜두루마기를 벗어 싸안고 언덕 위로 올라온 일, 그 곳서 십 리를 걸어 마을에 당도한 일, 마차를 빌려 회령까지 달려온 일, 그 밖의 일을 기억할 수가 없다. 마차 바퀴가 눈앞에서 아물아물 선회하고 있을 뿐, 눈밭 위의 선혈이 망막 속에 조금 남아 있을 뿐 다른 죽음이 있었는지, 아무것도 기억해낼 수가 없다. 서희의 노여움은 어쩌면 입술 위에 닿은 길상의 입김, 그 기억이 부끄러운 때문인지도 모른다.

"복지곡물상에 가서 부탁을 해놨습니다. 용정에 사람을 보내달라구요. 월선아지매가 오시는 게 좋을 듯싶어서."

서희는 가슴 위에 두 손을 깍지 끼면서 대꾸가 없고 길상은 의자에 등을 바싹 붙이며 침묵과 밤과, 병실의 공간과의 대결을 준비한다.

이상한 마을이었다. 마을이라기보다 이상한 곳이라 해야 옳았다.

몇백 년을 묵었는지 연륜을 알 수 없는 늙은 수양 한 그루가 넓은 둘레에 그늘을 드리우고 서 있었다. 수양 그늘에 의지하듯 초막 하나가 있었고 그 옆에는 초막보다 반듯한 마구간 건물이 있었다. 허허한 벌판에 나무라곤, 그리고 집이라곤 그것뿐이었다. 수양버들과 초막과 마구간.

한낮의 햇빛이 금싸라기같이 튀고 있었다.

말을 빌릴 수 있겠구나, 생각하며 길상은 나무 그늘을 향해 걸어갔다. 흰 수염이 앞가슴을 덮은 노인이 탁자 앞에 앉아서 차를 마시고 있었다. 청나라 늙은이 모습이다.

"좀 쉬어가겠습니다."

길상은 허리를 굽히며 인사하고 말했다.

"그러시오."

'……?'

조선말이었던 것이다. 길상은 나둥그러진, 상자같이 생긴 걸상에 앉았다.

"차 한잔 드시려오?"

노인이 물었다.

"네, 주십시오. 목이 타는 것 같습니다."

"그럴 테지."

주전자를 기울이며 노인은 차 한 잔을 따라준다. 차는 뜨겁
지도 차지도 않았고 갈증이 났던 참이어서 길상은 단숨에 마
셨다. 차맛은 좋았고 매우 향기로웠다.

"잘 마셨습니다."

찻잔을 탁자 위에 놓으니 멀끄러미 바라보고 있던 노인은,

"젊은이."

하고 불렀다.

"네."

"혼자 오시었소?"

"네."

"혼자 왔다?"

노인은 뇌며 고개를 설레설레 흔들었다. 길상은 노인의 모
습이 우관스님을 닮았다고 생각했다.

"이 동리의 이름을 뭐라 하는지요."

"뭐 동리랄 것도 없겠소만, 이름이 있긴 있지. 귀마동이라
하오."

"귀마동이라구요?"

"돌아올 귀, 말 마, 귀마동(歸馬洞)이오."

"이상한 이름이군요. 귀마동……."

길상은 초막보다 큰 마구간 쪽으로 눈을 보낸다.

'귀마동, 귀마동……. 말을 빌릴 수 있겠구나.'

"어르신."

"말해보시오."

"눈에 보이는 것은 허허벌판인데 이 근처에는 도통 인가가 없는 모양이지요?"

"그렇소."

"어르신께선, 다른 식구가,"

"⋯⋯."

"혼자 사시는지요."

"그렇소."

"아무도 없이, 정녕 혼자 사시는 건가요?"

"말 두 필 이왼 강아지 새끼 한 마리 없고, 그뿐이겠소? 이 귀마동에는 들짐승 날짐승도 없다오."

"그럴 리가,"

노인은 빙그레 웃는다. 길상은 우관스님을 많이 닮았다고 생각한다.

"사방을 둘러보시오. 지나가는 철새들도 쉬어갈 나무라고는 이 버들 한 그루요. 풀 한 포기가 없는 불모지에 들짐승인들 어찌 목숨을 부지하겠소? 해가 지면 달이 뜨고오, 그렇지, 달이 지면 해가 또다시 솟아오르고 세월이 가는 것도 아니요 아니 가는 것도 아닌, 들리는 거라곤 바람 소리뿐, 움직이는 거라곤 구름 조각뿐이라오."

"그런데 어떻게 이런 곳에서 혼자 사시게 되셨습니까?"

"글쎄⋯⋯. 아마 전생의 업으로 하여,"

노인은 먼 지평선을 한동안 바라보다가 다시 입을 열었다.

"출가한 몸으로서 정행(淨行)을 아니하고 십계(十戒)를 지키지 아니한 업보 탓인 듯하오. 이곳은 정처 아닌 허공산야(虛空山野), 고독지옥이오."

"……"

"젊은이."

"네."

"젊은이는 어째 혼자 왔소?"

"아까도 어르신께서 혼자 왔느냐고 물으시었지요?"

"물었소이다."

"혼자 온 게 뭐 잘못된 일인지요. 무슨 까닭이라도,"

"까닭이 있지. 내 이곳에서 칠백 년을 살고 있소이다만 혼자 찾아온 나그네는 젊은이가 처음이니 하는 말이오."

"칠백 년을 이곳서 사시었다구요!"

길상은 소리를 질렀다.

"그렇소. 말이 돌아오지 않아야만 이곳을 떠날 수 있을 텐데 말이오."

"칠백 년을, 그럴 수가!"

"놀라기는, 신선놀음에 도낏자루 부러졌다는 얘기를 못 들었구려."

"그, 그렇다면 어르신께선 신선이다 그 말씀이시오?"

"하하핫…… 하하, 신선이긴, 이곳은 신선 사는 곳이 아니라 고독지옥이래두. 나는 그저 마구간의 말이나 지켜주는 마부에 지나지 않소."

"그래요? ······혼자 찾아온 나그네로선 제가 처음이라······. 어째 그랬을까요?"

"그걸 몰라서 나도 물어본 게요. 반드시 두 사람이 찾아왔었지. 사내와 여인이 함께."

"사내와 여인이? 이곳에 오는데 그럴 만한 약속이라도 있다 그 말씀이시오?"

"약속이라······ 약속이라······. 아니지. 그건 발원(發願) 때문이지."

"무슨 발원입니까."

"이 벌판을 지나서 남쪽으로 남쪽으로 자꾸 내려가면 강이 하나 있소. 그 강을 건너가려고, 그 강은 혼자 외롭게 건너는 황천길의 삼도천(三途川)하고는 달라서 남녀 한 쌍이 건너는 강이오. 건너기만 하면 사내와 여인에게 이별이 없어진다는 게요."

"그래서 모두들 그 강을 건너갔나요?"

노인은 고개를 흔들었다. 한참을 지나서 노인은 다시 고개를 흔들었다.

"아무도, 단 한 쌍도 건넌 일이 없었지."

단 한 쌍도 강을 건넌 일이 없었다는 노인의 말을 듣고서 도리어 길상은 서희를 데려올 것을 그랬다 싶어 후회를 한다.

'서희는 도망칠 생각까지 했다고 말하지 않았나. 서희는 분명히 내게 그런 말을 했다.'

"어째서 강을 못 건넜을까요."

"젊은이는 이 동리 이름을 물었었소."

"네, 물었습니다."

"귀마동, 말은 돌아온다는 뜻이오. 돌아온다는 것은 강을 못 건넜다는 게 아니겠소? 이곳을 찾아드는 사내와 여인은 아름답고 씩씩하고 그리고 젊지. 아암, 젊고말고. 샛별 같은 눈들을 하고 있지. 여인은 장다리 순같이 연한 발목이요 사내는 참나무같이 단단한 몸집…… 흐흠."

"……."

"사내와 여인이 이곳을 찾아오면 나는 말 두 필을 마구간에서 내어주는 게요. 그네들이 말에 오르고 나란히 떠날 때 이르는 것은 말고삐를 놓으면 죽는다는 말인데 그 말을 세 번 되풀이하지. 말고삐를 놓으면 죽는다구. 해가 떨어질 무렵, 그들은 건너갈 강을 향해 떠나는 게요. 나란히 떠나는 말 두 필을 바라보고 있노라면 명경 같은 둥근 달이 떠오르지. 벌판 저 너머 말 두 필이 눈에서 사라질 때까지 저녁 이슬을 맞으며 나는 바라보는 게요. 제발 이번에는 돌아오지 말아라 빌면서 말이오. 그러나 그들은 어김없이 돌아왔었소. 말 한 필은 서쪽에서 돌아오고 다른 한 필은 동쪽에서 돌아오는 게요. 실은 그들이 돌아오는 게 아니라 말이 돌아오는 거지만. 한데 사내와 여인은 옛날의 그들은 아니오. 아니거든. 머리칼은 햇볕에 타서 삼올 모양으로 누렇게 뜨고 얼굴에는 가뭄에 갈라진 논바닥 같은 굵은 주름, 거미줄 같은 잔주름, 이빨은 빠져서 양 볼이 꺼지고 파파할멈 할아범의 모습들이오. 허나 그보다 슬픈 것은 사내와 여인이 서로를 알지 못하며 기억조차 하지 못한다는 일이었소. 그네들은 타인이며 먹구름이 몰려오는 하늘을 올려다보는 게요. 제가끔 자기 갈 길을 탄식하는 게지."

노인의 목소리는 저승길을 방황하는 망령의 목소리와 흡사했다.

"그들은 어째서 백발이 되도록 강을 건너지 못하고 돌아왔을까요. 서로 헤어져서 동쪽과 서쪽에서 돌아왔을까요."

"끝도 없는 벌판을 가다보면 지치고 정신이 멀어지고 그리고 심한 졸음이 오는 게요. 사람을 태운 채 말이 혼자 저절로 가는 게지. 그네들은 말고삐를 잡은 채, 나란히 가던 말이 동과 서로 갈라지면서 차츰차츰 멀어지면서 그리고 되돌아오는 것을 모르거든."

"차 한 잔 더 주십시오."

노인은 찻잔에 차를 부어준다. 역시 차 맛은 좋았고 향그러웠다.

"한데 꼭 한 쌍 이곳서 떠나 돌아오지 않은 사내와 여인이 있긴 있었지."

"강을 건넜다 그 말씀입니까?"

노인은 고개를 저었다. 그러고 다시 고개를 저으며 구름을 쳐다보는 것이었다.

"어느 날 해거름에 말 한 필이 돌아왔었지. 그건 빈 말이었소. 여인이 죽은 게요. 말고삐를 놓아버리고 말에서 떨어져 죽은 게요."

"사내는요!"

"가다가 역시나 그들은 서로 모르게 길이 갈라졌을 게구 그러다가 뒤늦게 깨달았을 게고 찾아 헤맸었겠지. 그러다가 필시 여인은 말에서 떨어져 죽었을 게요."

"사내는 그럼 돌아왔습니까!"

"아니, 아직도…… 벌판을 방황하고 있겠지, 벌판을. 말이 돌아오지 않고 있으니 말이오."

"어르신!"

"……"

"그럼 그 돌아온 말 제가 탑시다!"

"어쩌실려구."

"혼자 강을 건너보겠소!"

"허허어."

"혼잔 못 가는 곳이란 말씀이오? 그럼 좋소이다. 내 그 방황하는 사내를 찾든지 아니면 죽은 여인을 찾아오겠소."

"여인은 흔적도 없어졌을 게고 짝을 잃은 말도 이미 죽었소."

"저기 마구간이 있는데도요?"

"본시 네 필이었는데 두 필이 남아 있을 뿐이오. 한데 자네,
죽은 그 여인이 누군지 아나?"

별안간 노인의 어투가 싹 달라졌다. 다음 순간 크게 소리
내어 웃던 노인은 길상이 귀에 입술을 바싹 갖다 붙였다.

"그 여인은 바로 서희의 모친 별당아씨였느니라."

소곤거렸다.

"뭐라구요!"

"여인을 찾아 헤매는 사내는 구천이, 알겠느냐? 구천이 놈
이야. 으하핫…… 하하핫."

입을 크게 벌리고 벽력같은 소리를 내며 웃는다.

"으하핫핫핫……."

"스님! 우관스님!"

"으하핫핫…… 하핫핫…… 이놈 길상아."

"네. 스님, 스님! 길상이올시다!"

"이놈 길상아! 너 여기 뭐하러 왔느냐! 돌아가지 못할까! 이
천하에 못난 놈 같으니라구."

찢어질 듯 입을 크게 벌리고 호통을 치는데 입 안이 새빨갛
다. 혓바닥이 불길같이 널름거린다. 혓바닥은 불길이 된다.
활활 붙는 불길이다.

"스님!"

외치다가 길상은 제 목소리에 소스라쳐 눈을 떴다. 꿈이었다. 병실 의자에 앉아서 잠이 들었던 것이다. 길상은 몸을 부르릉 떤다.

'낮에 마차를 빌리느라 애를 썼기 때문에 그런 꿈을 꾸었을까?'

너무 생생하여 꿈을 꾸었다는 생각이 들질 않는다. 귀마동이란 이상한 마을에 방금 다녀온 것만 같다. 무슨 착각일까. 낮에 겪은 현실은 꿈같고 방금 꾼 꿈이 현실만 같으니, 길상은 오싹오싹 스며드는 한기를 느끼며 몸을 움츠린다. 난로에는 불이 빨갛게 타고 있었다.

'겨울 밤에 한여름 낮의 꿈을 꾸다니,'

그새 서희는 잠이 깊이 든 것 같다. 반듯이 누운 몸의 부피는 침대 수평과 거의 엇비슷, 사람이 누워 있는 것 같지가 않다. 다만 다리 부분 쪽이 솟아올라서 새까만 창유리에 곡선을 그어놓고 있다. 아무 소리도 기척도 없는 밤, 어떤 일과도 상관하지 않는 정적이 메스꺼움을 느끼게 할 만큼 냉랭하게 도사리고 있는 것이다. 서희는 죽지 부러진 새가 되어 누워 있다. 죽지 부러진 하얀 새 한 마리. 하얀 새는 죽어 있는 게 아닐까? 꿈속에서 들었던 얘기처럼, 그 별당아씨의 소식처럼 하얀 저 새는 죽어 있는 게 아닐까? 돌연 엄습해온 공포가 길상의 덜미를 친다. 손끝에 닿으면 싸늘한 시체일 것 같다. 가까이 다가서서 서희 쪽으로 몸을 기울인 길상은 숨소리를 듣는다. 미동이 없는데 그러나 고른 숨소리가 들린다. 다물린 엷은 입술에서 체취가 풍겨 나온다. 차가운 얼굴이다. 눈시울이 숨결에 나부끼는가, 희미하게 흔들리는 것 같다. 입술이 서희 얼굴 가까이…… 볼에 닿는다. 마약같이 괴로운 환희가 심장을 친다. 급기야는 격류가 된다! 물보라가 된다! 격류를 휘어잡으며 길상은 물러선다. 상쾌한 땀이 전신을 적시고 물러서는 순간 모든 속박에서 풀려난 것을 길상은 느낀다. 끈질기고 집요했던 속박, 격류는 파도가 된다. 파도가 밀려온다. 포효하면서 달려오는 것이다. 산더미 같은 거대한 파도가 그에게 무너져온다. 사나이의 무한한 자신(自信), 거칠고 힘찬 야성(野性)이 드디어 춤을 추는 것이다.

길상이 의자로 돌아와 앉았을 때 복도에서 슬리퍼를 끌며 가는 발소리가 들려왔다. 그 소리가 끊어진 다음 찻잔에 물을 따르는 소리가 아주 선명하게 들려온다. 새벽이 다가오는 것이다.

매식(買食)을 하면서 이틀 밤을 보낸 길상은 다시 밤을 맞이하기 위해 저녁을 먹으려고 입원실을 나서는데,

"좀 어떠시오?"

조수가 물었다.

"기분은 좋은 것 같아요."

"다행입니다."

길상을 따라 나란히 걸으면서 조수는 담배를 꺼내어 권한

다.

"고맙소."

불을 붙여 문다.

"입원하신 분, 누이동생이 아니라 하셨는데 그럼 어떤 사이신가요?"

그간 무뚝뚝하게 대하던 조수는 아무래도 궁금증을 풀지 않곤 배길 수 없었던지 체면 불고하고 묻는다.

"내 처 될 사람이오."

"아아 그러시오."

길게 빼는 어투에는 좋잖은 심사를 무마하려는 노력이 있다. 길상은 곁눈질을 하며 싱긋이 웃는다.

'이 친구 다시 무뚝뚝해지겠구먼.'

"그러고 보니 형씨도 대단한 인물입니다."

"그래요?"

"그 얼굴에 흠집이나 남지 말아야겠는데, 그렇지요?"

흠집이 남아라 하는 말과 다름이 없는, 선망에 일그러진 조수의 표정이다. 계집애처럼 샐쭉한 태도로 조수는 약제실로 들어가고 길상은 병원을 나온다. 몇 발짝을 가지 않았는데,

"아이구 길상아!"

여자 목소리에 얼굴을 든다.

"아, 아지매."

월선이는 바삐 다가오고 기별하러 갔었던 복지곡물상의 일

꾼은 길상한테 인사를 하고 나서 가버린다.

"애기씨가 우, 우떻게 되싰노?"

추위에 입술이 새파랗다. 월선은 수박색 솜두루마기를 입고 흰 명주 수건을 여러 겹 돌려서 얼굴을 싸맸으며 목이 긴 털장갑을 끼고 있었다.

"괜찮습니다. 지금 주무시는 거를 보고 나왔는데 아지매는 곧장 오시는 길이지요?"

"운냐."

"그럼 저녁을 먹고 들어갑시다."

"저녁이고 머고 무슨 경황에, 정말로 애기씨는, 별일 없겠제?"

"걱정 안 해도 됩니다. 나 지금 저녁 먹으러 가는 길이니까요. 자아."

길상은 월선이 등을 밀다시피, 그들은 밥집으로 들어간다. 저녁 두 상을 시켜놓고 기다리고 앉았는 동안 길상의 태연한 태도에 안심이 되었던지 월선은,

"혼자서 니가 욕봤구나."

하고 말했다.

"운수가 좋았지요. 다리뼈가 좀 잘못돼서 그것 때문에 여러 날 병원에서 묵어야 할까 봐요. 나는 용정에 가야 하니까 아지매를 오시라 했지요. 장사를 못해서 미안하지만요."

"별소리를 다 한다. 장사고 머고, 마차가 엎어졌다 카길래

처음에는 놀랐다. 참말로 잘못되는 거는 아니겠제?"

"뼈만 굳어지면, 그런 염려는 없을 거라 의사가 장담합디다."

"그만 되기 천행이다."

월선은 얼굴을 싸맨 수건을 푼다. 방 안 훈기에 새파랬던 얼굴이 벌게지고 있다. 길상은 새삼스럽게 월선이 많이 여윈 것을 깨닫는다.

'늙었구나.'

옥이네 얼굴이 눈앞을 스치고 지나간다. 마음 바닥에 날카로운 손톱 자국을 남겨놓고. 어금니를 지그시 깨문다.

"용정에는 별일 없겠지요?"

"무슨 일이 있겠노."

밥상이 들어왔다.

"아침도 제대로 못 들었을 건데 다 자셔야 할 겝니다. 애기씬 밤에 통 주무시질 못해요. 대신 낮에 눈을 붙이는데 한밤중이 되면 허기가 들지요."

월선은 길상의 얼굴을 쳐다본다. 눈이 움푹 들어간 얼굴에 반창고는 없었지만.

"상채기가 났구나."

밥을 먹는 동안 월선은 뭔지 모르게 골똘히 생각하는 것 같고 망설이는 기색을 보인다.

"길상아."

"야."

"나 이상한 사람을 만났다. 여기 옴시로."

"누군데요?"

"와 그 윤선생이라고 홍이 핵교 선생질하던 사람, 니도 알제?"

"알지요."

"우리 집에 국밥도 잡수러 오시고 해서, 홍이 핵교 선생이고 해서 인사를 했더마는 와 그리 놀라는지 모르겠더라. 머하러 회령 왔느냐 하길래 애기씨 다친 얘기를 했지. 그랬더니 어찌나 꼬치꼬치 묻던지,"

"그 사람이면 뭐 이상할 것도 없지요."

월선의 말을 잘라버린다. 강가에서 두들겨팬 일이 생각나기는 했지만 길상은 대수롭게 여기질 않았다.

"그기이 아니고⋯⋯. 그러세, 나도 지금 곰곰이 생각해보고 있는 건데 세상에는 흔히 닮은 사람이 있기는 있더라마는."

"누굴 만났기에요."

"저어 김평산이 그, 그 사람."

말을 해놓고 월선은 겁먹은 눈으로 길상을 쳐다본다.

"죽은 지가 십 년이 넘지 않았습니까? 그 사람 얘기가 왜 나오지요?"

의아해하며 월선을 바라본다.

"그, 그걸 모르나. 그래도⋯⋯ 살았이믄 오십이 다 돼갈 건데."

애기를 한다기보다 월선은 생각을 하며 말을 흘리는 것 같다.

　"아무래도 서른 살은 가깝게 돼 보이던데, 그러니까 내가 하동에서 주막을 할 적에는 그 사람 나이가…… 서른너댓인가, 처음에는 윤선생보고 인사를 하느라고 몰랐는데 옆에 있는 거를."

　"그럼 두 사람이 함께 있었다 그 말입니까."

　"음. 함께 노상에서 얘길 하고 있더마. 잘 아는 사인가 부던데……."

　"잘 아는 사이라구요?"

　비로소 길상의 얼굴이 긴장한다. 월선은 여전히 생각을 하며, 생각을 흘리듯 얘기를 계속하는 것이다.

　"무심결에 눈이 마주치는데 하마 내 입에서 말이 나올 뻔했다. 머리끝이 좁으당하고 눈두덩이 부숭부숭하고 뻐드렁니 그게 앞으로 나오고 좁은 이마에 줄 간 것까지…… 김평산이 그 사람을 바로 면대하는 것 같아서, 돼지 상, 음 그런 얼굴이 어디 흔해야 말이지. 섬찟한 생각이 들면서도 자꾸 쳐다봐지는데 그쪽서도 마음이 씌어 그러까? 나를 아는 것 같은, 아는,"

　길상은 밥알을 씹으며 생각에 잠기다가 입을 뗀다.

　"김평산이 그 사람한테 아들 형제가 있는 걸 아지매도 아시지요."

　"그러모. 알지. 둘째 아아는 심덕이 곱아서 내가 데리고 있을라 카기도 했는데."

"큰아들을 본 일이 있습니까?"

"그 아아사 못 봤구마."

"거복이라고 형편없는 망나니였지요. 나보다 한 살 위였던
지 그러니까 삼십 가까이는 됐을 겝니다. 한복이는 어머니를
닮았고 거복이 그놈은 지 애비를 성품 용모 그대로 닮았지요."

"그렇다믄? 그 사람 큰아들일 기라 그 말가?"

"제가 보지 못했으니 뭐라 할 순 없지요. 세상에는 닮은 사
람도 많고……. 하지만 윤가 그놈하고 아는 사이라니 좀 이상
한 생각이 들긴 듭니다마는,"

윤선생이 아니고 윤가 그놈이라는 말에 월선이 놀란다.

"윤가 그놈은 행실이 좋지 못해서 학교에서 쫓겨났지요."

"쫓겨났다고?"

"야, 몰랐습니까?"

"그거사 머……."

월선은 또 뭔지 우물쭈물한다.

"그러니 아지매도 홍이 선생이거니 생각지 말고 가까이하
지 않는 게 좋을 겁니다."

밀정의 앞잡이라는 말은 차마 못하고, 그러다 보니 말의 내
용이 묘하게 되어버렸다. 길상은 좀 당황한다.

"행실이 좋지 못한 것도 그렇지만 수상쩍은 데가 많아서요.
무슨 일을 당할지 모르거든요."

부언한다.

"수상쩍은 데가 많다믄……. 그, 그러고 본께, 아닌 게 아니라 이상타 싶기는 싶더라마는,"

역시 월선은 고개를 갸웃거리며 생각는 얼굴이다.

"뭐를 어쨌기에요."

"이런 말을 해서 좋을지 모르겠다마는 저어 송애 그 아아한테 편지질을 자꾸 하는 모양이더마, 나도 맘속으로는 선생질 하는 사람이 남으 체니 아아한테 그라믄 안 되는데 하고,"

"언제부터 그랬습니까."

길상의 어세가 강해진다.

"며칠 전만 해도,"

"아니 그럼 며칠 전까지 용정에 있었다 그 말입니까?"

"그, 그런갑더라. 하숙집에 국밥 날라달라고도 하고, 송애가 더러,"

길상은 단순한 일이 아닌 것을 확실하게 느낀다. 윤이병이 용정을 떠나지 않았고 더군다나 송애에게 접근한다는 것은 단순한 일이 아니다. 서희가 부상당한 일을 꼬치꼬치 묻더라는 조금 전의 월선의 말도 상기된다.

'그럼 그 돼지 상의 사내는? 설마 거복일까?'

16장 주구(走狗)의 무리

'저 여자가 무당집 월선이고 이서방을 따라왔다 그거야? 임이어맨가 칠성이 계집인가, 그 여잔 이서방 아들을 났다…….
흥! 인연치고는 고약하구먼. 고약해.'

이맛살을 모으며 월선의 뒷모습을 바라보는데 김두수 입가에 일그러진 웃음이 맴돈다. 무당집이라면 생생한 기억이다. 잡풀이 우거진 폐가였던 그 집, 깨어진 질그릇이며 퇴색한 종이꽃들이며 짚 썩은 물이 간장처럼 늘 괴어 있던 뒤란 처마 밑이며 솥은 누가 걷어 갔었는가, 허무하게 뚫어진 솥 건 자리에선 썰렁한 냉 바람이 불었었다. 그 솥 없는 아궁이에 불을 지피고 남의 콩밭에서 베어온 풋콩을 구워먹은 게 몇 번이었던지. 집에서 쫓겨난 밤이면 흙바닥이 된 그 퇴락한 방에서 더러 잠을 자기도 했었다. 그러나 김두수는 월선의 얼굴을 기억하지 못한다. 월선이 마을을 떠날 때 두수는, 아니 거복이는 어린아이였었다. 돌아온 월선은 읍내에 주막을 차렸으므로 만나본 일은 거의 없었다. 처음 용정의 그 움막 근처에서 용이를 만나던 날만 하더라도 물동이를 들고 오면서 우째 그라요? 하던 여자를 설핏 보긴 보았으나 사투리에 당혹했을 뿐 김두수는 고향의 무당집 월선이라는 것을 알지 못했던 것이다. 월선의 뒷모습에서 눈길을 거둔 김두수,

"가만있자아,"

뭉긋이 피어오르는 원한의 지난날을 아래로 아래로 밀어 내리는, 힘든 순간을 겪는 것일까. 옆에 선 윤이병을 험상궂게 쳐다본다.

"지금부터면 좀 이르겠고…… 일단 여관으로 들어가는 게 좋겠군. 저녁이나 먹고 나서."

중얼거리며 발길을 떼어놓는다. 윤이병도 함께 걸음을 옮긴다. 작은 체구를 감싼 헐거운 외투는 낡고 초라하다. 소년 티가 감돌던 해사한 지난날 얼굴은 찬 바람에 바스라진 듯 거칠고 궁기가 역력하다. 불과 한 달 남짓, 새 양복에 머릿기름 냄새를 풍기던 모습이 이렇게 변할 줄이야. 김두수 뒤를 졸졸 따라가면서 윤이병은 널찍하고 두툼한 김두수 등바닥에 증오와 공포, 자포자기한 눈길을 보내기도 하고 전봇대 꼭대기를 올려다보기도 하고 공연히 마주치는 행인을 왜순사같이 거드름을 피우며 째려보기도 한다. 그러나 어떻게 해보아도 자신이 초라하기만 하다는 것을 느꼈던지 땅바닥에 시선을 떨어뜨리고 만다.

"김주사."

여관에 들어서자마자 가짜배기 상아 물부리를 물고 있던 여관집 주인 사내는 대기하고 있었던지 김두수를 반긴다. 두 사람이 방으로 들어와 막 앉으려는데 다시 김주사 하며 주인 사내가 방문을 열고 들어왔다.

"또 왜 이러시오? 조씨가 이러면 나는 바빠질 걱정부터 먼저 하게 되더군요."

김두수는 꽤나 점잖게 말을 하고 십여 세나 연장인 주인 사내는 희뭇이 웃는다. 이들 사이는 단순한 주객만은 아닌 듯하다.

"술상 내오라 했으니 저녁은 나중으로 미룹시다."

굵다란 눈이 긴 얼굴 위에서 천천히 움직이는데 윤이병은 안중에 없는 태도다.

"우린 저녁 먹고 갈 곳이 있소."

"허허 내 김주사 갈 곳 알지. 술 좀 마시고 갔기로 뭐 나무랄 위인도 아니겠고 김주사 처지도 그렇고 그런 거 아니겠소?"

"내 그럴 줄 알았지. 하하핫……."

김두수는 만족스럽게 웃는다.

"하기야 양경부 그 사람 나한테는 꼼짝 못하지. 근엄하고 거룩한 척하지만 여보게 김군, 날 좀 봐주게. 여보게 김군, 거 아무개한테 말 좀 잘해주게. 하하핫……."

목소리 흉내를 내고서 웃고 주인 사내도 웃는데 윤이병은 웃지 않고 자기에게는 대접이 소홀한 주인 사내를 올곧잖게 쳐다본다. 주인 여자가 손수 술상을 차려왔다.

"아이구 김주사 오래간만이오."

"호들갑인지 거짓말인지 등치고 간 빼먹는 소리 그만하소. 아침에 보구서 오래간만이오?"

"어째 그리 인정사정도 없으실까? 술상 들여오는 게 오래간만이다, 그 얘기 아니오?"

주인 여자는 헤실헤실 웃는다.

"그거야 내 탓이오? 아주머니 탓이지. 언제 내가 술상 마담
디까?"

"아이구 이래서 김주사를 못 당한다니까?"

"그저 그저, 젊은 사내라면 사죽을 못 쓰거든."

주인 사내가 혀를 두들기는데 아마도 이들 수작은 이들 내
외의 환대방법인 모양이다. 사내뿐만 아니라 여자도 윤이병
은 종시 안중에 없는 태도다.

"영감 눈 무서워서, 그럼 김주사 난 물러갑니다."

여자의 흰 버선발이 문지방을 넘고 방문이 닫혀진다.

"윤선생이라 하시던가?"

사내는 또다시 굵은 눈망울을 굴린다.

"그렇소."

윤이병은 퉁명스럽게 대꾸하면서 양어깨를 치켜든다.

"주인장, 거 잘 봐주슈. 우리네보다 유식쟁이다, 그거요, 하
하핫……."

김두수는 손바닥에 올려놓고 굴려보듯 말하고 웃는다.

"윤선생?"

"……."

"자아 내 잔 받으시오."

주인 사내는 눈동자를 감추고 술잔을 내민다. 윤이병은 반

울상이 되어 그러나 거칠게 술잔을 받아든다.

"선생의 똥은 개도 안 먹는다 했는데 젊은 양반이 뭣 땜에 고생길에 드셨소? 술이 넘쳤구면."

"술은 잔에 넘쳐야 하고 계집은 품에 들어야 한다잖소? 거 양경부의 풍류담이지만요."

김두수는 의식적으로 양경부를 들먹이는 것 같다. 윤이병은 술 비운 잔을 주인 사내에게는 돌리지 않고 김두수 앞에 내민다.

"형님 잔 받으시오."

일개 여관 주인으로밖에 생각지 않는 윤이병은, 자기 처지를 정확하게 아는 주인 사내보다 훨씬 우둔했다. 김두수는 느긋해져서 술잔을 받으며 말했다.

"주인장!"

"예, 김주사."

"부탁이 있으면 말씀하시오."

"온 사람도, 숨넘어가겠소."

고분고분하는 것만도 아닌 성싶고 실상 김두수도 지껄이는 말과는 달리 상대를 한 수 놓고 대하는 것 같다.

"부탁이 없는 것도 아니지요. 그놈의 숙박겐지 뭔지 골치가 아파서 말이오. 어디 지금까지야 그런 게 있었소?"

"그러니 지금까진 여관업이 아닌 객주업이었다 그거 아니겠소?"

"허허어, 이 사람이?"

주인 사내 어투는 차츰 내리막길이다.

"칠팔 년을 우리가 그렇고 그런 사인데 김주사가 그러면 남이 뭐랄까? 언제 우리 집에 명태짝 쌓인 것을 보았었소? 셈찬(수염 난) 아재비가 참기로 하고."

사내는 또 희뭇이 웃는다. 웃음소리를 내는 일이 없고 어성을 높이지도 않는, 왠지 기분 나쁜 사내라고 윤이병은 뒤늦게나마 깨닫게 된다.

"지난 칠월이던가 팔월이던가 그놈의 숙박규칙이라는 게 생겨서 아주 귀찮게 됐다. 그 말인데 이십사 시간 내로 신고하라, 새 법이지. 안 하던 일을 할려니 자연 잊기도 쉽고, 일전에는,"

"벌금 물었군요."

"벌금뿐인가요? 잘못하면 구류처분까지 한답디다."

"설마 조씨가 그런 꼴이야 당하겠소오? 눈에 명태껍데기 붙이지 않은 다음에야."

주인장이 되고 조씨가 되고, 알쏭달쏭한데 윤이병이 순간 속을 차리는 모양이다.

"그야 그렇겠지만 성가시다 그거지."

"앞으론 이 친구한테 부탁하시오. 안성맞춤일 게요."

김두수는 윤이병을 손가락질하며 가리켰으나 주인 사내는 들은 척도 않는다.

"실상 벌금쯤은 별게 아니고 경찰서에서 사람이 자주 나오게 되면 여관업에 지장이 있다 그거요."

"그렇지만 그건 할 수 없는 일이지요. 회령이 길목이니까 엄중히 하긴 해야잖겠소."

"그걸 뉘 모른답디까? 나도 허수아비가 아니니 내게 맡겨라 그거지. 나중에 양경부 만나거든 김주사가 말 좀 하시오."

"알았소. 알았소이다."

김두수는 미묘하게 웃다가,

"실적을 올리겠다 그거지요?"

"그렇지. 장사도 하구요."

눈까풀을 치올리니 굵은 눈망울이 또 움직인다. 윤이병을 보면서 말은 김두수에게,

"빤히 아는 일인데 하기야 새삼스럽긴 하지."

술잔을 들어 입으로 가져간다. 김두수는 다부진 산도야지요 사내는 구렁이다. 목이 길고 느슨한 사내, 담쟁이 속을 스멀스멀 기어가며 이파리 사이로 모습을 드러냈다 숨겼다 하는 구렁이를 산도야지가 바라보며 시죽시죽 웃는다.

"요즘 장사는 어떠시오?"

"어느 장사?"

반문하다가 사내는,

"요즘 소장사하는 사람들 재미보았다더구면. 블라디보스토크 방면에 나간 것만 하더라도 우피를 합해서 이만 오천 두라

던가?"

시치미를 떼기 위해 하는 말 같다.

"그러고 보니 생각이 나는구먼. 김주사."

"또 뭐가 있소?"

"흑룡강(黑龍江) 그쪽 방면에 가본 일이 있소?"

"없는데요?"

"가볼 생각 없소?"

"뭣하러요."

"할 일이야 많다면 많지."

"흑룡강 방면이라?"

"그곳 동태를 조사해놓는 것은, 그거 아주 쓸모있는 일일 게고 그곳에서 연해주로 빠져나오는 것도 재미있는 일일 게고,"

김두수의 얼굴이 심각해진다. 그러나 사내는 다시 말을 흘뜨려버린다.

"내가 왜 이런 얘길 하는고 하니 추서방이라고, 주객 간으로 사귀어온 처진데 말이오, 그런 사람이 있소. 그 추서방이 수일내 흑룡강 방면으로 떠난다는 얘길 들었기에,"

"무슨 일로 가는데요?"

그 말 대꾸는 없이,

"지금 그곳은 한 대목일 게요. 장이 벌어지는 시기니까. 장에는 값나가는 모피다, 녹용은 철이 지났으나 심심치 않게 나돌 게고, 지금 이곳서 떠난다면 가만있자, 아 다소 시기가 늦은 편인데."

"그러니까 추서방인가 뭔가 하는 사람 장사꾼이다 그 말이
오?"

"아암요. 장사꾼치고도 아주 수십 가지 재줄 지닌 사람이
지. 특히나 중국말이라면 본바닥 중국놈 뺨칠 지경이고 만주
말도 썩 잘하지요. 그만하니까 간악한 중국놈들 제치고 그곳
까지 기어들어가는 게 아니겠소? 그러니 그 사람보다 더 좋은
길잡이 구할래야, 어디서 구하겠소?"

김두수는 돌연 주인 사내 얘기를 중단시킨다.

"이거 늦어지겠소. 저녁 주셔야지."

"아 그러시오."

사내는 천천히 엉덩이를 들어 올린다.

"그럼."

윤이병에게 눈인사를 하고 나간다. 지체 없이 저녁이 들어
왔다. 마신 주량이 많지는 않으나 김두수는 빈속에 집어넣
듯 왕성한 식욕이다. 볼이 미어지게 밥을 먹던 김두수는, 시
무룩해서 밥알을 헤집고 있는 윤이병을 힐끔 살펴본다.

'햇병아리 같은 놈! 한 번 비틀면 목뼈가 똑 하고 뿌러지겠
다. 오냐. 아직은 네놈을 좀 써먹어야겠으니 순풍(順風)을 보내
주마.'

시선을 느낀 윤이병도 힐끔 올려다본다.

"왜?"

"……"

"심화가 나서 그러나?"

"……"

"그 계집애가 죽고 사는 건 우리하고 별 상관이 없는 일이
야."

아까 노상에서 윤이병이 월선에게 꼬치꼬치 물어서 알아낸
일, 서희가 부상한 일을 두고 하는 말이다. 사실 관심이나 인
연에 관한 거라면 김두수 쪽이 훨씬 깊고 밀접하다. 그러나
김두수는 윤이병에게 슬그머니 밀어붙이며, 접시 바닥을 싹
쓸어버리듯이 콩나물을 모두어 듬썩 입 속으로 집어넣는다.

"어떤 면으로 봐서는 살아주는 편이 낫지. 형편 보아가며
울거먹을 수도 있는 일이니까 말이야. 그 계집애가 죽었다 해
서 유산을 우리가 상속받을 것도 아니겠고."

태평스럽게 말했으나 그의 심중이 착잡하긴 하다. 죽은 서
희 부친의 모습이 눈앞에 떠올랐고 다음은 관가에 끌려가서
무참하게 처형된 전후사정이 상기되었고 가지가지 소문과 낭
설로 반죽이 되어 골수에 남은 아비 죽음의 모습이 새삼스럽
게 떠오른다. 보복의 이를 갈다간 맥이 쑥 빠지곤 한다. 지나
간 세월과 마주친 것처럼 용정에 최서희가 있었더라는 그간
확인된 소식, 악의 칼을 갈아야 할까, 길손처럼 외면하고 그
냥 지나쳐버려야 할까. 시시로 머리를 치켜드는 갈등이다. 그
러나, 그러나 다만 확실한 것은 살인 죄인의 아들이라는 정체

를, 어떤 경우에도 드러내서는 안 된다는 일이다. 최서희가, 또 평사리에 살았었던 사람들이 용정에 있다는 그 사실이 견딜 수 없다. 자신의 정체를 폭로하기 위해 서희 일행이 만주 땅으로 온 것 같은 착각이 들 때가 있다. 그들만 이곳으로 오지 않았더라면 자신은 살인 죄인의 아들이 아닌 것이다. 불안해하고 때때로 괴로워할 이유도 없는 것이다. 제 나라 제 겨레를 등졌을망정, 비천하고 간악한 밀정일망정 그 나름의 바닥에서도 유서 깊은 무반의 자손이어야 한다. 개처럼 처형된 살인 죄인의 자손이라니 안 될 말이다. 일본이 등용하는 매국노에게도 서열은 있는 법, 살인 죄인의 자식은 될 수는 없다. 비밀은 지켜져야 한다.

"만일에 그 여자가 죽는다면……. 그렇지요. 김가 그놈 팔자가 쭉 늘어지는 거지요."

밥상에서 물러나 앉으며 윤이병은 자못 비애스런 표정으로 혼자 중얼거리는 것이었다.

"김간지 박간지 그놈의 성을 어찌 아누, 흐."

길상의 근본을 알고 하는 말이지만 사정을 모르는 윤이병은 그저 지나는 말로만 듣고 넘긴다. 김두수의 표정이 험악하다는 것을 느끼긴 했으나.

"내 생전 김가 그놈이 거꾸러지는 걸 보아야겠는데 말입니다. 나는 그날 밤 일을 잊을 수 없을 겝니다."

윤이병이 길상에게 깊은 원한을 가지고 있는 것은 사실이다. 그러나 지금 느끼고 있는 원한은 다분히 불순한 것이다. 길상에게 구타당하고 수모를 당한 것을 상기시키려는 목적의식이 있다. 나는 김두수 당신 때문에 수모를 당한 것이요, 구타도 당한 것이요, 하는 공로의 주장이 있고 그런 나를 당신은 끝까지 보아주어야 한다는 다짐도 있다.

"나도 매몰찬 사내요. 독한 놈이 어디 따로 있답니까? 마음먹기 탓이지요. 마음 한번 모질게 먹으면 못할 일이 있겠습니까?"

이번에는 길상을 앞세워 김두수에게 간접으로 주는 으름장이다. 아니 차라리 나를 버리지 말아달라는 애소였었는지 모른다. 그만큼 윤이병의 생활은 다급했다.

"그러면 칼질이라도 할 수 있다 그 말이야? 제기랄! 무슨 놈의 돌이, 밥 먹으려다 이빨 뿌러지겠다."

그때까지 밥을 퍼먹고 있는 김두수는 상 위에 음식물을 뱉어낸다. 입술 사이로 드러난 뻐드렁니는 윤이병의 으름장을 비웃는 것같이 보인다.

"경우에 따라서, 못할 것도 없지 않습니까?"

작은 체구를 좌우로 흔들어대며 목소리도 굵게 내민다.

"그래?"

"이제 나는 그네들 사회에서 발붙일 곳이 없어졌고 김가 그놈이 나를 아주 영영 매장해버린 거나 다름없으니까요. 개처럼 두들겨맞은 것도 잊을 수 없는 일이지만 그보다 윤이병이가, 상의학교 교사 윤이병이 이러고저러고 했다는 소문이 문제이지요. 이젠 햇빛 아래 다 드러나지 않았습니까? 학교는 말할 것도 없지만 교회에도 발을 들여놓을 수 없게 됐으니……. 도장이 쾅 찍혀버렸지요. 그놈 때문에. 하지만 나도 살아야겠어요. 살기 위해서, 내가 살기 위해서도 내 편에서 칼을 먼저 들어야 한다 그겁니다. 기왕에 편은 갈리고 말았으니까요."

"하 참, 그걸 뉘 모르나? 그러니까 자넬 여까지 데려온 거구 오늘 밤 양경부 집에 가자는 거 아닌가."

"그건 압니다."

작은 얼굴에 큰 눈을 부릅뜨고 대꾸한다. 저녁을 끝낸 김두수는 손뼉을 쳐서 사람을 부른 뒤 밥상을 물리게 한다.

"오늘 밤 나하고 같이 가자. 가면 알 게야. 양경부 그 사람 내 말이면 다 들어주게 돼 있어. 자네한테 순사 한자리 내주는 것쯤 식은 죽 먹기보다 쉬운 일이야."

목소리가 은근하건만 윤이병은,

"순사보담은!"

하고 어정쩡해한다.

"순사보담은 헌병대 보조원으로 들어가고 싶은데요?"

김두수의 얼굴이 구겨진다.

"순사보(巡査補)도 아니고 순사야?"

"글쎄 경찰보다는 헌병대가,"

"곧바로 그러진 못해. 순사로 있다가 오기는 쉬워도,"

하다가 김두수는 역정을 버럭 낸다.

"자네, 도시 건방진 놈이다! 감지덕지해도 뭣할 텐데, 매 맞고 쫓겨난 게 내 탓이야? 순사도 너에겐 흔감하다! 뭐 대단한 일 했다고, 네놈이 변변했으면 그깟 일로 탄로됐을까?"

"하지만 원인으로 말하면은,"

"듣기 싫다! 예배당에 붙어서 언해 꼬부랭이나 배웠다고 네 눈엔 하늘이 돈짝만큼 뵈냐? 헛 참, 가소러워서, 배고픈 놈 밥 먹여주니까 뭐까지 내놓으란다더니, 이봐 윤가야! 코밑이 길지도 않은데 왜 그리 뻔뻔하냐? 붙어 있을 모가지가 붙어 있는 줄 아냐? 흥, 누군 못나서 이러고 있는 줄 알아? 근본을 따지자면 땅 파먹던 상놈의 새끼들이 야소교 믿은 덕분에 선생이다, 교사다. 그런 따위, 유가 아니란 말이야! 건방진 놈! 때가 때 같으면 내 앞에서 하정배나 할 놈들이 도무지 아니꼬워서 따따부따, 빌어먹을! 수틀리면 다 때려 부숴버릴 테다!"

윤이병의 얼굴이 새파래진다.

"답답한 것은 네놈이지 내가 아니란 말이다! 내가 안 잡아주면 네놈이 청요릿집 머슴이나 될 줄 알어? 누가 잡아주나, 누가!"

"그, 그야."

"혀는 짧아도 침은 길게 뱉고 싶다. 흥 마음대로 해봐!"

"그게 아니고 저어…… 아니, 형님 시키는 대로 하겠소."

부성한 눈으로 째려본다. 눈빛에 질려서 윤이병은,

"생각이 모자라서요."

"약은 놈 같으니라고. 심성으로 대해선 안 될 위인이라는 걸 내 모르는 바 아니지만 까놓고 얘기하지. 네놈이 달가워하지 않는 순사직도 공짜가 아니라는 걸 알아야 해. 순사질 하기 전에 내게 해주어야 할 일이 남아 있다 그거야."

"네. 할 수 있는 일이라면."

풀이 죽어서 말한다.

"그게 뭔고 하니 연추를 다녀와야 한다 그거야."

"연추로요?"

"금녀가 연추에 있어. 그년을 자네가 가서 끌어내야 한다 그 말이야."

목소리는 훨씬 누그러졌다.

"네에?"

"놀라기는 왜 놀라지?"

"금녀를 어떻게 제가,"

"자네밖엔 데려올 사람이 없거든."

흥분하여 얼굴이 벌게진 윤이병은 가까스로 담배를 붙여 문다.

"금녀가 따라올까요?"

"그건 부딪쳐봐야 알 일이고 자네 수단에 달린 거지."

"내 생각엔 안 올 것 같은데요?"

"그년도 그 바닥에 가서 색다른 물을 먹었을 테니 호락호락 넘어오진 않겠지. 그러니 두만강을 넘을 생각은 말아야지. 가령 길림 쪽이라든가 그쪽으로 유인해야 할 게야."

"이제는 그 여자, 나를 믿지 않을 겁니다."

"자네 지금 그대로, 그런 꼴을 하고서 찾아가면…… 금녀 같은 그런 계집은 마음이 움직일 거야. 김두수한테 쫓기고 있다. 너 없이는 못 살겠다. 함께 도망가서 숨어 살자. 그런 식으로 말이야. 제에기랄! 그런 것까지 말해야겠나?"

김두수는 제풀에 화를 낸다.

"나를 어떻게 믿고서? 만일 연추에서 금녀하고 함께 산다면? 정말 형님은 안심하고 날 보낼 수 있습니까?"

떠보듯 조심조심 묻는다. 김두수는 씩 웃었다.

"밀정 놈이 어떻게 그런 곳에 발을 붙이고 사누. 목숨이 오락가락, 왜 내가 못 가고 자네를 보내는가 그걸 생각해본다면 절로 알 일 아닌가?"

"그렇다면 나 역시 마찬가지 아닐까요?"

"아니지. 자네라면 당분간은 염려 없어, 당분간은."

"……."

"그러나 용정하고 연추 사이, 일합네 독립운동합네 하는 자들의 내왕이 수시로 있고 보면, 자네가 상의학교에 있었던 것은 첫째 금녀가 아는 일이고 비밀이 오래 보장될 수는 없지. 금녀를 끌고 간 놈들이 모두 그런 패거리니 그만큼 경계도 할 게고 말이야. 실상 그런 거는 아무래도 좋아. 자네가 돌아오지 않는다면 자네 비밀을 폭로해버릴 방법은 얼마든지 있으니까 목숨 부지할 생각일랑 아예 안 하는 게 좋을 게야. 곱게 그년을 데리고 와준다면 직업도 얻을 수 있고 그 길에서 출세할 수도 있는 일, 제에기랄 왜 이리 복잡하지? 아무튼 밤에 다시 상의하기로 하고,"

김두수는 후닥닥 일어선다.

"하여간에 이제 나가자고. 꽤 저물었구먼."

김두수는 서두르는데 윤이병의 얼굴은 어둡다. 함정으로 몰리고 있다는 생각이 들면서도 김두수 말에는 충분히 일리가 있다는 느낌이기도 하다. 그러나 무엇보다 절실한 윤이병의 현실은 무일푼, 명랑하고 쉽게 남과 사귈 수 있었던 성격이 쓸모없이 됐다는 것이다. 발붙일 곳이 없어졌다는 것도 실제 이상의 강박관념이었었고.

김두수가 윤이병을 데리고 찾아간 곳은 왜식으로 된 관사집이었다. 경부보(警部補) 양준모(梁準模)는 서른네댓, 오는 길에 김두수가 보부상 아들이니 상놈 출신이니 어쩌니 하고 헐뜯던 말과는 달리 일본옷을 걸치고 있을망정 선비 같은 풍모에 몸짓이 세련돼 보였으며 냉정한 인상이었다. 그리고 그의 처는 그저 수수해 보이는 일본여자였다. 그 일본여자한테 말을 거는 김두수의 일본말은 아주 유창했다. 윤이병은 묘하게 김두수 능력에 신뢰 같은 감정이 이는 것을 깨닫는다.

"오래간만이군. 앉게."

냉정한 인상과는 달리 양경부의 음성은 부드럽고 친숙하게 울렸다.

"한번 찾아뵙는다는 것이, 늘 바빠서요."

김두수의 태도는 정중했으나 여유가 있다.

"그랬을 테지. 바빴을 게야. 한데 이분은?"

김두수 옆에 찬 서리 철의 메뚜기처럼 붙어앉은 윤이병을 보며 묻는다.

"네. 윤군, 양경부 님한테 인사하게."

"처음 뵙겠습니다. 윤이병이올시다."

하고 두 팔을 짚으며 절을 한다.

"용정서 학교 교사로 있었던 사람입니다. 제 일을 돕다 보니 학교도 쫓겨나게 되고 해서 제가 책임을 지게 되었습니다. 경부님께서 봐주실 줄 믿고 오래간만에 인사도 드릴 겸 이 친굴 데리고 왔지요."

양경부는 빙긋이 웃는다.

"자네 일을 돕다가 실직을 했다면 내가 힘을 써야겠지."

"부탁합니다."

"염려 말게."

"고맙습니다. 아, 이 친구야."

김두수는 익살스럽게 윤이병의 무릎을 쥐어박는다.

"아 네, 감사합니다."

당황한 윤이병은 아까처럼 두 팔을 짚고 절을 한다.

"그럼 이제 용무는 끝이 났나?"

"네. 더 이상 무슨 염치로 부탁을 또 합니까?"

"그러면 오래간만이니 술이나 하세. 마침 좋은 술이 들어왔어. 시즈코! 시즈코!"

양경부는 아내를 부른다.

"하이(네)."

대답과 동시 방문이 열리고 여자는 낭하에 무릎을 꿇고 앉는다.

"사케오 다세(술 내와)."

부드럽고 친숙을 느끼게 하던 음성과, 세련돼 뵈던 몸짓은 표변하여 난폭하고 천박하다.

"하이(네)."

여자는 앵무새처럼 대답하고 방문을 닫는다. 까치걸음을 연상케 하는 발소리를 내며, 그러고는 잠잠해졌다. 부드러웠던 음성이나 세련된 몸짓은 그의 인품은 아니었던 모양이다. 김두수에게 그럴 만한 이유가 있어 그랬던 것 같다.

술상이 들어왔다. 댓잎 무늬가 있는 하얀 돗쿠리*에는 따스하게 데워진 일본 술이 들어 있었고 장종지보다 작은 일본 술잔 사카즈키는 윤이병의 눈에 앙증스럽게 보였다. 익숙하지 않은 술잔으로 어색하게 술을 마시는 윤이병을 내버려둔 채 양경부와 김두수는 저희끼리 얘기를 나누다가,

"헌데 내 말 들으니 달포 전에 일을 저질렀다구?"

"무슨 말씀을 그렇게 하십니까. 저질렀다면 아니할 일을 했다 그 말씀이십니까?"

"뭐 그렇다는 건 아니고."

"실패는 했지요. 한두 번의 실수는 병가상사라 하지 않습니까."

"허나 역시 시끄럽지."

"시끄러울 것 조금치도 없습니다. 다만 대일본제국의 안녕을 위해 숨구멍을 틀어막지 못한 것이 유감일 뿐입니다."

김두수는 빈정거리듯 말하는데 상대방에 가하는 은근한 압력이다.

"그야 누가 모르는가? 하지만 그런 건 마지막 쓰는 수단일게고 온정을 베풀어서 귀순시키느니만 못하지. 듣자니까 뭐 최후 수단을 쓸 만한 거물도 아닌 모양 아니야? 그런 자들을 모조리 처치하려 했다가는 연해주에 사는 조선인들은 다 죽어야 한다는 결론이 난다."

"대일본제국의 경부보 양준모 씨 입에서 그런 말씀이 나올 줄은, 이거 참말로 뜻밖입니다."

"허 또 시비야? 젊은 혈기가 가상하기는 하지만 선배 말도 좀 귀담아들어야지."

"온정을 베풀어서 귀순시키는 게 그야 젤 좋은 방법이긴 하지요만 귀순을 해야 말이지요. 그러나 온정이란 남 보기 좋게 도배질해놓은 대일본제국의 정책일 뿐, 일선에서 뛰는 우리까지 그 말을 믿었다간 사방팔방 구멍이 숭숭 뚫릴 겝니다. 사실 나는 사방팔방 구멍이 숭숭 뚫리는 일보다 내 목숨 날아가는 게 더 두려우니까요. 생각해보십시오. 해삼위에서 있었던 일이 어디 저의 사감으로 저질러진 일입니까? 대일본제국에 충성한 결과로서 내 목숨을 노리는 자가 생겼다면 어디 그놈이 좀도둑입니까? 살인강도란 말입니까? 내 목숨을 노렸다면 독립군임에 틀림이 없는 게고 그러니 말입니다. 내 목숨을 지키는 것은 대일본제국을 지키는 것과 추호도 다르지 않다 그 말입니다. 나는 경찰 소속이 아닌 헌병대 소속이란 것을 잊지 마십시오."

"알았어, 알았다니까. 하긴 이 방면의 일이야 자네가 선배 아닌가."

김두수의 약점을 잡으려다 되잡힌 꼴이 된 양경부는 슬쩍 말머리를 돌린다.

"요즘에 느낀 건데 독립운동한다는 친구들 흉을 잡자고 하는 얘기는 아닐세. 어째 사람들이 왜소해지고 용렬해지는 것 같단 말이야. 오늘날 조선이 일본의 지배를 받게 되긴 했으나 본시 우리 조상들은 대인군자의 풍도가 있었거든. 총 몇 자루 짊어지고 독립할 거라는 꿈을 가지는 것도 황당한 얘기거니와 도무지 함께 뭉치는 힘이 없으니, 말이야 바로 하지, 자네들이나 내가 조선사람임엔 틀림이 없고 비록 우리가 일본의 녹을 먹고 있다 할지라도 그 일 한다는 친구들 좀 잘나주었으면 싶어. 한결같이 독불장군이요, 상투 보존하고 흰 베옷 입으면 애국잔 줄 알거든. 그게 그네들 철학이란 말이야. 어디 그들뿐이겠나? 국내 관직에 남은 위인들도 한결같은 생각이란 말이야. 동헌에서 육방관속을 거느리던 시절의 사고방식을 그대로 답습하고 있으니, 이래가지고는 밀려나게 마련이지. 실지로 달마다 파직되는 것은 조선인 군수들인데 아예 조선사람들에겐 능이 없노라는 인식이 고질화되어버린다면 큰일이란 말이야. 그런 뜻에서 본다면 김군이야 패기 있고 다소 저돌적인 면이 없지 않으나……. 하하하…… 또 시비 걸 텐가?"

얼핏 듣기엔 중용지도(中庸之道)를 체득한 사람의 온건한 의견 같았으나, 속임수요, 교활한 보신술이요, 껍데기뿐인, 절도(節度)에 맞춘 아첨이다. 그러나 속아 넘어간 쪽은 김두수가 아닌 윤이병이다. 쭈빗쭈빗하다가,

"좋은 말씀이십니다. 처음부터 선비 같으시다 하고 생각했습니다만."

말한 뒤 두 손으로 받쳐서 장종지보다 작은 사카즈키를 양경부 앞에 내미는 윤이병을 곁눈질해 보는 김두수 얼굴에 잔인스런 웃음이 잠시 동안 스치고 지나간다.

기둥시계가 열한 시를 알리고 어디서 돌아오는가 가로를 구르는 말발굽 소리, 바퀴 구르는 소리가 멀리서 들려온다.

17장 덫에 걸리다

월선옥에 손님 발이 뜸해졌다. 거들어주던 새침이도 돌아가
버리고 사방이 어둑어둑해 오는데 송애는 넋을 잃고 앉아 있다.

"홍이는 어째 상기 오잴까?"

봉구가 거리 쪽을 바라보며 중얼거린다.

"하마 오겠지. 혼자 가서 걱정이야? 선생님이 데려다주실
건데 뭐."

송애도 중얼거렸다. 아까 점심나절쯤 해서 송선생이 월선
옥을 찾아왔다. 송선생은 연추서 인편에 편지가 왔다는 말을
하며 정호네 집에 급히 전해주어야 할 편진데 집을 모르니 홍
이더러 함께 가자는 것이었다. 해서 함께 나간 홍이 여직 돌
아오지 않는 것이다.

"아지망이는 언제쯤 오겠습매까?"

물통에서 숟가락을 건져내며 봉구가 묻는다.

"내가 그걸 어떻게 아니!"

송애는 바락 소리를 지른다.

"앙이, 어째 그럽매?"

"내가 어쨌기에?"

"얼굴이 해쓱해지고서리 소리르,"

송애는 외면을 한다. 자신도 모르게 감정이 밖으로 나타난
것을 깨닫는다.

'흥, 멀쩡해서 돌아왔더구먼. 난 또 죽은 줄 알았지.'

회령서 돌아온 길상에 대한 미움이 지글지글 끓어오르는 것을 송애는 억제하질 못한다. 회령 병원에 가노라 하며 서희가 길상을 데리고 떠난 뒤 구구한 소문을 송애는 아직 삭여내지 못하고 있는 것이다. 회령에다 과부하고 살림을 차렸다는 소문에 꼬리를 물고 이번에는 서희와 혼인할 거라는, 거의 장담하다시피 하던 말들이 비상처럼 송애 마음에 흘러들어 잠을 이루지 못하는 요즘이다. 길상의 마음이 자기에게 기울어지리라는 희망은 눈곱만치도 없다. 단념을 한다기보다 단념을 하지 않을 수가 없는 것이다. 그러나 뜻대로 되지 않는 것이 길상에 대한 원한이요 미움이다. 한때 주변에서도 그랬었거니와 길상에게 시집갈 수 있으리라는 꿈을 꾸었던 게 병이었다. 과부 운운할 적에 송애 마음이 열 길 낭떠러지로 떨어진 거라면 서희의 경우는 천 길 낭떠러지로 구른 기분인 것이다. 송애에게 동정을 하던 달래오망이조차,

"하늘으 별을 따라이. 별수 없답매."

냉정히 말했었다.

'흥, 사람 없어 시집 못 갈까?'

지글지글 끓는 심화 속에서도 그간 시시로 호의를 보여온 윤이병이 있었다는 것은 상당한 위안이 된다.

봉구는 국솥전에 물걸레질을 하면서 혼자 흥얼거리고 있었다.

"어째 홍이는 오잴까?"

바깥은 아주 어두워지고 말았다.

"해가 짧아서 그렇잖아. 어째 방정이니?"

하는데 손님이 들어섰다.

"어 춥다."

송애는 얼른 일어선다. 남폿불과 마주한 두 사내의 얼굴, 한 사람은 젊었다. 한 사람은 오십 가깝고 수염을 기른 깡마른 사람이었는데 만주인의 복장이다. 김두수와 추서방.

"이 집 아주머닌 어디 갔나?"

잘 아는 사이처럼 김두수가 묻는다.

"회령 갔소."

"회령에는 왜?"

목도리를 풀며 능청스럽게 되묻는다.

"그럴 일이 좀 있어서요. 국밥 드릴까요?"

"음 두 그릇, 그런데 아주머닌 오래 못 돌아오는 게야?"

"글쎄요."

"여기 아저씬 소식이 있는지 모르겠네."

송애는 국 쪽을 들며,

"예."

애매하게 대꾸한다. 김두수는 두 손을 싹싹 비비고 추서방은 이들 대화에 관심이 없는 듯 곰방대를 꺼내어 담배를 담는다.

김두수와 추서방이 만난 것은 사흘 전의 일이다. 회령서 한

190

양여관 주인 사내의 주선으로 잠시 동안 대면하여 동행할 것을 양해받았으며 추서방은 볼일이 있다 하여 그저께 용정으로 왔고 김두수는 윤이병을 연해주로 떠나보낸 뒤 오늘 용정에 온 것이다.

"김주사."

"예."

"이곳서 며칠이나 묵으시려오?"

담뱃불을 붙이며 묻는다.

"이삼일······. 형편 봐서 하루쯤 일찍 떠날 수도 있을 게요."

김두수의 대답이다. 국밥이 나왔다. 추서방은 담배를 몇 번 빨고 나서 재를 떨어버리고 국밥 사발을 끌어당기며 조용히 먹기 시작한다. 김두수는 송애를 살펴보면서 숟갈을 든다.

"그러니까 길림에서 후란으로 간다, 그 말씀이지요?"

"예. 후란에서 흑룡강으로 곧장 갔으면 좋겠는데 치치하얼[齊齊哈爾]에 볼일이 좀 있어서요."

"지금 떠나도 시기가 늦는다구요?"

"늦었지요. 구월부터 겨울 수렵이 시작되는데 십이월 초순에는 공세(貢稅)로 얼마간 모피를 바치고 그러고 나면 장이 열리거든요. 그 장에 대가야 하는 건데 늦었지요."

"그럼 물건을 구하지 못하겠군요."

"지난해 깔아놓은 게 있으니까······."

추서방은 굉장히 빠르게 국밥 한 그릇을 비우고 물러나 앉는다. 말을 안 하는 편도 아닌데 왠지 추서방은 과묵하고 고집이 센 것 같은 느낌을 준다. 김두수는 국물을 훌훌 마신 뒤 국밥 한 그릇을 더 청한다.

"대개 그곳서 나오는 모피란 어떤 거지요?"

"첫째 담비가 있고 녹피, 곰, 여우, 늑대 같은 것이 있지만 우리가 구하는 건 주로 담비지요."

"물론 엽총으로 사냥을 하겠지요?"

"예. 덫도 놓고 함정도 쓰지요. 사슴 같은 것은 구시월에 발정기라 그때가 되면 초자(哨子)라구, 피목[樺] 껍질로 만든 피리를 불어서 수사슴을 유인해가지고 잡지요. 피리 소리가 암사슴 울음하고 비슷하거든요. 그 피리 부는 사람을 초록인(哨鹿人)이라 하는데 상당한 연공을 쌓아야만 된다더구먼요."

김두수는 다시 내온 국밥을 훌훌 불어가면서 먹는다. 먹다가,

"그러니까 그 일대에 사는 인종은 이른바 오랑캐들이지요?"

"그런 셈이지요. 여진족들인데 그들 속으로 들어가보면 그것도 여간 갈래가 많지 않아요."

"거래하기는 어떻습니까."

"본시 경위가 바르고 한곳에서 눌러살지 않기 때문에 별 욕심이 없는 사람들이었는데 워낙이 장사하러 들어가는 중국사람들이 악랄해서요."

두 그릇째 국밥을 비운 김두수는 손바닥으로 땀을 닦는다.

잠시 동안 얘기를 더 나누다가 그들은 일어섰다. 나간 뒤,

"참말입지 홍이 가아아 어찌 된 거 앵이오?"

봉구는 또 걱정이다.

"방정도 떨어쌓는다."

아닌 게 아니라 송애도 불안을 느낀다. 그런데 갔거니 생각했던 방금 나간 두 사람 중 젊은 치, 그러니까 김두수가 되돌아왔다.

"머르 잊었습매까?"

봉구가 묻는데 그 말에는 대답을 아니하고 송애더러 잠시 나오라 손짓을 한다.

"왜 그래요?"

"실은 내 윤선생 전갈을 받았는데."

"윤선생요?"

"음. 그러니까 윤선생 하숙하던 집에 잠시 다녀갔음 좋겠어."

"윤선생이 회령서 오셨어요? 며칠 전에 회령 간다는 얘길 들었는데."

"윤선생은 피치 못할 사정이 있어서 당분간은 못 올 게야."

김두수는 꼭 오라는 다짐도 없이 슬그머니 가버린다.

송애는 다시 넋을 잃는다. 송애로서는 처음 보는 사내였다. 이상하다는 생각도 들지 않는다. 무슨 전갈을 받았는지 궁금하지도 않다. 한참 만에,

'윤선생 하숙하던 집에 잠시 다녀가라구?'

윤이병 하숙집에는 국밥 갖다달라는 주문을 받고 서너 번인가 간 일이 있었다.

'윤선생은 길상이보다 못할 게 없다. 길상이는 남의 집 하인이지만 윤선생은 학교 선생님이었어. 지금은 그만두었다지만, 키가 좀 작아서 그렇지. 그런데 홍이는 왜 여태 안 오는 게지? 무슨 일이 생겼나? 음. 하기야 내 처지, 부모도 없고 남의 집에 붙어서 사는 몸이 윤선생 같은 사람한테 시집가면 잘 가는 것 아니야? 봐란듯이 내가 시집 먼저 갈 테야. 아암, 내 마음만 작정하면은……. 회령서 당분간 못 온다 했던가?'

"이보오다."

"왜 그래!"

"앙이 어째 또 성으 냅네까?"

"방정떨지 말라 했잖어!"

"무시기, 그럼 걱정도 앙이 됩매까? 날이 아주 저물잖앴소?"

"선생님하고 함께 가지 않았어? 선생님하고,"

"객줏집으 할아방이한테,"

"사내자식이 좁쌀영감처럼, 알았어. 넌 가게 보구 있어. 내 갔다 올 테니."

송애는 주섬주섬 두루마기를 찾아 입고 털목도리를 둘둘 감으며 가게를 나선다. 밖으로 나온 송애는 객줏집과는 반대편 방향을 향해 걸음을 옮긴다. 바람이 쉥쉥 분다. 정신이 번쩍 나는 것 같고 그런가 하면 울음이 터질 것같이 목이 메인다.

송애가 간 곳은 얕은 지붕의 집들이 다닥다닥 붙은 동네, 좁은 골목을 한참 들어간 곳의 낡은 초가집 앞이다. 늙은 작부 서울댁이 살던 집이었다.

"여보세요."

괴괴한 채 불빛은 새 나오는데.

"여보세요."

판자문을 흔들어본다.

"뉘기요?"

어둠 속에 얼굴이 나타났다. 서울댁은 아니었고 그보다 나이 젊은 여자다. 송애는 보따리를 싸서 떠난 서울댁은 알지 못했으나 이 여자하고는 안면이 있다.

"아아 국밥집으 처자 앵이오?"

"손님 계시지요?"

"있지비. 그러잉 들어옵세."

송애는 집 안으로 들어간다.

"김주사아! 국밥집으 처자 왔소꼬망."

"들어오라 해요."

내다보지는 않고 목소리만 흘러나왔다.

"들어가라이?"

송애는 방문을 열고 들어간다. 윤이병이 묵고 있던 방에 사내는 벽을 등지고 앉아 있었다.

"앉아."

"무슨 전갈을 받아오셨어요?"

볼멘 목소리다. 아까부터 처음 본, 나이도 많잖은 사내가
반말지거리를 한다는 생각이 들어서였다. 윤선생은 깍듯하게
존대를 했는데 뭐가 저렇게 상스러운가 싶기도 하고,

"벋장나무*같이 서서야 얘기가 되나."

송애는 퍼질러 앉는데,

'제법 감칠맛 있게 생겼군그래.'

빤히 쳐다본다. 송애도 빤히 쳐다본다. 불빛이 둘 사이에서
춤을 춘다.

"어서 말해요."

"말보다 윤선생 편질 가지고 왔는데,"

"편질요?"

"전에도 편지질을 했다며?"

"……."

"찾아온 걸 보니 그쪽에서도 생각이 있는 모양이구먼."

김두수는 먹이를 물어다 놓은 맹수같이 느긋한 몸놀림으로
벽에서 등을 뗀다.

"거 윤선생 똑똑한 사람이지."

"……."

"듣자니까 부모 형제가 없다며?"

"그래요."

"허어 참, 왜 그리 톡톡 쏘지?"

"가져왔다면 편지나 주세요. 가야 하니까요."

"가면은 잠밖에 더 자겠나? 늦은 밤에 국밥 손님이 찾아올 것도 아니겠고, 객줏집 공서방이 양아버지라 하던가?"

"……."

"일의 순서를 따지잘 것 같으면 명색이 양부모라는 사람들도 있고 하니 중간에서 내가 나서야 하는 건데."

송애는 역겨운 생각이 든다.

"편지 안 주시면 그냥 가겠어요."

"서둘기도 하네. 편지뿐인 줄 아나? 내 편에 반지도 만들어 보냈어."

"반지를요?"

"그래. 윤선생을 말할 것 같으면 사람이 똑똑할 뿐만 아니라 고향에서는 이름난 부잣집 맏아들이야. 공연히 이런 곳에 와서 고생을 하고 있지만, 살림만 유복한가? 가문은 또 어떻고? 시집을 간다면 아주 썩 잘 가는 게야. 내 비위를 잘 맞추어놔야 일이 수월하다는 것쯤 알아두어얄 게고 흐흐홋……."

송애는 잠시 주판질하는 장사꾼 비슷한 미묘한 생각에 빠진다.

"한데 국밥집에는 길상이라는 그 사람이 더러 오나?"

"아니."

"윤선생이, 그 여자 길상이라는 사람을 좋아하는 게 아닌가, 라고 근심을 하더구먼. 윤선생으로선 마음에 걸리는 일이겠지. 설마 그런 것은 아니겠지?"

"아니에요!"

"아니라?"

"그 사람은 곧 장가갈 거라……."

"장가 안 간다면 이쪽에도 생각이 있다 그 말이야?"

"아니래두요!"

"그건 다행이고……. 자아, 그러면은 편지하고 반지를 주어야겠는데."

김두수는 부스럭부스럭 조끼주머니를 뒤적이더니 꾸겨진 편지 한 장과 한지에 돌돌 만 작은 물건을 꺼내었다.

"자아."

건네준다.

편지 피봉의 글씨는 분명 윤이병의 필적이다.

"편지보다 그 반질 펴보아. 손가락에 맞는가 껴보고."

주저주저하면서 한지에 싸인 것을 송애는 펴본다. 한 돈쭝가량의 봉숭아 반지다.

"손가락에 껴보라구."

송애는 김두수를 한번 건너다본다. 양 볼이 발갛게 된다. 눈이 반짝거린다. 조심스럽게 약지에, 작은가 힘을 주며 낀다. 이때였다. 비호처럼 달려든 김두수, 언제 마련해두었던지 수건으로 입을 틀어막으며, 목을 비튼 닭의 털을 뽑듯이. 손등에 손톱자국은 남겼으나. 송애는 허무하게 당하고 말았다.

방 안에는 거친 숨소리뿐, 문을 따준 여자는 도시 집 안에 있는지 없는지 아무런 기척이 없다.

"이 날강도 같은 놈아."

낮은 목소리다. 김두수는 뻐드렁니를 드러내며 만족스럽게 웃는다.

"날벼락을 맞아 죽을 놈!"

"더 크게 외쳐보지. 난 입을 꾹 다물고 있을 테니 말이야."

비로소 자기 처지를 깨닫기나 한 것처럼 송애의 얼굴이 질린다.

"외쳐보아. 그러면 윤선생한테 시집가긴 다 틀린 일이지. 그 편이 내겐 좋지 않겠어? 데리고 살 수 있으니까. 안 그래? 흐흐흐……."

송애 얼굴은 더욱더 질린다. 입이 붙어버린 것 같다.

"거기서 원한다면 오늘 밤 일은 싹 묻어둘 수도 있고, 내야 뭐 여자에 궁한 처지도 아니니 말이야."

김두수는 목구멍 속으로 웃음을 굴린다.

"이젠 가보아. 없었던 일로 하면 될 거 아냐? 문벌 좋고 부잣집 맏아들한테 시집가는 건 어려운 일 아니래두. 길상이 놈 따위가…… 으흐흣흣……."

"……."

"가보라니까?"

송애는 꼼짝하지 않는다. 그러나 눈빛은 약하게 흔들리고 있다, 약하게. 분하고 억울한 생각이 태산 같으나 약아지는 힘이 더 강하다. 그러면서부터 그는 눈물을 짜기 시작한다. 옆방에서 소리가 들린다. 장롱을 열어젖히는 소리다. 송애는 펄쩍 뛰듯이 일어선다.

판자 문을 열고 밖으로 달려나온 송애는 허둥지둥 골목을 빠져나오다가 걸음을 멈춘다.

'죽일 놈! 칼을 갈아서 찔러 죽일까. 속절없이 내 신세가! 아이구!'

다시 걷기 시작한다. 몇 발짝을 못 가서,

'정말 아무 일도 없었던 것처럼, 그렇게 될 수 있을까?'

다시 몇 발짝을 못 가서,

'그놈이 말 안 한다면…… 미친개한테 물린 셈 친다면, 내가 뭐할려고 그곳에는 갔을까? 의심도 안 하고, 아이구!'

그러나 가게 앞에까지 왔을 때 송애는 손가락에 끼고 있는 금반지 생각이 났다. 편지를 두고 온 생각도 났다. 얼른 반지를 뽑아 치맛말기 속에 집어넣고,

"봉구야? 홍이 왔니?"

하고 가게로 들어가는데,

"왔소꼬망."

봉구의 말보다 거기 앉아 있는 길상의 모습이 먼저 눈에 들어온다. 송애는 쌀쌀하게 외면을 하며,

"그런데 홍이는 어디 갔니?"

"방에서 자고 있습매."

"벌써?"

"벌써랑이? 나간 지 얼마나 오래."

하는데 봉구 입을 틀어막듯이,

"오래되긴?"

"객줏집에 가보니 앙이 왔다 하잖소? 어디 갔었지비?"

"답답해서 견딜 수가 있어야지. 동무 집에서 놀다 오는 거야."

천연스럽게 둘러댄다.

"봉구야."

길상이 불렀다.

"옛꼬망."

"담배 한 갑 사갖고 와."

"옛꼬망."

봉구는 길상으로부터 돈을 받아들고 나간다.

"어디 갔다 왔지?"

길상의 노한 음성이다.

"누굴 보고 묻는 거예요?"

"거기보고 물었다!"

"왜요?"

"그럴 이유가 있어."

"이유부터 말해요."

"대답부터 듣고 말하겠다!"

"기가 막혀서."

"기가 막히는 것은 이쪽이야."

송애는 혼란 속에 빠진다. 혹시 하는 생각이 고개를 치켜들 었던 것이다. 그와 동시 조금 전에 있었던 일이 돌이킬 수 없는 흠집이 되어 가슴 한복판에 커다랗게 커다랗게 퍼져 나간다.

"말 못하겠으면 내가 말해주지. 송애가 간 곳은 윤가 놈의 하숙집이다."

"뭐라구요!"

길상은 등을 굽히며 가게 바닥을 내려다본다.

"설사 그렇더라도 무슨 상관이지요?"

"나는 상관이 없겠지."

"네?"

"나는 송애하고 아무 상관이 없다."

"그, 그래요. 상관이 없지요!"

"……."

"염치없고 주제넘는 일이에요! 남이야 무슨 짓을,"

송애 얼굴에 분노의 불길이 탄다. 혹시 했었던 만큼. 이제 는 애정이고 뭐고 다만 미운 것이다. 이 사내 때문에 자신이 불행해졌다는 생각이 든다.

"남이야……."

"송애."

"남의 이름 함부로 부르지 말아요! 나도 임자 있는 몸이란 말이에요!"

"내 말을 허술히 듣지 말어. 송애는 윤가 놈을 만나서는 안 된다. 송애 신세도 망치겠지만."

"망치기는 왜 망쳐요?"

"윤가 놈은 나쁜 놈이야. 학교에서도 쫓겨나지 않았어? 자세한 얘긴 할 수 없지만 그놈은 송애가 좋아서 그러는 게 아니란 말이다."

"좋아하건 안 하건 상관없는 사람이 할 말은 아니지요."

"넌 공노인의 양딸이며,"

하다 말고 길상은 깊이 뭣인가를 생각하는 듯 침묵이다. 담배가 없어 사러 보낸 것은 아니었던 모양으로 담배를 꺼내어 붙여 문다. 연기를 훅 뿜어내며,

"그놈 윤가는 송애를 망칠 뿐만 아니라…… 다른 생각이 있었어. 학교를 쫓겨난 빈털터리가 용정에 남아 있는 것도 수상쩍지만, 그놈의 하숙비는 어느 놈이 대주는 걸까?"

고향에서는 이름난 부잣집 맏아들이며 가문은 또 어떻고? 하던 사내 목소리가 송애 귓가에서 쟁쟁 울린다. 바닥에 깔린 엷은 의혹이 말려 올라오면서 그 목소리는 더욱더 크게 울린다.

'모르거든 말이나 말지? 자기가 뭘 안다고 하숙비 누가 대는 걱정까지 하는고?'

"송애, 내 말 허술하게 들어선 안 돼. 송애는 후회할 거야. 윤가 놈은 송애를 이용하는 거야. 내 말 고깝게 듣지 말구 신셀 망쳐서는 안 된다. 송애도 조선 나라 백성이거든."

"후회해도 좋아요. 이용당하면 어때요? 버림받아도 좋단 말예요! 내가 뭐 양반집 규순가요? 쓸데없는 참견 말구 가, 가주세요! 사돈의 팔촌이나 된다고 이, 이러는 거예요!"

송애는 앞뒤 생각 없이 소리를 지른다. 아래위 입술이 실룩실룩 경련을 하고 눈꼬리가 치켜 올라간다. 흉한 모습이다. 길상은 송애가 이미 당해버린 것을 감지한다. 그러나 상대가 윤이병 아닌 김두수라는 것을 알 도리는 없는 것이다. 동정심이 일지 않는다. 미운 생각도 없다. 다만 싫은 생각, 보기가 민망스럽다는 냉정한 거리감이 있을 뿐이다. 길상은 몸을 일으킨다. 좀 더 설득해보리라는 생각을 버린 것은, 그러나 다만 송애가 싫다는 감정에서뿐만은 아니다. 감정 자체는 양심으로 봐서는 약점이다. 송애를 아끼고 지켜주리라는 마음보다 상대편, 윤이병의 정체가 저지를지도 모르는 좋잖은, 그 결과를 근심해서 찾아왔으니까 개운찮은 면이 있다.

'누가 저한테 어쨌기에?'

보기만 하면 앵돌아져서 피해가는 것을, 그럴 때마다 길상은 꼴같잖다 싶었고 얼굴이 벌게져서 노려볼 때도 정떨어진다는 생각을 했었다.

송애의 속된 음성을 들었으나 길상은 돌아보지 않고 나가

버린다. 길바닥에 피우던 담배를 버린다. 마침 뛰어오는 봉구
로부터 담뱃갑을 받아든 길상은,

"수고했다."

하고 가버린다. 봉구는 입김을 내어 뿜으며 가게 안으로 들어
왔다. 송애는 홍이 잠들어 있는 방을 들락거리며 안절부절이
다. 봉구가 들어온 것도 모르고,

"어디 두고 보자. 어디,"

"어째 그럽매?"

"뭐가!"

"소리르 지르문서리,"

"소리를 질렀음 질렀지, 아아니 네가 시아비냐? 내내 방정
을 떨더니 이젠 참견이야?"

죄 없는 봉구에게 시비를 건다. 봉구의 입술이 뛰뛰하게 불
거진다.

"그만둡세."

"그만 안 두면 어쩔 테냐?"

"이러지 맙소. 무시기 잘못이 있다고 나더러 싸움질하재는
긴가."

"저게, 뭐 어째? 너하고 쌈하잔다구?"

"앙이 그렇소꽝이? 아까부터 나르 보구 성으 앙이 냈다 말
임둥?"

"달라들어?"

송애는 쫓아오더니 봉구 뺨을 찰싹 소리 나게 때린다.

"어째 때립매까! 앙이, 무시기 때리는 벱이 어디메 있능야!"

봉구는 주먹으로 눈물을 닦는다.

"가게 문이나 닫아!"

"싫슴!"

송애는 가겟방에서 뱅뱅이를 돌다시피 하다가 뒷간으로 뛰어간다. 뒷간의 문고리를 걸고 두 손으로 얼굴을 가린 송애는 울음을 터뜨린다.

'아아, 죽어버릴까 부다!'

제3편

밤에 일하는 사람들

1장 - 9장

1장 땡땡이중

대문간에서 누군가하고 얘기를 주고받는 것 같은 기척이더니, 대문 닫히는 소리가 났다. 그런 뒤 싸리비를 치켜들고 사랑 뜰에 들어온 행랑아범 전서방은 새벽녘에 내린 눈을 담장 곁으로 쑤욱쑤욱 쓸어 붙인다. 쥣빛 수염에 덮인 전서방 입언저리를 하얀 입김이 바람 부는 방향 따라 휘날리고, 오동나무 가지에선 눈가루가 날아내리곤 한다. 처마 끝에 실린 눈, 담장 용마름에 실린 눈에 아침 햇살이 퍼지면서 반짝거리고 녹아서 물방울이 되어 떨어진다.

창덕궁(昌德宮)과 경복궁(景福宮) 사이에 끼어 있는 가회동의 아침은 양반님네 기지개처럼 느리고 한가롭기만 하다. 이상현이 기식하고 있는 이판서댁도 아직 식전이다. 당주 이범창(李範昌)의 부인 강씨(姜氏)는 어젯밤 둘째 아들과 함께 친정에 간 채 돌아오지 않았다. 지난봄 생때같은 외아들이 감옥에서 죽어 나온 뒤 후사를 정하기도 전에 심화병으로 오늘내일 하고 있는 오라버니의 임종을 보기 위해 간 것이다. 집안이 괴괴하다. 눈을 다 쓸어 붙인 전서방은 싸리비를 담장 옆에 휙 던진다. 사양길을 걷고 있는 이 집 뜨락을 서성대던 춥고 배고픈 참새 서너 마리가 푸르륵 날아올라 오동나무 가지에 앉는다. 전서방은 사랑채 작은방 쪽을 힐끔 쳐다보며 바짓말을 추킨다. 뭉실한 코는 늙은이답지 않게 주독이 올라 벌겋고 눈꺼풀은 늘어져서 심술이 더럭더럭해 보인다. 세도가 빨랫줄 같았던 선대(先代)의 그 좋은 시절, 청지기였었던 전서방은 사양길로 치닫는 이 집에 행랑아범으로 눌러앉아 긴 성상을 보낸 늙은이다. 그에게는 소싯적부터 약간 심상찮은 주벽이 있었다. 주벽이라곤 하나 남에게 뭐 피해를 주는 것은 아니었고 나무란다고 고쳐질 것도 아니어서 이판서댁에선 무관심하게 보아온 터인데 육십이 다 된 오늘날까지 그 심상찮은 주벽은 여전하였다. 노상 술을 마시는 것은 아니었다. 노상 술을 마실 처지도 못 되지만 한 달에 한 번, 혹은 두 달 석 달 만에, 그것은 그의 주머니가 일정한 무게에 도달했을 적에 결행되는 일이었으니까. 하기는 풀발이 섰던 옛날에는 한 달에 두서너 번이 넘었을 테고 요즈막 같아서는 주머니의 무게가 금 저

울같이 각박했으므로 상당한 기간이 필요했으나 주머니를 술판에 끌러놓고 술을 마시는데 바닥이 나도록 밤이 새도록, 마치 보가 터진 것 같은 무시무시한 폭음(暴飮)이다. 날이 희뿌옇게 샐 무렵 관가에 끌려가서 곧장 백 대쯤 맞은 꼴이 되어 돌아오면은 자리에 쓰러지는 동시 인사불성이 되고 이튿날은 한 시각가량 늦게 일어나는 것 이외 맡은 소임에는 지장이 없었다. 그러나 장님같이 눈을 감고 다니는가 하면 짐승처럼 으르렁거리곤 했었다. 그는 한두 잔의 술은 결코 거들떠보지 않았다. 아니 한두 잔쯤 술을 내밀어도 거절했을 것이다. 그러니 공술은 안 먹는 꼴이 되었고 한 번의 폭음을 위해 전서방만큼 돈을 사랑하는 위인도 흔치 않을 성싶다. 한번은 상현이 이 불쌍한 늙은이를 위해 밤늦게 돌아오면서 술 한 병을 사온 일이 있었다.

"그거 마셔봐야 간에 기별이나 가겠소? 차후는 술 사는 돈 소인한테 주슈."

하며 경멸하듯 술병은 거들떠보지 않고 거만을 떨었다. 심사가 뒤틀린 상현은 그 말에 대해선 아무 대꾸를 않고 방에 들어가서 혼자 술병을 비우고 말았다. 그 후에도 상현은 몇 번인가 방에 혼자 앉아서 사온 술병을 기울인 일이 있었으나 전서방에게 두 번 다시 술병을 내밀지 않았고 술값으로 돈을 준 일도 없었다. 나이 젊어서 편협하고 콧대가 센 상현의 곯려주는 방법인데 전서방은 전서방대로 지체도 별것 아닌 시골 선비의 자제, 필경은 우리 상전 댁 식객 아니겠느냐는 은근한 거드름과 멸시하는 거동이었고, 해서 두 사람의 사이는 자연 좋지가 않았다. 그건 그렇고 전서방의 술버릇이라는 것도 소싯적 그의 말을 빌자면 계집이 샛서방질을 한 그때부터 얻은 것이라나?

"하동 서방님."

전서방은 댓돌 아래까지 가서 작은 사랑방을 향해 부른다.

"왜 그러느냐."

대답이 퉁겨 나왔다.

"일어나셨소?"

"그래 일어났다."

"손님이 찾아왔소이다."

앞뒤 매듭이 분명찮은 해파리같이 흐물거리는 음성이다. 그것은 늙어서 이가 빠진 탓이겠다.

"내게 말이냐?"

"그렇소."

방문을 열고 내다본다. 방 안의 이불이 개켜져 있었고 상현은 책상 앞에 앉아 책을 읽고 있었던 모양이다. 내다보는 까무끄름한 얼굴에 우수는 있었지만 실의에선 벗어난 듯 안정된 느낌은 있다.

"어디서 오신 손님이라던가."

"중이오."

"중?"

"지리산 중놈이라니까요."

방자하기 이를 데 없구먼, 지금도 이판서 시절인 줄 아나?
싶었으나 상현은,

"중하고는 아는 이가 없는데…… 이상하군. 분명 나를 찾더
냐?"

"그렇소이다. 하동서 왔다니까 틀림없는 일 아니겠소?"

"흠."

"실은 어제도 왔었고 그저께, 그 전날에도 왔었소. 처음에
는 시주받으러 온 땡땡이중인 줄 알고 내쫓았고 다음은 서방
님이 부재중이라 허행을 했습지요."

"그렇다면 왜 내게 알리지 않았느냐?"

"이가 빠져서 말씀이오, 아마 이빨 사이로 생각이 슬렁슬렁
빠져버리는 모양이외다. 잊어버렸소. 헤헤헷……."

약을 올리려는지 웃는다.

"들라 하게."

상현은 성이 나서 말한다. 전서방은 허리춤을 추켜올리며
어슬렁어슬렁 걸어간다.

'심술궂은 늙은이 같으니라구.'

문간까지 나온 전서방은 헛기침을 하고 대문을 연다. 엄동
추위에 얼굴이 푸르딩딩하게 언 혜관이 눈을 부릅뜨고 서 있
었다.

"들어오라 하시오."

말이 떨어지기가 무섭게 혜관은 허둥지둥 대문 안으로 발을 들여놓는다.

"아따, 곤두박질치겠구먼."

전서방이야 그러거나 말거나 집 안으로 들어선 혜관은 어디로 가야 할지 서둘면서 사방을 둘레둘레 살핀다.

"날 따라오우."

전서방은 중문에서 옆쪽으로 발길을 꺾는다. 사랑 댓돌 아래 이르러서,

"중, 아니 손님 오셨소."

"오냐."

상현이 마루까지 나온다.

"나를 찾아오셨소?"

의아해하며 혜관을 쳐다본다.

"네."

혜관은 단주 든 손을 모아 합장하고 나서,

"하동서 서울에 당도하기론 나흘이 지났소만 이판서댁 문턱이 어찌나 높던지요. 해서 오늘은 염치 불고하고 식전에 왔더니, 하마터면 문전에서 동태가 될 뻔하였소."

푸르딩딩하게 언 얼굴, 혜관은 정말 화가 나 있었다. 떠나지 않고 서 있던 전서방이 받아서,

"아암요. 이판서댁 문턱이 아니 높을 수 있겠소? 개차반 같

은 시절이라 그렇지 판서직이 뉘 집 애 이름인 줄 잘못 알았나보오."

상현은 눈을 부릅뜨고 전서방을 노려보다가,

"추운데 어서 오르시오."

혜관에게 말한다.

"네."

혜관은 마루 끝으로 다가가며 다시 말했다.

"중이 동냥을 가면 언제나 먼저 짖어대는 게 강아지더구면요."

뭐라 응수하려고 입술을 주빗거리다가 전서방은 갑자기 늙은이 시늉을 하며 주독이 올라 벌게진 코를 소매 끝으로 문지르다가 슬그머니 물러나 간다. 바랑을 마루 끝에 풀어놓고 상현을 따라 방으로 들어선 혜관은 다시 합장하고 나서 자리에 앉는다.

"소승 혜관이라 하옵고 쌍계사에 있는 중이올시다."

"나는 이상현이오."

새삼스럽게 인사를 나눈다. 상현은 눈썹 속에 돋은 몇 가닥 흰 털을 바라보며 이 중 나이는 오십에 가까운 모양이라 짐작하고 얼굴 광대뼈가 불거진 것을 보아 옹고집이 있으리라는 생각도 해본다. 혜관은 혜관대로 이동진을 본 일이 있어서,

'부친보다 그릇이 작아 보이는군. 빨근빨근한 성미는 있겠고.'

"한데 무슨 일로 오시었소."

"네, 다름이 아니오라…… 하동서 마님을 뵙고 오는 길입니다마는."

"무슨 전언이라도……."

"전언이라기보다…… 마님 말씀이 설 명절에는 꼭 내려오셔서 제사를 뫼시도록,"

"네……. 집안은 별고 없다 하시던가요?"

"가내가 두루 편안하신 듯, 별일은 없는 것 같고 마님이 섣달 보름께쯤 해서 억쇠를 올려보내겠다, 그러시더구먼요."

"무슨 일로?"

알면서 묻는 것이나 혜관은 모른다 하고 상현의 얼굴은 침울해진다. 집을 떠날 때 설에는 꼭 오겠노라 했는데 이 낯선 중에게 당부하고 그래도 아들이 못 미더워 억쇠를 올려보내겠다는 어머니의 심정을 왜 모르겠는가.

"먼젓번 떠날 적에도 아버님을 뵈옵고 곧 되잡아 오겠노라, 철석같은 맹서를 아니하였더냐? 그러고도 사 년이라는 세월이 흘렀느니라. 아버님은 이제 돌아오지 못하실 것으로 내 작정하였으니……."

모친 염씨 눈에 눈물이 희번득였다. 이동진보다 더 늙어버린 염씨, 느슨하게 태평스러웠던 성미도 사오 년 동안 변한 모양이다.

"그러하니 아예 의지하고 믿을 생각은 전혀 없다. 사사로운 일이라도 아녀자가 막고 나설 일이 못 되거늘 하물며 나랏일을 한다는 마당에서 내 뭐라 하겠느냐? 다만 내가 바라고 소원하는 것은 후사, 가문이 끊겨서야 되겠느냐? 아직도 너 나이 젊다마는……. 이곳에 몸져 살기만 한다면야 내 가슴이 이리 답답할까? 앞으로 세월이 어찌 될려는지, 너 말로도 일본으로 갈지 중국으로 갈지 모른다 하지 않았느냐? 서울에 있는 동안 그동안만이라도 제발 자주 내려오도록 하여라. 옛날 같지가 않아서 수삼 일이면 기차라는 것이 있어서 내왕이 수월타 하니."

상현은 어머님이 말씀을 잘하신다는 생각을 했었다. 말씀이 많아졌다는 생각도 했었다. 며느리를 불러다 놓고 고담책을 많이 읽으시나 보다 생각하기도 했었다.

"아기 처지도 생각해보려무나. 하늘을 보아야 별을 따지 않겠느냐? 남의 가문에 들어와서 할 짓을 못하는 게 어디 아기 죄겠느냐? 한데도 노상 민망하고 죄스럽게 여기는 게 여자의 마음이니라."

떠나는 남편을 보지 못하고 장독대 옆에 돌아서 있던 아내 뒷모습이 잠시 눈앞을 스쳐간다.

혜관은 침울해진 상현으로부터 눈길을 돌리며 두 손바닥을 싹싹 비빈다.

"날씨가 고추같이 맵소이다."

"북방이니까요. 섬진강 겨울바람은 두만강 강바람에 비하면은 차라리 훈풍이지요."

별로 걸맞지 않은 대답이다.

"그럴 테지요. 남쪽이야 어디 강물이 제대로 얼고 겨울이
넘어가나요?"

혜관도 민적거리기 시작한다.

"헌데 스님께서는 무슨 일로 서울 올라오셨소?"

"네. 그게 실은, 서방님을 꼭 뵈야겠기에 소승이 본댁으로
찾아가서 서울의 거처하시는 곳을 물었습지요."

"나를 만나려고요?"

"네."

"그건 또 무슨 까닭이지요?"

상현은 생면부지의 늙지도 젊지도 않은, 일견하여 동냥을
빌고 다니는 땡땡이중으로밖에 볼 수 없는 혜관을 유심히 살
펴본다.

"간도의 소식을 알고자 불원천리 이곳까지 왔소이다."

"뭐라는 게요? 간도의 소식을."

긴장한다. 조준구의 염탐꾼이 아니냐 하는 생각이 번개같
이 지나간 것이다.

"간도의 소식을 알아야겠기에, 보시다시피 운수의 처지라
거처가 일정치 않아서 여러 가지 일들이 꼬여드는 모양입니다
마는…… 서방님께서 돌아오시지 않았더라면 소승이 간도로
한번 건너갈 심산이었었소."

"대관절 스님께서는 소생이 돌아왔다는 얘기를 뉘한테 들으셨소? 아는 이가 집안 식구 말고는 없을 텐데 말씀이오."

내가, 소생(小生)으로 변한 만큼 상현은 단순한 땡땡이중이 아니라는 생각을 굳힌 것이다.

"네. 봉순이라고, 서희애기씨랑 함께 자란 침모 딸 봉순이를 아실 겝니다."

"알지요."

"그 아이는 지금 진주에 있습니다마는 하동에 들르는 길이 있어서 억쇠를 만났던 모양이고 그래 서방님 돌아오신 소식을 듣고 절로 소승을 찾아왔었더구먼요."

"그랬었군요."

대개 경위는 그렇다손 치더라도 이 중이 소식을 알기 위해 간도까지 가려 했었다는 이유가 상현에겐 궁금하다. 그러나 혜관은 보따리 속에 꾸겨 넣은 무슨 중요한 밀서이기나 하듯 좀체 본론으로는 들어가지 않고 바깥쪽에서 톡톡 두드려보는 것 같은, 분명찮은 허두를 다시 꺼내었다.

"소승으로 말할 것 같으면 최참판댁과는 깊은 연고가 있다 할 수는 없겠습니다마는 서희애기씨를 뫼시고 떠난 길상이는 소승이 업어서 기른 거나 다름이 없습지요."

비로소 혜관의 눈에 감정이 서린다. 솟은 관골 언저리가 불그레하게 물들기도 하고, 추위에 얼었던 얼굴이 방 안 온기에 녹으면서 열이 나는 것인지 모른다. 상현의 눈에도 열기가 오른다.

"그 아이는 어릴 적부터 재주가 비상했습지요. 소승이 금어인 관계로 마음속 깊이 애지중지했습니다. 경전을 외기보다 화필 한 자루 가지고 부처님께 공양하는 것으로 믿는 무식한 땡땡이중이 무엇을 알겠습니까마는 길상이 그 아이야말로 금어로서뿐만 아니라 장차 대덕(大德)으로 크게 빛을 내려니 생각했습니다. 그러나 노장스님께서 어째 그러셨는지 그 아이를 속계로 풀어주시고 말았지요. 몇 해 전, 그러니까 노장스님께서는 어지러워지는 세상을 한탄하시고 천수관음상 조성에 뜻을 둔 일이 있었소. 그때도 떠나보낸 길상이를 몹시 아쉽게 생각하셨지요. 길상이 놈이면 해낼 수 있는 일인데, 하시면서 말입니다."

상현은 방바닥을 내려다보며 있었다. 혜관은 얘기가 옆길로 간 것을 되돌린다.

"연이나 그 아이하고 소승과의 인연 같은 것은 오늘 이곳을 찾은 일과는 별로 상관이 없는 것이고 노장스님의 간곡한 부탁을 받은 바가 있고 해서 또 다른 일로도."

"그럼 그 노장스님의 부탁 때문에 오셨다 그 말씀이오."

"네."

"노장스님은 또 왜 그러셨을까요?"

"노장스님 역시 돌아가신 최참판댁 마님으로부터 서희애기씨 부탁을 받으셨지요."

"노장스님이란 어떤 분이시오?"

"우관선사라 하옵고 서방님께서는 잘 모르시겠지만…… 최참판댁과는 선대 때부터 깊은 불연으로 맺어졌습지요. 지금은 돌아가시고 아니 계십니다."

"그러면 또 다른 일이라 했는데 그건 무슨 일이오?"

상현은 취조관처럼 차근차근 묻는다. 혜관은 잠시 당혹해하는 것 같았으나,

"그것은 소승으로서 말씀드릴 수가 없소."

"그래요? 그럼 간도 일에 대해서 물어보시오."

"서희애기씨에 대해서 좀 소상하게 말씀해주시오."

"그건 어렵잖은 일이지요."

상현은 침착하고 냉정한 듯했으나 두 주먹을 꽉 쥐었다 펴는 것이었다.

"최서희 규수는 몸 성히 잘 있습니다. 몸 성히 잘 계실 뿐만 아니라 최규수는 최참판네 여장부답게, 그렇지요, 축재하는 데는 비상한 재간이어서 왕시 누리던 위엄과 영광을 그곳에서도 변함없이, 네 그렇습니다."

상현은 자포자기한 심정으로 서희에 대한 얘기를 혜관에게 모조리 털어놓는다. 길상과의 혼담에 관한 것만 제외하고. 혜관은 안심이 된 얼굴이기보다 신중한 궁리를 하는 표정으로 듣고 있다.

"조금도 염려하실 것 없소. 멀지 않아 최규수는 조가네를

평사리에서 몰아내려 돌아올 겝니다. 근심하셔서 서울까지 소생을 찾아오신 스님 얘기를 듣는다면…… 하하, 하, 하 핫 하…… 웃을 겝니다."

맥이 쑥 빠진 웃음소리다.

찬모가 조반상을 들고 들어왔다. 혜관은 구석지로 엉덩이를 밀어붙이며,

"어서 조반 드십시오. 염려 마시오."

했으나 일어서서 하직하려 하지는 않는다. 할 얘기가 남아 있는 모양이다.

"따로 밥상 내올 것 없고 밥 한 그릇과 수저 한 벌만 가져다 주게."

한사코 사양하는 혜관과 어떻게 해야 할지 어중간한 꼴을 하고 서 있는 찬모 사이에서 중재라도 드는 것처럼 상현이 말했다. 막상 밥과 수저가 밥상 위에 놓여지자 혜관은 순순히 밥상 앞으로 다가왔다. 씨근덕거리듯이 밥을 먹으면서 혜관은 물었다.

"서방님은 서울서 뭘 하시오?"

"별로 하는 것도 없소. 일본 글을 좀 배우러 다니지요."

"일본으로 가시려구요?"

"그럴 셈인데 그건 두고 봐야겠지요. 배워야 한다고 모두 떠들어대니까, 죽창 들고 나설 계제도 아니고 젊은 놈들 죽어 나는 시절이지요."

쓰디쓰게 웃는다.

"이 댁과는 인척,"

말이 끝나기 전에,

"아니오. 이 댁 이범창 선생은 아버님과 잘 아시는 사이지요."

"그러면은 지금 연해주에 계신다는 왕시의 관리사 이범윤 그 어른하고 이 댁은 한집안인가요?"

"아주 척이 멀지요."

흉금을 풀어놓은 듯 상현은 경계 없이 털어놨으나 실상 그의 기분은 여전히 자포자기한 것이었다. 상대방을 믿고 스스럼없이 응대해준 것은 아니다. 그렇다고 해서 의심이 남아 있는 것도 아니었으나, 이를 시초로 하여 혜관은 간도 방면, 이동진이 있다는 연해주 방면, 그곳 독립군에 대한 얘기를 물어오기 시작했다.

'빌어먹을! 목탁이나 두드릴 것이지 중놈 푼수에 쓸데없는 관심은 왜 가지누.'

상현은 노골적으로 신경질을 나타내며 모멸하는 것이지만 혜관은 눈치코치 없는 미련둥이같이 톡톡 쏘아대듯 하는 말을 부지런히 주워담듯 고개를 끄덕이는가 하면 입맛을 다시고 또 질문을 하고. 밥상을 물린 뒤 두 사람의 앉은 자리는 멀어졌다. 혜관은 오히려 숨을 꿀꺽 삼키며 기맥이 통한 몸짓을 하며 독립군의 활동 상황을 보다 소상하게 캐내려 든다.

"아니 내가 뭐 독립군 하다 온 사람이오? 그리 꼬치꼬치 묻는다고 내가 알 턱이 없지 않소."

상현은 벌컥 소리를 질렀다. 마찬가지다. 눈치코치 없기로는.

"그러나 서방님께서는 아버님 곁에 머물다 오셨으니 그곳 사정이야 훤할 게 아닙니까. 이곳 산산골골에 숨어 있는 의병들이 알고 싶어하는 것은 그곳 형편이오."

"아버님 아버님 하지 마시오! 그곳에 가 있다고 모두 독립운동하는 줄 아시오? 독립군 잡아먹는 조선놈도 얼마든지 있단 말씀이오."

"그야 그렇겠지요. 이곳인들 사정이야 매한가지 아니겠소? 의병이 있는가 하면 의병 잡으러 다니는 조선놈 순사 헌병도 있으니 말입니다. 그런 놈부터 모가지를 댕강댕강 짤라놔야 한다니까요."

그 말만은 중 혜관의 목소리가 아니었다. 화통이 터진 상현은 결국 입에서 나오는 대로 마구 씨부려준다. 연해주 사정, 간도 사정 그리고 서희가 군자금 거절한 얘기까지 마구 털어놓는다. 아주 사악스런 얼굴로, 앙칼진 목소리로, 우둔한 혜관의 몸뚱이를 꼬집고 쥐어뜯고 하는 것처럼 사정이 없는 구박이며 화풀이다. 그러나 이상한 일은 그렇게 지랄을 하듯 성미를 부리고 나니 좀 속이 가라앉고 오히려 혜관과는 옛적부터 알았던 사이처럼 친숙해지는 게 아닌가. 지쳐서 서로들 우두커니 바라본다. 상현이 무안쩍어 싱긋이 웃는다. 혜관도 씩 웃는다. 울퉁불퉁한 까까머리, 광대뼈 언저리는 불그레하고, 상현은 불현듯 저 중머리하고 주막에 가서 술을 마셔보았으면 생각다가 낄낄 웃는다.

"스님."

"네."

"내 앞에선 앞으로 길상이 칭찬은 마시오."

"길상이 칭찬을요?"

"칭찬뿐만 아니라 그놈 자식 얘기도 말아요."

"간도서 사이가 안 좋았구먼요."

"대판 싸웠지요. 도시 건방진 놈이오."

하고서 상현은 또 낄낄 웃는다.

"잘난 사람은 잘난 사람을 싫어들 하지요."

"거 중이 마음에 없는 아첨하면 못써요. 속으론 양반 자제란 것을 명패처럼 달고 댕기는 아니꼬운 졸장부 하면서 말이오."

"하 참, 잘난 것도 층층이, 가지가지 다르니까요 하핫……."

"그보다 스님이 봉순이 얘기를 했는데, 그 아이 아니 지금은 이십 세가 넘어서 어른일 테지만 어떻게 됐지요?"

"네? 아 네. 그게 좀."

"그때 봉순이는 왜 오지 않았는지, 무슨 사고가 난 줄 알고 우린 떠났지요."

"봉순이는 그때 절에 있었소. 소승도 일행이 기다리고 있을 터인데 일단 진주로 가서, 간도로 가든 아니 가든 하라고 타일렀지마는 무슨 까닭인지 막무가내더구먼요."

혜관은 봉순이 길상을 사모하고 있는 것을 그때 알았다. 음력 오월달이었을 것이다. 봄이 꼬리를 감추면서 싱싱한 푸르름이 산과 들을 덮고, 밤이면 나무 그림자가 미친 듯 소용돌이쳤었다. 뻐꾸기는 또 어쩌면 그렇게 이 숲 저 숲에서 흐드러지게 울어쌓던고. 봉순이는 산사에서 며칠 묵었는데 젊은 사미승들에게는 고통스러운 존재, 고통스러운 밤이었을 것이다. 상전을 모시고 온 계집종도 아니요 신성불가침의 양반댁 규수도 아니요 의지가지할 곳 없는 외로운 처녀가 홀로, 팔만 뻗치면 꺾을 수 있을 것만 같은 봉순의 자태는 비록 사바를 떠난 사문이라 할지라도 아니 그렇기 때문에, 금지된 정욕이기 때문에 한결 치열했을 것이 아니겠는가. 길상을 떠나보낸 우수와 천부의 교태를 겸한 봉순의 모습, 화류계에 몸을 던질 심산이었던 만큼 무방비 상태를 엿보았을 사미승들의 고통을 혜관은 지금도 능히 헤아릴 수가 있다. 어디 그들뿐이었던가. 여자에게 둔감하였던 중 늙은 혜관도 절 마당을 알짱거리며 지나가는 봉순이를 보았을 때 가슴에 봄 아지랑이 같은 것이 몰려왔었고 남모르게 한숨을 쉬곤 하지 않았던가.

"기왕에 고집이라고 해야 할지……. 딱하게 되었지요. 절에서 며칠을 묵은 뒤 간다 온다 말없이 떠나버렸는데 나중에 들려온 소문을 들으니까 읍내 소리꾼을 찾아갔다는 게요. 그 후

무슨 광대단체를 따라갔다는 말이 있더니 이번에 본인이 와서 하는 말을 들으니 그동안 고생도 많이 한 것 같고 진주서 기생으로 나간다는 거였소."

"왜 기생이 될려는 생각을 했을까? 인물이 그만하면."

"인물이 그만하니까 그랬을 테지요. 게다가 천성으로 광대기가 있는 애였던 것 같소."

"그렇다면 할 수 없는 노릇이지요. 이번에 고향 내려가면 진주로 한번 놀러 가봐야겠소. 길상이 소식도 전해주기로 하구,"

혜관이 움찔한다.

'능청스런 도령.'

서방님 아닌 도령 하며 혜관은 마음속으로 웃었고 상현은 못난 돌산 대가리를 하고서 그래도 생각은 잘게 미치는구나, 그런 말을 눈 속에 떠올리는 것이다.

"봉순이 그 아이 일은 그렇고, 최참판댁 애기씨 나이가 이십이 다 되었을 텐데…… 아직 혼인은 아니하셨을 테지요?"

상현은 혜관을 빤히 쳐다보다가,

"내가 용정을 떠날 때까지 혼인은 아니했소."

길상과의 혼인 말은 입 밖에 내지 않는다. 모친 염씨에게도 못한 얘기다. 못했을 뿐만 아니라 잊어버리고 싶은 얘기, 염두에서 싹 몰아내고 싶은 얘기다. 그러나 때때로 생각이 나는 일이며 그럴 때마다 목에 걸린 가시처럼 아파오는 기억이다.

"우리 그럼 나가보실까요."

상현은 발작적으로 일어섰다.

기와집 처마가 가지런히 도열한 골목길은 오가는 사람이 별로 없어 여전히 조용한 듯했으나 햇볕에 녹아 번지는 눈물, 처마 끝에서 떨어지는 물방울 소리가 마음에 어수선하다. 이윽고 장옷에 나막신을 신은 늙은 여자 하나가 지나간다. 그 뒤를 이어 하인에게 업혀가는 소년이 있다. 학교에 가는지 서당으로 가는지. 상현과 혜관이 길을 꺾어 도는데 뒤에서 인력거 하나가 달려오더니 그들 옆을 바싹 스쳐서 앞서간다.

"스님."

상현이 속삭이듯 불렀다.

"네."

"저 인력거에 누가 탔는지 모르시지요?"

"알 턱이 있겠소."

"조준구가 타고 있다면 너무 우연이라 생각하시겠소?"

"조준구가!"

"그렇소. 나는 가끔 이 길에서 저 인력거를 본답니다. 인력거꾼의 어거지로 잡아빼는 저 자라모가지 모습도 이제 눈에 익어버렸지요."

"그 위인이 이 근방에 살고 있다 그 말씀이오."

"소가(小家)가 이 근방에 있다더군요. 본가는 어디 있는지 잘 모르겠소만."

"하동서도 소문이 자자합디다. 서울서 대궐 같은 집에 산다구요. 대궐 같은 집에 살건 용궁 같은 집에 살건 마을 사람들은 그 홍씨라는 여인이 동네를 떠준 것만도 고마워서 춤을 출 지경이었지요. 아주 극악무도한 계집이었소."

극악무도한 계집이라는 말도 중 혜관의 목소리는 아니다.

"서울 장안도 그리 넓은 곳은 아닌 모양이오. 나 같은 젖비린내 나는 서생에게도 조준구 그자의 행적을 심심찮게 들려주는 사람이 있으니 말이오. 뭐 요즈음엔 왜인들과 합자해 광산하는 회사를 설립했다던가요?"

"그 소문이라면 소승도 들었소. 그 일 때문에 많은 땅을 처분했다던가요?"

"밑져야 본전이니까."

"최참판댁 만석 살림을 먹어치우는 것만도 식상할 터인데 또 어떤 짓을 한 줄 아시오?"

"둔답을 적잖이 착복했다더군요."

"네. 도장을 한 바가지나 만들어서, 토지조산가 뭔가 한다는 작자들과 짜고서 말이오. 거 둔답이란 말이 나라 땅이지 속을 들여다볼 것 같으면 가난뱅이 한두 섬지기 땅도 숱하게 묻어 있단 말씀이오. 셋돈 안 물려고 맡긴 땅 솔랑 날아가지 않았소? 벼룩이 간까지 꺼내먹은 게지요."

"흥, 사람이 염치 불고하면 못할 짓이 뭐 있겠소. 안 하는 놈이 천치바보 아니오? 목탁 치면서 문전마다 동냥을 비는 스님이나 나같이 한빈하여 남의 집에 기식하는 소년 서생이나

다 못나서 이런 말이나마 지껄이는 게요. 하하핫핫…… 인심
이란 걸레 조각이오."

"그건 호의호식하는 사람들만 보아온 탓이지요. 그렇지가
않소. 인심이란 천심이오. 백성을 믿어야 합니다."

혜관은 떼를 쓰는 아이같이 말한다.

"그래요? 믿어야 합니까?"

비꼬며 놀려대듯 웃음기 머금은 반문이다.

"돌아가신 우리 노장스님께서,"

"아따, 우리 노장스님, 우리 노장스님, 그것도 염불인가요?"

"허허 참, 이번엔 노장스님 얘기가 아니외다. 노장스님의
죽마고우 문의원 말씀인데,"

"아아 그 늙은 의생이라면, 나도 어릴 적에 침을 맞은 일이
있었소."

"그 문의원께서 언젠가 말씀하시었소. 가난한 백성들은 영
신환 한 알이라도 소중하게 정성 들여서 먹고. 그 한 알의 영
신환 몇 배의 정을 느끼지마는 배부른 사람들은 천하 명약도
정으로 받지는 아니한다구요. 초봄 들판에서 나물을 캐는 고
사리 같은 손은 정에다 정을 돌려줄 줄 알지만 시궁창에 흰밥
쏟아 버리는 아낙은 허기 든 사람에게 식은 죽 한 그릇 베풀
줄 모른다구요."

"네, 네, 알았소이다. 허나 장안에 들면 조준구 그 사람도
인심이 후해진다더군요. 한다 하는 날건달 양반들이 그자 문

객 노릇을 한다니까 과히 인색지 않다 그 말 아니겠소? 하기는 자신이 천대받던 옛 시절을 생각하여 보복하는 심정으로 그런다고들 하기는 합디다마는……. 요지경 같은 세상이오."

"조준구 얘기가 났으니 말입니다마는 그 병신 아들 있지 않소?"

"꼽추 도령인가 그자 말이오?"

"흔히들 병신 마음 고운 데 없다고들 하지만."

"장가는 들었소?"

"아직은, 그 도령이 혼자 하인배들하고 최참판댁에 남아 있는데 몇 번인가 대들보에 목을 맸다는 게요."

"거 신통하군요."

"하인들한테 들켜서,"

"들킬 것을 예상하고 목 매단 것 아니오? 병신 좀 존경하라는 투정으로 말이오."

"허허 참 사사건건이, 아무튼 지금은 감금된 거나 마찬가진데 주야장천 서책만을 낙을 삼고,"

"그럼 됐지요 뭐. 그런 낙도 없는 사람이 얼마나 많다구요."

이야기를 동가리 동가리 내듯 능쳐버리는데 혜관은 인내심 깊게 이어간다.

"한데 그 도령이 밥상만 받으면 운다는 게요."

"그건 또 무슨 청승이지요?"

"가슴을 치면서 말이오. 이 더러운 밥을 아니 먹는 의지가 왜 자기에겐 없느냐고 하면서 말이오."

"그건 제법이군요."

"그러다가 서울서 모친이라는 그 계집이 한번 내려오기만 하면 불쌍한 그 병신 자식을 무섭게 닦달을 한다니 그게 어디 사람의 탈을 쓰고……. 하여간 기기묘묘한 세상이오. 지옥이 따로 있는 게 아니라 그게 바로……."

그들은 함께 나란히, 그리고 막연한 걸음걸이로 남대문 근처에까지 이르렀다. 물론 상현은 이 중머리하고 함께 술을 마시고 싶다는 생각은 까마득히 잊어버렸고 두 사람은 역시 막연하게 어물어물, 서로의 갈 길도 묻지 않은 채 작별인사를 한다.

상현은 멀어져가는 혜관의 바랑 진 뒷모습을 바라보고 서 있다가 발길을 돌린다. 갑자기 겨울날 찬 바람이 검정 두루마기 소매 사이로 설렁설렁 기어드는 것을 느낀다. 상현은 몸을 한 번 부르릉 떤다.

2장 나룻배

겨울은 겨울인데, 설까지 한참을 기다려야 하는 어중간한 시기여서 장은 쓸쓸하고 한나절이 지나자 벌써 파장이다. 남먼저 와서 배 바닥에 쭈그리고 앉아 있던 봉기는 찌그러진 갓에 누덕누덕 기운 두루마기를 입은 서서방을 배 안으로 이끌어 올리는 한복이를 쳐다본다.

"용케 한복이를 만났구마, 서서방. 길가다 엽전 줏은 것보다 재수 좋은 날이오."

봉기가 말을 걸자,

"에에라 이 사람아! 너거들도 청춘이 아니 멀었네라."

서서방이 지팡이를 치켜들고 허공에다 커다란 동그라미를 그리며 가래 끓는 소리를 질렀다.

"하이고, 청춘이 아니 멀었다니 이 무슨 가뭄에 비 내리는 소리요?"

서서방을 배 바닥에 앉히면서 한복이도 시죽시죽 웃는다. 백발이 아니 멀었네라 해야 할 것을, 여전히 혼미상태에 있는 서서방인지라 청춘이라 했던 것이다. 서서방은 효부 며느리를 두고 양자로 들여온 손자도 방 안 심부름쯤 하게끔 자랐는데 읍내에 나와 걸식 행각을 그냥 계속하고 있었다.

"저 늙은네 죽으면 열부비 세워야 할 기구마는."

눈이 오나 비가 오나 걸식해 온 밥을 마누라 묏등에 앉아 씨부렁거리며 먹는 것도 여전하였다. 오늘 한복이를 만나지 않았더라면 그는 육로 삼십 리 길을 걸어갔을 것이다. 다음은 혜관이 나룻배에 올랐다.

"시님 그간 편안했십니까? 어디 먼 길 갔다 오시는가 배요."

봉기는 배에 오르는 사람마다 말을 걸기로 작정했던 것처럼, 구두쇠 소리 듣기론 옛날과 다름없지만 주머니 무게와는 상관이 없는 말씨만은 싹싹하고 심술꾸러기 같았던 눈빛도 묘하게 쓸쓸해 보인다.

"뭐 먼 길이랄 것도 없고 발 닿는 대로 다녀오는 길이오."

혜관은 눈이 부신 듯 하늘을 한 번 올려다보고 나서 식은 밥덩이를 싼 베수건을 배 바닥에 놨다가 다시 무릎 위에 올려놓으며 중얼중얼 혼자 씨부리고 있는 서서방을 바라본다. 그러다가 눈길은 봉기에게 돌아왔다.

"요즘엔 살기가 좀 어떠시오?"

"물으나 마나, 빤히 아시믄서 그러시오?"

눈을 홉뜨며 실쭉 웃는데 망건만 두른 봉기의 상투머리도 어지간히 희어졌다. 혜관도 허허 하고 웃는다.

"말도 마이소. 진작 세상이 이럴 줄 알았더믄 나도 머리 깎고 산에나 갔일 것을."

"이제도 늦지 않소."

"아아니 쪽박에 밥 담듯이 자식새끼들 냉기놓고 말이오? 이자는 할 수 헐 수 없구마. 계집자식 그기이 거물장(경첩)인께로."

"처자식보다, 이거 얼매요? 한 냥이라꼬요? 닷 돈 하소. 이거 보소, 험 투성인데 온 돈 받겠다 그 말이오? ……그런 재밀 못 버리는 게 아니오?"

봉기 목소리까지 흉내 내는 바람에 멀거니 서 있던 사공이 큰 소리를 내며 웃고 한복이 낄낄 웃는다.

"아따 시님도 별걸 다 아시오."

옛날 같으면 성을 뽈죽 냈을 봉기가 허허허 하고 웃는다.

"사램이란 답댑이, 음 답댑이 말입니다. 세월에 속아서 사는 기이 병이다 그 말인 기라요. 내일은 우떨고, 모레는 우떨고? 하 참 그러다 보믄 어느새 북망산 뫼구덕이 아가리를 떡 벌리고 있단 말입니다."

"그러니 지금부터라도 차생 길을 닦게 절에 오시오. 내 그러면은 머리 자알 밀어주지요."

"허허허헛……."

드높은 봉기 웃음소리에 굵직한 혜관의 웃음소리가 겹쳐든다. 세 사람의 농부가 나룻배에 오르고 배는 강심을 향해 뭍에서 떨어져 나간다.

"봉기."

윗마을에 살다가 화개 쪽에 땅을 얻어 이사간 농부 한 사람이 불렀다.

"저눔으 인사 좀 보게? 손자까지 본 나한테 이름자를 놔? 으응?"

눈을 부라린다.

"손자 이름을 알아야 아무개 할애비 할 거 아니가. 하기야 외손자 그기이 어디 자손인가? 나겉이 친손자를 보아야만 소리 한분 치지."

"애키 순!"

"그런데 게 두만애비 진주로 이사 갔다믄?"

"갔제."

"살림이 따실 긴데 와 동네를 떴는고?"

"다 떠날 만한 까닭이 있인께로."

옆에 앉은 농부에게 담배 한 대를 얻어서 피워 문 봉기는 말을 잇는다.

"이펭이 그자가 동네를 뜬 첫째 까닭은 아들놈을 잘 둔 때문이고 둘째 까닭은 자네도 알다시피 간난할매 제우답*으로 얻은 금싸래기 겉은 논 다섯 마지기를 뺏긴 때문이고 셋째 까닭은 두만어매가 순사한테 뺨을 맞은 때문이제."

"아따, 돌밭에 솔씨 나기를 기다리지. 성급한 사람, 왔다 갔다 하다가 종을 못 잡겠네. 무신 놈의 까닭이 그리 길고 꼬여 있노. 한마디로 잘돼서 갔다는 기가 못돼서 갔다는 기가."

"못되기도 하고 잘되기도 하고 반반이라."

"이펭이댁네가 순사한테 뺨은 와 맞았는고?"

머리를 싼 수건을 턱 밑에서 묶은 초동이 나뭇짐을 지고, 강심에서 가까이 보이는 강변길을 지나간다.

"그러니께 지난 초여름의 얘기구마. 머, 머라 카더라? 그놈의 요새 신식 말인데 머라 카더라? 아무튼지 간에 말이사 별기이 아니고, 집 안 앞뒤를 깨끗하게 치우라는 통문이 돌았던 일이 있었지."

"그때 그런 일이 있었지. 벵이 돈다고."

"그때 일이구마. 빌어먹을, 무슨 놈의 통문은 그리 많고.

농사꾼은 땅이나 꿍꿍 파믄 되는 긴데 제에기, 아무튼지 간에 집안 앞뒤를 깨끗하게 치우라 카던 그날 주재소 왜순사가 검사 마치러 나오지 않았겠나? 그러이 사람으 일이란 우습다는 긴데 두만어매 그 사람 동네서도 둘째가라믄 서러울 만큼 정갈하고 야물고, 허 참 곳고 짜잔한 계집들은 아무 일이 없었는데 우찌 그리 됐던지 솥을 안 씻어났던 모앵이라. 왜순사 그놈도 좁쌀 양식 오지랖에 싸고 다닐 놈이제, 남으 부석에 들어가서 솥뚜껑까지 열어본 기라. 그래 와 통문대로, 머, 머라 카던고? 제기랄! 아무튼지 간에 깨끗이 치우라는 어명을."

"미친 지랄 겉은 소리 다 들겠다. 어명은 무슨 놈의 말라빠진 어명이고. 그래 왜순사 그놈이 이 나라 금상이라 말가?"

"아 그러세. 말이사 우찌되었든 간에."

난처해진 봉기는 반쯤 졸고 있는 혜관을 힐끗 쳐다본다. 사공은 맥이 빠진 듯 노를 젓고 있었다. 때 묻은 수건 밑에 젊은 나이 해서는 시들어버린 것 같은 얼굴이 솟아올라서 흘러내린 능선, 청잣빛[靑紫色]으로 웅크린 겨울 산을 향하고 있다. 저 젊은 사공을 위해, 수년 전 호열자에 죽은 늙은 사공, 그 늙은 사공은 황천길을 너무 서둘렀던 것 같다.

"무식해도 유만부득이지. 어명이라니,"

농부는 여전히 분개해 마지않는다. 우쭐해진 기분과 더불어.

"서당 문턱도 안 넘어봤으니 무식한 거는 정한 이치 아니

236

가. 그 잘난 체하지 말고 내 말이나 들으라이. 아 그러세, 그 왜순사 놈이 솥뚜껑을 열어보고 나서 다짜고짜로 두만어매 뺨을 찰싹 때리지 않았겠나. 거 사람 겉만 보고 말할 거 아니더마. 두만어매 그 사람, 아주 독하데 독해."

"어쨌기에, 목이라도 매달아 죽었소?"

안면이 없는 다른 농부가 물었다.

"목을 매달았다는 게 아니라,"

"그라믄 사생결단하고 순사한테 달라들었다 그 말이요?"

"그것도 아니고, 밀개떡을 한 보따리 해 이고 서울 아들 찾으러 나섰거든. 큰자식 없다고 업수이 보아 당한 봉변이라는 기지."

"하 참."

"서울이 한두 발 질인가? 여인네 몸으로 동네 밖을 모리고 살던 사램이 말이다. 그라고 아들 있는 곳을 딱히 아는 것도 아니고, 서울 가서 김서방 찾는 꼴이제. 남정네 둘째 놈 영만이가 한사코 말렸지마는 그 엄전한 마누래가 그때만은 황소고집인 기라."

돌아앉아 있던 한복이 돌아본다. 이십이 넘었으나 아직 머리를 땋아내린 불머슴아이 같은 한복이는 죽은 어미 생각을 했는지 모른다. 어머님도 고집이 세셨지 하고 마음속으로 뇌었을까.

"아무튼지 간에 보리떡 한 보따리를 해 이고 한 달을 걸었다 카던가 보름을 걸었다 카던가, 서울에 가기는 갔는데 목수 김두만을 어이서 찾을 기든고? 참말인지 거짓말인지 모르겠다마는 수일간을 찾아 헤매다가 굶고 지쳐가지고 남대문 밖에서 해장작겉이 나자빠져 있었다는 게지. 참말이지 모자 상봉을 옛적 얘기책에서 들었네마는 바로 두만어매 모자 상봉이 얘기책 그대로다 그거라."

"그래서 아들 데꼬 와서 분풀이를 했는가."

"분풀이? 일개 목수 놈이 우찌 순사한테 분풀일 할꼬? 찰랑개비 재줄 지녔다고 분풀이를 해? 아들이 어매 기차 태워가지고 같이 온 것만도 두만어매로서는 반분이나 풀렀일 기고 동네 사람한테도 체모가 섰을 기고."

"거 순사 얘기가 났이니께 하는 말이지마는 저어기 미늘고개서 조선놈 순사 하나가 등을 찔리서 죽었다데."

"머라꼬? 등을 찔리서 죽어?"

반쯤 졸고 있는 것 같은 혜관이 눈을 번쩍 뜬다. 그러더니 묘한 몸짓으로 염주를 매만지며 뱃전에 부서지는 물살을 내려다본다.

"순사가 찔리 죽었다믄 그거는 뻔한 일이고 우리네도 그리 생각하는데 왜놈들이사 말할 거 있겠나? 의병의 짓이지 머. 그래 왜놈들이 군대를 풀어서 샅샅이 뒤지는데 그 통에, 실상 무신 일을 한 것도 아니고 의병이라고 이름 찍힌 기이 무섭아서 숨어댕기던 사람들만 무더기무더기 잽히 온다누마. 그래도 정작은 누가 했는지 가리내지도 못하고."

"조선놈 순사 하나쯤 그리 야단 벼락 떨 거는 머 있노."

"조선놈 순사 하나가 큰일이다 그기이 아니지. 그것뿐이라
믄. 주재소 몇 군데다 불을 지른 일이며 왜순사도 벌써 여러
명 목을 베가고 등을 찔러 직이고 한 일이 이곳저곳서 있었다
는구마."

"그래 그런가? 일전에 우리 동네에도 순사가 왔데. 호구조
사를 한다 캄시로. 그러니 의병 나간 가솔들 조사하러 온 기
라. 그렇지마는 우리 동네사 조씨네 눈이 무섭아서 그해 그
난리를 겪은 뒤 의병 나간 사람 가솔이라곤 한 사람도 없인께
로. 김훈장 아들네밖에 더 있어야제. 나도 떠도는 말을 조맨
들었는데 말이 윤보가 아즉 살아 있다고도 하고."

"그 말이야 나도 들었거마는. 내 그런 말 믿지는 않으나 축
지법을 써서 동에서 번쩍 서에서 번쩍 별의별 놈의 재주를 다
부린다 카고, 그거는 머 그렇다 카더라도 이때꺼지 윤보가 살
아 있다믄 국으로 있지야 않겠지. 무슨 사단을 꾸미고 댕기도
댕길 기라."

"그렇지요. 그 사람 동학 때도 장수 노릇했다는 말이 있십
디다."

다른 농부도 화제 속으로 끼어든다.

"하여간에 동학 때 쌈질한 것만은 틀림이 없지. 장수를 했
는지 접주를 했는지는 모르겠다마는, 그기이 윤보 짓인가 아

닌가 알 바 없는 일이라 캐도, 지리산 골짜기에 쥐도 새도 모
르는 군사가 천 명은 넘기 숨어 있어서 여차하믄 치고 나올
기라니 대단한 일이제."

"야. 나도 그 얘기는 들었소. 천 명 넘기 숨어 있다는 군사
가 모두 동학군 하든 사람들이라요. 그때 동학군이 수십만이
었으니 천 명 모으기란, 잘난 장수 한 사람 있으믄 어럽은 일
도 아닐 기요."

낯선 또 다른 농부의 말,

"윤보라는 그 사람이 곰보딱지 흉칙스리 생겨서 아아들도
보믄 달아난다 카고, 연장망태 짊어지고 집이나 지어주는 목
수라 해서 사람들이 대우를 안 해주지마는, 실상은 유식하기
가 이를 데 없고, 옛날 동학군에 있일 적에 저어기 저 백두산,
그 백두산의 정기를 타고난 무슨 도사한테서 병법을 배웠다
카이, 예사 인물은 아니라더마요."

죽어서 땅속에 썩고 있을 윤보, 그 윤보를 두고 허무맹랑한
얘기는 솜뭉치처럼 부풀어가는데 무슨 서슬에선지 말이 뚝
끊어져버린다. 신이 났어야 할 사람들이 이상하게 풀이 죽으
면서 침묵을 지킨다. 뱃전을 치는 물소리 노 젓는 소리가 갑
자기 높아지는 것 같다.

"금싸래기 겉은 제우답 다섯 마지기라……."

화개 쪽으로 이사간 농부가 곰방대에 담배를 재면서 혼잣
말을 한다.

"금싸래기믄 머하고 산몰랭이 비렁땅이믄 머하노. 말해보
아야 죽은 자식 불알 만지기지."

봉기가 한숨을 쉰다. 침묵과 먼 산을 바라보는 눈초리
는…… 그렇다, 실낱같은 희망이랄까. 의병에게 걸어보는 실
낱같은 희망이 서글펐던 것이다. 못 박힌 손바닥과 굽어진 등
과 날로 늘어가는 흰 머리털과 지친 산천, 실낱같은 희망을
믿을 수 없다. 이 삼사 년 동안 겪어야 했던 웃으려야 웃을 수
없고 울려야 울 수도 없었던 일들, 적든 많든 당할 수밖에 없
었던 억울함이, 뚜렷하게 막연하게 들려오는 궁핍의 발소리
가, 이들을 견딜 수 없게 한다. 관원들의 토색질이 심하고 양
반들 하시가 피눈물나는 것이었다고 하지만, 땅 보고 하늘 보
고 시절 좋을 것을 축수하며 들판을 초조하게 바라보아온 세
월이었다고 하지만, 이것은 내 땅이다! 내 조상이 물려준 내
땅이다! 하늘에 대한 믿음만큼 확실한 믿음이 언제 어떻게 하
여 앞뒤 돌아볼 새도 없이 무너져버렸는가. 토지조사란 무슨
놈의 낮 도깨비냐. 괴상한 측량기구를 둘러메고 산산골골에
스며들어온 주사(主事)라 하고 통역이라 하고 기수(技手)니 측
량원이니, 그 양복쟁이들이 칼 차고 총 멘 순사 헌병보다 더
무서울 줄이야. 아이고오, 하느님 맙소사! 땅을 치고 통곡한
들 감나무를 쳐다보고 짖어대는 것은 강아지뿐이었다.

"아무 말 말아. 사전을 둔답으로 숨겼다고 큰 벌을 내린단
다. 입 꼭 다물고오."

입을 다무나 마나 땅임자는 어느덧 소작료 무는 소작인이
되어 있었고,

"이, 이건 내 땅 아니여라우."

양복쟁이들 서슬에 놀란 농부는 엉겁결에 도래질인데 어느
덧 논가에 깃대가 꽂히고 새끼줄을 치고. 나라 아닌 일본 정
부의 소유로 기록되는 것을 땅임자는 곡괭이자루만 매만지고
천치처럼 입을 헤벌리며 바라보는 것이었다. 이같은 판세에
훤하게 사태를 아는 친일파 무리들이 죽치고 앉았을 리 없지.
애매한 둔답을, 위조한 도장 꾸러미로 유유히 착복했던 것이
다. 도처에서 벌어진 이 웃지 못할, 스스로 포기한 결과를 초
래한 무지, 호소할 방법을 모르고 호소할 증거도 없는 영세농
민의 소유지는 도처에서 국유지로 흡수되고 탐욕스런 무리들
이 횡령하고, 아이고오 하느님네! 명천의 하느님네! 한들 산
천이 말을 할까.

"금싸래기 겉은 제우답 다섯 마지기라 카지마는 그거야 감
나무 밑에 누웠다가 입에 떨어진 감 아니가. 본시 공거로 생
긴 기니께, 몇 해 자알 걷어 묵었이믄 억울할 것 하나 없제.
번하게 치다보고 서서 구린 입 한분 못 떼보고 땅 뺏긴 사램
이 얼매나 많다고. 이펭이야 밑져도 본전."

"하야간에 난리는 난리라. 땅 한 뼘 없다고 해서 남의 집 불
기경하듯이, 그럴 수 없는 기이, 우리네 사정도 목구멍에 단
내가 나게 생깄다 그거 아니가. 모두 해묵고 살 기이 없인께

농사 안 짓던 사람들까지 땅마지기나 얻어 부칠라고 눈에 불을 키고, 대체 이치를 생각해봐도 안 그렇나. 너댓 마지기 제 땅 가지고 살던 사람들이 제 땅 뺏기고 남은 땅 부치 묵고 살자믄 그 배는 되게 땅을 얻어야 하니, 땅임자는 줄고 작인들은 늘었다 할 것 같으믄…… 그렇지 물건의 경우를 보더라도 살 사람이 많으믄은 물건값이 오르는 기이 이친데……."

"그러니 마름 놈들 농간이 좀 하것나? 이리 뜯기고 저리 뜯기고 그러고도 마름 놈 코밑에서 눈치만 보자 카니 이거는 수풀에 앉은 새맨치로 맴이 놓여야지."

"그러니 인심만 사나워지는 것 아니겠소."

"제기랄! 맨날 해봐야 그게 그 얘기, 봉기!"

"저눔의 주둥이를 고만……."

봉기는 눈을 홉뜨고, 정말 성이 난 것 같다. 실상 앞으로 어떻게 살 것인지 근심이 되어 그랬었지만.

"빌어묵을! 시끌시끌한데 이펭이 아들 잘 둔 얘기나 듣자. 그 아이 장개는 갔고?"

"가구말구. 장개만 갔나."

봉기는 음탕스럽게 웃는다. 농부들은 남의 일에 활기를 되찾는다.

"장개 말고 어디로 또 갔는고?"

그러나 그 얘기를 미루어놓고,

"우리네들하곤 다르네, 달라. 이펭이 내외가 본시부터 물 한

방울 안 샐 만큼 야물다는 것을 모릴 사람이 없는데 참말이지 아들 혼사가 성사된 거를 보고 동네 사람들은 모두 놀랬제."

"과부딸 막딸이한테 갔다믄?"

"그러니 하는 말 아닌가 배. 우리네 겉으면 어림 반 푼어치나 있일 기든가? 첫째 온당찮은 에미 행실을 봐서도, 그런 계집 딸을 뉘가 데리고 갈 기고. 그래도 그 사람들 생각은 딴판이라. 심덕 좋고 일 잘하믄 그만이다, 그거지. 내 사람 된 바에야 친정어매가 무슨 지랄을 하든 상관할 바 아니라는 거지. 인물이나 좋음사? 말이야 바로 하지마는 난쟁이 아니가 난쟁이. 연분이라는 게 그거 참, 하야간에 말이 없고 일만 꾸벅꾸벅 한께 집안이야 태평이다마는 흐흐흐……."

"사람도 싱겁기는 말을 하다 웃기는 와 웃노."

"흐흐흐흐훗…… 그놈의 집구석, 흐흐훗…… 조선 팔도 다 돌아댕기도 그렇기 송편겉이 꼭 같은 며느리 둘을 골라오기 심들 기거마."

"작은아들 장가보냈다는 얘기는 못 들었는데?"

"아들 하나에 며느리가 둘이라. 내가 머라 카던고? 아들 잘둔 덕이라고 아까 말 안 하던가 배. 새파랗게 젊은 놈이 또 날로 벌어서 사는 목수 주제에 말이다. 계집이 둘이라이? 허나 그 계집 둘이 다 보물단지니께 할 말 없지. 그러니께 어매가 순사한테 뺨 맞은 일이 있은 뒤 두만이 놈은 서울서 거산(巨産)을 해가지고 돌아왔거든. 몇 해 번 돈 한 푼 축 없이 갖고 왔고, 그 돈이 수울찮았던 모양인데 계집을 하나 달고 왔제. 얼굴은 서울내기라 때가 쪼옥 빠졌더라마는 참 내, 골라도 우찌 그리 안성맞춤으로 골랐일꼬? 그것도 난쟁이라, 막딸이하고 꼭 같더라 그 말이구마. 과분지 소박데긴지 그거는 모르겄고 아무튼 처니는 아닌데 서울서 주막을 했다던가 밥집을 했다던가, 머 그거는 그렇고 진주로 이사한 뒤의 소식이 들을 만하제. 가보고 온 사람의 얘긴데 벌어 온 돈으로 몽땅 논밭 전지를 사서 부모하고 본댁한테 맽기고오 두만이 놈은 목수질을 하고 그것만도 오붓할 긴데 말이다, 밥 위에 떡이더라고 작은며느리가 비빔밥집을 차렸다누마. 뭐 쪼깐이집이라 카던가? 비빔밥 맛이 천하일미라 손님이 대나고 대들고."

봉기 목구멍에 침 넘어가는 소리가 나고 다른 사람들도 입맛을 다시는데 분위기가 부뿟해진다.

"진주라는 데가 기생 많고 한량 많고, 내로라하는 한량들도 다 와서 그 집 비빔밥을 묵고 간다 카니 그 집구석 문딩이 되듯 안 되겠나?"

"차돌 겉은 애비보다 한 수 더 떠서 국량까지 넓으니 되겄다, 집구석 되겄어."

이쯤 되면 사람의 마음이란 또 심란해지는 모양이다. 땅이 꺼지게 한숨인 것이다. 공연히 코끝을 만져보고 목덜미를 쓸어보기도 하고.

"이펭이하고 사돈 맺은 장서방도 그렇고."

"그 사람이야 졸부 소리 듣는 게 언제라고? 해마다 장배를 늘려서 지난가을만 해도 추수는 장서방 배가 독으로 실어 날랐다 카이. 모두 망하는 판에…… 뫼를 잘 썼든지 무슨 수가 있거마는."

나룻배는 평사리 나루터에 닿았고 세 사람이 배에서 내렸다. 서서방과 한복이 함께, 좀 떨어져서 망태를 둘러멘 봉기, 그 세 사람이 모래를 밟으며 둑을 향해 걸어가는 모습을 혜관이 바라본다. 서서방의 두루마기 자락이 바람에 펄럭인다. 혜관의 눈은 그들 뒷모습에서 마을 쪽으로 옮겨진다. 옛날 지조 있는 선비는 이 평사리를 지날 때 부채로 얼굴을 가리고 아니 보았다는 최참판댁, 고래 등 같은 기와집은 주인이 바뀌어도 높이 그 권위를 자랑하고 있다. 언덕 아랜 읍하듯 엎드린 초가 마을, 이엉을 갈지 못하고 회갈색으로 변한 지붕이 눈에 띄고 마을 길을 달려가는 아이들 모습을 볼 수가 없다.

"사공."

혜관이 강심으로 나와 방향을 잡는 사공을 불렀다.

"예."

"쌍계사 주지스님, 근간에 이 나룻배 타고 가시지 않던가?"

"못 보았소."

"그래?"

배 바닥에 쭈그리고 앉은 농부 세 사람은 담배를 태우며 계속하여 잡담을 하고 있다. 등짐장수가 어떻겠느냐, 여수나 삼

천포에 나가서 미역, 건어 등속을 받아 산촌으로 도붓길 나가면 재미를 본다는 둥, 누가 그걸 몰라 땅을 파겠느냐 밑천이 있어야 그것도 할 수 있는 노릇 아니겠느냐는 둥, 차라리 도방(도시)으로 나가 날품팔이 하는 편이 낫지 않겠느냐는 둥.

"처자식만 없다믄 멋이든지 해묵고 살겄는데, 훌쩍 떠날 수도 있고."

"말해 머하겠소."

하다 말고 얼굴을 숙이는 농부는 배 바닥을 내려다보며,

"열 살 난 여식아아를…… 자식 삼아 키우겠다는 사램이 있어서, 배나 곯지 말라고 데려다주고 오는 길인데……."

중얼거린다.

"말이 시영(수양)딸이지. 손쪽박으로 부리묵자는 기고…… 갈 때는 그렇지도 않았는데."

다시 얼굴을 든 농부는 먼 산을 한 번 바라보고 나서 곰방대를 뱃전에다 대고 두드린다. 그리고 몇 번 빨아보고서 허리춤에 찌른다. 다음 나루터 화개에서 혜관과 농부 세 사람은 내렸다. 여식을 수양딸로 주었다던 농부는 주막으로 들어가고 나머지는 각기 제 갈 길을 가고, 혜관은 잠시 해를 가늠하듯 하늘을 올려다본다.

'어둡기 전에 갈라나 모르겠군.'

걸음을 떼어놓는다. 발바닥에 익어서 익숙한 이 고장 길이다. 그러나 혜관은 절과는 다른 방향을 잡아 성큼성큼 발을

247

내딛는다. 산골짜기 개울물은 얼음 밑에서 흐르고 있었다. 얼어붙은 오솔길을 지나고 낙엽이 푸석푸석 소리 내는 겨울, 메마른 수림을 뚫고 한참을 나가자 희뜩희뜩한 눈이 발 아래 밟힌다. 혜관은 바랑을 끌러서 설피를 꺼내어 신발을 갈아신는다.

'어둡기 전에 당도해얄 텐데.'

가파른 산길을 다시 오르기 시작한다. 능선을 따라 내려가고 오르고 비스듬한 암벽을 흰 노루 한 마리가 지나간다. 희귀한 흰 노루다. 살생 아니하는 중을 알았더란 말인가. 개울을 끼고 이런 길을 가는 혜관을 노루는 가던 길을 멈추며 물끄러미 바라본다. 얼핏 보기엔 사슴 같기도 하다. 흰 노루는 별안간 생각이 난 듯 뛰기 시작한다.

사방이 어둑어둑해올 무렵, 잎은 다 떨쳐버렸으나 볏가리더미 같은 산철쭉 가쟁이가 도랑을 향해 쓰러진 옆의 오솔길로 접어든다. 옥수수 뿌리가 앙상한 뼈다귀처럼 남아 있는 화전(火田)의 빛깔은 우중충하고 삭막하다. 인가가 가까워진 것이다. 혜관은 잠시 숨을 돌리듯이 걸음을 멈추고 멀찌감치 저녁 안개 속에 희미하게 드러나 보이는 초막 지붕을 바라본다. 높은 산봉우리는 운무(雲霧)에 가려져 천상에 두둥실 떠 있다. 다시 걸음을 옮겨서 혜관이 들어선 초막은 수 년 전 환이 지나는 길에 요기를 청한 일이 있던, 그러니까 족제비 가죽을 벗기던 노인을 만난 바로 그 집이다.

"운봉 선생 계시오?"

"뉘시오?"

뒤꼍에서 돌아나오는 사람은 백발이 성성한 예의 그 노인이다.

"혜관스님이구만."

"네."

"일찍 돌아오셨소."

"이를 것도 없지요."

"그래 사람은 쉬이 만났소."

"어렵게 만났소이다."

노인은 빙그레 웃는다.

"방으로 들어가시오."

방 안으로 들어선 혜관은 바랑을 내려놓고 숨을 후우 하며 내쉰다. 방 안이 어둡다. 혜관은 부스럭거리며 부싯돌을 찾아 흙벽에 꽂아놓은 관솔에 불을 댕긴다. 밖에도 어둠이 급히 몰려오고 있었다. 노인은 야트막한 기침 소리를 내며 부엌으로 들어가서 아궁이에 불을 지핀다. 아침에 끓여놓은 식은 죽을 데우는 것이다. 불빛이 너울너울 춤을 추는 백발의 모습, 굵은 눈망울에 강한 눈빛이 물결처럼 미끄러지곤 한다. 버릇인 양 노인은 불길을 바라보며 귀를 기울인다. 발자국 소리를 듣는 것이다. 그러나 그것은 발자국 소리는 아니었고 바람 소리, 바람에 굴러가는 낙엽 소리다. 먼 숲속에서 짐승이 운다.

천천히 몸을 일으킨 노인은 산나물 죽을 바가지에 뜨고 포개진 그릇 두 개, 주석 숟가락 두 개를 합하여 한 손에 들고 한 손엔 죽 바가지, 꼿꼿한 자세로 방으로 들어설 땐 허리를 구부렸다.

죽그릇을 앞에 놓고 노인은 물었다.

"서울 구경은 잘 하셨소?"

"구경이 다 뭡니까?"

"중이라고 구경 못하란 법도 없지 않소?"

놀리려 든다.

"구경은커녕 동태가 될 뻔하였소."

"어서 드시오. 식기 전에."

"네."

혜관은 합장하고 나서 죽사발을 받쳐든다.

"한데 환이는 있습니까?"

"있는지 없는지 모르겠소. 나갔더라도 곧 돌아올 게요. 말은 없으나 무척 기다리는 눈치였소."

한동안 침묵 속에 죽을 먹고 난 두 사람은 서로의 얼굴을 바라본다.

"순창 쪽에서 일이 좀 잘못되어 두 사람이 붙들려갔다는 소식이오."

노인의 말에 혜관은 관솔불을 쳐다보며 우울해진다.

"나룻배에서 잠시 들었지만 환이는 자릴 옮기는 게 좋지 않겠습니까?"

"글쎄⋯⋯."

"아니면 만주 같은 넓은 천지로 가든지⋯⋯."

"나도 그런 말을 비쳐보았소만 도통 갈 생각을 안 하는 모
양이오."

"하기는 들은 바에 의하면 그곳 역시,"

"서울 형편이나 얘기하시오."

"소승이야 뭐 그냥 거리를 스쳐갔을 정도니 깊이 뭣을 보았
겠습니까마는 왜인들이 꽉 짜고 들앉아서 빈틈이라곤 도무지
있을 성싶지 않더이다. 멀쩡한 낯짝 하구서 연장 달고 다니는
조선사내놈들이 많기는 합디다만."

"허허 스님께서 거 무슨 말버릇이오?"

"스님이고 나발이고 간에, 이거 운봉 선생 앞에 안됐소만,
소승이 보기론 그 많은 사내놈들 중에 보리죽 먹고 산길 걸으
며 죽창이라도 다듬을 성싶은 위인은 눈에 띄지도 않구요."

지리산 산중까지 무사히 당도하고 보니 혜관은 비로소 화
통이 터지는가, 말투는 매우 거칠다.

"자고로 흰밥 먹는 서울사람들치고 똥 안 싸는 자 없고."

"그건 또 무슨 소리요?"

노인은 도무지 감정의 기복을 나타내지 않으며 그러나 놀
려주듯 되묻는다.

"겁쟁이라 그 말씀이외다. 흰밥 먹는 종놈까지. 중이 동냥

가면 언제나 먼저 짖어대는 게 강아지더라 했더니 꺼져버리더
군요."

"괄시를 단단히 받았구면."

"흥, 흰밥 처먹는 서울사람들 눈엔 자고로 적을 보면은 적
의 눈까리가 화등잔만 해서 쥐구멍밖엔 아니 찾는다 그 말씀
이오."

씨근덕거린다. 서울 가서 당한 일이 이만저만 유감이 아닌
모양이다.

"작위(爵位) 거절한 것만 가지고도 지조 높은 선비로 뽐내는
게 서울 양반들 아닙니까? 울화통 달래노라 기생집에 처박혀
서 기생이나 껴안고 술 처먹는 자도 우국지사고요."

"……."

"소승이 찾아간 이부사댁 자제만 하더라도 뭐 왜말 배우러
다닌다던가요?"

어세는 약했으나 내뱉듯 하는 말이다.

"그쪽 소식은 좀 들었소?"

"네, 대강은."

짤막하게 대답하고 나서 혜관은 자기 생각을 모아보듯 눈
을 깜박깜박한다. 간신히 부아통은 가라앉힌 눈치다.

"네, 어쩌면 오백 섬지기 땅이 떠오를 것 같습니다."

노인은 그 말에 대해 더 이상 캐묻질 않는다.

"그러면 소승은 다녀와야겠습니다."

혜관은 일어섰고, 마당을 나섰을 때 노인은 혜관에게 들고 있던 횃불을 넘겨준다.

"그럼 다녀오시오."

혜관이 횃불을 들고 찾아간 곳은 초막에서부터 오 리쯤 떨어진, 깊숙한 골짜기였다. 목기막 비슷한 곳, 그 앞에 걸음을 멈추는데 뒤에서 발자국 소리가 들려온다. 혜관은 횃불을 들고 천천히 돌아선다.

"이제 오시오?"

잠긴 목소리가 마치 너울을 타고 건너오듯 들리는데 모습은 보이지 않는다. 혜관은 길을 비춰주듯 횃불을 치켜들고 서 있을 뿐이다. 불빛 아래 나타난 사내, 쇳덩이같이 곧은 몸의 사내는 구천이, 아니 김환이다. 눈이 번쩍 빛을 발한다. 꾹 다물린 입술과 짙은 눈썹, 얼굴에는 온통 붉은 불빛과 검은 어둠이 너울거리는데 그것은 괴기스러운 힘이며 광기(狂氣)며 절망의 정열이다. 뚜벅뚜벅 혜관 옆을 지나서 목기막 안으로 들어가고 혜관이 그 뒤를 따라 들어간다. 목기막 바닥에는 모닥불이 타고 있었다. 횃불을 끈 혜관은 모닥불 앞에 앉는다. 환이도 맞은켠에 웅크리고 앉는다. 눈은 내리깐 채 혜관이 내어놓은 말에는 아예 기대도 하지 않는다는 태도다.

"서울 가서 이부사댁 큰 자제를 만났네."

"……."

"소식은 소상하게 들었다. 잘 있다더군."

환의 눈까풀이 희미하게 흔들린다. 그러나 그것은 불빛 탓인지도 모른다.

"생각했던 것보다 훨씬 좋은 형편인 것 같더구먼."

혜관은 그쯤 운을 떼어놓고 나서 차근차근 전후사정을 상현에게서 들은 대로 얘기를 해나간다. 얘기가 끝난 뒤에도 환이는 아무런 감정의 표시도 말도 없다.

"순창 쪽에서 두 사람 잡혀간 얘기 들으셨수?"

풀쑥 말을 했다.

"들었지, 방금."

"혜관스님."

"음."

"이젠 그 땅을 처분해도 좋을 성싶소."

혜관은 힐끗 쳐다보고 나서 목을 젖히며 천장을 올려다본다.

"억새풀같이 끈질긴 계집아이구먼요."

"……"

"역시 최참판네 핏줄이구먼."

환이는 갑자기 세운 두 무릎 위에 얼굴을 묻으며 웃는다. 나직이 목소리를 굴리며 웃는 것이다.

바람이 낙엽을 몰고 가는 소리, 암벽을 쓸고 지나가는 소리, 망령들의 울음 같은 소리, 그리고 바람결을 타고 오는 산짐승들의 울음소리, 모닥불이 허물어지면서 불꽃이 튄다.

3장 산청장의 살인

한밤중 혜관이 눈을 떴을 때, 그때까지 환이는 두 무릎을 세운 채 모닥불을 지켜보고 앉아 있었다. 계곡을 거슬러 올라오는 바람 소리는 칠흑을 향한 산의 울음같이 무시무시하게 들려온다.

'저놈의 눈까리엔 잠도 없나부지.'

입맛을 다시며 잠이 안 깬 시늉을 하고 돌아눕는다.

'내가 저 빌어먹을 놈이 파놓은 함정에 빠졌거든.'

혜관은 가끔 죽은 우관스님을 원망한다. 그놈의 땅 오백 석을 위임받지만 않았더라면 지금쯤 어느 절간에서 팔상도(八相圖)나 그리며 이 고생은 아니했을 것을 하고. 한가로운 절 생활이 그리워서라기보다 법의 입은 몸으로 피비린내 속에 서 있다는 것이 깨달아지면은, 제에기 죽어 육신이 썩어지면 그만, 중생이 갈 극락이 있긴 어디 있어? 마음속이 극락이지. 재가(在家)에서 오종계(五種戒) 지키는 자 몇이며 중이라고 십종계(十種戒)를 다 지키나? 하다가 부처님께 무안쩍어서 변명 비슷한 원망이 나온다. 화필을 놓아버린 아쉬움도 있었다.

'빌어먹을, 저놈 눈까리엔 잠도 없나 부지. 저 대가리 속에는 지리산이 가득 들어차 있을 게야.'

혜관 눈앞에 불길이 솟아오르고 등에 꽂힌 비수를 타고 피가 넘쳐흐른다.

'나무관세음보살!'

골짜기마다 숨어 사는 화전민, 이 마을 저 마을을 떠다니는 남사당패들, 인근 고을마다 장터마다 그 눈들이 떠오른다. 수효는 적으나 절(節)을 굽히지 아니하고 가장 혹독한 수난을 겪었던 그들의 싸늘하게 가라앉은 눈길 하나하나가 떠오른다. 다음은 어디메서 불길이 솟아오를 것이며 어느 등바닥에 비수가 꽂혀질 것인가. 숨이 가빠온다. 재채기가 나오려 하고 목구멍이 간지럽다. 혜관은 자리에서 벌떡 일어나 앉는다.

"여태 안 자는 게야?"

"자야지요."

의외로 부드럽고 어진 음성이다.

"새벽이 오는가 본데, 어서 자지그래."

"네."

환이는 곰 가죽을 몸에 둘둘 감고 모닥불로부터 저만치 떨어진 벽을 향해 드러눕는다. 우우우— 계곡을 거슬러 오르고 휩쓸고 내려가는 바람 소리, 소리 사이를 타고 날카로운 산짐승의 울음이 아슴푸레 들려온다. 약육강식의 비린내가 풍겨 올 것만 같은 밤이다. 환이는 곧 잠이 든 모양이었고 모닥불 앞으로 바싹 다가앉은 혜관은 나무토막 두 개를 모닥불 위에 올려놓는다.

'나무관세음보살.'

불꽃을 튀기며 올려놓은 두 개의 나무토막에 불길은 옮겨

붙는다. 한번 잠이 들기가 무섭게 환이는 깊고 바닥 모를 수
마 속으로 빠져들어가는지 송장처럼 움직일 줄 모른다. 불빛
이 혜관의 골 진 머리빼기를 비춰준다.

'중놈이 하필이면 동학에 끼어들어가지구……. 생각해보면
우관스님도 나같이 땡땡이중임에 틀림없을 것 같고 십종계를
지켰을 리 만무야.'

모닥불이 무너지면서 반쯤 타고 있던 나무토막이 나둥그러
진다. 제자리에 집어다 놓고 혜관은 두 팔을 쭉 뻗으며 하품
을 한다. 진심은 어느 누굴 원망하는 것이 아니었다. 파놓은
함정에 빠졌다는 생각이 들 적에도 환이 괘씸하거나 미운 것
은 아니었다. 후회하는 것도 아니었다. 후회는커녕 국난에 승
병을 끌고 출전한 서산대사(西山大師)라도 된 듯 우쭐해질 때가
있다. 승병이 없는 것이 한탄스럽긴 했지만 그러나 전국에 흩
어진 사찰에 뜻 있는 동조자가 없지도 않아 혜관은 희망을 품
고 있었다.

"이것은 윤씨부인이 너에게 물려준 전답 문서야. 차후 혜관
에게 맡길 터인즉 받고 아니 받는 것은 너의 뜻대로 할 것이
고."

우관은 다음 말을 잇지 않고 환이를 외면했다. 한동안 침묵
이 흘러간 뒤 다시 입을 열었다.

"그 땅은 출가 시 윤씨부인이 친정서 가져온 것…… 최참판

네하고는 아무 연고 없는 땅이다."

음성이 낮았다. 그리고 우관은 혜관을 쳐다보았다.

'이 땅이 어째 환이에게 가는가, 그건 자네 좋을 대로 생각하게나.'

그런 말을 눈은 얘기하고 있었다.

'예 스님. 알고 있소. 윤씨부인께서 환이에게 땅을 남기고 간 연유 말입니다.'

수락도 거절도 없는 환이 얼굴에 모멸의 빛이 일렁였다. 별안간 우관은,

"환이 이노옴! 듣거라. 네가 어찌하여 인륜을 범한 죄인으로서 원한을 품느냐!"

눈을 부릅뜬다.

"여인에게는 재난이었을 뿐, 원한을 풀고 명복을 빌어야 하거늘."

숨결이 거칠어진 우관은 눈을 감는다. 끝내 말 한마디 없이 눈을 감고 앉은 우관에게 절을 하고 일어선 환이는 다음 날 새벽 절을 떠나고 말았다. 그가 다시 나타난 것은 서희 일행이 간도로 떠난 그해 가을 어느 아침나절이었다. 우관은 세상을 떠났고 혜관이 그를 맞이했다. 행색은 그때와 조금도 다르지 않았다. 거지꼴이었다. 바람과 햇볕에 거칠어진 검은 얼굴이며, 우선 혜관은 우관의 죽음을 한마디로 끝내고 서희에 관한 얘기는 좀 길게 상세하게 들려준다.

"그래서요?"

와락 떠밀어내는 차고 모지락스런 반문이다.

"아니 뭐, 그, 그렇다는 게지."

혜관은 저도 모르게 당황했다. 서희 얘기를 장황하게 한 것은 서희의 유일한 혈육이 환이라는, 그 생각이 앞섰기 때문이다. 그러나 그것은 심증(心證)이었을 뿐 확실한 근거는 없다. 그래서 혜관은 당황했다.

"제가 이곳에 찾아온 것은 오백 섬지기 땅 때문이오."

"……."

"군자금으로 쓸려구요."

"뭐, 뭐라구?"

"군자금으로 쓰겠다 그겁니다."

"그러면은 의병을 일으키겠다 그, 그 말인가?"

"아니오."

"……?"

"동학군을 모아보겠소."

"동학군이나 의병이나."

"의병 잡아먹는 동학군 말입니다."

"의병을 잡아먹다니!"

"……."

"의병을 잡아먹다니…… 하기는 어떻게 쓰든 그건 너의 몫이니까…… 돌아가신 두 분의 소원도."

하다가 혜관은 말을 뚝 끊었다. 환의 눈이 무서웠던 것이다.

'빌어먹을! 지가 잘한 건 뭐 있다구?'

그러나 우관처럼 어찌하여 인륜을 범한 죄인으로서 원한을 품느냐고 소리 지를 수는 없었다. 넓고 큰 발이 덥석덥석 비난의 심정을 밟아 문드러뜨리는 것 같았다.

"남원에 사는 길서방이라고, 아주 신실한 사람인데,"

혜관은 문서를 꺼내며 씨부렸다.

"그동안 길서방이 그 땅을 맡아주었는데…… 그러니까 세 번 추수를 했고,"

꺼낸 문서 속에서 명세서인 장부를 뽑아내어 손끝에 침을 묻히며 혜관은 설명을 할 참인데,

"그거 보자기에 싸십시오."

환이 말했다.

"음?"

장부를 넘기려다 말고 혜관이 환이를 쳐다본다. 환이 얼굴에 웃음기가 있었다.

"……?"

"스님."

대답 대신,

"뭐가 좋아서 웃는 게야."

혜관의 목소리는 굵고 노기에 차 있었다. 불거진 양쪽 관골이 시뻘게졌다.

"금수도 제 새끼 제 어미가 죽으면 슬피 우는 법인데 웃어?
우, 웃어? 비록 추, 출가는 하셨을망정 명색이 백부신데, 생전
네놈 때문에 그 얼마나 마음을 썩였는가 나보다 너, 네가 더
잘 알 거 아니냐? 그, 그 죽음을 듣고도 웃어? 발칙한 놈! 쓸
개 빠진 놈이다!"

주먹을 쥐고 삿대질을 한다.

"인륜을 버린 계집년 하나 때문에 신셀 쫄딱 망친 놈이, 그,
그러고도 못 잊어서 걸인행각으로 날을 지새우는 놈이, 계집
은 또 얻으면 계집이야! 자식은 또 낳으면 자식이고오! 네 부
친이 어떻게 도, 돌아가셨나! 설마 그걸 잊지는 않았겠지! 만
백성을 살리겠다고 칼을 뽑은 장수가 형장의 이, 이슬로 사라
졌는데 그 부친을 위한 애간장은 없었더란 말이냐! 지금이 어
느 시절이지!"

기고만장이다.

"뭐 어쩌고 어째? 의병을 잡아먹겠다구? 그래 의병 자, 잡
아먹겠으면 읍내 헌병대로 가면 될 거 아니냐! 군자금 투, 투
둑이 주, 줄 게다! 이 천하의 역적 놈아! 부친 얼굴에 똥칠을
해도 유분수지."

계속하여 욕설을 퍼붓던 혜관은 제물에 놀라서 입을 다문
다. 눈을 끔벅거리며 환이를 바라본다. 어째서 이리됐더라?
행방불명이 된 것을 두리번두리번 찾는 눈이다. 옳지! 네놈이
웃은 때문이었다.

"의병을 잡아먹든 왜병을 잡아먹든 일어서시오."

"안 일어서겠다!"

"나랑 함께 갑시다."

"안 가아!"

"가자면 가는 게요."

환이는 혜관의 법의를 확 잡아챈다. 살기를 뿜은 눈이 이글 이글 혜관의 얼굴 위로 내리쏟아진다. 혜관은 비슬거리며 일어섰다. 실상 비슬거리는 척했다. 무안쩍어 그랬었다. 마음속은 후련하고 통쾌했다.

전답 문서랑 든 바랑을 짊어지고 절문을 나섰을 때 환이는,

"환쟁이라 다행이오."

"……?"

"떠돌이 중, 매인 몸이 아니어서 그렇다 말이오."

"어딜 가는 거야? 남원의 길서방을 찾아가는 겐가?"

"아니오."

"그럼."

"가시면 압니다."

두 사람은 구례와는 방향이 다른 세석(細石) 쪽을 향해 발을 옮겨놓는다. 산죽 지대, 갈대밭을 지나간다. 앞서가던 혜관이 물었다.

"그동안 어디 가 있었나?"

"조선 팔도."

하다 말고,

"제주도에도 가보구요. 저어기 북쪽, 두만강까지 가보았소."

혜관이 돌아본다. 빨갛게 물든 열매 네댓 개 붙은 망개 가지 하나가 환의 구멍난 백립(白笠) 갓전에 꽂혀 있다. 오는 도중 꺾어서 꽂은 모양인데 혜관은 처음으로 환이 백립 쓴 것을 깨닫는다. 차림이 너무 남루하여 으레 그러려니 생각한 탓이다. 그렇다면 환이는 진작부터 우관이 죽은 것을 알았더란 말인가. 중이란 절에서 죽었으면 그만이지 상을 입을 필요는 없는데 말이다. 아니면 길가다 주운 것을 아무 뜻 없이 머리에 올렸을까? 망개는 왜 꺾어 백립에 꽂았는가. 저게 그러면 온정신일까? 설마 실성한 것은 아니겠지.

혜관은 생각하며,

"조선 팔도…… 제주도 두만강까지 뭐하러 갔었댔나."

물었다.

"홍길동이 재줄 배울려구요."

"……"

'점점 한다는 소리가 괴이쩍구면. 설마 실성한 건 아닐 텐데?'

"처처에 사람도 많이 삽디다. 인심 후한 데도 있구 각박한 데도 있구요."

혜관도 발이 빠르지만 환이도 산을 타는 속도는 옛날과 다름없이 비상하다.

"남해, 어느 섬에 갔다가, 배를 탔었지요. 그 배 안에서 울고 있는 어떤 여인네를 보았소."

"……"

"친정 가는 여인이었소. 친정어머니, 동생들이 굶고 있다는 소식을 듣고 며칠을 자맥질해서 잡은 해물로 곡식을 바꾸어 가는 길이었는데 바다 복판까지 나온 배가 굽이를 돌 때 뱃전에 놓은 곡식 자루가 물에 빠져버렸던 게요……. 세상에는 수천 석, 시집에 수백 석 전답을 가지고 시집오는 여인도 있는데 말이오."

'윤씨부인을 빗대어 하는 말이겠다? 미친놈의 언사는 아니구먼.'

이윽고 해가 서너 뼘이나 남았을 무렵 혜관과 환이는 운봉노인이 있는 초막에 당도하였다. 운봉노인은 혜관이 올 것을 미리 알고 있었던 눈치였다.

"나 양재곤(梁在坤)이오."

먼저 통성명을 한다.

"소승은 혜관이라 하오."

"기연이구려."

"예?"

운봉노인은 활기에 차서 껄껄 소리 내어 웃었다.

"아 그렇지 않소이까? 동학과 불교는 그닥 사이가 좋은 편도 아닌데 말씀이오. 스님께서는 우리 일을 도우려고 발 벗고

"나서주셨으니."

"아니 무슨 말씀이오? 소승은 도통 모르겠소이다. 발 벗고 나서다니."

"몰라도 할 수 없는 노릇, 몰랐다면 이곳까지 오시기가 불찰이었소."

운봉은 흰 수염을 흔들며 다시 소리 내어 웃는다. 장년 시절 일군을 질타하던 풍모가 늙은 모습 속에서도 약여하다.

"오늘 밤 이곳에 유하시면서 스님이 납치되어온 까닭을 들으시오."

저녁을 먹은 뒤 밤은 이슥해졌다. 관솔이 타는 방 안에 운봉과 혜관이 대치하고 환이 옆자리에 비켜 앉았다. 혜관 쪽에서 먼저 말한다.

"아까 말씀을 곰곰이 생각해보니 결국은 그 땅 때문인 것 같은데 소승으로선 그것을 환이 개인이 쓰든 군자금으로 쓰든 하등 관여할 이유가 없고, 하루 속히 넘겨주는 게……."

"아니외다."

운봉은 말을 막았다.

"이쪽에서 바라는 것은 군자금도 군자금이려니와 곤궁한 살림을 규모 있게 살아줄 가모(家母)요. 혜관께서 우리네 살림을 맡아주슈."

"살림은 무엇이며 가모는 또 무엇을 이르는 말씀이오? 불도 닦는 중을 보고. 도통 모를 얘기요."

"중은 목탁만 두드리고 우리 동학도는 사람만 죽이구."

"그야 뭐."

"중은 비단 가사나 걸치고 그렇게들 죽은 망령에게 지장경이나 외주겠다 그거요?"

"지장경이나 마나 소승보고 그러신다고 이 땡땡이중 무슨 힘이 있겠소?"

"괴승(怪僧)이 되고 요승(妖僧)이 되면은 힘이 절로 생길 게요. 땅 밑에서 썩을 황천객한테 지장경 외느니보다 살아 있는 사람 위해 칼을 드는 편이 극락길에 가까울 게요."

계속하여 운봉은 객담 투였다. 그러나 밤을 새워 얘기를 나눈 다음 날 서로 간에 양해가 되었고 혜관은 길을 떴다. 그러나 의병 잡아먹겠다던 환의 말을 혜관이 깨닫기는 훨씬 후의 일이다. 화적 떼로 타락한 무리들, 일본 토벌대에 쫓겨만 다니는 허약한 선비가 이끈 의병들을 환이는 끈질기게 추격하면서 마치 그림자처럼 그들 무리에게 달라붙어 방화 살인을 감행하고 그들에게 범행을 전가하는 수법을, 그러나 혜관은 별로 놀라지 않았고 환이를 비난하지 않았다. 어차피 일은 일이요, 눈물은 눈물. 이쪽에 전혀 희생이 없었던 것은 아니었다. 그러나 어느 길목이든 환이 수하(手下)는 복병이요, 화적 떼와 빛 좋은 개살구격인 의병들은 별수 없이 노정되는 정규군이었다고나 할까.

아침 안개를 등지고 혜관이 목기막 안으로 들어갔을 때 환이는 잠에서 깨어나 있었다.

"무슨 염불을 산이 떠나게시리 하는 겁니까?"

혜관은 씩 웃는다.

"간밤에 왕생한 이곳 산 식구를 위해 경을 외었네."

"고라니라도 죽어 자빠져 있습디까?"

"무엇인가가 죽긴 죽었겠지. 안 죽었으면 굶어 죽는 놈이 생겼을 테고."

"곧 길 떠나야 합니다."

"아침은 먹어야지."

환이 고개를 흔든다.

"지금부터 떠나야, 가다가 강쇠의 집에서 아침을 해야겠소."

"그러지."

"그곳에서 스님은 순창으로 가시오. 그곳에서 천서방이 기다리고 있을 게요."

"알았네."

뚱뚱한 몸을 기울이고 을씨년스럽게 행구를 챙긴 혜관은 가진 것 없는 환이와 함께 목기막을 나선다.

숯 굽는 사내 강쇠의 초막에 당도했을 때 해는 떠올랐다. 오는 도중 땅을 처분해도 좋을 성싶다던 간밤에 한 말의 결론을 환이는 내리지 않았다. 혜관은 역시 땅 처분보다 서희의 소식을 궁금하게 여겼을 환이 심정을 짚을 수 있었다. 때문에

267

혜관도 어떻게 할까 보냐 묻질 않았고.

　강쇠 모친이 지어낸 아침을 서둘러 먹은 혜관은 순창으로 떠났다. 떠나는 뒷모습을 쳐다보다 돌아선 환이는 수수깡 한 아름을 안고 부엌으로 들어가는 강쇠를 불러세운다.

　"산청으로 가야 하네."

　"나도 갑니까?"

　"음. 내일 산청장이 선다."

　"그라믄 이서방한테 기별을 했십니까?"

　"사람만 잡아놓으라 했다. 그러니 서둘러서 가야 한다."

　덩치가 크고 사팔눈인 강쇠는 손끝으로 입술을 만지며 생각에 잠긴 환이를 쳐다보는데 눈은 환이를 향하지 않고 한눈을 팔고 있는 것만 같다.

　"어중간한 때라 장꾼이 모이겠십니까?"

　"장은 한산할 게고 파장도 이르겠지. 그러나…… 서둘러봐야겠어. 떠날 준비나 해."

　환이 또래로 보이지만 실상 나이는 강쇠가 아래였다. 사팔 뜨기만 아니었다면 과히 못생긴 얼굴은 아니었다. 그의 모친이 만나는 사람에게마다 들려준 얘기에 의하면 강쇠는 쌍둥이 중 살아남은 아들이라는 것이다. 갓난아기 적에 하도 영악하게 우는 한 놈을 업고서 나무도 하고 보리방아도 찧고 그러다 보니 다른 한 놈은 방에 혼자 누운 채 늘 밝은 방문 쪽만 쳐다보아서 그래서 사팔뜨기가 됐다는 거였다. 그 말을 할 때마다 강쇠의 모친은 안쓰러워하곤 했다.

얼마 후 두 장정은 칡덩굴로 얽어맨 목기(木器) 한 짐씩 짊어지고 나섰다.

"오매 갔다 오겄소."

해진 수건을 쓰고 허둥지둥 도랑까지 나온 강쇠의 모친은,

"강쇠야."

강쇠가 돌아본다. 모친은 팔짱을 끼고 오돌오돌 떨고 있다.

"칩운데 들어가소."

"운냐."

"다니올 깁니다. 내일이나 모레."

"그래 어 오니라이. 에미 속 썩이지 말고오."

"야."

"강쇠 성도 어 오시고요."

"야."

환이는 햇살이 퍼져나가는 하늘을 올려다보며 대답했다. 두 장정은 짐 진 사람 같지 않게 산길을 성큼성큼 걷는다. 이끼가 말라붙은 바위는 강쇠 모친의 검버섯 핀 얼굴 같다.

"성님."

"음."

"인이가 병들어 죽었다는 소식이오."

"……."

"과부가 우찌 살란고 모르겄소."

산비둘기가 푸드득 날아오른다. 발밑의 눈이 뽀드득뽀드득 소리를 낸다. 얼음 밑을 흐르는 물소리—.

"니가 데려다 살려무나."

강쇠의 양 뺨이 벌게진다.

"우찌 친구 가숙을, 그, 그럴 수는 없소."

"그럴 수 없다는 법도 없지. 왜 억지로 서럽게 살아야 하노. 흐흐…… 흐흣……."

나직이 웃는다.

"억지로 서럽게 사는 사램이 어디 있겠소. 그렇기 말한다믄야 성님이 더 그렇지 않소."

"……."

"나겉이 오양이 이런 놈을 좋다 하지도 않을 기고."

"빡빡 얽은 곰보도 계집 있더라."

"그런 이야기사 머, 아즉 할 때가 아니고……. 인이도 고생만 하다가 죽었지요. 하기사 살아남은 우리도 밝은 세상 볼 것 같지도 않지마는."

"……."

산청에 들어선 환이와 강쇠는 객줏집에서 짐을 풀었다. 객줏집 주인 석포가 집 마당에서 가오리 껍데기를 벗기고 있다가 칼을 놓고 일어섰다.

"하따, 목기장수 오래간만에 보겄구마는. 그새 가물치 콧구멍맨치로 와 그리 볼 수 없었는가 모르겄소?"

"보믄 이 갈리고 안 보믄 보고 접다 그 말이구마. 이분에도 밥값은 외상일 긴데 우짤 기요?"

숯 굽는 사내요 총각인데 강쇠의 수작은 제법 능란하다.

"아아 짐 지고 왔는데 밥값 걱정하는 객줏집도 있더란 말이오?"

"거 짜질짜질 웃는 눈 본께로 이분에도 마누라 속깨나 썩있겄소."

"안사람? 총각도 그런 말 할 줄 아나?"

"장가든 벵신보다 실속이야 이쪽이지. 사팔뜨기 눈은 안 닮았인께."

강쇠는 완강한 두 어깨를 쑥 펴 보인다.

"이거 참, 잡놈 찜쪄묵겠네?"

환이는 시죽시죽 웃고 서서 구경만 한다.

"주인장, 이제 그만해둡시다. 우리 새각시 곁은 성님 간 떨어지겄소."

항용 시시덕거리기를 좋아하는 장돌뱅이, 객쩍은 소리를 늘어놓던 이들 주객은 그러나 밤이 깊어지자 골방에서 술상을 마주하고 오랫동안 쑤군쑤군 얘기를 나눈다.

"지금 용주골에 숨어 있는 무리들은 지난가슬에 진주 근방을 쓸고 다니던 화적패들이오. 그동안 자세히 알아보았는데 서른 명은 미처 못 되고, 스무남은 명, 힘깨나 쓰는 모양이지만 머리 쓰는 놈은 한 놈도 없고."

석포의 설명이다.

"의병에서 갈라져 나온 패거리요?"

강쇠가 묻는다.

"하여간에 처음에는 그랬던 모양인데 건달 한 놈이 졸개 몇 놈을 구슬려내어 별도로 무리를 만든 모양이라 이놈들이 못 됐고 사납기로 이름이 났는데 민가에 불 지르고 재물 뺏고 여자들을 겁탈하고 업어가기 일쑤, 그러면은 어찌해서 토벌대가 손을 대지 않고 있느냐, 이상한 얘기 아니겠소?"

석포는 술을 마시는 환이를 쳐다본다. 환이는 다음 말을 계속하라는 듯 잔을 비우고 다시 술을 부어 마신다.

"그러니까 간악한 왜놈들이 셈을 놔본 거지요. 양민들이야 어떻게 시달림을 받든지 간에 제놈들에게 오히려 유리하다는 것 아니겠소? 첫째는 백성들이 의병에 넌더리를 낼 것이라는 셈이고 실컷 시달린 끝에 토벌대가 들어간다면 환영을 받을 것이란 속셈이겠지요. 화적 놈들 목표가 왜놈들 아닌 백성일진대 얼마 동안 관망한다 해서 손해볼 것 없잖습니까. 결국 그러니 불 지르고 재물 뺏고 여자를 겁탈하고 그런 포악한 행위 그것도 가증스럽기 짝이 없으나 그것에 못지않게 근심스런 것은 일본에 저항하는 일체 행동에 대해서 민심이 멀어져 갈 것이란 점이오. 악랄한 왜놈들이 노리는 게 바로 그것, 민심이 깨어지고 흩어지고 종래는 왜병들에게 협력하는 사태까지 빚어진다, 생각할 수 있는 일이지요."

석포의 논리는 정연한 편이었다. 객줏집 주인으로 생업을 영위하고 있으나 석포는 동학 잔당 중에서 상당히 유식한 편이었다. 환이보다 다섯 살이 위인 만큼 동학전쟁에 참가한 경험도 풍부했다. 석포는 김개주보다 운봉 양재곤(梁在坤) 계열의 사람이다.

"그러니 종전과는 달리 우리도 되도록이면, 설사 허약하다 손 치더라도 의병들한테 누를 끼치는 일은 삼가야 할 것 같소. 화적단 놈들을 물고 늘어지는 편이, 그게 내 생각이오."

강쇠는 고개를 끄덕인다.

"성님 이서방 말씸에는 일리가 있소. 그런 형편으로는 화적 놈들이야말로 토벌대 이상으로 잡아 없이해야 할 거로 생각이 되구마요. 그런데 그거는 그거고 이번 일에 있어서 근심이 되는 것은 그놈들 산채에다가 흔적을 남기고 또 그쪽으로 도망을 가믄서 유인한다 카더라도 말입니다. 왜놈들이 속을 것인지 그기이 걱정이구마요."

"그거는 염려 없네. 서로 내통해 있는 거는 아니니까."

환이는 두 사람 사이에서 듣고만 있다가 처음으로 물었다.

"지금쯤 일은 벌어졌겠지요."

"아마 지금쯤…… 틀림없이."

다음 날 산청 장바닥이 술렁거렸다. 이상한 소문이 쫙 퍼졌다. 잡화상을 하는 일본인 집에 도둑이 들었는지 의병의 소행인지 알 수 없으나 적잖은 물건을 도난당했다는 것이다. 뿐만

아니라 남겨놓고 간 물건이라는 것도 쓰지 못하게 모두 부숴
버리고 갔다는 것이다.

"그것만이 아니라누마. 왜놈 왜년을 묶으고 입에는 재갈을
물리어 나무에 매달아 놨다던가."

"내가 듣기로는, 찔러 직있다는 말도 있고 벽에다 온통 황*
을 그리놨다 카데. 뭐라고 쓰이 있는고 하니, 무슨 머이라 카
더라? 의병이 왔다 가노라 그렇기 씌어졌다던가?"

"그른 그냥 도적놈이 아니고 의병이다 그 말인가?"

"공연한 소리들 하네. 아침에 내가 그 일본계집을 그 집 앞
에서 보았는데? 얼굴이사 죽을상이더라마는."

"하기야 하도 세상이 분분하니께 별의별 말이 다 나돌지."

세상이 분분하여 별의별 말이 나돈 게 아니라 어젯밤 일본
인 잡화상에 괴한이 침입한 것은 사실이었다. 일본인 부부를
나무에 매달기까지는 아니했으나 묶고 자갈을 물려놓고, 가
져간 물건은 많지 않지만 온통 부숴놓고 간 것도 사실이다.
그래서 술렁거리는 장터에 왜순사 하나가 매 눈이 되어 벌써
몇 차례 순시를 했는지 모른다.

환이와 강쇠는 다른 전과는 좀 떨어진 곳에 목기를 쌓아놓
고 엉거주춤 서 있었다. 때 묻은 무명 수건을 쓰고 누덕누덕
한 솜저고리 소매 속에 두 팔을 찌르고, 덜덜덜 떨면서 서 있
었다.

"아이고오, 날씨도 고추겉이 맵다. 이거, 오늘 장사하기는

다 글렀구마. 무신 일이 일어났다고 술렁술렁하노 말이다."

강쇠가 씨부렁거렸다. 환이는 눈을 내리깔고 있을 뿐인데 가끔 눈을 들어 물건 흥정을 하고 있는 건달풍 사내들 서너 명 쪽을 주의 깊게 바라보곤 했다. 복작거리는 장꾼들 속을 헤치고 들어갔던 순사는 사벨을 절렁거리며 되돌아 나온다. 건달풍의 사내 세 명이 선 자리에서 이동하고 이동하면서 환이를 쳐다본다. 눈깜짝할 사이에 사건이 터졌다. 건달풍 사내들이 순사 둘레를 싸는가 싶더니 외마디 소리와, 언제 소매 속에서 팔을 뽑았는가 어느 방향으로 움직였더란 말인가, 소매 속에 두 팔을 찌르며 환이는 강쇠 옆으로 돌아오고 있었으며 건달풍의 사내 세 명이 달아나는 것이다.

"셀인났다아!"

"순사가 찔려 죽었다아!"

"아, 저, 저기 달아난다아!"

엎어진 왜순사 등에 비수는 깊숙이 꽂혀 있었다. 피는 순사복 바짓가랑이로부터 흘러내렸다. 장세 걷으러 다니던 사내가 요란하게 호각을 울렸다. 장꾼들이 이리 몰리고 저리 몰리고 흰 옷을 입은 건달풍 사내들이 저만큼 뛰어간다. 어디서 나타났는지 순사 하나가 그들 뒤를 쫓아가고 뒤늦게 나타난 헌병들이 공포를 쏘아대며—이미 상당한 거리였으므로—달려간다.

다음 날 아침 환이와 강쇠는 팔다 남은 목기와 목기를 팔아사들인 소금을 짊어지고 고개를 넘었다. 그들은 토벌대가 용주골 화적의 산채를 포위했다는 소식을 들었고 순경을 유인해간 건달풍의 사내 셋도 무사하게 도피했다는 것, 용주골 산속에 흘려놓은 왜인 잡화상의 물건 등을 토벌대가 수거했다는 얘기도 듣고 떠나온 것이다.

"순창에 잡힌 그 애들이 풀려나올지도……."

환이 중얼거렸다. 대낮, 사람이 득실거리는 장터 한복판에서 아슬아슬한 모험을 한 데는 환이의 의도가 달리 있었다. 혐의를 용주골에 은거한 화적 떼들에게 명확하게 돌려놓자는 데 목적이 있었다.

4장 개화당의 반개화론

구리개(仇里介)에 있는 황춘배(黃春培)의 집 사랑방에선 일본어 교습이 막 끝나고 방 임자 황태수(黃台洙)가 두루마기 자락을 여미며 황급히 일어섰다.

"전갈이 와서 잠시 아버님께 다녀와야겠소."

"아아니 이 무슨 뚱딴지 같은 수작이야. 생일 술 먹자 해놓구서 이건 누굴 희롱하는 겐가?"

서의돈(徐義敦)이 빨끈해서 눈알을 굴린다. 울퉁불퉁한 얼굴, 몸집은 작고 대추씨같이 야무지게 생긴 사내다.

"성미도 급하긴. 내 올 때까지 설마 술독 바닥이 날까? 곧 돌아올 테니 그동안 술들 하구 계슈."

서의돈은 금세 누그러져서 허허 웃는다.

"그렇다면야 방 임자 까짓것 있으나 마나. 기생도 아니겠고."

태수는 나가고 방 안에 남은 세 사람은 화롯가에 손을 쬐기도 하고 담배를 붙여 물기도 한다. 일본어 강사격인 임명빈(任明彬)이,

"까막눈 늙은네. 보일 문서가 있어 그러나 부지."

중얼거렸다. 고수머리에 두상이 크고 까만 양복차림이다.

"있는 서사(書士)는 무엇에다 쓰려구? 그것도 돈 드는 물건이라 아끼는 겐가?"

"서사는 서사구 아들한테 보일 게 따로 있는 게지."

강사 교습생 사이지만 친구 간인 이들의 대화는 스스럼이 없다. 연소한 상현은 교과를 계속하는 자세로 말없이 앉아 있다. 임명빈은 담배 연기를 푸 하고 내어뿜으며 다시 말했다.

"내 일전에 들은 얘기가 있는데 그 일 때문인지도 모르겠군."

"무슨 얘길 들었기에?"

다잡듯 묻는다.

"조준구 그자가 말이야. 자금 때문에 땅문서를,"

"하하하 알겠네. 자네 부친이 다릴 놨군그래. 황부자한테

말야."

"그런 셈이지."

임명빈은 싱그레 웃는다.

"자알 망하게 생겼다, 생겼어. 임역관(任譯官)의 줄타기가 보통인가? 황부자는 어떻구? 쇠전 냄새라면 천 리 밖에서도,"

"만 리 밖에서도, 해야지."

만 리 밖이란 청나라와의 밀무역으로 거상이 된 황춘배의 내력을 꼬집은 말이다. 한편 임역관이란 다름 아닌 임명빈의 부친이며 전직이 역관인데 왕시 조준구가 매우 불우하여 권문세가에 발붙일 길도 없었을 무렵 역관 자리나마 하나 얻어서 권력에 접근하려는 어리석은 꿈을 가지고서 임역관 집을 드나든 일이 있었다. 그런 연고로 요즘 임역관은 조준구의 문객 노릇을 하고 있는 터이다.

"만 리 밖이고 천 리 밖이고 간에, 늑대 같은 늙은이······ 흥, 뻔히 다 알고서."

하다 말고 서의돈은 이마를 숙이고 장난꾸러기처럼 킬킬 웃는다. 임명빈은 상현을 힐끗 쳐다본다. 상현은 관심 깊게 듣고 있는 척했으나 기실 혜관에서 서희로, 서희에서 길상에게로 생각이 전전하고 있었다.

"늑대라 한대도 조준구 그자는 뭐 숙맥인가? 남의 만석 살림 꿀꺽 삼켰다면 그 수완도 알아봐 주어야한다구."

"흥, 임자 없는 시골 땅뙈기, 그거 집어삼킨 수완으로 이 바

닥에서 광산을 해? 하하핫 하하핫…… 약은 쥐가 밤눈 어둡다
는 얘기가 있지."

"어두울 것도 밝을 것도 없어. 자세한 내막은 모르겠으나
그놈의 신회사령인가 뭔가 땜에 사실 조선사람들 사업하기가
어렵게 되었지 않어? 지금 이 마당에 조선사람치고 고래심줄
같은 정치 줄 잡은 사람도 없지만 말이야. 조준구 그자의 경
우는 친일파치고도 피라미거든. 시골 바닥에서 헌병대장이나
군수 따월 삶아보는 실력, 그러니 자네 말대로…… 하기야 실
력이기보다 처지라 해야겠지. 그 처지로서 사업이랍시고 벌이
는데 일인과 합자했다는 것은, 또 적당한 시기에 떠밀어내는,
그거 괜찮은 술수라구."

고수머리에 두상이 큰 탓도 있겠지만 질깃하고 무거운 인
상과는 달리 임명빈의 얘기는 사뿐사뿐 가볍게 나간다.

임명빈이 말한 신회사령(新會社令)이란 작년 십이월 조선총
독부에서 기왕에 있었던 회사령을 한층 보강하여 공포한 것
이다. 말할 것도 없이 그것은 가혹한 식민정책의 일환으로서
일본의 경제계 독점을 조장하고 조선인 자본의 진출을 막아
보자는 데 목적이 있었다. 소위 회사설립을 허가제(許可制)로
해서 까다롭고 악랄한 조건으로 조선인에게는 되도록이면 허
가를 아니하는 방침, 그것은 조선인이 설립한 회사가 삼십 개
에도 미달인 데 비하여 일인이 설립한 회사는 백 개를 넘어서
고 있다는 실정만으로 설명이 된다.

"괜찮은 술수라구?"

"그럼. 너무 가볍게 보는 것도 잘못이야. 미운 놈이라도 인정할 것은 하구 남들은 푼수 없이 떠벌리고 다닌다고들 하지만 말이야, 그것만은 아닐 거란 말이지. 실속은 차리고 있더라, 그거 아니겠어?"

여전히 킬킬대며 웃던 서의돈은,

"야, 명빈아, 너정말 캄캄절벽이구나. 그러고 보니 자네 부친도 어지간히 능구렝이구, 하기야 그따위 흑막을 자식놈한테 얘기할 수 없는 게 부모 된 죄이긴 하지만 말이야. 하하핫…… 핫."

"흥, 흑막이라? 흑막이라면 한 시절 외척 되는 모 세가(勢家)를 등에 업고 오늘날의 황부자를 만들어준 서참봉(의돈의 부친), 그 양반이 선수 아니었던가 몰라?"

"암, 암 그것 틀림없는 일이라구. 자네를 말할 것 같으면 아랫도리 벗은 시절부터 앞뒷집 이웃이기는 하나 서참봉의 행장이야 이 나보다 더 잘 알 사람이 없지. 한데 자넨 나보다 자네 부친의 근황을 모르고 있으니 말이야."

"뭐라구? 자네가 알긴 뭘 알어. 방금 하하아 알겠네, 자네 부친이 다릴 났군 하던 사람이 누군데?"

"그 말을 들었을 순간 난 환하게 들여다볼 수 있었거든. 세상에는 말이야, 사기술도 가지가지라. 그 땅을 낼 왜구 놈들이 쓸모 있는 거라면 산을 무너뜨리고 돌도 캐내 가는데 이

땅에 들여오는 건 총검에다 병이고 사기술이거든. 하기는 도둑질도 늘면 편하고 덩치 큰 사기술로 옮겨가게 마련이지만."

얼굴이 핼쑥해진 임명빈.

"이거 그냥 들어넘길 수 없는 말이군. 그러면은 내 아버님이 왜놈의 사기술을 본땄다 그 말이냐?"

"그렇지, 바로."

"뭣이라구?"

"하하핫."

"어디다 그, 근거를 두고!"

"근거 없는 말을 왜 내가 하누."

"근거를 대봐!"

"어렵잖지."

"뭐이라구? 네 놈이 처, 천리안 가졌니? 잘난 체하는 게냐! 지, 지금이 어느 세상."

임명빈은 흥분하여 말을 잇지 못한다.

"이거, 이거 왜 이래? 열 내지 말라구. 그래 넌 양반이 소반 꼴이 된 세상에 꼴사나운 양반행세냐, 그 말 하고 싶은 게지? 왜 그리 사람이 못났어 응? 제 부모라 해서 남의 말 끝까지 들어보려 하지도 않고 사리를 헤아려보려 하지도 않고 덮어놓고 맞서려 드는 그게 뭔 줄 아나? 양반흉내야 흉내. 그놈의 형식의 효도라는 것 말일세. 우리 똑같이 밥 먹는 입 가지고 같이 좀 공정해지자구."

"입 가지구 공정해지자구? 너 말 잘했다! 바로 네놈의 아가리가 사기꾼도 만들고 도적놈도 만들구, 응 입이면 다냐!"

명빈은 자리를 박차고 일어섰다. 상현이 팔을 잡는다.

"선생님 참으십시오."

"참을 수 없어! 자네 같으면 참겠나?"

"의돈형님은 노상 그렇지 않습니까? 성미를 잘 아시면서."

"성밀 알아도 유분수. 내, 내 일이라면,"

하는데 명빈은 상현에게 창피한 생각이 드는 모양이다. 상현이 억지로 잡아 앉히고 명빈은 또 못 이기는 척 앉아서 씩씩거린다. 의돈은 두 어깨를 들썩이며 웃는다.

"이봐 명빈아, 임역관 음덕으로 자네가 일본까지 가서 공분가 유학인가를 하고 돌아오기는 했어도 내 모르는 바는 아냐. 임역관이 재직 시 별 오류가 없다는 걸, 아들 유학 보내려고 좀 굽실거린 일 말곤 말이야."

서의돈은 슬쩍 추켜세워준다.

"합방이 된 후에는 그 직책을 헌신짝같이 버린 임역관, 내가 그걸 모르겠어? 자네만 하더라도 직업을 아니 갖고 빈들거리는 심정 나 다 알구 있다구. 왜놈들한테 빌붙어서 직업 얻으려 아니하는 갸륵한 심정 말이야."

"이거 누굴 놀리는 게냐?"

서의돈의 심통을 알면서 명빈은 그러나 상현이 앞에서 체면은 선다는 생각을 한다.

"그리고 또 내 심정을 말할 것 같으면 통쾌하다 그거야. 임 역관께서 합작을 했건 아니했건 간에 조준구 같은 놈 벗겨 먹는데 배 아플 이유가 뭐겠나?"

"또 그 소리야? 도시 왜 이러는 거지?"

"허허 내 말을 듣고서 화를 내든 지랄을 하든. 근거가 있긴 있지."

서의돈은 무엇이 그리 재미가 나는지 고양이처럼 유연하게 몸을 구부렸다 폈다 하며 장난스럽게 웃는다.

"조준구가 왜놈 미야모토하고 합자해서 사들인 그 광산 말이다, 그게 말이야 그게 폐광 직전이다 그거 아니겠어? 금이 나기는 어디서 나아?"

나직한 음성이다.

"뭐라구? 폐광 직전이라구?"

"그 광산 임자가 누군지 모르지?"

"……."

"자네 부친이 상전만큼이나 섬기는 그 이대감."

"그, 그런 얘기 듣긴 했으나,"

임명빈이 당황하기 시작한다.

"소위 비밀이다 그거지. 최근 우연한 자리에서 그 얘길 들었는데 자네 부친이 관련됐으리라는 것은 오늘 바로 눈칠 챘지. 아마 틀림이 없을 거로? 그런데 어떤 형편인고 하니 미야모토 그자, 완전무결한 허깨비, 허수아비란 말이야. 돈이 어

디 있어서? 합자는 무슨 놈의 합자야? 이대감한테 들어간 돈
은 조준구 몫뿐이고 말하자면 서류상으로만 미야모토가 절반
을 출자한 것처럼 돼 있다 그게야. 이대감이 동업자 행셀 하
라고 그잘 고용했다는 얘기고, 그러고 철저하게 사기 친 거
지. 이대감 그 양반 속으로 되게 웃었을걸. 음흉하기보다 익
살스런 사람이니까 말이야. 이놈아 너 그 공돈 나도 공으로
먹어보자. 어차피 그러저러한 곳에 갈 자금이니, 강도질이야
할 수 없고 흐흐흣…… 하고 웃었을 게야."

임명빈의 미간이 풀어진다.

"명빈아 이제 속이 좀 풀리니? 사기는 쳐도 이대감 그 양반
썩은 선빈 아니야. 골샌님도 아니구. 하여간에 그놈의 욕심이
란 게 무엇인가. 불을 보고 뛰어드는 나방같이. 허 참, 드디어
이대감 계획이 무르익어서 미야모토의 출자금을 내주고 폐광
을 독점하겠노라 동분서주, 절반 값으로 잡힌 땅은 황부자한
테 떠내려갈 것이 뻔하니 나중에 뛰는 꼴이 가관일 게야. 허
지만 어쩌누, 동아 썩는 것은 밭 임자도 모른다고 그놈의 광
산 속 몰랐다면 그만 아니야?"

"허 참, 진정 그게 사실인가?"

"사실이잖고? 자네 부친한테 물어보게나."

"그러면은 조준구가 아주 거꾸러진다, 그 얘긴가요?"

처음으로 상현이 입을 떼었다.

"아직은 멀었지. 광산 하나 넘어진다고 만석 땅이 하루아침

에 없어지기야 할려구."

얘기가 막바지에 이르렀는데 마침 음식상이 들어온다. 건장한 두 하인이 맞잡아서 들여다 놓은 상 위의 음식이 거창하다. 의돈이 입맛을 다신다.

"생일상 받으려고 사흘을 굶었더니,"

"자네 생일 같은 소릴 하는군그래."

명빈이 타박을 준다. 서의돈은 나가려는 하인을 불러세운다.

"김서방 아니면 박서방이겠는데, 김서방, 기왕이면 술 한 잔씩 부어놓고 나가지 그래. 권할 주인 없는 술상 아닌가."

"예, 그럭헙쇼."

소댕 같은 너부죽한 버선발이 술상 가까이 다가온다. 술잔에 술을 그득그득 채운다. 술 한 잔을 쭉 들이켠 서의돈은 빈 술잔을 하인에게 내민다.

"한 잔 받게."

"아, 아닙니다요. 감히."

"감이나 배나, 받게나."

"아 아닙니다요."

"허허허 안 받겠으면 빨리 꺼져. 명색이 연장 달린 놈인데 술 시중 들라 할 수야 없지."

하인은 콧물을 들이마시며 히죽히죽 웃는다.

"아암요, 나으리. 그렇구말굽쇼."

의돈은 하인에게 내밀었던 술잔을 상현에게 돌린다.

"소년지사(少年志士)야, 이 잔 받게나. 저기 임선생께서는 달짝지근한 약과 전과나 핥으면 되는 게고 술은 자네하고 나하고,"

쓴 약처럼 술 한 모금을 마셔본 임명빈은 눈살을 찌푸리며 생선전을 급히 집어먹는다. 의돈은 상현으로부터 술잔을 되돌려 받으며,

"만주 바닥에서 뜨거운 술맛을 익혀왔으니 망정이지. 그렇지 않았더라면,"

"……."

"내 시기심이 자네 그 매끄럼한 콧등을 이렇게,"

손가락을 들어서 집게 꼴을 해 보인다.

"청루 왜년한테 끌고 갔을 게야. 으하하하핫핫……."

"지랄 같은 소리 또 늘어놓는구면."

임명빈이 건성으로 거든다.

"자넨 잠자코 있어. 지랄 같은 소리 아니한다 해서 왜년을 데리고 사는 그 누구더라? 이름 한번 유명하지. 이인직, 지금은 경학원 사성(司成) 이인직보다 위대할 것 한 푼 없다구."

"이인직은 왜 들먹이누."

"자네 동업자니까."

"내가 언제 벼슬 살았나? 역관직에 있었단 말이야? 동업자는 무슨 놈의 동업잔구?"

"엇비슷한 처지니까 하는 말일세."

"엇비슷하다니? 나라 팔아먹은 이완용 놈 수족 노릇을 내가 했더란 말이야?"

"그런 일 아니했다고 뽐내본들 자네 키가 좀 더 높아지는 건 아니야. 다 같이 왜년이 퍼주는 하숙밥을 처먹고 왜글 나부랑일 배워왔으니 엇비슷하다는 게고, 한 놈은 너무 똑똑해서 나라 팔아먹는 데 한 다리 낀 것도 사실이나 신소설을 쓰네, 연극을 합네 하면서 눈으로 보고 귀로 듣고 온 것을 흉내나마 낸답시고, 헌데 자넨 뭘 했지? 매일 쌀가마나 축내는 밥벌레 아니었나 말이다."

"신소설이고 연극이고 그거 다 무슨 소용이야. 지 부모, 지 나라 파, 팔아먹는 개새끼가."

"허허어, 말귀 어둡다. 애국지사연하지 마라. 피장파장이야."

의돈은 씩 웃다가 상현에게 고개를 돌리면서,

"홍종이 그 애 외삼촌 장지(葬地)까지 따라 내려갔나?"

묻는다.

"내려갔습니다."

"흥, 거기도 애국지사연하다가 개죽음한 아들 때문에 또 개죽음이라……. 하기는 이 풍진세상 갈창* 같은 그따위 얇은 뱃가죽 하구서 뒷간 가노라 볼일 못 볼 바에야 일찌감치 자살 갔다만 웃기는 얘기야."

"배짱 두둑한 자넨 한 백 년 살 게야."

"아암. 하여간에 죽어도 치사스럽게 죽었거든. 옥사(獄死)? 무슨 놈의 개나발 같은 옥사야?"

"그 친구 본시부터 새색시였다구."

"존경하고 미치고 반하고, 그래서 어쨌다는 게지? 안중근한테 미치고…… 반하고…… 그것도 항일이다, 그러니 죄목이다, 그건가? 죽은 놈이나 가둔 놈이나 다 제정신인가?"

"심약한 게 탈이었다구."

의돈은 눈꼬리에 잔주름을 모으며 술잔을 든다. 맞은켠에 있는 상현의 모습이 죽은 홍종의 외사촌, 유인승으로 착각된다. 별안간 술기가 오르는 것 같다.

'빌어먹을 놈.'

유인승의 얼굴은 희다. 말 대신 히죽이 웃는다. 몸매는 가늘고 약골이다. 해서 친구들은 그를 인순아씨라 불렀다. 그러던 유인승이 달라진 것은 하얼빈 역두에서 안중근이 이등박문을 암살한 그 사건이 터지고부터. 주눅이 들어 말을 못하던 그가 떠들기 시작했고 술을 마시기 시작했고 흥분하고 눈에 핏발을 세우고.

"인순아씨께선 이제 겨우 서방님이 되신 모양이야."

함께 떠들다가도 그의 엄청난 변모에 의아해한 친구들은 웃었다.

"아니 저 사람이?"

웃던 친구들도 종래는 웃을 수만도 없게 유인승은 좀 더 이상하게 변해갔다. 방바닥을 치고 통곡을 하는가 하면 때론 소리 없이 눈물을 줄줄 흘리며 넋두린지 혼잣말인지 시부렁거리는 광경을 보게 되었다.

"저 사람 머리가 이렇게 돌아버린 게 아냐?"

한번은 화가 난 서의돈이 유인승 면상에 술잔을 던진 일이 있었다.

"이 자식아, 정신 차려!"

"정신 차리라구? 정신만 차리면 죽은 사람이 사, 살아 온단 말이냐?"

옷소매로 얼굴을 닦으며 유인승은 혀 꼬부라진 소리로 의돈에게 달려들었다.

"미친놈! 계집을 상대로 앓는 상사병이라면 그런대로 봐주겠다! 안중근은 사내야, 사내."

그러나 서의돈은 유인승의 머리가 이상해졌다는 생각은 아니했다. 이 무렵 안중근의 종제 안명근(安明根)이 독립운동자금을 모금하다가 밀고에 의해 평양역에서 체포된 사건이 벌어졌던 것이다. 북조선 일대에 조직화되어가던 배일 문화운동의 비밀결사인 신민회를 분쇄하려고 노리고 있었던 총독부는 안명근 체포를 기화로 총독 및 총독부 요인암살 음모란 터무니없는 내용을 날조하여 신민회 회원을 대량 검거, 투옥한 것이 작년 초정월의 일이다. 소위 안악(安岳) 백오인사건이다. 처음 육백여 명이 체포되었을 때 유인승도 함께 끌려들어 갔던 것이다. 그러나 유인승이 체포된 이유는 좀 색다른 것이었다. 요릿집에 들어가서 물 마시듯 술을 퍼먹었다는 게 일종의 발작이었고 다음엔 운수 사납게 형사와 맞붙어 용감하게 육탄전까지 벌인 게 발작이었고 독립만세를 고래고래 소리 지르며 죽은 안중근을 살려내지 않는다면 모두 다 모가지를 댕강댕강 잘라 죽여버리겠다고 악을 쓴 것도 발작이었다. 검거선풍이 불고 있는 시기, 날 감옥에 데려다다오 하며 부탁한 거나 다름없는 일이었다. 후일 같은 감방에 함께 있다가 풀려나온 사람이 전해준 말에 의할 것 같으면 감옥에서의 유인승은 너무 어이없었다는 것이다. 겁에 질려서 거의 반미치광이였었다는 것이다. 비단 포대기 속에 자란 유인승으로서는 감옥소의 풍경이 바로 죽음의 현장으로 보였을지도 모른다. 결국 조급증과 공포심이 그를 죽게 했다는 것이다.

"생일 술 마시면서 죽은 사람 얘긴 이제 그만두지."

명빈이 돼지고기에 새우젓을 놓으며 말했다.

"그래 관두자."

한동안 말이 끊어진다. 술이 센 두 사람 사이에서 면무식하듯 조금씩 마신 술에 명빈의 얼굴은 홍당무다. 홍당무가 된 명빈의 얼굴을 힐끗 쳐다본 의돈 얼굴에 장난기가 또 서린다.

"아까 여기 오는 길에서 말이야, 무당 년 푸닥거리하는 구경을 했지. 덕구 덕구 덩덕궁 덩덩."

손끝으로 술판을 치면서 서의돈은 명빈에게 곁눈질이다.

순간 명빈의 낯빛이 변했으나 꾹 참는 기색이다.

"덩덩 덩덕궁, 덕구 덕구 덩덕궁, 덩덩 덩덕궁…… 하하하핫…… 신풀이 자알하더구면. 빌어먹을, 구경꾼 속으로 대가리 디밀었다가 호되게 쥐어박히긴 했지만 말이야. 애숭인줄 알았던 모양이지."

상현이 픽 웃는다. 민적민적 뒤켠으로 물러앉았다가 상 곁으로 다가오곤 하는 명빈의 모습이 불편해 보인다. 임역관의 이름이 덕구(德九)다.

"그놈의 무당 년들 신풀이 자알하고서 돈은 돈대로, 그런 상팔자가 어디 있어?"

"그렇게 따지자면 무당뿐이겠나. 기생도 그렇고."

명빈이 엉거주춤 어물어물 넌다.

"그렇지, 잘 처먹고 재미보고 돈 벌고, 사내 직업치고 그런 거 없는지 모르겠네?"

"있지요!"

술이 들어갈수록 얼굴이 창백해지는 상현이 불쑥 말했다.

"그게 뭐야?"

"바로 그, 기생이나 무당의 기둥서방이 되는 일이지요."

"으하핫핫…… 핫핫……."

서의돈은 박장대소한다.

"그렇지. 그래, 맞았어. 일본 바람 쐰 놈보다 북만주 매운 바람 쐰 놈이 낫구면. 나이 깐엔 제법이야. 하하핫…… 덕구 덕구 덩덕궁 덩덩 덩덕궁."

술판을 뚜드린다.

"무당이라구 너무 괄시할 것만도 아니라구."

명빈이 부르터서 말했다.

"괄시는커녕 부러워서 그러네."

"무속이라는 것도 그 나라의 문화유산인 만큼 보존할 가치가 있는 거라구."

"그래?"

"흥."

"언제였더라?"

"……."

"목욕재계하고 도포 깃 세우고 갓끈 바로 하고 양잿물을 마신다는 시골 양반을 비웃던 친구가 있었는 성싶은데 나도 함께 비웃었네. 그리고 또 총독부에는 세금 아니 내겠다 해서 붙잡혀간 늙은네한테 비하면은 양잿물파(派)는 한량(閑良)이 아니겠느냐구, 그런 말도 했던 것 같은데 나도 동감을 했네. 전자는 수구당이구 후자는 개화당이라 그런 말도 했었지. 그 친구가 자네 아니었던지?"

"그래, 그랬다! 내가."

"하하핫핫 하핫핫…… 이봐, 명빈이. 이젠 임역관 허물은 아니할 테니, 덕구 덕구 덩덕궁도 아니하겠고 하니 화내지 말구, 그런데 목욕재계하고오, 도포 깃 세우고오 갓끈 바로 하고오, 양잿물 마시고오, 하하핫…… 그놈의 선비문화를 깡그리 말살을 해야만 조선에 산업이 발달하고 근대화하는 게고오, 하던 자네가 말일세. 무당문화는 보존해야 한다 그 말인가? 촌수가 그곳에 가까워서 그러는 게야? 하기는 역관도 한때는 궁중 깊숙한 곳에서 요물 노릇을 했으니 촌수가 아니 가깝다 할 수 없고."

"마음대로 지껄여."

명빈은 술을 훌쩍 마신다.

"자네가 그래 문명국 일본에까지 갔다가 왔으면 그놈의 요물 대신 자전거라는 것이나 한 대 사올 일이지, 고작 무당 년과 촌수 당기기야? 한심하네, 한심해."

"흥, 일본이라고 요물이 없나?"

"호오? 그놈의 대포 군함 가지고도 요물을 못 잡는단 그 말이야? 아라사도 잡아먹고 청국도 잡아먹고 조선은 송두리째 삼켜버린 그 실력 가지고서?"

"자네 얘기 듣고 있다간 대가리가 돌든지 빠개지든지."

명빈은 술잔을 들고 꿀컥꿀컥 마신다.

"옳지! 그쯤 돼야지."

"임선생님, 조심하십시오. 의돈형님 수에 걸리면 며칠 또 앓으셔야 하니까요."

상현이 웃으며 충고하는데,

"무속이 한 나라의 문화유산인 만큼 보존할 가치가 있다!

내가 그 말을 했기로, 그게 어째서 잘못이야?"

명빈은 버럭 소리를 지른다.

"얼씨구, 술 들어가더니 간덩이 커졌네?"

"어느 나라구 무속이 없는 나라는 없어! 우물 안의 개구리들이 밖의 사정은 모르고 하나만 우겨대는 것 그것도 여간 곤란한 게 아니라구. 일본 유학했다구 날 빈정거리지만 말이야. 그런 자넨 왜 일본말을 배워?"

"나야 뭐 유학이 아니라 유람 갈려고 그러네. 왜놈들 씨종자가 작다고들 하니."

"흥 세발자전거 한 대 갖고 오겠군."

"세발자전거라니?"

"애들 타는 자전거야."

"이거 말발 서는구먼."

"일본 가거들랑, 일본에도 무당 있는 거나 알고 와라. 무당은 어디든지 있어. 서양 문명한 나라라구 무당이 없는 줄 아나? 미신도 있고 귀신도 있고 다아 있는 거라구. 일본 동경의 그 은좌라는 번화가에도 저녁이 되고 보면 복술(卜術)쟁이 늙은이가 좌판 펴놓고 앉아서 오는 사람 가는 사람 손금도 봐주구 운수도 점쳐주구, 제에기 무당하고 나하구 촌수가 가깝다구? 오냐 가깝다, 가까워!"

명빈의 상체가 흔들린다. 흔들면서 술을 부어 마신다.

"제에기 미신이 어쨌다구? 알고 보면 말이야, 일본이라는 나라 전체가 미신 덩어리야 미신. 알지도 못하구서 날 친일파로 몰아? 내가 뭐 일본 그것들을 숭배하는 줄 알어? 천만의 말씀이라구, 천만에. 소위 일본에는 신궁이라는 게 있단 말이야. 무당들이 신위를 모신 당집하고 비슷한 게지. 그건 절도 아니구 교회당도 아니구, 그곳은 귀신이 사는 곳이다, 그거야. 귀신도 하나가 아니라 무슨 놈의 대신(大神)이니 무슨 놈의 천황이니, 무슨 놈의 공신이니, 신궁마다 귀신도 가지가지라. 내가 알기로는 불교하고 유교하고 기독교하고 회교라는 그게 말하잘 것 같으면 세계에서 등록을 끝낸 종교라는 건데 흥, 코에 걸면 코걸이 귀에 걸면 귀걸이야. 자넨 말이야, 날 친일파로 모, 몰아붙이려고 갖은 애를 다 쓰지만 말이야, 그게 아니라구. 신궁이라는 곳에 가보면 말이야? 이상야릇한 고대 의장을 한 신관(神官)이라는 자가 있어서 하얀 종이를 오린 신대 같은 것을, 그것을 이렇게,"

명빈은 신대를 잡아 좌우로 힘차게 흔드는 시늉을 한다. 입술 끝이 아래로 축 처지면서 상현을 서의돈으로 착각했는지 노려본다.

"또 손뼉을 타악! 타악! 치면서……. 그거 무당하고 다를 것이 조금도 없는 거라구. 조금도 다름이 없는 그곳을 천황이고 고관대작이고 농사꾼, 젊은것, 늙은것 할 것 없이 찾아들어 참배를 하는 판이니, 왜놈들 미신이란 알아봐주어야 한다구. 그자들은 우리 조선 백성을 야만이다 미개다 하지만 말이야, 어디 이 나라 백성들이 임금능에 찾아가서 손뼉치고 절하던가. 사당이라는 것도 조상을 공양하는 거지 누가 줄줄이 찾아와서 참배를 하누."

서의돈은 명빈이 술을 마시기 시작하면서부터 그의 사설을 허용한 모양이다. 시죽시죽 웃으며 술잔을 비울 뿐 응수하지 않는다.

"내가 무속도 보존할 가치가 있다 한 것은 그 속 검은 왜놈들이 저희들 미신은 뒤로 감추고서 야만이야, 미개다 하는 수작을 빤히 알기 때문이라구. 그것이 다 이 나라 문화를 깡그리 없이하자는 수작이거든. 그러니 내가 보존하자는 것은 미신을 보존하자 그거는 아니라구. 무속도 우리 백성들이 살아온 자취요 풍속이라면, 그걸 아주 싹 지워버릴 수는 없어. 아암 없구말구. 내 말이 어디가 글러? 나를 친일파로 몰려고 너희 놈들이 기를 쓰지만 말이야, 알고 보면 나라는 이놈이, 더내 나라를 잘 안다 그거라구. 자네는 몰라. 모른다 그 말이라구. 민속이라는 것도 학문이거든. 내가 일본 있을 적에 민속학을 한다는 일본인한테 들은 얘기가 있어. 말이 그럴듯하더라 그거라구. 민속이란 그 나라의 역사와 문화라는 게지. 때문에 그것은 그 민족의 전통이다, 이거야. 아무리 과학이 발달했다손 치더라도, 경제사정이 윤택해진다손 치더라도 전통이란 물건이 아니다, 그거야. 그러니 기계로써도 그거를 맨들 수 없고 돈으로 그것을 살 수도 없는 게야. 그래 그 일본

사람이 말하기를 이렇게 기계만 돌아가는 세상이니 소중한 민족의 오랜 유산들이 날로날로 소멸해가는 판국이라 슬프다! 일본도 이러하거늘 침략을 당하고 정복을 당한 나라에서야 오죽하랴, 그러더란 말이야. 그래! 자전거 한 대 사온 것보다 무속이라도 보존할 가치가 있다는 생각을 하고 돌아온 내가……. 음, 음…… 뭐랬지? 음, 그렇구먼. 그 악랄한 왜놈들이 미신이다! 미신이다! 하고 무당 잡으러 다니는 게, 그래 그게 조선 근대화 작업인 줄 알어? 도포가 어땠어? 갓끈이 어땠어? 깡그리 조선 것은 없이해보고 싶은…… 음, 흑."

명빈은 혀 꼬부라진 소리로 한참 횡설수설, 그러더니 어느새 자리에 고꾸라져서 잠이 들어버린다. 서의돈이 상현을 보고 빙그레 웃는다.

"임선생님 며칠 앓으시겠군요."

상현도 쓴웃음을 띤다.

"앓으면서라도 술은 배워야 해. 두두둣! 하면서 말도 제대로 못하는 그놈의 주눅도 고쳐져야 하구. 상현아."

"네."

"우리 이자는 여기다 내버려두고 달아나자."

"그럴 수야 있습니까. 선생님을 뫼시고 가야지요."

"아니 태수가 오면 잘해서 보내줄 걸세. 정은 없어도 하는 짓은 자상한 편이니까…… 명빈이하고 싸우는 건 괜찮지만 말이야, 태수하고는."

"……."

"싸우면 곤란해진다. 독선생 앉혀놓고 왜말 배우는 이 사랑
방에 자네나 내나 더부살이로 온 처지고 보면, 안 그래?"

서의돈은 눈을 찡긋한다.

"나는 지금 취해 있구 그자는 맑은 정신으로 돌아올 텐데,
필시 내 입에서 듣기 좋은 말은 안 나올 거라."

그도 그렇겠다고 상현은 생각한다. 이 새끼야! 만 리 밖에
서도 쇠전 냄새 맡은 네놈 애비가아, 하고 삿대질이라도 하는
날엔 의돈보다 상현이 거북해진다. 집안끼리 얽혀 있기도 하
지만 서의돈은 명빈과 태수와도 친구 사이여서 이 사랑방 교
습에 끼어들었지만 상현의 경우는 생판 낯선 집이다. 홍종의
형, 그러니까 지금은 만주 유하현 삼원보에 가 있는 이판서댁
맏아들 윤종과 의돈이 지극한 사이였던 연고로 의돈이 이판
서댁 사랑에 나타났고 젊은이 두 사람이 일본 유학을 작정하
고 마땅한 일어 강습소를 찾고 있다는 것을 알게 되었다. 그
리하여 어울려진 공부방이었으니까.

상현을 끌고 밖으로 나온 서의돈은 개구멍으로 빠져나온
개구쟁이처럼 싱글싱글 웃는다.

"야, 상현아. 날 따라와라."

"어디루요?"

"예쁜 처녀 얼굴 보러 가자."

"처녀 얼굴을 어떻게 봅니까?"

"볼 수 있어. 명빈이 집에 가면 말이야."

"네?"

"명빈이 막냇누이 그 애가 천하절색이거든."

"형님 혼자 가십시오."

"허 참, 나 자네하고 겨루고 싶어서 그러는 게야."

"무슨 말씀이오?"

"기왕이면 미소년하고 겨루겠다 그거 아니야? 그래야 내 자존심이 만족할 게고. 또 모르지, 자넬 물리치게 될지 뉘 알어?"

"그거는 어찌 되었든 형님이나 저나 처녀 볼 자격 없습니다."

"허 장가들 자격이야 없겠지만 쳐다보는 자격까지 없을라구?"

"쳐다보아 뭐합니까? 가슴에 멍만 들게요?"

"사내 장부가 그런 유연성도 없이 무슨 일을 하누? 가보자."

"그럭헙시다."

두 사람은 두루마기 자락을 겨울 바람에 펄럭이며 걷는다. 상현은 대추씨같이 작은 서의돈을 내려다보며 마음속으로 웃는다.

'서의돈, 그 형님 망나니로 소문이 난 사람이야. 술도 말술이지만 취하면 남의 집 담장 밑이고 길바닥이고 아무 데서나 태평스럽게 잠이 드는 위인이거든.'

홍종이 귀띔해주던 말이 생각난다. 거리에 어둠은 아직 아니 깔렸으나 해는 졌고 나귀를 탄 시골선비가 지나간다. 눈이라도 내릴까 싶었던지 갈모를 쓴 모습이 어쩐지 처량해 보인다. 마부도 하인도 없는 혼자 행차신가.

'노름꾼, 광대, 천하 잡놈은 말할 것 없고 물지게꾼 백정까지 어울리길 좋아해서 부모님 속도 무던히 썩였지만 보기보담 호걸이야. 대추씨 같은 몸집에 배짱 하나 두둑하지. 가문이고 조상이고 도통 우습게 알거든. 그러나 저래 봬도 아는 건 많아. 한번은 문중에서 유식하다 이름난 어른 앞에서, 물론 불러들여서 꾸중으로 시작한 거겠지만 의돈형님은 겨루었던 모양이야. 당돌하게 이론으로 공박하여 상대를 무색하게 했거든. 그러고부턴 아무도 간섭 안 하게 됐다는 게야. 한데 무슨 놈의 꿍꿍이속일까? 이제 와서 일본말 배울 생각을 하니 말이야.'

홍종의 말이었다.

"명빈이 막냇누이 말이야. 내가 열한 살 때 그 집 앞에서 태어나는 울음소릴 들었거든."

"아직 나이 어리군요."

"어리지도 않지. 열일곱인가? 나는 그 애 삼줄 내거는 걸 보았는데 물론 고추는 없고 숯덩이뿐이었어."

의돈은 비밀스럽고 신기한 것처럼 시부렁거린다.

"그런데 고 계집아이가 절세미인이 될 줄 뉘 알았겠나? 내가 장가갈려고 말을 타고 나섰을 때는 그 계집아이가 아장아장 걸음말 배우고 있었거든. 나도 장가들면은 저런 계집아이

아비가 되겠지……. 한데 그놈의 세월의 조화라는 걸 도통 알수가 없단 말이야. 나는 아직 늙지 않았는데 그 계집애는 방년(芳年)이라!"

휘적휘적 걸으며 의돈의 말도 휘적휘적 힘이 없다.

"그 계집애 개명한 아비 덕분에 숙명학교가 거길 다니는데 말이야. 그래 그런지 여간 밴질맞지*가 않아. 말을 걸면 되받을 줄 안단 말이야. 명빈이 놈보다 출중하고 말이야. 임역관 그 늙은네 아들보다 막내딸 덕 보게 생겼어."

효자동까지 온 서의돈은 몸을 돌리면서 상현을 돌아보고 웃는다.

"이 새끼야!"

"네!"

"자네 나한테 굽실굽실하는 거야. 자네 덕 좀 보자구. 미소년을 종자(從者)로 거느렸으면 나도 좀은 돋보일 거 아니겠어?"

"그럭허세요. 대신 나중에 술 사야 합니다."

"마신 술은 어쩌구?"

"벌써 깼어요."

"좋아. 술 사지. 대신 굽실굽실하는 게야?"

서의돈은 겉보기 규모가 크지도 작지도 않은 기와집을 기웃기웃하는가 싶더니 이리 오너라! 말 대신 주먹으로 대문짝을 내리친다.

"뉘시오?"

계집종이 놀라서 쫓아 나온다.

"아씨 계시냐?"

"예. 뉘시오?"

"나 서의돈인데 오라버니한테 변괴가 생겨 왔으니 너희 아
씨보고 내가 좀 만나잔다고 여쭈어라."

"서, 서방님한테 변괴가! 아, 아씬 친정 가시구."

"허허, 명희아씨한테 여쭈라 하지 않느냐?"

"예, 예."

계집종은 허둥지둥 쫓아 들어간다. 이윽고 명빈의 막냇누
이 명희가 달려나온다. 얼굴이 초지장이 되어서,

"아니! 오라버니가 어, 어찌 되셨어요?"

과연 미인은 미인이다 하고 상현은 생각했으나 터무니없는
서의돈 거짓말에 굽실거리겠다는 약속을 까먹고 만다.

"태수 집에서 지금 늘어졌구면."

"네?"

"처음에는 주하고 사하고 꼭 죽을 줄 알았는데,"

"그, 그래서 어찌 되셨어요?"

"하여간에 우리가 떠메고 올 수도 없는 노릇이고 우선 기별
하러 왔는데,"

"이 일을 어쩌나? 아버님 어머님도 아니 계시고 올케도,"

훌쩍훌쩍 우는 모습이 아직 어리다.

"거기서 가야겠군."

"네. 그, 그렇게 해야겠어요."

허둥지둥 들어가는 명희 뒷모습을 바라보다가 서의돈은 웃음을 참지 못하고 돌아선다.

"어서 가자구."

"그럽시다."

두 사내는 뛰다시피 골목을 돌아나와서 함께 소리 내어 웃는다.

"어때? 절세미인이지?"

"미인은 미인인데 절세미인은 아니오."

"그래? 저보다 더한 미인을 보았나?"

"보았지요."

"어디서?"

"만주 벌판에서요. 형님, 목이 컬컬합니다."

"그래 가자! 오늘은 기생집이다아!"

5장 귀향

상현은 배앓이하는 것처럼 두 다리를 구부리고 배는 요 위에 붙인 채 생각을 하고 있다. 방문이 희끄름하게 밝아오고 부엌 쪽에서 조반 짓는 기척이 들려온다. 집에 돌아와서 설을 쇠고 보름을 쇠고 이제 서울로 돌아가야 할 때가 되었다.

어머니 염씨는 대만족이었으나 새댁은 남편을 지척에 두고도 늘 쓸쓸한 표정이었다. 의무를 치르듯, 밤의 잠자리는 이를 악물어도 여인에게서 치욕감을 떨쳐버릴 수가 없다. 어쩌다가 발이라도 닿으면은, 차라리 걷어차는 편이 낫지 살그머니, 눈치를 챌까 봐 숨을 죽이듯 멀어지는 남편의 몸, 그나마 어두운 잠자리 속에서만 남편을 느꼈을 뿐 진종일 남편의 얼굴 한 번 볼 수 없는 가혹한 반가(班家)의 법도, 그 법도를 빙자하며 사랑에다 보이지 않는 울타리를 치고 앉은 남편이다. 거리는 구만리, 남녀란 정에 따라서 구만리도 되고 동체도 되는 건가 하고 새댁은 아궁이 속의 타는 불꽃을 바라본다.

'먹기 싫은 음식은 웃목에 두었다 먹지만 사람 싫은 거는 어쩔 수 없고. 그러나 법이 무섭지. 조강지처는 안 버리는 법이야, 할머님이 그러시던가?'

"아씨, 이거 맛 좀 보시오. 간이 맞는지 모르겠소."

유월이 숙주나물 무친 것을 내민다. 새댁은 먹어본다.

"참기름이 너무 든 것 같소. 서방님은 기름냄샐 안 좋아하시는데,"

"예. 쇤네 손이 미끄러져서 그만 기름이 좀 더 들어간 것 같소."

음식솜씨에는 자신이 있는 억쇠 마누라 유월이 낭패한 얼굴이다.

"조반은 많이 드시질 않으시니까 너무 염려 말아요."

하는데 귀가 밝은 유월이,

"아씨, 서방님 기동하시는가 배요?"

"글쎄에,"

"들어가보시야지요."

"부르시지도 않는데……."

"안 부르시더라도 가보시오. 곧 서울로 떠나실 긴데,"

"걱정 말아요. 내 알아 할 테니,"

새댁은 화를 낸다. 벌써 사랑으로 나가고 있는 남편 발소리를 들었던 것이다.

"남남끼리 만내서 정 하나로 살아가는데 서방님도 너무하시지……. 이번에는 반가운 소식이 있이얄 긴데,"

유월이 중얼중얼 혼잣말같이 시부리며 솥뚜방에 물걸레질을 하는데,

"억쇠야! 억쇠 게 없느냐?"

사랑에서 상현의 음성이 들려온다.

"아이구, 저 번시(원수)가 아직도 안 일어났는가 배? 내 간밤에 술을 과하게 마신다 싶더마는,"

"억쇠야! 억쇠 없느냐?"

물걸레를 내동댕이치고 행랑을 향해 유월이 달려간다.

"보소오! 보, 보소!"

"으 음, 와 그라노."

잠에 취한 목소리다.

"와 그라다니? 서방님이 부르요."

"음."

벌떡 일어난다. 침이 흐르고 눈곱도 덜 떨어진 얼굴의 억쇠가 급히 방문을 열고 나온다.

"어이구 그놈의 술이 원수요. 초정월부터 꾸지람 들으면 일년 내내 좋은 일만 생길 기니께."

유월이는 혀를 뚜드리며 부엌으로 돌아가고 억쇠는 사랑으로 달려간다.

"서방님 부르셨십니까?"

흘러내리는 허리춤을 끌어올린다.

"오냐."

"무슨 분부라도."

"방으로 들어와."

"그냥 여기서 듣겠십니다."

"들어오래두."

"아니."

"허 참, 긴히 할 얘기가 있어."

"예."

억쇠는 눈을 부비며 눈곱을 닦아내고 허리끈을 풀어 다시 졸라맨다.

"뭘 해?"

"예. 들어갑니다."

방으로 들어간 억쇠는 아랫목에 쭈그리고 앉는다.

"긴히 할 말씀이란,"

"음. 그게 좀,"

"어럽을 거 없십니다. 소인이 다 하겠으니께요."

"그래 다름이 아니라 억쇠 네가 봉순일 만난 것은 들었고."

"예, 만났십니다."

"진주 어느 곳에 있는지 찾아가면 알까?"

"그, 그건 소인 모릅니다. 진주 있다는 얘기만 들었소."

"하여간에 진주에 가면 찾긴 찾겠지."

"그, 그러세요. 서울 가서 김서방도 찾으니께요. 참, 그, 그렇구마요."

"뭐가?"

"저어 소리꾼 배서방이 혹 알는지 모르겠소."

"어떻게?"

"처음 봉순이는 그 소리꾼을 찾아갔으니께요. 또 그 바닥 사람이라서 대개 알지 않겠십니까?"

"그럼 그곳에 지금 가보아."

"지금요?"

"음 되도록 빨리, 서둘러야 하네. 가서 봉순이 거처하는 곳을 알아 와."

"혹 어디 가지나 않았는지 모르겠소. 있이믄 알아보기 쉬울 듯한데, 그라믄 소인 한달음에 다니오겠십니다."

억쇠는 바람이 들지 않게 문풍지가 접히지 않게 조심스레 방문을 닫아주고 나간다. 상현은 사라져가는 억쇠 발소리를 듣다가 궐련 하나를 꺼내어 불을 붙여 문다. 서울서 혜관에게 소식을 들었을 때부터 줄곧 봉순을 만나야겠다고 생각한 것이 어떤 집착처럼 느껴진다. 봉순이 보고 싶은 이유도 없다. 꼭 만나야 할 사연도 없다. 한데도 무엇 때문에 만나려 하는지…… . 군소리 없이 집으로 돌아온 것도 어쩌면 봉순이를 만나야 한다는 그 유혹 때문인지 모른다. 담배 연기를 후욱 내어 뿜는다. 방 안은 따스하고 놋화로에는 발그스름한 불씨가 묻혀 있다. 어느 곳으로 가도 이곳 이 방처럼 편한 곳은 없다. 한데도 왜 편안한 집에 붙어 있질 못하는가. 남아장부의 야심 때문이란 말인가? 생각다가 상현은 씁쓰름하게 웃는다.

'무슨 야심이냐?'

사랑 울타리 쪽에서 까치가 까까 까깍…… 하고 운다.

'저놈의 까치 망령 났다. 오늘 떠날 사람이 있는데 울기는 왜 울어? 반가운 손님 찾아올 리도 없는데 말이야.'

"서방님 소세하시오."

유월이 세숫물을 마루 끝에 놓고 가버린다. 상현은 재떨이에 담배를 눌러 끄고 세수를 했다. 조반도 들었다.

'억쇠가 왜 여태 안 오는 게야?'

상현은 조바심을 내기 시작한다. 멀다 해야 읍내, 벌써 돌아왔어야 할 억쇠가 웬일일까? 생각하며, 그러나 상현은 소리

꾼 배서방을 못 만나고 억쇠가 돌아온다손 치더라도 진주에
들르리라 결심을 굳힌다.

"서방님!"

헐떡거리며 억쇠가 사랑 중문을 들어서는 소리가 난다.

"어째 늦었느냐? 들어와."

"예. 빌어묵을 놈."

억쇠는 아까처럼 방으로 들어와서 아랫목에 쭈그리고 앉는
다.

"아 그러세 서방님, 그놈이 봉순이하고 무신 사단이 있는지
나를 보고 그런 지랄이 어디 있겠십니까?"

"모른다고 하던가?"

"아닙니다. 알기는 아는데 안 가르치주겄다 그겁니다. 온
세상 그런 심청궂은 놈 처음 봤소."

"그래 알아냈어, 못 알아냈어? 그 말부터 해."

"그, 그러니께 그놈을 구슬리노라고 진땀을 뺐십니다. 온
세상에 꾼들이라 제각기 고집 하나는 갖고 있는 모앵이지요."

"어디 있다더냐?"

"예. 진주 가면 말입니다, 연홍이라는 기생이 있답니다. 그
연홍이만 찾으믄, 연홍이 집이라 카믄 모리는 사램이 없다 카
믄서요, 봉순이가 그 늙은 기생집에 아마 있을 기라 하더마요."

"그래? 그럼 어서 떠날 준빌 해."

"예."

"진주서 며칠 묵었다가 서울로 곧장 갈 게야."

"그, 그라믄 다니오시는 기이 아니구마요."

"그래."

"작은서방님도 안 만나시고 떠나시겠십니까?"

"남의 식군데 뭐, 쉬 돌아오지도 않을 거라며?"

"그러세요. 보름도 쇠고……. 아씨께서 해산을 하셨으니께 처가에는 며칠 더 묵으시겠지마는."

"급히 서둘러. 곧 떠나야 해."

"예. 한데 발등에 불 떨어졌나, 하시겠소 마님께서."

억쇠는 행구를 차리기 위해 급히 나가고 상현은 염씨를 뵈려고 안방으로 들어간다.

"어머님, 오늘 떠날까 합니다."

"아니 아무 말 없다가, 갑자기 무슨 일이냐?"

"가긴 가야지요."

"가는 건 아는데 발등에 불 떨어질 일이 있는 것도 아니겠고."

상현이 싱긋이 웃는다. 억쇠 말이 생각나서다.

"차일피일할 순 없지요. 서울 가서 할 일도 있지마는 진주를 들러서 갈까 싶어서요."

"진주에는 왜?"

어세가 강하다.

"그곳에 최참판댁 유모 딸이 있습니다."

"그래서?"

"전갈할 말도 있고 해서,"

"온."

염씨는 역력히 불쾌감을 나타낸다.

"억쇠를 시켜 편지라도 써 보내려무나."

"그건 좀……."

"나도 억쇠한테 얘긴 들었어. 뭐 그 아이가 기생이 됐다면?"

"네. 소자도 그렇게 들었습니다."

"기생 된 아일 찾아가는 게 마땅찮구나."

"하오나 사정이 다르잖습니까?"

"그야 그렇다만…… 아직 너 나이 많다 할 순 없고, 처신을
바로 해야 하느니라."

"네, 명심하겠습니다."

상현이 나귀를 타고 집을 떠날 때 새댁은 제 방에서 바느질
을 하고 있었다. 다듬은 명주 옷감이 손가락 사이로 미끄러져
내리는 것을 되잡아서 홈질을 하다간 구김살도 없는 옷감에
인두질을 하고 또 하곤 한다.

'간밤에 떠난다는 말 한마디 없더니.'

"억쇠야."

"예."

"옷은 따습게 입었어?"

"예."

"음."

"서방 얼어 죽을까 봐서…… 흐흐홋 둥둥산겉이 솜을 놔주었으니께요."

"너희들은 참 금슬이 좋구나."

"새끼 하낫도 없고 누굴 믿고 살겄십니까?"

"그래 너는 팔자가 좋다."

"서방님."

"음."

"봉순이는 왜 만나실라 캅니까?"

"그걸 몰라서 묻나?"

"역시 최참판댁 애기씨 일로 그렇십니까?"

"……."

"서방님은 영 말씸을 안 하시니께 소인 복장이 터질 것 같십니다."

"니 복장이 왜 터지나."

"나으리 지내시는 것도 궁금하고…… 언제쯤 돌아오실 긴지…… 세상이 분분해질 때마다 나으리가 원망스럽아집니다."

"그건 왜?"

"아, 그러세 한분 쳐들어오시지도 못하고 하마나하마나(이제나저제나) 하다가 이 소인 늙어 죽겄소."

"그게 그리 쉬운 일이겠나."

"그러게요. 산산골골이 왜병놈들이 이[蝨] 백히듯 백히 있이니 사람들도 이자는 다 틀렸다 카기도 하고 참말이제 우리 나리를 언제 다시 만나뵙게 될란지. 마님이나 아씨 처지도 딱하지 멉니까."

"……."

"그도 그렇지마는 길상이 그 아아랑 이서방 월선이 그 사람도 이자 돌아오기 글렀십니까?"

"언젠가는 돌아오겠지. 조준구가 망하는 날에."

"조가 그 사람이 그리 쉽기 망하겠십니까? 왜놈들하고는 찰떡궁합이 돼서 땅도 많이 뺏고 전보다 더 부자가 안 됐십니까?"

"고방에 돈이 쌓이면 사가 생겨서 절로 나가는 게야."

"그렇지마는 아직이사 신총 갓 심 내놨는데, 왜놈들이 속히 망해야겠지요. 우리 나으리는,"

또 이동진 타령을 하려는데 상현은 눈길을 들어 구름을 쳐다본다. 파란 하늘에 구름이 떠내려간다. 오묵오묵한 초가들이 오소소 떨고 있는 것 같다. 초정월인데 나무꾼들이 지나가고 도부꾼들이 지나간다. 어째 연을 날리는 아이들은 눈에 띄질 않고 왜식 목조건물이 유독 두드러져 보이는지. 읍내를 지나 진주 가는 길로 접어들면서 억쇠도 말이 없어지고 이리저리 산천을 살피며 간다. 파아랗게 돋아난 보리밭에 까마귀가 무리지어 앉아 있다. 만주라면 봄날 같은 겨울 날씨다. 주막에 들어 하룻밤을 묵고 이튿날 이들은 다시 길을 떴다. 거의 진주가 가까워 왔을 무렵,

"서방님."

"음."

"서방님이 봉순이를 만내시믄 놀라실 깁니다."

"왜?"

"소인도 처음에 깜짝 놀랐으니께요. 그 아아가 클 적에도 외양이사 반반했지마는 비단옷 입고 분 바른다고 사람이 그렇그름 변할 수 있는 건지 얼굴이 계란을 삶아서 벗기놓은 것 같고 맵시도 기가 맥히더마요. 소문 들으니께 진주서 권번 다니면서 배울 것 다 배우고 또 소리가 명창 될 만하다 하고……. 그래서 소리꾼 배서방이 억울해서 못 견디는 모앵입니다. 소인이사 잘은 모르지마는 그만한 인물이믄 서울 바닥에 갖다놔도 사내들 애간장이 탈 것 같더마요."

"니가 머를 알어."

"하 참, 소인도 서울에 가봤으니께요."

"기생방에도 가봤었나?"

"헤헤헷…… 그거사 머, 우찌 갬히 그런 데를,"

"그래 서방은 얻었다더냐?"

"봉순이 말씀입니까?"

"음."

"기생이 뒷배 봐주는 서방 없이 될 말이겄십니까? 하기는 실찮은 기생이사 머리 얹어주고 고만일 수도 있지마는 봉순이만 하믄 든든한 봉 하나 물었일 깁니다."

"그렇게 인물이 좋아졌느냐?"

"예. 하지마는 서방님은 딴생각 마십시오."

상현이 픽 웃고 만다.

"봉순이 그 아아 형편을 봐서, 잘한 건지 못한 건지 그거사 모르겄지마는 기왕 화류계에 나갔으니 그 바닥에서라도 잘 돼얄 긴데, 소인이 서방님 오싰다는 말을 했더니 많이 울더마요. 애기씨한테 정이 들어 그랬겄지마는 눈치에 길상이 생각을 더 하는 모앵이고,"

"……."

"그만하믄 심성도 괜찮고 짝이 맞는데 길상이는 와 마다했는지 모르겄소."

상현은 듣기도 하고 안 듣기도 하면서 진주에 당도하기론 해나절이었다. 성내(城內) 객줏집에 여장을 푼 뒤 상현은 억쇠를 시켜 연홍의 집을 알아오게 이른다.

"주인장."

객줏집 앞, 양지 쪽에서 거리를 바라보고 앉아 있던 객줏집 주인이 돌아본다. 초정월이라 한가로운 표정이고 상현의 주종(主從) 이외 손님도 없는 모양이니 실상 한가롭기도 했을 것이다.

"연홍이라는 기생집이 어디 있는지 압니까? 진주 가믄 다 안다 카던데,"

"연홍이 집이라믄 옥봉에 있지 어디 있겠소."

"옥봉, 여기서 멉니까?"

"머 멀지는 않소. 초정월부터 연홍이는 와 찾소."

"그런 사정까지사 알 거 없고,"

"독골 가는 길로 가믄 중도가 옥봉이오. 가믄서 물으믄 가르치줄 기니께."

"하기사 머, 서울 가서 김서방도 찾는데,"

연홍의 집은 쉽게 찾을 수 있었다. 남강이 내려다보이는 기생 동네 옥봉, 번듯하고 운치 있게 꾸며진 노기 연홍의 기와집은 조용했다. 억쇠가 소리를 질러 사람을 청하니 열네댓쯤 돼보이는 동기(童妓) 하나가 대문 사이로 얼굴을 내민다. 거동이 경망스럽고 생김새도 그러하다. 눈이 큰 것은 귀염성스럽고.

"뉘시오?"

"여기 하동서 온 봉순이라는 애가 있느냐?"

상현이 묻는다.

"네? 봉순이라굽쇼? 그런 사람 없소."

"하동서 온 아이도 없단 말이냐?"

"그러면 기화(綺花)언니 말씀이셔요?"

"글쎄다, 기화? 음 그렇겠구나. 그러면 그 기화라는 아일 만나러 왔느니라."

"어디서 오시었소?"

"하동서 왔다."

"하옵지만 기화언닌 여기 안 계시는걸요?"

"여기 없다구?"

"네."

"그럼 어디 있단 말이냐!"

"영감이 대궐 같은 집을 사주시어서."

"그 집이 어디냐?"

"무슨 일로 오시었소?"

동기는 상현의 아래위를 훑어본다.

"허 참, 갈 길이 바쁜 사람이야. 어디 있는지 알려라."

"기화언니한테 꾸중 들으면 어쩌게요?"

"꾸중 아니 들을 게다. 나는 중한 전갈이 있어 온 사람이야."

"그러면은 절 따라오사이다."

동기는 간드러지게 두 어깨를 흔들면서 기생 탯거리*를 내려고 애를 쓴다. 남치마에 분홍 반회장저고리를 입은 맵시에 풍치가 없는 것은 아니다.

'고년 참 맹랑하구나.'

상현의 뒤를 따라가는 억쇠는 기생집들이 모인 동네를 도둑놈같이 슬금슬금 살펴본다. 소매를 끌어당겨 코를 풀기도 하고. 골목을 빠져서 한적한 큰길로 나선 동기는 다시 고목한 그루가 서 있는 으슥한 좁은 길로 들어간다.

"여기 잠깐 기다리시오."

당돌하게 명령을 하고 대궐은 아니지만 제법 큰 대문 안으로 들어간다. 얼마 후 다시 나온 동기는 아까 연홍의 집에서

그랬던 것처럼 대문 사이로 얼굴을 내밀며,

"성함이 누구신지 알아오라 하시오."

"거 참, 봉순이 세도도 보통이 아니구마는. 이부사댁 서방님이 오싰다고 말해!"

억쇠가 버럭 소리를 지른다.

"아이구 참 귀청 떨어지겠소."

핼끔 눈을 흘기며 동기가 들어간 얼마 후,

"서방님!"

울먹이는 봉순이 목소리가 마당에서 울렸다. 대문을 와락 열어 젖힌다.

"서방님! 어인 일이시오."

버들가지처럼 유연한 몸이 상현에게 쏟아질 듯 쏟아질 듯.

"음, 오래간만이구나."

"한분, 한분 서울로 찾아가 뵐까 생각도 했었지요."

봉순이는 연신 옷고름으로 눈물을 닦아낸다.

"어서, 어서 드십시오, 서방님. 박서방도,"

내내 까불랑거리던 동기는 봉순이 우는 것을 처음 보는 터이라 눈이 커다랗게 벌어진다.

"기화언니! 전 가요?"

골목을 뛰어가는 발소리, 그리고 상현과 봉순이는 방에서 마주 앉는다.

6장 쪼깐이집

흐느끼도록 몰아대는 바람 속의 둑길을 물지게 진 석이가 부지런히 걷는다. 찌뿌드드하게 흐린 날씨다. 강 건너 대숲 위에 온통 덩어리 같은 잿빛 하늘, 석이 두 귀가 새빨갛다. 누덕누덕 기운 솜저고리는 오늘 날씨 같은 빛깔이었고 버선이 두둑하여 발은 시렵지 않으나 저고리 도련 사이로 기어드는 바람이 맨살을 찌른다. 물에 젖은 바지 아랫도리는 강정같이 얼어서 오금을 떼어놓을 때마다 서걱서걱 소리가 날 것만 같다.

"석이네도 이자는 한심 돌리겠네. 세월이 잠깐이라 어느새 석이가 저리 커서…… 머시매 꼭지라고."

"한심 돌리기는요? 후우우— 우리 석이가 열다섯 적부텀 물지게를 지는데! 살아가기는 날이 갈수록 태산이고."

"그래도 이자는 평지에 나선 셈 아니가. 사내대장부는 입이 중천금이라 카던가? 머시마가 입이 없으믄서도 미련하지가 않고 꾸벅꾸벅 일만 하는 거를 보믄은 참말이제, 남으 자석이지마는 애인한 생각이 들어서…… 우찌 아아가 그리 실겁겠노*."

"실겁으믄 머하겠소. 소도 언더막이 있이야 비비더라고 아무리 나부대봐도 세상에, 딛고 일어설 작지(작대기)가 있어야지요. 생때겉은 가장 잃고…… 그리만 안 됐이믄 하다못해, 무신 일을 하더라도 자석들이 이 고생이사 하겠소? 참말이제 사는 기이 죽느니보다 나을 기이 없소. 사시사철 부석강생이(부

319

얼강아지)맨치로 남으 물독에 물이나 질어다 주고……. 불쌍한 우리 석이 어느 시울(시일)에 허리 펴고 장개는 갈 긴지."

치맛자락을 걷어 콧물을 닦으며 이웃 아낙과 주고받는 어미의 푸념이지만 겨울이 가고 강둑 수양버들에 물이 올라야 석이는 이가 들끓는 누더기 솜옷을 벗게 되리.

옥봉의 기화네 집 대문을 밀고 석이 들어섰을 때 팔자걸음의 허우대 좋은 중년 사내가 마당을 질러 걸어나왔다. 코끝이 뭉실하고 구레나룻이 짙은, 두리널찍한 얼굴의 사내는 매우 심기가 좋지 않은 듯 헛기침을 한다. 여느 때와 달리 기화도 배웅하러 따라나오질 않았고 고개를 숙인 채 석이 지나치려 하는데 가래침을 돋우어 퉤! 하고 내뱉는 사내.

"이 개쌍놈이! 으응, 눈구멍에다가 말뚝을 박았나?"

벽력같은 소리를 지른다. 허리를 겨우 구부리며 시늉만으로 인사하는 석이, 마음속으론,

'자개는 머 쌍놈 아니라 말가. 돈 가지고 산 그따우 양반, 누가 모를 기라고.'

비웃는다.

"짐승을 구하믄은 은혜를 갚고 사람을 구하믄은 악문을 한다 카더니, 애흐흠!"

기화에게 들으란 듯한 말인가 본데,

'내가 무신 자개 은혜를 받았다고 저러까?'

흰 가죽 신발과 털토시를 낀 손목이 석이 눈 밑에서 지나간

다. 덩치에 비하여 작은 손이다. 그 손이 푸들푸들 떨고 있는 것 같다. 석이는 저런 털토시 한번 끼어봤으면 얼마나 따스할까 생각하며 부엌으로 가서 물독에 물을 붓는다. 아궁이 깊이 군불을 밀어 넣던 봉춘네가 석이를 쳐다보다 말고 깜짝 놀라며 부엌 바닥에 엉덩방아를 찧는다.

"아이구매, 간 떨어졌다."

대문을 메어치는 요란한 소리가 울렸던 것이다.

"어이구 사람도, 아 문짝이 무신 죄고?"

다시 허리를 꾸부리고 불을 밀어 넣는 봉춘네, 혼잣말같이 중얼거린다.

"기생첩 거나리는 데 돈이믄 다라, 그런 생각이겠지마는 노류장의 계집이라고 어디 돈만 보고 살건데? 논마지기나 떼어주고 씨받이로 데려오는 무지렝이들하고는 다르지러. 사램이 그래도 기방 출입을 할 양이믄 풍류는 좀 알아야제."

고래 속에서 솔가지 불이 훨훨 소리를 내며 탄다. 깨끗한 봉춘네 당목 솜저고리에 불빛이 환하다. 이따금 아궁이 밖으로 몰려나온 불빛 그림자가 시꺼멓게 그을은 부엌 서까래에서 춤을 추곤 한다.

"나이가 젊다 말가 식자가 있어서 점잖다 말가. 기화도 자리 잡고 살기는 어렵을 기구마."

하다 말고 봉춘네,

"석아."

하고 부른다. 물독에 뚜껑을 덮으며,

"야."

"바깥 날씨가 춥제?"

"게울이니께요."

"여기 불 앞에 와서 손 좀 녹이라모."

"괜찮소."

"설 보름이 다 갔는데 금년 할만네[風神祭] 때는 물바가지 얼 겠네."

"……."

"가리 늦기 남강물이 꽁꽁 얼어붙었으니 아아들 얼음타기 는 좋겠다마는, 석아."

"야."

"숭님(숭늉)에 밥 한 덩이 말아줄 기니 묵고 가거라."

부지깽이를 놓고 일어선다.

"허기가 들믄 더 춥네라."

석이는 잠자코 부뚜막에 걸터앉는다.

"따끈따끈하다. 묵어라."

봉춘네는 뜨거운 숭늉에 밥을 말아서 한 대접하고 김치 보 시기를 내밀었다. 숭늉에서 따스한 김이 피어오른다.

"자아 숟가락 여 있다."

투박스런 주석 숟가락을 선반에서 집어 건네준다.

"어 묵어라."

"야."

봉춘네는 아궁이 앞을 비질한다.

"너거 외숙모 요새 벵이 좀 나은가 모리겠네?"

"어디가요."

"그라믄 아즉도 운신을 못한다 말가?"

"야, 자꾸 더해가는 모앵이더마요."

"쯔쯔…… 있는 집도 벵이 질믄 살림이 결딴나는 벱인데 남
으 땅 부치서 근근이 사는 살림에 자식들이나 적다 말가. 셈
찬 큰 자식이 있단 말가, 모두 잔밥에, 제 밥그릇 작은 거만
알 긴데 여차한 일이라도 있이믄 늙도 젊도 않은 나이에 니
외삼촌 일이 난감을 기다."

"……."

"부모 마음하고 하누님 마음은 고르다고들 하는데 어이구,
세상사를 가만히 보믄 그것도 빈말이라. 어질고 착한 사람은
도처에서 고생을 하고 남으 입에 든 밥이라도 뺏아묵을 듯이
해구는* 사람들만 떵떵 울리고 사는 거를 보믄은."

말없이 사발을 비운 석이 일어섰다.

"갈라나?"

"야."

석이를 따라 부엌에서 나오던 봉춘네,

"아이고! 눈이 온다!"

계집아이처럼 소리친다. 어느새 눈이 왔을까. 장독 뚜껑에

눈송이가 날아내려 제법 허옇다.

"참말로 별일이제? 기화야! 기화야! 눈이 온다! 방문 좀 열고 내다봐라."

진주땅에 눈이 내리는 일이란 그리 흔치 않다.

"와 그라요? 어무니."

"눈이 온다 카이! 방구석에 누워 있지만 말고 눈 구겡 좀 해라."

풀어진 머리를 걷어 비녀를 꽂으며 기화가 방에서 밖을 내다본다. 화장기 없는 얼굴이 종잇장처럼 희다. 이마의 생채기가 눈에 띈다.

"눈이사 오나 마나."

"젊은 사램이 그라고 있으믄 되나. 눈도 오고 하니 몸단장하고 밖에 나가서 한 바퀴 돌고 오라모."

기화는 눈보다 눈을 맞으며 걸어가는 석이 뒷모습을 본다.

"석아."

"야."

돌아보지 않고 걸음만 멈춘 채 대답한다.

"나는 니가 온 줄도 몰랐구나."

하다가 잠시 생각는 눈치고 석이는 다음 말을 기다린다.

"너거 어무니보고 내일…… 내일 좀 오라고 안 해줄래?"

겨우 상반신을 돌려 기화를 쳐다보며 대답한다.

"그럭허겠소."

"잊어부리지 마래이."

그것은 봉춘네가 덧붙인 말이다.

"알았소."

빈 물통을 덜렁거리며 석이는 길을 돌아나섰다. 제법 큰 눈송이가 너울거리며 날아내린다. 아까보다 추위는 한결 누그러진 기분이다. 빈속에 따뜻한 숭늉과 밥이 들어간 때문인지 모른다. 아니면 눈이 내리는 탓일까. 화장기 없는 기화 얼굴이, 솔밋하면서도 부드러운 이마에 남아 있던 생채기 생각을 석이는 한다. 그 생채기가 옛일을 생쥐처럼 물어내 온다. 아주 먼 옛날 다섯 살 적이던가, 여섯 살 적이던가, 타작마당에 나동그라졌던 유록빛 꽃신 한 켤레. 나비 같고 꽃 같은 신발 코는 주황색이다. 신발을 두른 가느다란 선도 주황빛이다. 검정 돔방치마 밑으로 흰 속곳 자락이 황망하게 논둑길을 가고 있다. 흔들리면서 가고 있다. 그것은 물바가지를 든 영만 누님 선이다. 봉순이 이마빼기에서 피가 흐른다고 누군가가 외쳤다. 봉순이 죽었다고 외치는 소리도 들려온다.

'이 직일 놈들! 동네 가운데 두겄나! 네 이놈들! 당을 지어가지고 좋은 뽄은 안 보고 개백정 겉은 그놈으 손, 하는 것만 따라하고, 네 이눔들! 나무에 매달아가지고 오줌을 싸게 패야지!'

얼굴이 거무칙칙한 막딸네가 주먹을 휘두르며 고함을 친다.

'우리는 안 그랬소!'

'봉순이가 상놈으 새끼라고 욕을 한께 거복이가 때렸소!'

'봉순이보고 길상이 각시라 칸께요.'

'아니요! 젖이 생깄는가 함서 가심을 만질라 칸께요.'

'하하핫 하하하…….'

조무래기들 목소리, 조무래기들의 웃음소리— 밀물처럼 다가오고 썰물처럼 멀어져간다. 선이가 서희를 업고, 영만이 어매는 봉순이를 안고 간다. 고래 등 같은 기와집이 겹겹이 솟아오른 최참판댁, 그 집으로 이르는 언덕길을 올라간다. 서희는 노랑 저고리에 분홍 치마다. 봉순이는 검정 치마에 양회색 저고리다. 빛깔들이 생생하다. 뚜렷하다. 하늘도 나무들도 뚜렷하다. 굿 구경을 갔을 때 손가락을 빨면서 침을 삼키면서 바라본 울긋불긋한 제수, 칼춤을 추던 무당의 장옷이랑 꽃갓 등, 그런 것만큼이나 빛깔이 생생하다. 그림같이 곱다. 눈발도 없고 누더기 칙칙하게 때 묻은 옷도 없고 물지게도 없다. 그러나 석이는 지난날의 그 오솔길에서 펄쩍 뛰며 소스라쳐 놀란다. 한 사나이의 심장을 찢는 울부짖음을 들은 것이다. 고래 등 같은 기와집이 겹겹이 솟아 있는 언덕길을 왜 헌병이 내려온다. 총대가 내려오고 구둣발이 내려오고 하이칼라 머리가 내려온다. 사내가 울부짖는다. 개 끌리듯 읍내 가는 길을 끌려가며 울부짖는다.

'이 천하에 극악무도한 놈아! 내 이 정한조가 살아서 돌아오는 날 바로 그날이 네놈 제삿날 될 줄 알아라, 아!'

구둣발이 눈앞에 어지럽다.

'내 죽어서 못 돌아오게 되믄은 넋이라도 돌아올 기다아! 돌아와서 네놈 애목을 물어 씹을 것이니, 이놈아! 조준구 놈아!'

하이칼라 머리의 키 작은 사내가 오랏줄에 묶인 사내에게 달려든다. 주먹으로 입을 내지른다. 하이칼라 머리가 이마빼기에서 너풀거린다. 하얗고 빤들빤들한 이마다. 오랏줄에 묶인 사내 입에서 피가 쏟아진다.

'하하하하…… 하핫핫…….'

미친 것같이 웃어젖히며 사내는 피를 내뱉는다.

'윤보 이 개자식아! 네놈이 형이가! 네놈이 의병이가아! 내가, 내가아 있었다믄 머리카락을 헤쳐서라도 저놈! 조가 저놈의 숨통을 막았일 기다! 이 악독한 놈아!'

왜 헌병이 총대로 옆구리를 찌른다. 알아듣지 못할 소리를 꽥꽥거린다. 넘어졌던 사내가 일어선다.

'조가 이놈아! 넋이라도오—.'

어미는 밭둑에서 거품을 물고 쓰러졌다. 석이는 짚세기를 벗어들고 맨발로 뛴다.

'아부지이! 아, 아부지이!'

포승을 잡고 가던 왜놈이 돌아보고 알아듣지 못할 소리를 지른다. 구둣발로 걷어찼다.

'아부지이! 아부우— 지이!'

이번에는 총대 든 놈이 돌아섰다. 총대 끝에는 칼이 꽂혀 있다. 총대가 석이 가슴을 겨눈다.

'울아부지 와 잡아가노오! 와 잡아가노오! 이놈들아! 나쁜 놈들아! 내 아부지 내놔아라아! 아부지이!'

물지게를 지고 가는 석이 입에서 신음 소리가 난다.

나루터 근처를 지나 장터 옆에 이르렀을 때 눈발은 뜸해져 있었다. 그새 온 눈 때문에 파장이 되지는 않았던가 보다. 정월 들어 처음 서는 장이라 장터가 쓸쓸하다. 희뜩희뜩한 눈발 사이로 포립(布笠)을 삐뚜름하게 쓴, 눈썹이 새까맣고 수염이 허연 가위장수 노인의 을씨년스런 모습이 보인다. 파는 사람 사는 사람 다 어려운 처지임이 뻔하다. 곡식 됫박이나 팔아가려고 전을 폈을 것이요, 장보러 나온 사람들 역시 비축한 것이 없어 나왔을 터인즉 쓸쓸하고 빈한한 장날이다.

석이 장터 옆을 막 벗어나려는데,

"인마! 석아!"

부르는 소리에 돌아본다.

"아아, 관수형님."

"형님이 뭐고? 아재비다, 아재비."

웃으며 다가오는 사내, 바짓말기에 두 손을 찌르고 움츠린 양어깨 사이로 자라처럼 목을 묻은 꼴이다. 삼십이 될까 말까. 핏발 선 눈이 조그맣고 얼굴빛은 까무잡잡하다.

"무신 생각을 하고 가니라고 사램이 불러도 모르노 말이다."

"아무 생각도 안 했심다."

"쪼깐이집에 가나?"

"야."

석이와 나란히 걷는다. 물지게에 걸린 물통 때문에 거리는 있었으나.

"나도 거기 간다. 밤샘을 했더마는, 아이고 속 씨리다."

"……."

"니한테도 내 국밥 한 그릇 사지."

"점심은 묵었소."

"봉순이 집에서?"

"야."

"젊은 놈이 점심 두세 그릇쯤, 그라고 점심때는 벌써 지났다. 내 주무니 걱정은 말고, 간밤에 한 놈 깝데기 벗깄인께."

"노름했구마요."

"했지러."

"참 형님도,"

"와? 마땅찮다 그 말이가?"

"그렇소."

"바린말을 한께로 기특하기는 하다. 그래도 이 아재비가 비리갱이 겉은 장돌뱅이 벗기 묵지는 않는다. 꾼들하고 몇 판 벌있제. 하하핫……."

흰 이빨을 드러내놓고 태평스럽게 웃는다.

"말하잘 것 같으믄 이 아재비는 말이다, 암행어사 같은 거다, 그 말 아니가. 비리갱이 겉은 장돌뱅이 털어묵는 장터 건달 놈들을 한 달에 한 분씩, 더도 말고 한 달에 한 분씩만 혼쩍을 내주니께, 하하핫…….”

움츠린 두 어깨 사이에 자라처럼 목을 묻은 모습과는 달리 뱃심 좋은 큰소리다.

“그라고 또 노름판에서 걸은 돈 가지고 주색잡기하는 잡놈도 아니고 말이다. 어림없지, 어림없어. 마 그거는 그렇다 하고 봉순이는 집에 있더나?”

“야.”

“머하더노?”

“아픈갑십디다.”

“그럴 기다. 심화병이 났일 기구마.”

관수 입가에 묘한 웃음기가 번져 나온다.

“니 길상이 알제?”

“길상이라 카믄,”

“봉순이하고 함께 있었던 그 최참판네 길상이 말이다.”

“말이사 많이 들었지마는, 더러 보기도 했지마는 어릴 적이라서,”

“어리기는 머가 어릴 적고? 니 지금 열아홉, 아마 그렇기는 됐일 거로?”

“야.”

“그라믄 보자,”

관수는 바짓말기에서 한 손을 뽑아 손가락을 꼽아본다.

"열세 살, 그러니께 니가 열세 살 적에 그 난리가 났구마."

"열세 살 적에 우리 아부지는 죽었지요."

"맞다. 그러니께 육 년 세월이 지났고나. 열세 살이라? 열세 살이믄 길상일 모릴 턱이 없지."

"모린다는 기이 아니고 얘기해본 적도 없고 해서⋯⋯."

그러나 관수는 더 이상 말을 잇지 않는다. 무엇 때문에 난데없이 길상이 얘기를 꺼내었는지 궁금했지만 석이도 되묻지는 않는다.

육 년 전, 그렇다. 가을걷이를 앞둔 그러한 날, 아래 윗마을에서 낫, 도끼, 쇠스랑, 대창 등 각기 연장을 손에 든 장정들이 모였을 적에 깃털을 세운 투계처럼 관수는 그들 속에 끼어있었다. 횃불을 켜던 그 무시무시했던 밤 조준구의 행방을 결사적으로 찾은 것도 그였었으며 산에서는 용감한 젊은이 중의 한 사람이었다. 끝까지 싸우고 행동을 함께 했었다. 그러나 윤보의 죽음으로 와해된 대열이 우왕좌왕 갈 바를 모르고 흩어졌을 때 양반에 대한 증오심 때문에 김훈장을 싫어했던 관수는 김훈장 명령에 복종하는 것을 마다하고 교분이 두터웠던 길상과 갈라서버렸던 것이다. 그 후 얼마 동안 관수는 화적 떼를 따라다니다가 그것도 시시하여 산을 떠나 진주로 내려왔고 진주서는 또 얼마 동안은 백정네 집에서 은신했었는데 백정네 딸을 얻은 뒤부터 그의 전력을 알고서 추적하는 사람이 있는 것도 아니어서 진주 성내를 활보하게 되었다. 그리하여 생활의 뿌리를 박은 듯싶었지만 어떻게 보면 그런 것 같지 않은 점도 있었다. 그를 아는 사람이면 주먹깨나 쓴다는 것, 노름솜씨가 대단하다는 것, 그리고 가끔은 막일 품팔이도 하고 소매 통 실은 소달구지도 끌고 다닌다는 대개 그런 정도였었는데 한 가지 소문이 난 일화는 소매 통 사건이다. 한낮, 여름 햇빛이 쏟아지는 날이었었다. 길컽에 소달구지를 세워 놓고 인가에서 인분을 담은 소매 통을 들고 나오는데 마침 조선인 순사 한 사람이 지나가다가 그 고약한 냄새에 얼굴을 찡그렸다.

"영치기,"

관수는 우선 소달구지 옆에 소매 통을 내려놓았다. 소매 통 아구리를 지푸라기로 막아서 달구지 위에 올려놓을 심산이었던 것이다.

"길바닥에 이게 뭐얏!"

하고 순사가 눈알을 굴렸다.

"보믄 모르시오?"

관수는 본체만체 지푸라기를 둘둘 말아서 소매 통 아구리를 막으려 했다.

"뭐? 이 건방진 놈이,"

"순사나으리라고 설마 밥그릇에 모래 담아 잡숫겠소?"

"아아니 이놈이? 뉘 앞에서 감히 주둥아릴 놀리는 게야!"

"순사나으리 아니라 순사나으리 할배라도 머 못할 말 했소?"

관수는 지푸라기를 뭉치다가 그 조그만 눈으로 순사를 쳐다보았다.

"뭣이 어쩌고 어째?"

화가 난 순사는 구둣발로 소매 통을 걷어찼다. 그러자 소매통이 구르면서 아구리로부터 인분이 길바닥에 콸콸 쏟아진 것이다. 졸지 간이라 순사도 놀라기는 좀 놀란 모양이었다. 그러나 관수는 태연자약하게 뭉쳐 들었던 지푸라기는 달구지 위에 올려놓고 땅바닥에 쭈그리고 앉더니 두 손을 모아 인분을 걷어서 소매 통 아구리 속에 쏟아붓는 게 아닌가. 기가 질려버린 순사 오도 가도 못하고 우물쭈물하고 있는데 일어선 관수는 인분이 묻은 손바닥으로 냅다 순사 뺨을 갈긴 것이다. 순식간에 사람이 모여들었다. 하마 한 소동이 벌어질 판에 급보를 받은 순사들이 달려왔다. 그리하여 관수는 며칠 구류를 살기는 했으나 그 정도로 마무리된 것은 순사주임이라는 자가 식민지에 나온 따라지 일본인치고는 다소 양식이 있었던지 혹은 배짱을 숭상하는 일본인 기질 탓이었던지 관수에게 호의를 베푼 탓이다.

"소레 구라이노 하라가마에닷달 에라이 뱌쿠쇼자. 다가 히도갓다네. 난토 잇데모 다이니혼데이고쿠노 게이샤쓰자. 마세시메노 다메니모 유루스 와케냐이칸(그 정도 배짱이면 훌륭한 농부다. 그러나 심했어. 뭐라 해도 대일본제국의 경찰이야. 본보기로서도 용서할 순 없어)."

칼날같이 양켠으로 뻗쳐오른 수염 밑에 두툼한 입술을 우물거리며 어눌한 음성으로 말했었다.

그러나 이 밖의, 백정의 딸을 얻어서 산다는 것은 아는 사람이 별로 없었다.

"형님 먼저 가소. 나는 물 지러서 가겠심다."

"그래."

관수는 저만큼 보이는 쪼깐이집을 향해 입김을 흩날리며 가고 석이는 도중에서 길을 꺾어든다. 눈은 싱겁게 멎어버리고 하늘은 개기 시작했다. 길가 삽짝 앞에 강아지 한 마리가 오돌오돌 떨면서 앉아 있었다. 석이 그 앞을 지나친 뒤 강아지는 우우 하고 짖어보다가 그것도 싱겁게 그만둔다. 우물가에는 아낙이 보리쌀을 씻고 있었다. 소매 끝을 걷어 올린 두 팔뚝이 빨갛다. 석이는 우물에 두레박을 던져서 물을 퍼올린다. 누구든 적선하라는 듯 아무렇게나 놔둔 돼지 밥통에 아낙은 보리 뜨물을 부어준다. 물지게를 진 석이는 좁은 골목을 옆걸음질쳐서 빠져나온다. 쪼깐이집 일각대문을 넘어 가겟방 옆, 장작이 쌓인 골목으로 해서 넓어진 안마당에는 장독대가 있었고 부엌에 잇달린 방 두 개가 나란히 있다. 물독에 물을 부어주고 물지게를 벗어 장독가에 놔둔 석이는 가겟방 쪽으로 간다.

"형님."

"음. 물 다 질었나?"

"야."

"들어오너라."

짚세기를 벗고 강정같이 얼어버린 바짓가랑이 때문에 몸짓이 어색한 석이 방으로 들어간다.

"앉아라."

기다랗게 만든 술판 앞에 앉는다. 점심때도 저녁때도 아니어서 가겟방은 손님이 뜸했다. 쪼깐이집은 서울식 비빔밥으로 이름을 날렸지만 겨울이 되면서부터 국밥을 찾는 손님이 있어 국밥도 겸해 하는데 방 안에 걸어놓은 솥에서 서리는 김과 온기로 방 안 공기가 후끈하다. 그새 관수는 술을 마시고 있었던 모양이다.

"아지마씨 여기 국밥 두 그릇 내놓으소."

"저, 그, 그러지요."

"아니 대답이 와 그리 찐찐하요?"

쪼깐이라는 별명의 서울댁은 묵살하듯 그 말 대꾸는 하지 않는다. 그것으로써 마땅찮아하고 있다는 것을 알 수 있다.

"외상배기도 아닌데 냉랭하구마는,"

관수는 왜 이 여자가 찐찐해하는가를 알고 있다. 물지게꾼, 그러니까 집에서 부리는 하인 같은 존재에 대한 시중이 자존심을 상하게 한 것 같고 거지나 다름없는 행색의 석이가 가겟방에 뻗치고 앉은 것을 기분 나빠해한다는 것을 관수는 어렵잖게 느낄 수 있었다.

'빌어묵을 계집년이 지는 머 별수 있는가?'

서울댁은 느적느적 사발 두 개에 밥을 나누어 담고 솥뚜껑을 열어젖힌다. 김이 왈칵 솟구쳐오르고 솥뚜껑의 쇳소리가 꽤나 오래 파동하다 사라진다. 놋쇠 국자를 철벙거리며 국을 푸는 여자, 얼굴이 김에 싸여 아리송하다. 쪼깐이, 조그마한 여자다. 두만이보다 몇 살 위라던가? 얼굴이 조그맣고 코도 입도 밥풀같이 조그맣다. 큰 것은 쌍꺼풀이 굵게 진 눈뿐이다. 눈알이 불거져 나오듯 얼핏 본 느낌이 소 눈깔, 윤곽도 다 듬어졌고 생김 하나하나 뜯어보면은 나무랄 곳이 없다. 몸매는 가녈하다. 팔다리도 가녈하다. 다만 팔다리가 짧은 게 어쩐지, 어디가 어떻달 수 없는데 밤톨 같지가 않고 마늘각시랄까, 노르께하나 핏기 없이 흰 얼굴이 매쑥한 느낌을 안겨주는 마늘각시다. 마음속으론 욕지거리를 하면서 관수는 묻는다.

"영만이 독골에 있소?"

여자는 국자를 솥전에 걸쳐놓고 솥뚜껑을 닫으며,

"거기 안 계시고 어딜 가시겠어요?"

오히려 반문하는 투다.

"두만형님은 요새 일 안 하지요?"

"겨울에 무슨 일이 있겠어요?"

말투는 여전하다.

"그이도 초정월이라고 독골에 가 계시오."

그러니 부재중이라는 것을 밝힌다.

'제에기! 누가 지 서방보고 술 내놔라 할까 봐서? 더럽게 고만도 떨어쌓는다.'

자주 오는 것은 아니나 가끔 올 때면 남정네, 시동생과는 잘 아는 사이라 하여 말만이라도 친절했던 여자다. 조금 전만 해도 수굿하게 대하던 여자다. 순전히 석이 때문이다.

"지난해 독골에선 추수 많이 했소?"

관수는 또 물었다.

"많이 하기는요? 자리 잡은 지가 얼마나 된다고요?"

국밥에 양념장을 뿌리고 여자는 사발을 관수 앞에 놓는다. 석이 앞에 사발을 놓을 때는 손길이 거칠었다. 술판 위에 국물이 조금 엎질러졌다. 관수는 곁눈으로 여자의 손길을 본다.

"석아, 어서 묵어라."

하고 자신도 밥을 설설 말아 퍼먹으며,

"두만형이 독골에 파묻히 있은께 아지마씨 심사가 덜 좋겄소."

슬쩍 약을 올린다.

"덜 좋은 것도 없지요. 부모님이 계시는데 일 년 내내 발걸음을 끊어서야 되겠어요?"

말을 받아서 메어친다.

"하항, 그도 그렇소, 듣고 보니. 인마 석아! 달암질쳐서 묵

337

어라."

관수가 넘겨다본다. 사발 속은 절반 이상이 줄어들었다. 쪼깐이집의 국밥, 무를 엇비슷이 썰어넣고 끓인 생대굿국이다. 석이 입에 쫄깃쫄깃한 대구 살이 달다. 젖빛깔이 방울방울진 고기는 입 속에 들어가기가 바쁘게 녹는다. 향긋한 생파 내음, 사발의 바닥이 나타나기 시작한다. 사발을 기울이며 남은 것을 아쉽게 퍼올리는 석이 모습을 여자는 멸시의 눈으로 힐끗 쳐다본다. 눈살을 찌푸린다.

"아지마씨."

"예."

"물지게꾼이 내놓는 국밥값은 썩은 돈이오?"

"무슨 말을 그렇게,"

느닷없이 하는 말에 여자는 당황한다.

"똑똑히 들으시오, 각시. 그렇지 두만이 각시믄, 작은각시든 큰각시든 각시는 각시니께로."

"아니."

얼굴이 벌게진다.

"보소 서울각시, 각시 씨애비 씨에미 그리고 서방도 다 그렇기 누데기옷을 입고 살아왔소. 그거는 그렇다 치고 또 니는 머꼬? 술판이나 닦는 계집 푼수에 누굴 보고 괄시하고, 차벨할 개뿔이나 있다 그 말가?"

뒤에 가서는 주저 없이 반말을 뇌까린다. 여자의 말문이 막

힌다. 약은 여자다. 시비를 걸려고 별러 하는 수작임을 알아
차린 것이다.

"면천(免賤)한 처지로서 오늘 이만큼이나 살게 된 것을 이웃
사촌이더라고 맴이 안 좋을 까닭이야 없제. 멩색이 서방이나
씨동생이나 모두 잘 아는 사이고 보믄 또 고향 있을 적에는
부모들도 형제같이 지낸 사정이고 보믄 작은각시든 큰각시든
간에 남과 같이 돈을 받더라도 생각은 좀 달라얄 긴데, 누구
동냥온 줄 알았던가?"

"제가 어쨌기에 이리 화를 내실까?"

여자는 누그러진다.

"그거야 가심에 손 얹어보믄 빤히 알 일 아니던가? 예사 별
수도 없는 것들이 사람을 괄시하는 법이라. 앵이꼽아서."

그때까지 아무 말이 없던 석이.

"머를 그러요. 그만 나갑시다."

"인마! 니는 가만히 있어라. 아무튼지 간에 보소, 서울각시.
김두만을 따라 살라 카믄 그 고만 떠는 버르장머리부터 고치
얄 기요. 김씨네 부자가 자리꼽재기(구두쇠)로 소문나 있기는
하지마는 경위에 틀린 일을 하는 사람들은 아닌께. 더군다나
두만이는 색에 반해부리는 얼간이도 아니고."

서울댁은 움찔한다.

"서울서는 어느 대가댁 기출인지 각시 근본이야 알 턱 없고
영만어매나 두만이댁네는 다 심성 곱고 후덕한 사람인데 앞

으로 조심하는 기이 좋을 기구마. 좋지도 않은 소리 귀에 들
어가봐야 큰며느리만 싸고도는 시부모 심사에 부채질일 기고
두만이도 역성들 사람은 아닌께, 내가 이래 봬도 입이 싸고,
등쳐서 간 내묵는 솜씨도 노름판에서 자알 익힌 터이라,"

　슬쩍슬쩍 급소를 찔러놓고 관수는 일어선다.

"석아 가자."

　셈을 하고 밖에 나온 관수는 바람에 날려버리듯 침을 뱉는
다. 석이는 빈 물지게를 지고 우두커니 기다리고 서 있었다.

　'약삭빠른 계집년, 펄펄 뛰믄서 달라들기라도 했이믄 덜 밉
겄다. 술판을 엎을까 봐 겁이 났겄지. 망나니들 데리고 가서
분탕질할까 봐 겁이 났을까? 흐흥 그보다 죽자사자 따라 살
라 카이 남정네 눈도 두렵고 씨부모 눈도 두럽었겄지. 눈이
시퍼런 본댁이 있어, 지가 무신 자식을 낳았나, 가심이 설렁
했을 기라. 제에기, 내사 그놈의 경사(서울말) 쓰는 목소리만
들어도 정이 안 가는데 하기사 그 집구석 부자가 모두 셈이
빠르니께, 못난 것들!'

　관수는 또 퉤! 하고 침을 뱉는다.

"석아."

"야."

"나 그러잖애도 한분 만낼라 캤더니라."

"……."

"마침 오늘 만냈이니께, 내 할 얘기도 있고 하니 저녁에 좀

오니라."

"그럭 허소."

"자고 갈 셈 치고."

"야."

관수는 추수물 쪽으로 가고 석이는 봉곡 쪽으로 간다. 봉곡
에서도 한참 더 걸어서 띄엄띄엄 네댓 채 오두막이 있는 곳으
로, 나무 한 뿌리 눈에 띄지 않는 자갈밭의 언덕이다. 울타리
없는 마당에 들어서며 석이 되돌아본다. 남강 건너편의 대숲
이 아득히 먼 곳에서 어슴푸레 떠 보인다. 그사이, 넓고 평평
한 회갈색 들판이 한없이 뻗어 있다. 넓고 넓은 들판, 성내가
코앞에 바라다보이는 이 넓은 옥토의 임자는 대체 누구일까?
석이는 습관처럼 생각해보는 것이다. 하늘의 구름들은 걷혀
지고 동천(冬天)에 신열을 잃은 희미한 해가 서편 산마루에 걸
려 있다. 멀지 않아서 저녁이 찾아올 것이다.

어미는 눈을 들어 아들을 쳐다보는데 눈알이 빨갛다.

"무신 일이 있었소?"

울어도 대성통곡을 한 모양이다.

"왜 그러요?"

"내가 온께 아아들이 울고 있더라. 순연이는 볼때기가 씨퍼
렇기 부어올라서,"

"와 그랬던고요?"

"와 그라기는? 산에 나무하러 갔다가 산지기한테 잽혔더란

341

다.”

“⋯⋯.”

“나무하고 갈구리하고 뺏았이믄 그만이지 그 무상한 사램
이 어디 때릴 구석이 있다고 어린것을 때렸겄노.”

석이는 선 채 어미를 바라본다. 열두 살과 여덟 살짜리 두
누이의 손등이 터서 피가 흐르던 것을 아침에도 보고 집을 나
섰다. 들판이 넓고 멀리 야산이 더러 있으나 진주는 본시부터
나무가 귀한 곳이다. 외지서 남강을 따라 숱하게 들어오는 나
룻배는 성내의 땔감을 충분하게 대주지만 돈 없는 가난뱅이
들 겨울 한 철은 몇 리 길을 걸어야 솔잎이나마 긁어올 수 있
다. 얼음을 깨어 삯빨래를 해야 했고 여름 봄엔 끌밭매기, 치
마 밑에 찬밥 한 덩이 얻어오는 드난살이에 눈이 진무른 어미
와 일 년 열두 달 물지게를 지고 나가는 오라비, 언제부터였
던가 어린 두 자매는 산지기 눈을 피해가며 근처 산으로 가서
솔잎을 긁어오게 되었다. 틈을 보아서 석이는 한두 짐의 나무
를 해다 부엌에 내려주지만 농사도 아니 짓는 처지에 수숫대
콩대 나부랑이도 얻어볼 수 없고 땔감은 노상 감질나게 달리
니, 어린것들인들 그만한 지혜가 생길 수밖에.

시래기죽을 끓여 양푼에 퍼다 놓고 식구들이 좁은 방 안에
둘러앉았을 때 석이의 눈은 시퍼렇게 멍이 든 순연의 얼굴 쪽
으로 쏠린다. 어글어글한 눈이 확 풀어지는가 싶더니 빛이 번
쩍 난다. 맞을 때는 아팠겠지만 노상 양이 차지 않는 아이들

배에서는 꾸럭꾸럭 소리가 나고 매 맞을 때 아픔 같은 것은 잊었는가 먹는다는 기쁨에서 침이 연신 넘어간다. 설움이 무엇인가 추위가 무엇인가, 아이들은 먹을 것을 앞에 둔 이 순간이 무한하게 행복한 것이다. 어미는 석이 몫의 시래기죽을 먼저 떠서 밀어준다.

"나는 안 묵을라요."

"와?"

"관수형님이 밥 사주어서 묵었소."

몫이 많아졌다 싶었던지 두 어린것 눈이 반짝반짝 빛난다.

"그래도 묵어라. 사주는 밥이 얼매나 될 기라고 장골들 배는 헛구바다*라 카는데."

"봉순이 집에서도 밥 한술 얻어묵었인께요. 자아들이나 실컷 묵어보라 카소."

아이들은 어미가 퍼주는 사발을 감싸 안듯이 하고 후루룩 후루룩 요란스런 소리를 내며 죽을 먹는다. 어미도 한술 뜨다 말고,

"관수는 우찌 만내서 밥을 얻어묵었는고?"

불안해하는 눈빛이다.

"길가에서 만났소."

"요새도 그 사람 노름방에 댕기는가? 클 때는 아이가 착실하더마는."

석이는 아무 말 안 한다. 방 안에는 후루룩거리는 소리만 나

343

고 문밖은 어두워온다. 석이 호롱불을 켠다. 불빛 아래 아이들은 아귀같이 처먹는다. 그 꼴을 잠시 쳐다본 석이 눈이 호롱불같이 깜박인다. 실상 어미 아들이 눈 오고 비 오는 날에도 쉬지 않고 품을 팔면은 네 식구 입치레쯤은 이렇게 고단할 리가 없다. 그러나 이들에게는 어려운 사정이 따로 있었다. 빚이 있었던 것이다. 일금 삼십 원의 빚, 말단 관리의 한 달 월급이나 될까. 하기는 십오 원짜리 조선인 서기도 있긴 있었지만 빚 치고는 눈만 흘겨도 찢어질 적은 돈이다. 그러나 이들에게는 짊고 일어설 수 없는 무거운 짐이며 잡힐 가산도 없는 처지, 비싼 변리 아니고는 얻어 쓸 수 없었던 빚이었다. 빚진 경위는 이들이 믿고 온 친정의 사정서부터 시작된다. 친정 오라비는 누이 동생(석이네)을 출가시킨 이듬해 부친이 사망하여 삼년상을 벗었고 상막 치우기가 바쁘게 모친이 죽었다. 혼사 한 번에 초상이 두 번, 작인이지만 부지런한 탓으로 어렵잖이 지내던 살림이 기운 것이다. 이 무렵 조준구 서슬에 견디다 못한 한조가 처가를 연줄 삼아 땅마지기나 얻어 부칠 양으로 찾아왔는데 신실한 처남을 믿는다면서 요행히 땅을 주겠다는 사람이 있었다. 그리하여 솔가할 작정을 하고 평사리에 돌아가 변을 당했다. 막내 복연을 업고 두 아이를 거느린 석이네가 입은 옷 그대로 평사리 마을을 쫓겨서 친정으로 왔을 때 그 집에는 또 하나의 불행이 와서 도사리고 있었다. 올케가 앓고 있었다. 병은 한 달 두 달에 끝나지 않았다. 자리에 누운 채 운신을 못하는데 허리뼈 속에 병이 생겼다는 것이다. 결국 약값으로 배먹이 소가 없어지고 뼈대가 쓸 만했던 사 칸 집이 날아가고 기어 들고 기어 나는 초가 한 칸으로 식구를 옮긴 뒤 친정 오라비는 어린 석이와 함께 지금 사는 이 집을 지어주었다. 진일 마른일 조카 삼촌이 다했건만 일이 끝났을 적에는 빚돈 십 원을 안았다. 그러나 내 집이랍시고 살림을 시작한 뒤 석이네는 밤낮없이 병든 사람처럼 울었다. 총 맞아 죽은 남편의 시체를 평사리까지 옮기지도 못하고 읍내 어느 야산에 버리듯 묻고 온 그 일 때문에 우는 것이었다. 시체를 거기 내버려두고 어찌 내 집이라고 지붕 밑에서 잠을 자겠느냐는 것이다. 결국 이십 원을 다시 빚내어 시체를 진주까지 옮겨오는 것은 어림없는 일이었고 본시 묻혔던 자리 근처에다 터를 사서 이장을 한 것이다.

"그때 그만…… 봉순이가 순연이나 복연이 둘 중 하나를 달라 했일 적에 보냈더라믄."

허기를 반쯤 달랬을 때 어미는 한숨 섞인 말을 했다.

"식구 하나 줄이믄 니 허리도 페이고, 하나라도 배는 안 곯고 살 긴데,"

"시끄럽소."

석이 화를 벌컥 낸다. 그러나 어미는 또다시 밀어본다.

"거기 갔이믄 밥이사 배부르게 묵을 기고 떨어진 옷은 안 입을 기고, 이 칩운 날에 나무하러 산에 갔겄나? 저렇기 볼따구가 멍 들지도 않았일 긴데, 순임금도 사세 불리하니께 독장사를 했다 안 카더나? 우리라고 무신."

"아무리 배불리 묵고 떨어진 옷 안 입어도 남자 노리개 되
는 것보다 낫소."

"그거사 머 봉순이가 키운다고 꼭 그리 된다는 벱이 있나?"

"갈 데 있겄소? 그 속에서 살믄 자연고로 그리 되는 기지
요."

"저 얼굴의 멍 좀 보라모. 내사 간이 아파서 죽겄다."

어미는 치맛자락으로 눈물을 닦는다. 정신 없이 죽을 퍼먹
던 아이들도 양이 차오르자 숟가락 놀리는 손이 무디어지며
어미와 오라비 말에 귀를 쫑긋 세운다. 큰애 순연이가,

"오빠 나 갈란다, 거기 보내도고."

몸을 흔들며 조른다.

"니는 나무 해야 안 하나. 내가 갈 기다. 그제? 어매, 생이
는 나보다 큰께로 나무 많이 할 기고, 어매 안 그렇나?"

막내가 어미한테 동의를 청한다.

"이눔 가시나야. 니가 거기 가믄 마리 닦고 군불 때고 밥하고
우찌 그거를 할 기고? 씰데없이 까불지 마라, 문딩이가시나."

"거짓말이다. 누가 모릴까 봐서? 밥하고 군불 때고 안 한다
카더라. 숭님이나 떠다 주고 음. 또오 빗자리 가지고 방이나
씰어주고 그라믄 된다 카더라."

"누가 그라더노! 누가 그라더노!"

순연이는 얼굴이 새빨개져서 복연이 옆구리를 쥐어박는다.

346

"어매가 똥돌네보고 하는 말 다 들었다! 다 들었다 말이다."

작은 것도 지지 않고 언니의 얼굴을 할퀸다. 한 소동이 벌어질 판인데,

"그만 못하겠나?"

오라비 말 한마디에 서로 덤벼들던 동작을 멈춘다. 슬그머니 일어선 석이는 방문을 열고 밖으로 나간다. 처마 끝에 붙여놓은 지게를 지고 낫을 들더니 횡하니 어둠 속으로 사라진다. 한 시각쯤이나 지났을까? 어미는 부엌에 호롱불을 켜놓고 두붓물에 빨래를 주무르고 있는데 발소리가 들려왔다. 이윽고 생 솔가지 한 짐을 들어다가 부엌 바닥에 놓는다.

"니, 니 우짤라꼬 생 솔가지를,"

"걱정 마소."

"낮에 순연이 그렇기 야단을 맞았는데 알면 큰일 날 기다. 그놈의 산지기 놈이 좀 심술가?"

"우리 순연이 볼따구 피멍 든 값이오. 생 솔갱이 아무리 뿌질러도 아파서 울지는 않은께요."

석이 음성은 침울하고 무섭게 울렸다.

"어매."

"와."

"관수형님한테 갔다 오겠소. 밤에는 아마 못 올 기요."

"거기는 와 가노?"

일손을 놓고 아들을 쳐다본다.

"좀 다니가라 하더마요."

"나는 니가 그 사람 찾아댕기는 기이 좋잖다. 사램이 전에
는 안 그렇더마는 노름방에나 댕기고 본볼 기이 머 있다고."

"……."

"사램이란 좋은 거는 배우기 어럽아도 나쁜 거는 금세 배우
니께. 백정의 딸하고 산다는 것도 내 마음에 낀다."

"백정은 사람 아닌가요? 어매는 그런 소리 마소. 설움 받기
로는 그 사람들이나 우리나 다 같소."

"그거사 그렇다 카더라도 노름방 드나들믄 볼장은 다 본 기
다. 인이 한 분 백이믄은 세상이 무너져도 그 버릇은 못 고치
니께."

"갔다 오겄소."

어미는 심사가 좋지 않아 잠자코 만다. 그러나 얼마 후 가
버린 줄 알았던 석이 다시 나타났다.

"잊어부릴 뿐했소. 낮에 봉순이 어매보고 내일 좀 오랍디다."

"무신 일인고?"

"모르겄소."

"알았다."

어미는 힐끗 눈을 든다. 가물가물한 불빛 아래 여윈 얼굴,
주름살, 매달리듯한 눈빛.

"석아."

"야."

"에미는 니를 믿는다. 제발 허방엘랑 발 딜이놓지 마라. 없으믄 없는 대로 살지. 설마 산 입에 거미줄 치겠나?"

"어매는 관수형님을 잘 모르니께 그러요. 어매가 생각는 사람 겉으믄 상종하지도 않을 기요."

"그래도 니는 아직 세상일을 모른다."

"허 참."

아들의 발소리는 멀어지고 어미는 힘없이 빨래를 주무른다. 바람 지나가는 소리, 먼 곳에서 개 짖는 소리, 아이들은 잠이 들었는가. 그러고는 온 세상이 쥐 죽은 듯 고요해진다.

7장 홀어미와 기생

첫새벽에 일어난 석이네는 보리 방아를 찧는다. 찧다가 허리를 펴고 찧다가는 허리를 펴고 하면서 아침에는 죽 대신 꽁보리밥이나마 밥을 짓는다.

'날이 샐라 카믄 엄치 있어야겠지?'

아들 생각을 하는 것이다. 왠지 가슴이 뻐근하고 겁이 난다. 꿈자리가 뒤숭숭해선지도 모른다. 석이가 어디로 훌쩍 떠나버릴 것만 같은 이상한 예감이 머릿속에 맴을 돌면서 떠나지 않는다.

"아이구 허리야."

방아질을 멈추고 허리를 뚜드리는데 새벽 하늘에 깜박거리는 별들이 눈에 들어온다. 별이 깜박거리고 석이네 마음도 깜박거린다. 석이가 떠날지도 모른다. 떠날지도 모른다. 떠날지도 모른다─. 관수를 찾아갔으니 행여 노름판에나 따라다니다가 몹쓸 날건달이 되지 않을까? 그것이 염려된다면 모를까, 어젯밤까지만 해도 그 점을 근심했었다. 역시 꿈 탓이다.

'어매, 나 겨드랑에 날개가 돋쳤소.'

'어디, 어디?'

석이네는 눈을 비비고 살펴봤으나 석이 겨드랑에는 날개가 없었다.

'날개는 무신 날개고? 내 눈에는 아무것도 안 보인다.'

'아니요. 날개가 돋쳤소. 탄탄한 날개가요. 그러니께 나는 훨훨 날아댕길라요. 구만리 장천을 훨훨 날아댕길라요. 훨훨, 훨훨─ 훨─ 훨─.'

나중에는 아들 모습은 보이지 않았고 훨훨 하는 목소리만 되풀이 되풀이 들려왔다. 그 목소리에 잠이 깬 것이다.

다 찧은 보리쌀을 사기에 담아 써억써억 씻는데 훨훨 날아다닐 거라던 꿈속의 석이 음성이 들려온다. 귀를 털어버리고 싶게 들려온다.

'무신 그런, 훨훨 가기는 어디로 가노?'

보리쌀을 삶아놓고 어젯밤 두붓물에 주물러놓은 빨래를 솥에 안친다. 둥그렇게 쌓아올린 빨래 한복판에 물을 붓고 양잿물을 넣고 불을 지핀다.

'개꿈이지 머. 꿈을 믿다가는 환장한다.'

날이 새기 시작한다. 복닥복닥 빨래 끓는 소리가 난다.

'이눔 자석이 와 아즉 안 오노. 에미 걱정하는 거를 빤히 알 기믄서.'

석이네는 김이 서리는 빨래를 건져 통에 담는다. 방망이를 빨래 사이에 찌르고 바가지를 엎은 뒤 그것을 이고 자갈길을 달리듯 개천으로 간다. 얼음 밑으로 물 흐르는 소리, 심장을 가로지르고 가는 찬 바람. 얼음을 깬다. 방망이로 툭툭 얼음을 깬다. 바스라질 가랑잎 같은 몸이 귀신이 씌어서 춤을 추는 무당처럼 일을 한다. 마음이, 독기(毒氣)가 얼음을 깬다.

'일이 보배지. 하모 일이 보배고말고.'

'명천에 하나님네. 우리 석이 수명장수 비나이다. 비명횡사 아비 몫까지 살게 하소서. 재앙은 물 아래로 가고,'

떠난다는 것은 살아서만 떠나는가, 죽음으로도 떠난다. 석이네 마음 밑바닥에는 꿈이 그런 암시로도 깔려 있는 것이다. 얼음을 깬다. 허공에서 춤을 추는 잡신들에게 방망이질을 하듯 얼음을 깬다.

봄 여름 가을엔 일거리가 많다. 들판이 잠들고 사람들은 아랫목에 웅크리는 겨울 한 철에는 편안한 사람들이 내놓는 고된 빨랫거리 말고는 돈을 벌 일이 별로 없다. 겨울은 석이네 한테 빨래품의 계절인 것이다. 김이 무럭무럭 나는 삶은 빨래

와 손끝이 저리는 개울물이 함께 어울려지면서 빨래는 하얗게 때를 벗는다. 돌아오는 길은 더디다. 발이 얼어서 무겁다. 해가 떠오르고, 울타리 없는 두 칸 오두막 흙벽에도 햇살이 퍼진다. 아이들이 흙벽에 기대어 어미 돌아오기를 기다리고 있었다.

"오래비 아즉 안 왔나."

"안 왔다."

"색히(속히) 안 오고 머하는고?"

"아침밥 묵고 올 긴갑다."

아이들은 자나 깨나 밥 소리다.

"와 방에 안 있고 나왔노. 오늘은 빨래 삶고 해서 방이 따실 긴데."

"어매 오는가 볼라꼬."

복연이 누비저고리 앞섶을 잡아당기며 말한다.

"방에 들어가거라. 따신 방 식후지 말고, 내 밥해서 들어갈 기니."

아이들을 방에 몰아넣고 빨랫줄에 빨래를 넌 뒤 석이네는 밥을 짓는다. 삶은 보리에다 고구마 세 개를 썰어 넣고 밥을 안친다.

"어매."

석이 얼굴을 쑥 내밀었다.

"아이구, 니, 오나."

얼굴이 어둡다.

"와 이리 늦었노. 아니 그, 그, 저고리는 웬 것고?"

저고리가 달라졌다. 누덕누덕 기운 그 누더기가 아니다. 솜이 폭신해 보이는, 올이 굵은 무명 저고리다. 품이 덤쑥하여 석이는 아주 의젓한 총각 모습이 돼 있었다.

"관수형님이 까매기 보든 아재비야 하겄다 캄시로 입던 것을 벗어주데요."

"주니게 고맙기야 하다마는 관수가 니한테 와 그라제?"

떨떠름한 어조다.

"달리 생각할 것 없소. 그 형님은 여불이 있인께 준 기지요."

화가 난 목소리다.

"그거사 머……. 방이 따실 기다. 들어가거라. 밥이 끓으니께, 묵고 나가야제."

"밥은 묵고 왔소. 이대로 나갈라요."

석이는 뭔가 종이에 싼 것을 부뚜막에 놓는다.

"그거는 뭣고?"

"소괴기요. 그 집에서 주더마요."

"소괴기!"

이번에는 왜 쇠고기를 주느냐고 따지지 않고 말을 참는다. 물지게를 챙겨드는 석이 얼굴은 여전히 어둡고 근심하는 빛이 있다. 그러나 탈기(奪氣)한 것 같지는 않고 오히려 야무진 매듭 같은 것, 무엇인가를 마음속으로 굳게 작정한 듯한 기색이 엿보인다. 어미를 힐끗 한 번 쳐다보고 저만큼 나가다가 석이는 큰 소리로 인사한다.

"갔다 오겠소오!"

아침을 먹고 순연이에게 뒷설거지를 시킨 석이네는 아랫목에 굴려놓은 버들고리를 연다. 고리 밑바닥에서 고동색 주란사 치마와 흰 명주 저고리를 꺼낸다.

"옴마, 내 설옷 한분 보자!"

누워서 발길질을 하던 복연이 벌떡 일어났다. 고리짝에서 인조견 자주 치마 연두 저고리를 꺼내본다. 바닥에는 순연의 설빔과 석이 바지저고리 한 벌도 있었다. 재작년 가을이던가, 봉순이 머리를 얹을 무렵, 식구들에게 고루 한 벌씩 해준 옷이다. 아이들 옷은 댕강하니 짧아지고 품도 좁아졌지만 설날과 제삿날에 입어보고는 일 년 내내 옷은 고리 밑바닥에서 잠을 잔다.

"옴마, 봉순아지매 집에 가나?"

"운냐. 그 옷 못 넣어놓겠나?"

"넣으께."

복연이는 기분이 좋다. 봉순아지매 집에 갔다 오는 날엔 먹을 것이 풍성해지기 때문이다.

오래간만에 나들이옷으로 갈아입은 석이네는,

'우짜꼬? 괴기를 가지가까? 맘 곁에서는 우리 석이 솟정[素症] 풀어주었으믄 똑 좋겠는데, 에라? 없었던 셈 치고 가지고

가자. 밤낮 얻어만 묵고.'

수건에다 고기 뭉치를 싸서 든다. 복연이뿐만 아니다. 석이
네도 봉순이 오라고 기별을 보내오면 은근히 좋다. 염치를 차
려서 오라 하기 전에는 잘 가지 않으나 그 집에 가서 해로운
일은 없다. 돌아올 적엔 언제나 빈손이 아니었으니까.

"빨래 널어놓은 거 잘 봐라. 바람에 날아갈라."

순연에게 일러놓고 집을 나선다. 옥봉 기화네 집에 갔을 때,

"아이구 일찍 오네?"

봉춘네가 아랫방에서 내다보며 반색을 한다. 바느질을 하
고 있었던 모양이다.

"춥은데 들어오소."

"야."

석이네는 손에 든 것을 치켜 보인다.

"이거."

"그기이 머요."

"소괴긴데,"

석이네 얼굴이 순간 자랑스러워진다.

"아아니, 석이어매 정신 나갔소?"

"저어, 저어, 어, 어디서,"

늙은이처럼 어린애처럼 피시시 웃는다.

"아 말도 안 되는 소리. 나중에 가지가소. 아아들이나 안 끓
이주고."

마루 끝에 고기 뭉치를 놔두고 석이네는 방으로 들어간다. 방 아랫목에는 봉춘네 또래, 오십이 다 돼 뵈는 여자가 자리 이불에 두 발을 밀어넣고 앉아 있었다. 어떤 여편넨고?…… 하는 식으로 힐끗 쳐다본다. 검정 법단치마에 자주 저고리를 입고 있다. 그러나 그 비단옷은 몇 번을 빨고 다듬었는지 몹시도 낡아 있었다. 푸르스름한 입술하며 맵시 있게 올린 머리조차 딱하게 보인다. 국향(菊香)이라는 퇴기(退妓)다.

"춥은데 이리 내리와 앉으소."

봉춘네는 일거리를 한켠으로 밀치며 자리를 내주었으나,

"괜찮소."

석이네는 웃목에 앉는다. 봉춘네는 옷섶 앞에 꽂은 바늘을 뽑아 저고리 동정을 달면서,

"좀 있이믄 기화가 올 기요. 아침 일찍 나갔인께."

"어디 갔는데?"

국향이 물었다.

"와 그 소화(小花)라고 성내에 사는,"

"소화? 거긴 아침 일찍부터 머하러 갔는고?"

"답답해서 갔겠지. 어떻게 좀 몸부림도 쳐보고 싶은 심정도 있었을 기고,"

"몸부림이라니?"

"요새 영감하고 사이가 안 좋거든. 요새가 아니라 처음부터 기화 쪽에서는 억지 춘향이지마는,"

"기생 팔자란 다 그런 거지 머."

국향은 손톱 사이에 난 거스러미를 물어뜯는다.

"그 차중에 하동서 손님이 왔거든. 참 잘생긴 선비더구나."

"그랬는데?"

국향은 다 그렇고 그런 거 아니냐, 누가 그 사정을 몰라서? 비스듬한 눈길로 봉춘네를 쳐다본다.

"그 손님이 왔다 가고부터 맴이 들떠서 아아가 영 정신을 못 차리누마. 불쌍한 생각도 들고 밉은 생각도 들고."

"밉은 생각은 와 드는고?"

"죽은 봉춘이 생각이 나서……."

"……."

"얘기를 듣고 보니 옛적에 함께 크믄서 맘에 두었더라는 총각 소식을 들은 모양이라."

석이네 가슴이 철썩 내려앉는다. 옛적에 함께 크면서 마음을 두었던 남자라면 길상이 말고 다른 사람이 있을 리 없다. 의병하다가 만주로 달아났다 하던 길상이 소식을 누가 전했을까? 궁금증이 났으나 무서웠던 그때 기억 때문에 석이네는 말조심을 하여 물어보지 않는다.

"흥! 마음에 두기 아니라 품에 안아도 못 믿을 거는 사내지. 소식을 들었이믄 들었지 어쩌겠다는 건고?"

"어쩌겠다는 기이 아니라 참봉하고 살기가 싫어진 게지. 그 마음이사 나도 알 만하다. 쪽박에 밥 담아서 묵어도 뜻이 맞이믄 산다는 말이 안 있더나? 노류장 계집이라도 정이 없으믄 종사하기 어렵네라."

"그러나 그만한 봉 물기도 안 어렵겄나?"

"소문만 높이 났지. 실속을 보믄 그렇지도 않다."

"아니 이 집만 해도,"

"집만 보믄 누구든지 봉 물었다 하겄지. 또 전참봉이 알부자라는 거는 세상 사람이 다 아는 일이고, 하지마는 그렇기 해서 재물 모은 사람치고 행토 없는 사램이 어디 있더나? 이름이 좋아 불로초고 빛 좋은 개살구, 대궐 아니라 그보다 더한 집이믄 머하는고? 문서가 기화 앞으로 돼 있이야 말이제."

"아아니, 그라믄 그렇기 안 돼 있다 말이가?"

"글안하믄 빛 좋은 개살구라는 말을 와 하꼬?"

"애씨당초 일을 와 그리 조겼는고?"

"기화가 그런 거를 따질 성미가?"

"그거사 연홍이가 따지야제."

"공으로 주지도 않을 전참봉 재물에만 눈이 어둡아서 깜박 엎어진 기지. 자게야 실속도 채맀일 기고. 아 생각해보라모? 연홍이가 기화한테 밑천 딜인 기이 있이야 말이제. 요새사 옛적하고 달라서 절개 있는 기생이 어디 있더나. 돈이라 카믄 박물장시 고리 속의 색실만치나 손쉬우니께."

"……."

"참봉도 자기 깐에는 기화한테 헤프게 돈 쓴다는 생각을 하

겄지마는 손톱 밑에 물 넣어가믄서 살림 사는 여염집 지어미
도 아니겄고 기화는 기생 아니가? 기생, 미련한 똥돼지 겉은
인사가 그걸 알아야지. 상놈 양반이라 할 수 없는가 보더라."

봉춘네는 전참봉을 아주 싫어하는 눈치다.

"내가 기화하고 일 년을 함께 살아봤지마는 푸지게 돈 주는
것 한 분도 못 봤다. 기화도 있으믄 한꺼분에 다 써부리는 성
미이기는 하지마는, 겉으로 바르고 걸치고 댕기는 거사 그럴
듯, 실상 속은 탱탱 비었다."

"그라믄 소화를 찾아가서 어쩌겄다는 건고? 연홍이가 알믄
기화 머리끄뎅이 안 성할 긴데?"

"뭐 협률사라 카던가? 율협사라 카던가? 광대들이 당을 지
어서 소리하고 댕기는,"

"으음 알 만하다."

국향이는 고개를 끄덕끄덕한다.

"소화 옛서방이 아마 협률산가 뭔가 하고 연줄이 닿을 기
다. 그러나 소화야 어디 제대로 된 기생가? 덤짜*지 덤짜."

"덤짜나 마나 그런 거 내사 모르겄고,"

"그러니 기화는 소리 쪽으로 한분 나가보겄다 그거로구마."

"그런 생각을 해보는 모양이라."

"하기야 그 아아는 목이 좋으니께 한분 해볼 만도 하지. 그
렇기 되믄 기화는 진주서 털고 일어설 긴데 딸 삼아 함께 살
던 봉춘네 섭운컸다."

359

"자식도 잃고 사는데 머."

봉춘네는 동정을 다 달고 실을 물어 끊으며 쓸쓸하게 뇐다. 과거 놀던 여자 같지는 않았다. 그러나 여염집 여자라 하기에는 어딘지 모르게 요염한 구석이 있고 옷매무새도 세련이 되어 알쏭달쏭하지만 그는 다만 기생어미였을 뿐이다. 난봉꾼 남편이 딸을 기방에다 팔아먹은 것이다. 딸 봉춘이는 얼굴이 예뻤고 재주도 있었다. 성미도 강했다. 그래서 그는 사랑을 굳게 맹세한 어느 한량이 다른 기생과 하룻밤을 놀아났다 하여 양잿물을 마시고 죽었다. 그를 언니 언니 하며 따르던 기화가 혼자 남은 봉춘네를 수양어미로 삼아서 함께 살아온 터이다.

"내사 머 살던 집도 있고 하니 그럭저럭 지내겠지마는 나보다 실상은 기화 일이 걱정이다."

"젊고 인물 좋고 머 어디 가믄 못 살까 봐서?"

"그기이 아니라, 머라 카믄 좋겄노."

봉춘네는 다 된 저고리에 인두질을 하면서 이야기를 계속하고 석이네는 꾸어다 놓은 보릿자루처럼 말이 없다. 한편 속으로 봉춘네가 봉순이 험담을 하는지 칭찬을 하는지 화류계를 모르는 석이네는 어리둥절할 뿐이다. 길상이 얘기나 좀 해주었으면 싶었다.

"좌우당간에 그 아아는 한분 살아보겠다 하는 겔심이 없는 기라. 욕심도 없고, 누가 수만금을 한분 주어보지. 그날로 맷

바람에 다 써뿌리고 다음 날에는 돈이 떨어져서 있는 물건 팔아가지고, 그런 성미니께 우찌 고생을 안 하겄노? 고생하지 고생해. 노류장의 기집이믄 좋은 한 시절 벌어서 작량을 잘해야 노리에 편할 긴데, 삼십이 넘고 사십이 가까워지믄은 눈먼 새도 안 돌아볼 긴데, 자랑말이 아니라 내가 그래도 남으 살림이다 하는 생각 없이 이럭저럭 절용해감서 꾸리나간께, 지 혼자 살았이믄 영감 몰래 전당포 문턱이 닳았일 기다. 심덕이사 좀 착하나? 불쌍한 것 못 보고 애시당초 사내 덕은 못 볼 계집으로 생깄어. 그런 성질 갖고는 사내 덕 못 본다. 우리 봉춘이도 그랬지마는, 사나아한테 한 분 빠지믄 간까지 끄내줄 기집이다. 내가 노상 타이르고 해보지마는 지도 천성을 맘대로 못하니 우짜노? 그래애—. 노류장의 계집이믄 좋은 한 시절 벌어서 작량을 잘해야 노리에 고생을 안 하지. 고생을 안 해."

인두를 화로에 꽂고 다 된 저고리를 개킨다. 국향이는 남의 일로 생각할 수 없는 봉춘네 말에 저도 모르는 한숨을 내쉰다.

"아이구 내 정신 좀 보래? 석이어매 아침은 묵었소?"

봉춘네는 황급하게 일어선다. 얘기가 길었던 것을 깨달은 것 같다.

"묵고 왔소."

"기화가 와 여태 안 올꼬?"

밖으로 나가며 씨부렸다. 독 뚜껑을 여는 소리가 들려오고 부엌에서 달그락거리는 소리가 나더니 봉춘네는 목기를 들고 들어온다.

"이거나 좀 묵어보소. 설에 한 긴데."

콩이랑 깨, 좁쌀로 만든 강정이다.

"아따 그기이 이때까지 있었나? 껍데기뿐이라고 껑껑 울어
쌓지마는 그래도 부자 밑이라 걸거마는."

국향이 냉큼 하나를 집어서 와작와작 씹어먹는다. 푸르스
름한 입술, 기름때가 가라앉은 듯 거무칙칙하고 주름투성이
의 얼굴, 기생 말로의 스산한 찬바람이 그 얼굴에서 사정없이
일고 있다.

"아아들이 없인께 묵을 사램이 있이야제. 석이어매, 묵어보
소. 꼬맹이들 생각 말고."

끼니때마다 양이 적다고 투정인 어린것들 생각을 어째 안
할 수 있을까.

"꼬맹이들 몫은 있인께 자아 묵어보소."

"야."

갈구리 같은 손이 조심스럽게 콩강정 하나를 집는다. 국향
은 부지런히 집어먹는다. 와작와작 소리를 내면서 그래도 체
면치레는 해야겠다는 생각인지,

"요새는 당초 밥맛이 없어서,"

조심스런 석이네한테 공연한 미움의 눈길을 보낸다.

"석이 말 들은께 석이 외숙모는 아즉도 운신을 못한다든서
요?"

"야."

"예삿일 아니거마는. 그래 가을(가을걷이)이나 잘했는가요?"

"아무리 잘해봐도 땅이 실찮으니께."

"땅이 실찮다니?"

"오래비 근력이 좋아서 농사는 더 지을 수 있는데 그기이, 그만 얻어 부치던 땅뙈기 서 마지기를 땅임자가 걷어갔다 카더마요."

"그럴 수가,"

"옛날 같잖아서 땅임자가 마구 바끼니께 농사도 마음 놓고 지일 수 없는 갑십디다."

"왜놈들이 자꾸 묵어 들어오니께. 그러니께 고향산천 버리고 만주다 어디다 하고 떠나는 사람이 좀 많던가요? 인심도 날이 갈수록 나빠지고 이래가지고는 니남정 할 것 없이 살기가 어렵어질 기니 큰일이제."

"큰일이지. 왜놈 앞에 알랑방귀 끼는 놈 말고는,"

국향도 한마디 거든다.

"요새 성내라도 나가볼라 치믄 뚝닥거리는 거는 모두 왜놈들 집 짓는 소리고."

"와 아니라? 앵이꼽아서 참말로 못 살지. 진주가 우떤 곳인데? 이해미(논개)가 왜장 끼고 물에 빠져죽은 곳 아니가. 요새 젊은 년들 보믄은 기생질하는 기이 누워 떡 묵기라. 기생은 기생의 행신이 있는 법인데."

국향이 뒤늦게 열을 올리려 하는데 대문 미는 소리가 난다.

"어무니!"

"이자 오는가 배? 운냐!"

봉춘네가 방문을 열고 나간다. 석이네도 일어서서 뒤따라 나간다.

"아구우 아지매 오싰소?"

봉순이 반가워서 웃는다.

"아까부텀."

석이네도 피시시 웃는다.

"많이 기다맀는가 배요. 자아 우리 방에 들어가입시다, 어무니."

"와."

"따신 점심 해주소이?"

어리광스럽다. 갔던 일이 잘되었는지 모른다.

"해주고말고. 걱정 마라. 참 석이어매가 소개기를 싸왔는데 내가 막 야단을 안 쳤나."

"아지매도 미쳤는갑다."

방 안으로 들어간 기화는 수술이 달린 목도리를 벗어 걸고 장갑을 빼면서 자리에 앉는다.

"아지매도 앉이소."

밖에서 웃음 짓던 것과는 달리 기화의 목소리는 힘이 없고 석이네를 쳐다보는 눈도 쓸쓸하다.

"무신 일이라도 있었는가 모리겄네?"

묻는 석이네 말씨는 옛날 마을에서처럼 무관하지만 태도는 상전을 대하듯 한다.

"하도 답답하고 할 말도 있고, 해서."

"할 말이라 카믄,"

"야. 숨 좀 돌리고…… 며칠 전에 이부사댁 서방님이 다녀 갔소."

기화 눈에 눈물이 빙그르르 돈다.

"이부사댁 서방님이라 카믄,"

"애기씨랑 함께 간도로 갔던 그 양반 모르요?"

"아아, 알았다. 그래 소식은,"

"소식이사 다 들었소. 나 아지매 보고 실컷 울라꼬 오라 했 소."

기화는 흐르는 눈물을 손등으로 닦아가며 상현이 전해준 얘기를 소상하게 들려준다. 영팔이와 용이 월선의 얘기가 나 오자 석이네도 치맛자락을 끌어당겨 콧물을 닦으면서 운다.

"남들은 남으 땅에 가서도 멩이 붙어 살아 있는데……."

콧물을 닦던 석이네 드디어 꺼이꺼이 소리를 내어 운다. 머 리칼이 희어지기에는 이른 나인데 흰머리뿐인가, 햇빛과 바람 에 바래어 검은 머리조차 누리께하고 기름기가 없다. 그 머리 칼을 떨면서 운다.

"무상한 사램이 그, 그때사 와 돌아왔던고. 죽을라꼬 구신이 씌어서, 으흐 흐흣…… 차라리 곰보 목수나 따라갔더라믄."

"다아 지나간 일이오. 말하믄 뭐하겠소. 아지매나 내나 다 꽁 떨어진 매 신세요. 간 사람들은 다 좋고 남은 사람만 불쌍치. 복 많은 사람은 가나오나, 애기씨는 그곳에서도 여기 못지않게 부자가 됐다카이 좋으믄서도 서글프고…… 길상이는 멩을 걸어놓고 도왔일 기요. 길상이는 애기씰 위해 태어난 사람인께."

"잘됐다 카이 고맙구마."

"이부사댁 서방님이 말씸하시기를 애기씨는 세상없이도 하동으로 돌아오고야 말 기랍니다. 애기씨는 조준구를 잡아묵고 말 기라 안 카요? 그 생각에 똘똘 뭉치서……. 하기사 애기씨 성미가 우떻다고? 능히 그리할 기요."

"제발 그렇기나 됐이믄, 원통한 말을 어느 곳에 가서 으흐흣…… 내 그렇기 되는 날이믄 머리털을 뽑아서 신이라도 으흐흣……."

석이네는 또 꺼이꺼이 소리를 내며 운다.

"김훈장 헹펜이 젤 딱한 모양이고……. 아무튼지 간에 그렇기 알고 접던 소식을 들었는데 우째 이리 가심에 구멍이 펑 뚫린 것맨치로 앉아도 그렇고 서도 그렇고 갈 바를 잡을 수가 없는지 모르겠소?"

들은 애기는 다 털어놨고 눈물도 다 짜냈건만 허하기론 마찬가지, 기화는 멀거니 석이네를 바라보고 석이네는 또 우두커니 방바닥만 내려다본다. 시원할 것 같지만 시원치가 않다. 희망이 잡힐 것 같지만 손바닥에 남은 것은 아무것도 없다. 죽은 남편은 영원히 잠들어 깨어날 리 없고 날아가버린 길상이 품에 돌아올 리 없다. 방에 마주 보고 앉은 사람은 봉순이 아닌 기생 기화와 오동지섣달에도 빨래품을 팔아야 하는 가난한 홀어미. 웃음도 말도 허공에 먼지 되어 날아갔다. 무슨 소용인가.

점심을 먹은 뒤,

"김서방댁이 죽었다 캅디다."

풀쑥 말을 꺼내었다.

"김서방댁이 죽어? 누가 그러더노."

"억쇠라고 이부사댁 하인이 그러더마요."

"그 할매가 죽었고나."

"죽었소."

"……."

"그거는 그렇고 아지매, 나 이곳을 뜰라요."

석이네는 아까 들은 얘기가 있어 잠자코 있다.

"어차피 기생 신세 한 남자한테 매달리 살 까닭도 없고, 살림 걷어치울 마음을 정하니께 관수 말이 생각도 나고."

"관수가 머라 카던고?"

갑자기 신경을 세우며 되묻는다.

"더러 집에 찾아오고 하는데, 관수가 옛날에는 길상이하고 친했거든요."

"그거사 나도 아는 일이고 안 할 말인지도 모르겠지마는 그 사람이 자꾸 우리 석이를 가까이할라 카는데 무신 심산인지 모르겠네?"

석이네 음성에는 심지가 생긴 듯 꼿꼿하다.

"그거사 한조아재 생각을 해서 그렇겠지요."

"그기이 아니다. 옛날하고 사램이 같아야 말이지. 요새는 딴판 아니가. 순 노름방만 돌아댕기믄서……. 내사 마 간이 타서 죽겄다. 어지도 석이가 그 집에 가서 자지 않았던가 배? 꿈자리도 시끄럽고."

"그거사 아지매가 모리는 소리요. 관수는 겉보기하고는 다르요. 머 이 말 아지매 귀에 가라고 한 소리는 아닐 기고……. 한분은 훌쩍 들어서더니 막 속 뒤집는 말을 안 하겠소? 내 다른 사람 같으믄 그냥 듣고만 있지는 않았일 기지만, 봉순아니 부자 영감탕구 얻어서 혼자 호사할 기가? 대뜸 그라고 시비를 안 걸었소?"

"그래서?"

"아 그러세, 길상이 그깟 놈이 어쩌구저쩌구 씰개 빠진 놈이니, 쌍판이 멀쩡해서 똑똑한 놈이 없느니, 평생 종질밖에 못할 거라는 둥."

"……."

"그래 나중에사, 석이 그 아이 물지게만 져서 되겄나, 사람

맨들어주자, 니 그 집 좀 도와주어라, 그러지 않겠소?"

석이네는 반신반의하는 얼굴이다. 이때 별안간 바깥이 왁자지껄하고 뛰어가는 여러 개의 발소리가 들려온다. 그 소리에 봉춘네 국향이 쫓아 나가는 기척이다.

"무신 일이꼬?"

한참 만에 숨을 몰아쉬며 봉춘네가 돌아왔다.

"기화야!"

"와 그라요. 어무―."

"밖에서 큰 야단이 났다. 순사들이 쫙 깔렸구나."

기화의 얼굴이 하얗게 질린다.

"우리 집을요?"

기화는 왜 우리 집이라 했는지 그 자신도 몰랐다. 그는 순간 상현이를 생각했던 것이다. 왜 생각했는지 그것은 알 수 없다.

"우리 집을 와?"

"그라믄 누구 집이오?"

"누구 집인지 그거는 아즉 모르겄다마는 와글거리는 소리를 들은게 머 독립운동하는 사, 사람이라 카던가 의병이라 카던가, 그런 사람이 기생집에서 술을 마시고 있었는데,"

입이 마르는지 침을 삼키고 나서,

"수, 술을 마시고 있었는데 그것을 알고 왜놈 순사들이 둘러쌌다고 안 하나."

"그, 그래서 잽힜소?"

"아니다. 뛰었다 카데. 번개더란다."

"잽히믄 큰일인데."

석이네는 멋도 모르고 와들와들 떨고 있다. 그는 순사나 일본병정들 말만 들어도 떠는 버릇이 있었다.

"말이 이 동네를 다 들출(수색할) 기라 안 카나. 그라믄 우리 집에도 오겠제?"

"오, 오겠지요."

기화는 또다시 상현이 생각을 한다. 이미 떠난 사람이며 그럴 리 없다 하면서도 그의 부친 이동진을 비롯하여 그간 사정이 불안한 상상을 불러일으키는 것이다.

밖은 여전히 소란스러웠다.

8장 출발

물살이 떠는 강을 건너서, 나룻배를 내려섰을 때 아침 해가 솟아올랐다. 조그마한 보따리 하나씩을 들고 관수 석이는 걸음을 떼어놓는다.

"잘 갔다 오게에!"

베수건으로 귀를 싸맨 사공이 소리를 질렀다. 관수는 대답 대신 발밑을 내려다보며 킥 웃어버린다. 사공과는 안면이 두

터운가 본데 가슴팍 쪽으로 노를 끌어당길 때마다 중풍 든 사람처럼 입술을 씰룩거리던 사공의 얼굴을 생각하며 웃었는지 모른다. 한참을 걷다가 돌아본다. 강가의 사람들을 태우고 나룻배는 강심 쪽을 향해 가고 있었다. 마른 잡목숲에 햇살이 퍼지기 시작한다.

집을 떠나올 때 근심과 의혹의 빛을 감추려고 애쓰던 어미의 눈을 석이는 생각한다. 하동의 아비 산소를 둘러보겠노라 거짓말을 했었다. 후회하는 것은 아니다. 돌아오는 길에 산소에 들를 심산이기도 했고.

'아배 원수를 갚겠다는 그따우로 시시한 생각이믄 애시 날 따라나설 염도 내지 마라. 한평생이 잠깐인데 무덤 속에 묻히서 다 썩어부린 세월까지 뒤비시가지고 살아줄라 카는 것은 어리석은 짓이라. 사나아라 카믄 원한도 크기 가지야 하고 인정도 크기 가지야, 그래야만 연장 달고 세상에 나온 보램이 안 있겄나. 이 세상에 억울한 놈 니 하나뿐인 줄 아나? 모래알만큼이나 많은 사람 중에 천대받아감서 억울하게 사는 사램이 훨씬 많은께, 그러니께 죽은 사람보다 산 사람 일이 더 바쁘다 그 말 아니가. 곰곰이 생각해봐라. 니는 평생을 물지게 지고 니 어무니는 죽는 날꺼지 품팔이나 하고, 니 동생들이라고 다를 기이 있을 성싶으나? 좀 펜하게 살잘 것 같으믄 술집 말고 갈 곳이 따로 없인께. 너거들 겉은 사람들이 세상에는 쌩이고 쌩일 만큼 많다. 밥 묵는 사람보다 죽 묵는 사람이 많

고 뺏는 사람보다 뺏기는 사람이 훨씬 더 많고 그래 니가 조
준구 한 놈 직이서 아배 원수를 갚는다고 머가 해곌되겠나?
달라지는 것은 쥐뿔도 없을 기라 그 말이다. 세상이 달라지
야 하는 기라, 세상이. 되지도 않을 꿈이라 생각하겠지. 모두
가 그렇기 생각한다. 천한 백성들은 그렇기 자파하고 살아왔
다. 그러나 꿈이라고만 할 수는 없제. 세상이 한번 바뀔 뻔했
거든. 왜놈만 아니었이믄. 지난 동학당 난리 얘기는 니도 많
이 들었을 기다. 왜놈만 병정을 몰고 안 왔이믄…… 정사를
틀어쥐고 있던 양반놈들, 그놈으 자석들은 세상이 바뀌는 것
보담 남으 나라 종놈 되는 편을 원했으니께. 그러니께 송두리
째 넘어갔지. 땅도 넘어가고 백성도 넘어가고,'

　밤을 새가며 관수가 들려준 얘기다.

　'자리꼽재기 그 늙은 전가가 거금을 내던지고 실속도 없는
참봉벼슬을 산 것은 양반이 되어야만 왜놈하고 붙어묵기 좋
을 기니께, 노심초사해서 돈을 번 처지라 눈까리는 밝아서 한
치 앞은 본 모양이고, 그런가 하믄, 상투를 틀거나 산발을 하
거나 조맨치도 불펜할 기이 없는 편한 놈들은 개멩바람을 타
야만 양반 되는 줄 알고 너도나도 머리를 동구리고(깎고) 댕기
는데, 허허…… 이마빡에 신짝을 붙이야 양반이랄 것 겉으믄
그놈들은 신짝을 붙일 기고 발바닥은 치키들고 손바닥으로
걸어야 양반이랄 것 같으믄 또 그렇기 할 긴게 그놈의 양반
체모라는 것은 어디로 가야 할 긴지 모르겠다. 뒤죽박죽,'

그런 세태 얘기를 하며 웃기도 했었다.

서리가 하얗게 내려앉은 보리밭에 까마귀 서너 마리, 길 가는 사람을 멍청히 바라본다. 빈 지게를 지고 목발을 흔들어대며 산으로 올라가는 초동, 잡목숲에 싸아! 하고 바람이 지나간다.

"석아."

활갯짓을 하며 걷던 관수가 불렀다.

"옥봉 기생집에서 술 묵다가 달아난 사람 잽혔다 카더나? 그런 소문 들었나?"

"못 들었소."

"안 잽혔다 칼 것 겉으믄 그 재주 보통은 좀 넘는다."

"그러세……. 재주도 있었겠지마는 내 생각에는 담력이 큰 사람 같소."

"니 말이 맞다. 재주보담은 담력이겠지."

"……"

"병신 놈으 자석들, 옷 하나도 못 맨들어서 흥, 우리 조선의 상복을 가지간 놈의 쪽발이 자석들이 무신 별수가 있일 기라고."

"정말로 의병이까요?"

"내 듣기로는 청국에서 숨어들어 온 사람이라 카데. 독립운동하는 사람, 머 의병하고 다를 것도 없지."

성큼성큼 걸음들이 빠르다. 산이 지나가고 개천이 지나가고.

'봉순이 그놈으 가시나가 참말로 진주서 뜰라 카나? 이부산가 삼부산가 그 집구석 자손(子孫)이 와가지고 씰데없이, 자는 불을 일으켜 났인께, 제에기럴!'

"석아."

"야."

"우째 심심코나. 얘기 좀 해라."

"……."

"봉순이가 정말로 이곳서 뜬다 카더나?"

"그런 말을 했는갑데요."

"어디로 가는고?"

"나도 잘 모르겄소. 광대패를 따라갈 기라 카던지……."

"멩창으로 이름 한분 날리보겄다 그 말이구마. 흥, 마음만 가지고 그기이 그리 쉽기 되는 일이라야제. 타고난 소리만 가지고 되는 거는 아니라고. 마음을 독하고 모질게 가져야 하는 기고 참을성도 많아야 하는 긴데 봉순이는 그렇기 못할 기다. 계집이 정에 헤프거든. 화류계에 있일수록 정에 헤프믄…… 뻔한 일이지. 기다리는 거는 추풍낙엽밖엔 없는 기라. 그런데 저기이 멋고? 하하앙, 밥 묵기 싫어서 가는 사램이구마."

비탈진 밭둑길로 해서 지게 송장이 산을 향해 가고 있었다.

"지게 송장이라 아침에 가는 모양이다마는 땅이 얼어서 묏자리나 파겄나."

석이는 걸음을 멈추고 쳐다본다. 괭이 든 사내 뒤에 관이 올려진 지게가 가고 상복 입은 아낙 하나가 울며 따라간다. 열 살 안팎의 계집아이 둘, 저고리 앞품에 두 손을 넣고 뛰어가는데 머리에 쓴 천태가 나풀거린다.

"가자."

"야……. 이상쿠마요."

"머가."

"지게 송장에 상복은 머할라꼬 입었이까요?"

"셈을 해보라모."

"야?"

"죽은 사람보다 산 사람 입이 포도청이라. 생이를 빌리오고 상두꾼을 불러오고, 죽은 사람 호사는 되겠지마는 허공에다 뿌리는 돈 아니가. 상복이사 떨어질 때꺼지 입는 기니께. 안 그래? 하하핫핫……."

"……."

"주막까지 갈라 카믄 한나잘이 돼얄 긴데. 아이구우 심심타. 니가 통 말이 없인께. 내 옛날 얘기 하나 하까?"

햇살은 한결 두터워졌다. 여전히 말없이 석이는 걷기만 한다. 무명이지만 반짝반짝 윤이 나고 결이 고운 주란사 회색 바지에 관수가 벗어준 저고리를 입은 석이 모습은 헌칠하다. 머리꼬리만 올렸었더라면.

"젊었일 적의 우리 아부지 얘긴데. 아부지가 이 장에서 저 장으로 장돌뱅이질 하던 그런 시절이었더란다. 상투는 틀었지마는 삼십이 다 돼가는 총각이었고, 여자를 모르기야 몰랐을까마는…… 그랬는데 어느 날 화개장터에서 이쁜 각시 하나를 보았더란다. 본시 우리 아부지 난봉기가 좀 있지. 해서 실금실금 그 각시를 숨어보고 있노라니 향을 사고 초를 사고 과실을 사는데 제사장이라. 옳다구나, 저놈으 각시 과부로구나 하고 아부지는 생각했다는 거지. 그래 부랴부랴 짐을 몽당그려서 주막에다가 맽기놓고 장바구니를 이고 가는 각시 뒤를 따랐는데 여가집*에 가는 줄 알았던 각시는 산으로 올라가더라나? 하하앙, 화전민의 계집이로구나, 내친걸음이고 각시 뒷거리가 보면 볼수록, 여시에 홀린 것 같아서 돌아설 수가 없었던 우리 아부지는 내처 따라가는데 산막도 아니고 자꾸 산속으로 기어들어가더라는 게야. 뜻밖에 각시는 절문 안으로 들어가는데 제에기랄! 설마 불공을 디리러 갔이믄 새북에야 안 나오겄나 싶어서 목기막을 찾아 늘어지게 한잠을 잤더라는 기지. 한잠을 실컷 자고 나서 절 밑 길목을 지키고 있으려니께 가만 있거라, 이놈의 신총이 끊어졌나?"

관수는 허리를 구부리고 짚세기를 들여다본다.

"빌어먹을, 재수 없거시리,"

봇짐 속에서 노끈 하나를 꺼내어 길바닥에 엉덩이를 붙이고 신발을 얽어맨다.

"됐다. 가자."

다시 걷기 시작한다.

"그래 절간 길목을 지키고 있으려니께 아니나 다를까, 각시가 나오더라는 기지. 달은 휘영청 높고 산중이 대낮맨치로 밝은데 실상 첩첩산중에서 달이 그리 밝다는 것도 과히 기분 좋은 거는 아니더라냐? 각시는 겁을 집어묵었던지 산길을 종종걸음으로 내리가고 우리 아부지는 멀찌감치서 따라가는데 우떻게 된 영문인지 각시 허리띠가 풀려서 슬렁슬렁 내리오더니만 땅바닥에 끌리는데, 그럴수록 각시는 허겁지겁 걷더라는 기지. 그놈으 너부죽한 허리띠는 마치 허연 꼬랑지맨크로 흔들리믄서,"

"여시가 둔갑을 했던가 배요."

흥미를 나타내며 석이 말했다.

"내 얘기 들어보라고. 아부지도 처음에는 저눔으 각시 여시 둔갑한 기이 아닐까 생각했다두마. 그래도, 아무래도 우짠지 단념을 해부릴 수가 없어서 나중에는 그놈의 허연 허리띠가 눈앞에 아찔거리니께 맴이 한층 더 끌리가더라는 기지. 죽을 셈 치고 걸음을 빨리하야 뒤서 각시를 담싹 안았더란다. 그러자 각시는 그만 기절을 해부린 기라. 아부지는 기절한 각시를 안고 목기막에서 찬물을 떠다가 얼굴에 끼얹고 해서 게우 각시는 정신을 차렸는데, 첫마디 말이 고맙십니다. 호식이 되었일 나를 구해주었으니 무엇으로 은혜를 갚겠십니까? 하하하핫…… 하하핫…… 참말로 거짓말 걸은 얘기 아니가? 여시가 여자로 둔갑한다는 소리는 들었지마는 허리띠가 호랭이로 둔갑한다는 것은 좀, 처음부터 각시는 호랭이 생각만 했던 기라. 허리띠 끌리는 소리를 호랭이 발자국 소리로 들었고 아부지가 뒤에서 안으니 호랭이 아가리로 들어가는 줄 알았던 게지. 그렇기 해서 아부지는 호랭이를 쫓아 장사가 되었고 꿈겉은 밤을 목기막에서 보낸 기지. 그래 알고 보니 그 각시는 역시나 과부, 그러니께 그 과부가 누군고 하니 우리 어무니라."

"……."

"아부지가 동학에 들어간 것은 아마 과부는 개가하는 기이 옳다는 그 조목이 좋았던 때문이 아닐까? 하하아 하하하핫……."

웃음소리에 힘이 없다.

"어무니 소식은 영 못 들십니까?"

"어디서 듣노? 알아볼 만치 다 알아봤다. 살아서 고생하느니보다 차라리 돌아간 것을 바래는 심정이구마. 허리띠 풀어진 줄도 모르고 호랭이 생각만 했던 얼띤 노친네…… 다부졌으믄 우떻게라도 살아서 나를 찾았일 긴데…… 그런 생각 하믄 머리카락 센다."

이런저런 얘기를 하면서 오십 리 길은 걸었을까? 관수는 석이를 데리고 마을 어귀의 주막으로 들어간다.

"어이구우, 관순지 소금물인지 오래간만에 얼굴 보겄구나."

젊은 주모가 초장부터 헤프게 수작을 걸어온다.

"분인가 가룬가 수절하고 잘 있었는지 모르겠네?"

"열녀비는 따놓은 당상이지."

관수는 짚세기를 벗고 술청으로 올라간다.

"이분 행비(행보)가 늦어서 임자 속이 바짝바짝 탔을 긴데,
우선 목부텀 축이야겠네."

"자다가 남으 다리 긁는고나, 내 속이 타는데 자게 목부텀
축인다아? 호호호……."

간드러지게 웃는다. 석이는 퉁명스럽게 주모를 쳐다보며
관수 옆에 앉는다.

"이 총각은 누군고?"

"임자 시동생이구마."

"아이구우 그렇다믄 이거 첫 상면이 되겠네?"

"그렇지. 잘 알아서 해얄 기구마. 상다리 안 뿌러질 만큼."

"장이 멀어서 유갬이고, 갈 길이 바빠서 유갬이구마는,"

"그놈으 조둥이 잘도 다져났다."

"관수 왔나?"

구석방에서 한 사내가 방문을 열고 내다보며 말했다.

"야, 성님."

관수는 얼른 몸을 일으켰다. 사내는 주모의 서방인 것 같았
다.

"가보소."

골방 쪽을 힐끗 쳐다본 주모는 관수에게 말했다. 그 표정은

지금껏 염치없는 수작과는 딴판으로 엄숙하다. 관수는 일어서 골방 쪽으로 가고,

"총각, 국밥 할라요? 술은 하는지 모르겠네?"

주모 목소리에 석이 당황한다. 천한 계집이라고 마음속으로 멸시를 했었는데 뜻밖에 여자 목소리는 누님같이 부드러웠고 눈이 인자했던 것이다.

"구, 국밥 주소."

석이 국밥을 먹고 있는데 골방에서 나온 관수는 막걸리 한 잔에 김치 한 쪽을 씹어 삼키면서,

"떠나자."

하고 서둘렀다.

"돌아올 직에는 들리겠구마."

주막 밖까지 따라나오던 주모 분이는 여름날 차일을 치기 위해 박아놓은 말뚝에 받쳐서 한순간 비틀거리다가 말을 했다.

"이 길로 올지 산청을 돌아서 올지 그거는 모릴 일이고 소식 없이믄 오늘 이날, 정화수 물 한 그릇 부탁하누마. 그라믄 성님 잘 기시오."

관수 볼 언저리에 소름이 소스랑하게 나돋아 있었다.

"잘 다니오게."

구석방에서 나온 얼굴이 싯누런 사내는 어서 가라는 듯 손짓해 보인다.

"쓸데없는 소리 그만하고, 그라믄 총각도 잘 가시오—."

분이 석이에게 말하며 미소 짓는다. 광대뼈가 솟은 듯 눈빛
이 깊다. 헤프게 수작하던 여자로는 믿을 수가 없다. '야' 하
고 대답한 석이 보따리를 추스르며 관수 뒤를 따른다. 관수의
걸음은 눈에 띄게 급했다. 한참을 급히 걷던 걸음이 늘어지고
관수는 별안간 들판을 향해 소리를 내지른다.

"하느님이 사람 낼 때 녹 없이는 아니 내네. 우리라 무슨 팔
자 그다지 기험할꼬. 부하고 귀한 사람 이런 시절 빈천이요—.
빈하고 천한 사람 오는 시절 부귀로세!"

동학교의 교훈가다. 다시 걸음을 빨리한 관수는 입을 봉하
듯 말하지 않았다.

땅거미 질 무렵이다. 구례에 당도하였다. 우시장 공터를 지
나고 텅텅 비어 있는 장터를 지나서 좁다란 마을 길로 접어든
관수는 곧장 올라간다. 엇비슷한 여염집이 엇비슷하게 자릴 잡
은 동네다. 열려져 있는 어느 대문 앞까지 온 관수, 성큼하니
들어선다. 자그마한 안늙은이가 기름병을 들고 나오다 말고,

"관수 오는감?"

안늙은이는 신병이 잦은 듯 얼굴이 배추시래기 빛이다.

"어르신 기시지요."

"사랑에 기신께 들어가 보랑이."

안늙은이는 관수 뒤에 서 있는 석이를 힐끗힐끗 쳐다본다.
집안은 유복한 것 같다. 사간 위채에 아래채가 삼간, 두 동은

초가였고 남쪽을 향해 돌아앉은 것이 사랑인데 지붕은 기와다. 마당은 시원하게 넓다. 관수는,

"매구 치기 좋겠제?"

마당이 넓어서 그렇다는 얘기다. 대문을 들어설 때처럼 관수는 사랑 마당으로 성큼 들어선다.

"어르신."

이미 말소리를 들은 듯 방문을 열고 내다보는 사람,

"이제 오는군. 올라오게."

안늙은이보다 젊은 반백머리에 쉰네댓 돼 보이는 사람이다.

"혜관스님도 오셨네."

관수는 신발을 벗으며,

"석아, 니도 들어가자."

방으로 들어갔을 때 혜관은 관수보다 석이 쪽을 쳐다본다.

"시님, 그새 편안했십니까?"

눈길을 옮기며 혜관은,

"편안해지면 죽는 날이지. 앉게."

"석아, 인사드리라."

석이는 한순간 날카로운 눈초리로 반백머리와 중머리를 번갈아 보다가 보따리를 내려놓고 절을 한다.

"부친 비슷이 있구먼."

혜관이 뇌었다.

"어떻십니까? 아이가 실팍하지요?"

관수 말에 반백머리 윤도집(尹都執)이,

"우리가 선을 볼라 했더니 정한조 아들이 우리 선을 보러
온 모양이라. 허허헛…… 그만허면 되었구먼."

석이 얼굴을 붉힌다. 사실이 그러했다. 윤도집을 따라 혜관
도 웃는다. 그러나 관수는 웃지 않고 작은 눈을 더욱 작게 오
므리며 뭔지 골똘한 생각에 빠지는 기색이다.

"그는 그렇고 저녁은 안 했겠지."

"예."

"저녁 먹고, 천천히 떠나도 늦잖어."

윤도집은 뿟뿟한 씨아 털을 피운 민들레 같은 느낌을 주는
선비풍의 사람이다. 울퉁불퉁한 중머리에 관골이 튀어나오고
정력적으로 뚱뚱해진 혜관 옆에 있어서 더욱 그렇게 느껴지
는지. 도집이라는 직명이 설명해주듯 운봉 양재곤을 총수(總
帥)로 하여 새로 조직된 동학 별파(別派)의 중요 간부 중 한 사
람이다. 저녁을 먹은 뒤 관수는,

"잠시 다녀올 긴께 너는 여기서 기다리라. 낼, 모레, 늦어도
모레는 돌아올게."

"야?"

석이 어리둥절해한다. 전혀 예기치 못한 일이다. 신돌 아래
서 윤도집과 혜관에게 인사하고 돌아서는 관수를 따라 문밖
까지 나가는데 가다 말고 돌아본 관수,

"아아, 아? 석아. 니 와 그라제? 귀주기 벗은 지가 몇 해라

고 울상이고."

주막을 떠난 후 처음으로 우스갯소리를 하고 웃는다.

"모레는 꼭 올 기지요."

"으음."

입술을 꼭 다문다.

"암 돌아오고말고."

관수는 들어가라는 시늉으로 손을 흔들어대며 어둠 속으로 사라졌다. 석이는 방으로 돌아왔다. 혜관과 윤도집은 석이에게 도무지 신경을 쓰는 것 같지는 않았고 그들의 얘기를 계속하고 있었다.

"오는 봄에는 임제종(臨濟宗)의 이차 총회가 열릴 모양인데,"

"작년에는 송광사서 열리지 않았었소?"

"그랬지요. 금년에는 광주 포교당에서 하지 않을까……. 아무튼 이번에는 한층 더 뚜렷하게 명분을 내걸어야 할 게고 임시 관장(管長)이고 보면 새로 관장을 뽑아야 하는데 어째 시끄럽지나 않을란가."

혜관은 입맛을 다신다.

"임시지만 용운(韓龍雲)이 그냥 눌러앉는 게 아닐까?"

"글쎄올시다."

"나이 젊은 게, 그게 좀 어떨는지 모르겠소."

"실상 용운이 적합하다 할 수는 없지요. 나이도 나이려니와."

"그렇다고 뭐 따로 일할 만한 사람이 있는 것도 아니잖소? 남의 집안 얘기지만."

혜관은 시큰둥한 얼굴이다.

"팔은 안으로 굽더라 안 하던가요? 스님."

"네?"

"용운이 말씀이오."

"그래서요."

"우리 동학에서 본달 것 같으면 좀 괘씸한 사람이지요. 동학 싸움에 참가했던 사람이 머릴 깎았으니까요. 허헛헛…… 그러나 전혀 인연 없는 사람이 앞장서서 일하느니보다, 용운이 편이 낫덜 않겠소? 하긴 이 시국에 천도다 불도다 할 시기도 아니고 스님하고 우리가 함께 일하는 데 지장이 있었던 것은 아니지만."

윤도집의 언중에는 상당히 정치적인 배려가 있는 것 같다.

"뭐 동학이다 불교다 그런 것보담."

윤도집은 혜관의 말을 가로막는다.

"용운이 그 사람을 말하잘 것 같으면 학식이 도저하고 문장은 능히 종장(宗匠)의 영역이요 젊음과 패기 또한 늠름하지 않소이까? 민종식과 함께 의병을 일으킨 그의 부친이나 형을 보더라도 뼈대 있는 집안."

이번에는 혜관이 윤도집의 말을 가로막는다.

"허나 그 사람한텐 약간의 흠은 있지요. 젊음에는 항용 따

385

르기 쉬운 경망과 자만은 있을 수 있는 일이로되, 때가 때니
만큼 시빗거리는 안고 있소."

"혜관께서 무엇을 두고 말씀하시는지 대강 짐작은 가오. 허
나 지난해 왜중들과 회동하기 위해 맺은 조약,"

"왜중과 회동이라구요?"

별안간 혜관은 버럭 소리를 지른다. 얼굴이 벌게진다. 그들
대화에 귀를 기울이던 석이 깜짝 놀란다. 윤도집도 다소 머쓱
해진 얼굴이다.

"왜중과 회동이라니 거짓말도 유분수지. 설혹 그렇다손 치
더라도 치가 떨리는 일이거늘, 실상은 그것도 아니었다 하오!
소승 듣자니 왜중 쪽에서 내건 거는 동등한 제휴가 아닌,
조선의 불교종단을 제놈들한테 예속시키자는 것이었소. 그걸
쓸개 빠진, 어이구우! 그 생각만 하면 소승 가슴에 불이 나서
능지처참을 해도 시원찮을 그놈들 그만, 똥창까지 썩은 중놈
들! 어떡허면 속이 풀리겠소? 그놈! 회광(晦光)이 그놈을 찢어
죽이고 싶소. 동학의 매국노 이용구를 찾아다닌다는 소문이
더니,"

혜관의 분노가 너무 격렬하여 윤도집은 열이 식기를 기다
리는 눈치다. 잠시 동안 말을 끊은 혜관은 고개를 떨구고 있
더니,

"경전에는 까막눈이나 진배없는 금어, 이 혜관이 화필을 놓
은 지 수삼 년 비록 유리걸식하는 땡땡이중이긴 하오만,"

한숨을 푹 내쉰다.

"생각하면 중놈들을 다 때려잡고 싶은 심정이고 쑥밭을 만들고 싶은 심정이오. 아무리 조선 오백 년 배불을 일삼아서 중들이 천민으로 떨어졌기로, 또 도성에는 발을 들여놓지 못하게끔 천대를 받았기로서니, 어찌하여 조선 중의 서울 입성 금지를 두고 왜중이 와서 조정에다 청원을 했으며 또 그것이 해금(解禁)됐다 하여 이 땅 중놈들이 왜중한테 감지덕지 상전 보듯 해야 하느냐! 그까짓 도성출입 아니하면 어떻단 말씀이오? 부처님이 서울에 좌정해 계시단 말씀이오? 이 땅에서 서자 처우도 서러운데 그래, 왜중들 의붓자식 노릇까지 해가며 구구하게 무엇을 어찌하겠다는 게지요? 조정이 썩고 임금이 불출인 것을 말해봐야 하품인 것을, 소승은 중놈이 더 나쁘다는 게요."

혜관의 얼굴은 다시 시뻘게졌다. 굵다란 주먹을 휘두르고 하마 방바닥이라도 내리칠 기세다.

"일체 중생이 불자일진대, 왜국에 내 나라를 들어먹은 도적이라 하여 위정자 아닌 그 나라 선한 백성까지 미워할 까닭이 없고오 더더구나 불법을 닦는 중들을 논박할 까닭이 없겠지요. 연이나 그자들 법의 속에 숨겨 들여오는 게 경전이란 말씀이오? 아니외다. 침략의 칼이요, 약탈의 창이다 그 말씀이오. 그러하거늘 어째 이 나라 중놈들은, 방백 수령 행차 시에 술 시중 들고 기생년까지 사찰에다 대령시켜야 하는 삼보(三

甫)도 아니겠고 내로라하는 늙다리 중들까지 백주에 춤을 추니 그 추태를 무엇으로 형용하리까? 회광이 그 찢어 죽일 놈이 매국노 이용구에게 빌붙어서 일본까지 건너가더니 허허어, 나라 망하는 거는 강 건너 불구경이요, 조동종(曹洞宗)의 관장인가 하는 왜중놈을 만나서 손을 잡고 일하잔다고? 그것만으로도 해괴망측한 일이거니 그나마 완곡한 거절을 당하고 예속이라면 들어주겠다? 무지막지한 섬놈들에게 불법을 전하여 주고 제반 불사를 가르쳐준 사람이 누군데 말씀이오? 천인공노 종천지통(終天之痛)할 수모를 당하고도 그놈 회광의 낯짝은 쇠가죽이든가 칠조약인가를 들고 돌아왔는데, 하아 용궁에서 가져온 여의주로 알았던가. 똥 보고 모여든 파리 떼 같은 중놈들 그 거동 보시지 아니하였소?"

"보았지요."

윤도집이 싱그레 웃는다. 비로소 혜관은 냉정을 찾은 듯 그러나 무안수세하는 아이처럼 입술을 비죽거린다.

"하기야 동학도 마찬가지지만요. 산야에는 동학도를 비롯하여 백성들의 그 숱한 피가 아직 마르지도 않았거늘 왜적의 일등공신이 된 이용구 놈은 말할 것도 없겠고 명색이 교주로 인을 받은 손병희조차 노일전쟁 때는 왜군한테 군자금을 헌금한 그따위 너절한 과오를 범했으니,"

혜관은 말해놓고 윤도집을 힐끗 쳐다본다.

"그거야 뭐 어물전 망신을 꼴뚜기가 시킨 격이고 왜국에 대한 항쟁은 시작도 동학군이요 아직 의병의 총본산은 동학이니까, 허허허……."

"임진왜란 때는 중들도 잠자코 있진 않았소이다."

"그때야 어디 동학이 있었던가요? 허허허…… 아무튼 혜관 스님 말씀 많이 느끼었소. 다음 회합 때는 선동 좀 해주시야겠소."

"중이 사바세계를 누비다 보니 세 치 혓바닥이 절로 놀게 되더구면요. 느는 거는 주둥이뿐이외다. 하기는 저기 저 구석지에 새끼 의병 놈 한 마리 있으니."

혜관은 너부죽한 입술을 벌리고 웃으며 석일 바라본다. 석이 씩 웃는다. 여간하여 웃지 않는 석이가.

"거 말귀는 밝은 편이구면. 이놈아."

"예."

"앞으로도 내 말이나 여기 이 어른 말씀을 공부라 생각허고 귀담아서 잘 들어두어야 한다. 바쁜 세상에 언제 책자 펴놓고 널 가르치겠느냐."

"예."

"스님께서도 아까 말씀이 있었지만,"

객담을 거두고 이야기를 꺼내는 윤도집의 표정에 순간 칼날 같은 것이 지나간다. 살기하고는 다르다. 날카로운 판단이라 할까 결단이라 할까. 민들레 꽃씨같이 뽀뿟한 선비풍과 딴판으로 위압적이며 교활하기조차 하다. 다혈질인 혜관의 험

구도 어쩐지 퇴조(退潮)할 느낌이다.

"오늘날 불교계는 내가 보기에도 인재가 부족한 듯하오. 해서 말씀인데, 좀 길게 앞을 내다보자는 게 내 의견이오. 우리가 당면하고 있는 일은 교세를 확장하자는 게 아니라 왜놈들과 싸울 수 있는 길을 트자는 게 목적인 만큼 그것을 위해선 쓸 수 있는 연장이라면 모조리 모아 갈고 닦고 대비해가면서,"

"왜 소승이 그걸 모르겠소. 그걸 알기 때문에 아까 용운에 대한 흠 운운한 게요. 흠이 있다는 것은 다름 아니오. 용운의 행적이 나쁘고 좋고 간에 그것이 소승 취향 안의 일이라면야 염려될 게 뭐 있겠소. 다만 두드러져서 일을 하는 데 있어 오해를 살 만한 이유와 원인을 용운 자신이 가지고 있다 그것이오. 몇 해 전 일본으로 건너갔었던 용운이 무슨 심산으로 왜중의 가취법(嫁聚法)을 들고 나왔느냐, 가취법을 취하느냐 물리치느냐 그것은 모두 어디까지나 중들 간에 논의될 문제겠고 연후에 조치될 문제겠는데 지금 소승으로선 그것을 공박할 생각이 없을 뿐만 아니라 그러할 겨를도 없소이다. 허나 조선 불교계에서는 하나의 이변이오. 이변이다뿐이겠소? 그런 만큼 일본 불교계와 제휴할 것을 절실히 바라는 친일 중놈들조차 그 왜중에게만 있는 대처(帶妻) 기풍을 선뜻 받아들이려 하진 않을 게요. 파계승조차도, 불교도 시류를 좇아 개화를 해야 한다고 단순하게 생각하는 철없는 젊은 중들 역시 그것을 옳다

할 용기는 못 가졌을 게요. 그렇게 본다면은 용운은 용기 있는 사람이라 할 수 있소. 하나 그것은 앞뒤를 살피며 나갈 길을 강구하지 않는 저돌적인 만용이오. 그러니 일단은 교계에 크나큰 반대세력을 만들었다는 허점을 생각하셔야. 친일 중이든 반일 중이든 교계 자체 일로써 말씀이오. 그리고 또 교계 자체의 일이라고는 하나, 친일은 아닐지 모르겠으나 왜중의 대처풍을 받아들이자는 것은 교계 밖에서도 결코 유쾌한 일은 못 될 거 아니겠소? 다음 용운의 명분이야 조선 불교를 유신하자는 것이겠는데 나라가 망하고 머리 푼 것 같은 이런 시국에 비록 탈속하였으나 그도 이 나라 백성임에 틀림이 없는 만큼 중이 장가가고 아니 가는 일이 대수요? 숨 끊어진 아비 시체 앞에서 장가 안 보내준다고 투정하는 패륜아하고 뭐가 다르겠소? 그것은 아무리 좋게 생각해도 경망한 짓이었소. 중들은 고사하고 세인들한테 빈축을 사기에 충분한 일이지요. 그리고 다음, 승려 가취의 건백서(建白書)를 낸 일이오. 이완용 송병준과 한통속이요 왜놈들이 뒷배를 보아주며 총애해 마지않는 김윤식 중추원 의장인가 하는 그자에게 하필이면 건백서란 말씀이오? 그야 친일분자니까 왜풍 따르겠다는 건백서에는 관심을 가질는지 모를 일이요만 용운이 그래서는 안 될 일이었소. 그러나 그보다 딱하게 된 일은 두 번째 건백서가 어디로 갔느냐, 윤도집도 아시다시피 통감(統監) 사내(寺內)한테 가지 않았소? 합방조약이 체결되는 와중에서 말입니다. 왜적이

이 나라를 약탈하여 통치하는 것을 합법으로 인정한 행위였었
다고 말한다면 용운은 뭐라 대답하지요?"

"그야 그렇소. 거 두 번 낸 건백서는 건백서의 내용보다, 그
렇지요, 김윤식도 뭣한데 이 나라를 통치하러 온 통감 사내한
테 냈다는 것은 입이 열 있어도 변명 못하게 생겼지요."

"소승이 앞서 오해 살 만한 요인이 있다 한 것은 바로 그 점
이오. 오해가 오해로 그쳤더라면…… 그게 그렇게는 되지 않
거든. 용운이 연해주에 갔을 때만 해도 일제 밀정으로 몰려
그곳 조선사람이 두만강 물속에다 처넣은 일하며 만주 신흥
무관학교에 갔다가 역시나 밀정으로 몰려 학생들이 권총을
쏘아서 지금 저렇게 체머리를 흔들게 된 일 하며 물론 용운이
밀정도 친일파도 아닌 걸 우린 알지마는,"

"그거야 어디 용운을 알아보고 그랬겠소? 중이니까 덮어놓
고 그랬겠지요. 허허허…… 중은 모두 친일분자로 본 거 아니
겠소? 허허허……."

"허어 이거 야단났소이다. 소승 해동하면은 간도를 한번 다
녀올 생각인데 용운 꼴을 당하면 어쩌지요?"

혜관의 노여움은 자신의 말대로 자기 취향 안의 것이요 용
운에 대한 윤도집 의견을 반대하기 위한 것은 아니었던 모양
이다. 그는 그 자신의 의견을 개진(開陳)한 것으로 일단 끝내고
윤도집 판단에 맡기는 눈치다.

"가사에다 명패를 달고 가십시오. 성 반(潘) 날 일(日) 이길

승(勝) 반일승(反日僧) 허허헛, 아니면 깎은 머리에 모자나 올려 쓰고 법의 대신 양복을 입으시든가."

"그러면은 또 왜 헌병 놈 총이 무섭구요. 양복보담은 중옷이 그놈들 눈 속여먹기가 쉬운데 말씀이오. 참아라 하는 명패면 어떻겠소오? 이거 전후좌우 총구가 있대서야 입망(立亡) 화정(火定) 도화(倒化) 보행(步行) 등 그 어느 것으로도 아직은 왕생(往生)할 자신이 없으니 소승 좀 더 살아야 하는데 말씀이오."

"아암요. 좀 더가 뭡니까? 오래 살아주셔야, 입적(入寂)이야 앉아서 하든 서서 하든 물구나무로 하든 그것 다 공연한 호사(豪奢)구요. 스님이 여차하는 날이면 우리부텀 팔다리 짤리는 거요. 그는 그렇고 일단 용운에 대한 우리들의 생각은 저에게 맡겨주시고 사실은 명분보다 실리니까. 큰 힘을 상대하자면 안팎 위아래 전후좌우 가릴 것 없이 유효적절하게 얽어두어야 하니까요. 명분을 따지잘 것 같으면 아무 일도 할 수 없고 뭐니 뭐니 해도 회광이 들고 온 칠조약을 깨뜨린 것은 용운의 공로니 건백서 건은 상쇄되는 거요. 뭐 아직이야 우리하곤 줄도 닿지 않았고…… 우리 일을 위한 포석의 하나인데 쓰이든 아니 쓰이든 혜관스님은 용운과 자주 접촉을 가지도록 하시오."

"소승도 그럴 생각은 하고 있소이다. 산중 깊이 들어박힌 중들이야 움직이려 하지도 않을 거구요."

"아무튼 여러 가지 불미한 일들도 배불정책에 억눌려온 울분의 소이(所以), 성급했던 면도 있었을 게요. 늙은 호랑이가 잠든 사이 여우 토끼들이 까불었던 게요. 칠조약인가 그것을 깨고 회광의 종매(宗賣)를 매도한 지리산 중들의 패기도 높이 사야지요. 내용을 모르고 회광에게 부화뇌동했던 중들도 많이 깨우쳤을 테니까. 허허 참 이러고 보니 주객이 전도되었소. 중이 중의 욕을 하는데 동학인 내가 중을 감싸주니 말이오. 하하핫……."

"하여간에 천지만물에는 목숨이 있어서…… 서학이니 동학이니 그게 다 젊은데 불교는 너무 늙었는가 보우."

"그러니 혜관도 환속해서 우리 동학으로 오시오. 허허헛……."

"생각해봅시다. 어차피 땡땡이중 부처님도 달가워하시질 않을 테니…… 실로 난감하오. 양새 낀 나무처럼 꿈자리마저 사나납소이다. 천중들이 나타나서 이놈 혜관아! 중생들이 와글바글 이놈 혜관아! 우관스님 형제분도 번갈아서, 우관스님이 나타나서 이놈 혜관아! 김장수는 김장수대로 이놈 혜관아! 하하핫…… 죽을 지경이오. 몸뚱이가 두 개나 있었으면 쓰겠소. 사바를 싸돌아다니는 혜관하고 산중에 있는 혜관하고 말이오. 하하핫……."

"그러니 동학이 옳다는 게요. 산중도 사바도 한 심중에 있으니 말씀이오. 허허헛……."

밤 늦게까지 얘기를 하다가 윤도집은 안으로 들어가고 혜관과 석이 자리에 들었다. 혜관은 이내 코를 골았고 석이는 잠이 오지 않았다. 그들의 얘기 하나하나를 되새겨보느라고.

이튿날 조반 먹기 전에 일찍 일어난 석이는 윤도집네 넓은 마당을 쓸어주고 물을 길어다 주고 또 나무도 패주었다.

"딸이 있었으믄 사윗감인디."

쌀쌀해 보이던 윤도집의 마누라는 입이 함박만큼 벌어져서 좋아라 한다.

"나는 아들만 삼형진디 총각 성씨는 머라 허는고?"

"성은 정가고 이름은 석입니더."

"석이…… 우리 집에 젊은 사람들이 많이 댕기지마는 마당 씰어주고 물 질어주는 사람은 못 봤이야. 나무 될 거 떡잎 적 부텀 안다 안 혀? 큰사람 될 것이여."

아들이 삼형제라 했으나 집 안에는 윤도집 마누라 말고 사람의 그림자라곤 볼 수 없었다.

석이 차려온 조반상 앞에 앉았을 때 별안간 윤도집이 소릴 내어 웃는다.

"망둥산*이구먼."

석이 밥그릇을 보고 하는 말이었다.

"우리 마누라 본시부터 손이 작은데 너를 썩 잘 본 모양이라, 허헛……."

혜관도 석이 밥그릇을 보고 크게 웃어젖힌다. 윤도집 마누라가 인색하기로 소문나 있는 눈치다. 그것을 짐작하면서도 석이는 수치감을 느낀다. 조반이 끝나고 한나절이 훨씬 지난 뒤,

"석아."

혜관이 점잖게 부른다.

"예."

"나하고 나가자."

석이는 혜관을 따라 구례 장터로 나섰다. 어제는 텅텅 비어
있던 장터가 오늘은 와글대고 있다. 장날인 것이다. 법의를
펄러덕거리며 이 전 저 전을 기웃기웃 기웃거리는 혜관의 모
습은 갈 데 없는 파락호(破落戶), 파계승이 분명타. 엄지손가락
으로 콧등을 문지르는 꼴하며 계집 궁무니를 바라보는 눈빛
하며. 중하고 갓전하고 무슨 상관인가. 양태갓을 들여다보고
있던 혜관이 묻는다.

"석이 너 손재주는 있는 편이냐?"

"없십니더."

"으음…… 그러면 문리가 나면 장사는 할 성싶은가?"

"그것도…… 모리겄십니다. 해보지 않았으니께요."

"그도 그렇겠군."

갓전 앞에서 물러난 혜관은 아까처럼 기웃거리기를 그만두
고 성큼성큼 장터를 빠져나간다. 석이도 빠른 편이지만 뛰다
시피 혜관의 뒤를 쫓는다. 장터에서도 한참을 지나서 혜관은
대장간 앞으로 간다.

"박서방 계신가?"

"예, 스님."

"음."

대장간 안으로 들어간다.

"추운 날엔 일할 만하겠군."

풀무질하던 소년이 석이를 힐끗 쳐다본다.

"그 대신 흥정이 뜸한께요."

대장간 임자 박서방도 불간 속에 쇠붙이를 넣으며 석이를
힐끗 쳐다본다.

"박서방."

"예."

"이 아이 쓸 만한가?"

혜관은 석이를 가리켜 보인다.

"실팍하게 뵈는디요."

"석아."

"예."

"힘은 좋은가?"

"예, 심은 있습니더."

"너 이곳에서 일 좀 배워볼 생각 없나?"

"예?"

"물지게 지는 것보담은 나을 게야. 나중에 형편 따라 안 써
먹는 일이 있더라도. 사람이란, 더욱이 상놈이란 재주 한 가지
씩은 익혀놔야 돼. 이곳에선 널 부려먹는 게 아니라 가르쳐줄
터이니."

"시키는 대로 하겠십니더."

"오냐. 잘 생각했다. 말도 없는 놈이 생각 하나는 빠르구먼. 하하핫……."

박서방은 혜관 말에 대해선 가타부타 말이 없다.

"이놈아 한눈팔들 말고 풀무질이나 심들기 혀."

소년을 나무랐을 뿐이다. 대장장이지만 우락부락한 구석 없이 차분하고 덤덤해 보이는 박서방이다. 혜관도 박서방의 의향 따위는 물어볼 생각을 않는다.

"가자."

석이를 데리고 대장간을 훌쩍 나와버린다. 뛰다시피 혜관 뒤를 쫓아가며 석이 부른다.

"시님!"

"먼저 입 열렸군."

"저어 말씀 하나 묻겠심더."

"물어봐라."

"시님은 쌍계사에 기싰다 한께 저이 아부지를 아시겄다 짐작이 갑니다마는, 윤도집…… 그 어른께서는 아부지를 우찌 아시는지 말씀 좀 해주시이소."

"내가 얘기를 했지."

"예……."

잔뜩 벌러 물어본 말이어서 석이는 힘이 쑥 빠져버린다.

장터에서 돌아온 혜관은 서둘러 채비를 차리고 떠났다. 윤 도집도 사랑을 비운 채 출타 중이었고 집 안은 쥐 죽은 듯 괴괴했다. 석이는 낡은 갓이 걸려 있는 벽을 쳐다보며 혼자 생각에 잠긴다.

'시키는 대로 하겠다 했으니 해야겠지마는 어매는 아아들 데리고 우찌 살 긴고……. 내가 나와부리믄 어매는 품을 더 들어야 할 긴데.'

속이 쓰라리다. 그러나 혜관과 윤도집이 자기를 인정은 해주었다는 느낌은 석이에게 상당히 강렬한 것이었다. 어제저녁 상면을 했을 때,

"우리가 선을 볼라 했더니 정한조 아들이 우리 선을 보러온 모양이라. 허허헛…… 그만하면 되었구먼."

그 순간 석이는 이 사람들 시키는 대로 하리라 작정했던 것이다. 석이는 민감하게 느꼈다. 두 사람이 다 평범치 않으며 그 말도 평범하게 지나쳐버릴 말이 아니라는 것을, 사람의 값어치를 안다고 생각한 것이다. 사람의 값어치를 안다면 옳은 곳으로 인도할 것이요 알아주는 사람을 위해선 복종하는 것이 또 당연한 일로 석이는 판단한 것이다. 하물며 그들은 큰일을 경영하고 있었으며 그 큰일을 향한 길을 가는 것은 동시에 아비 원혼을 위로해주는 것, 석이는 뚜렷하게 자각한다. 뻐근하게 양어깨가 내리눌리는 짐의 무게를 느낀다. 그 짐을 지고 아무리 험난한 길이라도 앞으로 가리라 결의한다. 어미의 가랑잎같이 야윈 얼굴이 눈앞에 어른거린다. 손등에 피딱지가 앉았던 누이동생들의 얼굴이 어른거린다. 등잔불 밑에

서 물레를 돌리던 젊은 날의 어미 얼굴이 스치고 간다. 낚싯대를 메고 나가면서 석아 니도 따라갈라나? 하던 아비 모습이 스치고 간다.

관수는 약속한 대로 돌아왔다.

"낮이 설어서 대기 거북했제?"

관수는 늙은이처럼 지쳐 있었다.

"아니오."

"음. 아무튼 나 잠부텀 한심 자야겄다."

방바닥에 나자빠진 관수는 늪에 빠져들어가듯 잠 속으로 빠져들어간다. 얼마 후 관수는 이를 갈기 시작했다. 가위눌린 듯 헛소리를 지르기도 한다. 석이는 문종이를 비춰 들어오던 햇빛이 차츰 문살 위쪽으로 쫓겨 올라가는 것을 쳐다보고 앉아 있다. 일종의 형용할 수 없는 허탈이 온다. 산봉우리 위에 올라선 것처럼 석이의 결단은 어려웠던 것이다. 석이는 자기 자신이 자기 자신 아닌 것 같은 생각이 든다. 물지게를 지고 진주 성내를 돌아다니던 모습도 자기 아니었던 것 같은 생각이 든다. 대장간에서 풀무질을 할 자기 모습도 생판 딴 사람일 것 같은 생각이 든다. 신발을 벗어들고 아부지! 아부지이! 외치던 그 악몽, 총검이 바로 코앞에서 번득이고 하늘이 샛노랗던 악몽, 그 악몽 속에서만 자기 자신이 생생하게 살아서 핏줄이 뿔룩거리는 것을 석이는 절감한다.

'왜놈을 치자! 왜놈을 직이자! 우리의 원수 왜놈을 몰아내

자! 혜관스님하고 윤도집 어른을 받들자! 내 **뼈**가 부서지고 피가 마르고 할 때꺼지.'

"어이구 많이 잤다."

하늘이 온통 시뻘겋게 타들어가는데 갈까마귀 떼가 울면서 날아가는데 관수는 벌떡 몸을 일으켰다. 하품을 하고 나서 석이를 똑바로 쳐다본다. 그 눈에 생기가 영롱하다. 가위눌린 것처럼 헛소리를 지르고 늙은이처럼 지쳐 보이던 얼굴은 비맞은 푸성귀처럼 풋풋해졌다.

"시님은 떠났일 기고 도집 어른은 아즉 안 오싰는가 배."

"안 오셨는갑십니다."

"그러믄은 오늘 밤 여기서 자고 내일 아침 하동으로 해서 진주로 가자."

"야."

"석아."

"야?"

"우떻더노? 밤숭이 겉은 시님하고 대쪽 같은 도집 어른은?"

"시님은 막 성을 내시는데 인정이 많은 것 같고 도집 어른은 유하게 하시는데 무섭십디다."

"머?"

다소 놀라는 표정이다.

"첫눈에 그만큼 볼 줄 알믄…… 제법이다."

싱긋이 웃는다.

"형님이 밤숭이니 대쪽이니 해놓고서."

"요것 봐라? 니도 사람 놀릴 줄 아나? 하하핫…… 하하
핫……."

관수는 배 속에 갇힌 찌꺼기를 모조리 토해내듯 기분 좋게
웃어젖힌다.

윤도집은 밤에도 돌아오지 않았다. 삼형제나 된다는 아들
들, 며느리도 있을 법한데 여전히 딴 사람 기척은 없고 안에
서는 신병이 잦은 듯한 윤도집의 마누라 혼자 꼼지락거리고
있는 눈치였다. 주인도 없이 나그네끼리 편하게 잠을 자고,
이튿날 이른 아침 윤도집 마누라의 딸 있으면 사위 삼고 싶다
는 치사를 들으며 이들은 길을 떠났다.

"석이 니, 말도 없이면서 실없이 인덕이 있구나."

석이 이모저모를 새삼스럽게 관수는 살펴본다. 잘생긴 얼
굴도 못생긴 얼굴도 아니다. 다만 어글어글한 눈은 결코 그를
업신여길 수 없는 위엄을 나타내는 것 같고 또 한편 그의 눈
은 변화무쌍한 심중을 말 대신 상대편에 전달하는 힘을 가지
고 있는 듯싶었다.

'이눔 아아가 물건이 되기는 되겠다. 도집 어른 하신 말씀도
그렇고 그 어른이 여간해서 그렇기는 함부로 말씀을 안 하시
는데, 선을 뵈러 온 기이 아니고 선을 보러 왔다 안 하시던가
배?'

두 사람은 나루터에서 배를 탔다. 썰물 때라 하류로 향해

내려가는 뱃발이 빠르다. 상처의 자리, 아비 이장(移葬) 때는 하동읍에 들렀을 뿐 그 엄청난 환난을 겪은 평사리를 떠난 뒤 뱃전에서나마 바라보기는 처음이다. 관수는 그렇지도 않은 모양이었으나, 석이는 나룻배가 평사리 나루터에 닿았을 때 그 마을에 등을 돌리고 말았다. 어금니를 깨물고 돌아서서 강물을 내려다본다. 평사리에서는 초로(初老)의 아낙 한 사람과 여남은 살 먹은 머슴아이 두 명이 배에 올랐다. 아낙은 크다만 보퉁이를 안고 있었다. 배가 다시 하류를 향해 내려가는데 팔짱을 끼고 보퉁이 옆에 오소소 떨며 앉아 있던 아낙이 별안간 한 팔을 뻗치며,

"저기, 저어 우, 웃동네."

하다 말고 무엇에 놀랐는지 다음 말을 꿀꺽 삼켜버린다. 배 안을 두리번두리번 살핀다. 보퉁이 옆에서 일어선 아낙은 비틀거리며 관수 옆에까지 다가간다. 살며시 옷자락을 당기면서,

"저기, 저어 관수, 니가 관수제?"

속삭인다. 야무네다.

"야. 아지매 오래간만임다."

뜻밖에 활달한 관수 태도에 야무네 편이 오히려 안절부절이다.

"석아."

"야."

완강히 강물만 내려다보며 돌아서질 않는다.

"석아. 야무 어무다."

"아니, 석이라 카믄,"

석이 돌아섰고 야무네는 석이를 보는데 미처 뭐라 할 말을 잊은 듯 두 눈이 시뻘게지면서 눈물이 글썽글썽 돈다. 석이 눈도 벌게진다.

"니가, 니가 우찌,"

치마꼬리를 걷어 눈물을 찍어낸다.

"아지매는 어디 갑니까?"

관수는 여전히 태연스럽게 묻는다.

"작은아아가 읍내서 나, 남우집살이를 하는데, 거, 거기 옷 갖다주러 간다."

"살기가 우떻십니까."

"우떻다 할 수도 없고 야무가 농살 지으니께 입에 풀칠은 하지마는……. 그래 석아, 너거매(네 어머니)는 잘 있나?"

"고생이지요 머."

"하기사…… 참말, 이자는 다 컸고나. 관수가 안 그랬이믄 몰라볼 뿐 안 했나."

아슴푸레한 기억이지만 오줌을 쌌다 하여 영만이었던지, 키를 쓰고 소금 얻으러 간 아이에게 웬 소금 주었느냐 하면서 주걱으로 뺨을 때리던 야무어매 모습이 석이 눈앞에 떠오른다.

"그런데 어디 갔다 오는 길고."

"갔다 오는 길이 아니라요. 지금 하동 가는 길입니다. 야아가 설에 바빠서 아배 산소에 못 가봤다 캄시로,"

관수가 대신 대꾸한다.

"그렇제, 석이아배 산소가 읍내에 있지. 바람결에 들으니께
이장해 갔다 카던가?"

"이장은 했지마는 본시 있던 자리 근처로 옮깄이니께요."

"그래 잘했어. 자석이 있으니께, 그라믄 관수 니는 석이 식
구랑 함께 있다 그 말가?"

"앙입니다. 지가 무신 정한 거치가 있겄십니까. 지나가는
길에 들맀십니다."

"장개는 갔나?"

"거처도 없는 놈이 무신,"

"어짓밤에 태인서 온 도부꾼이 있었제라우. 경찰서라 허던
가 주재소라 허던가? 쑥밭이 됐다는 이약을 허잖겄어?"

화개서 오른 장사꾼풍의 사내가 동행인 듯한 사내에게 소
곤거리는 말이다.

"무신 말이여라우? 쑥밭이 됐이야?"

"불을 질러서 옴싹 태워부렀는디, 순사 놈들을 산으로 끌고
가서 옷을 벳기고 직있다잖여?"

관수 입가에 경련 비슷한 미미한 웃음이 번진다.

"우짜든지 아금바리(다부지게) 해가지고 옛말하고 살아라."

야무네가 석이보고 이르는 말.

"헌디 그 사람들 순사 옷을 입고 있었다니 요상한 일 아녀?

그게 참말인지 아닌지 모를 일이나."

"참말일 것 겉으면 뻔혀. 그런 일이야 의병 아니고 뉘가 할 것이여?"

"동학이 그랬다는 소문도 있는디, 본시부텀 태인 그쪽 곳에는 동학이 기승했으니께."

"보시이소."

관수가 슬며시 밀고 들어가는 투로 말을 건다.

"왜 그러지라우?"

사내는 경계심을 나타내며 방정스럽게 어미(語尾)를 오그려 붙인다.

"지금 하는 말쌈을 듣자니께 태인서 무신 일이 일어났다 캤는데 그기이 정말이오?"

"글씨, 이 눈으로 똑똑히 못 봤인께로 장담은 못할 것이오."

꽁무니를 빼는 어투다.

"음…… 그거는 그렇겠소만 동학당이 했다는 그런 소문도 있더라 그 말쌈이오?"

관수의 표정이 험악해진다. 일부러 그러는 것 같기도 하다.

"글씨, 그, 그런 모앵인디, 아니 나도 들은 이야긴께요…… 세상엔 헛소문도 허다하지 않는개 비여?"

"흥,"

"글씨, 태인이 본시 그런 곳이니께로 그런 이약도 나올 법하지라우. 우리네야 머 도통 그런 물정은 모르는디,"

"별의별 놈의 개떡 겉은 말이 다 나도는구마. 동학당 그 직일 놈들이 왜놈하고 붙어묵은 지가 언제 일이라고? 동학 놈들이 정말 그런 일을 했다믄 내 손가락에 장을 지지겠소."

관수는 퉤! 하고 강물에 침을 뱉는다.

"하기는 동학당이 왜놈한테 넘어갔다는 소릴 듣기는 들었는디……."

상대편의 험한 얼굴도 그렇고 하여 사내는 여전히 꽁무니를 빼려 든다.

"어째 좀 수상쿠마."

낮은 소리로 중얼거리는데, 사내는 펄쩍 뛴다.

"수상타니 무신 말씸이여라우?"

관수는 껄껄 소리 내어 웃는다. 웃다가,

"형씨, 안 그렇소? 생각해보시오. 태인서 머 그렇고 그런 일을 동학당이 정히 했다 할 것 겉으믄 일본 쪽에서는 폭도요 역적이니 잡아다가 모가지를 댕강 짜를 일이나, 허 참, 그렇지 않느냐 그 말이오. 조선국에서 볼 것 같으믄,"

사내 눈이 뱅글뱅글 돈다. 약삭빠르기로는 그쪽인들 못할까? 말하자면 내 나라 내 땅에서 남의 나라 남의 사람 눈칫밥을 먹게 된 백성이고 보면, 자아 그렇다면 이 친구는 어느 편 사람이다냐?

"생각해보시오 형씨, 일본의 대역죄인은 이 조선 나라 충신이다! 이치가 안 그렇소?"

"글씨 그러니께로 그기이 우떻다는 말씸이란가?"

"그러니께 왜놈 종이 된 지가 오래인 동학당 놈들 추키세워 주는 소문이다 그거 아니오? 내가 수상타 한 것은 동학을 와 추키올리주는가, 형씨가 말씸이오?"

"아 아니 이 무신,"

"형씨는 혹 동학당이라는 것하고 한통속이 아니오? 하하 핫…… 우리한테 듣기 좋은 얘기는 왜놈들한테는 과히 그렇 지도 않을 기고 모가지가 댕강 날아갈, 하하핫……."

이리 갔다 저리 갔다, 꼬아도 한두 번이 아닌 관수 말에 사 내는 휘휘 말려든다. 혼돈에 빠진다. 갈피를 잡을 수 없으면 서 겁이 난다.

"가, 가당치도 않은 이약, 누, 누굴 잡을려고, 동학하고 한 통속이긴커녕 서학도 모리고 아아 서학이긴커녕 남학 북학도 모른단께!"

팔을 휘젓는다.

"하하핫…… 으하하핫! 남학과 북학이라? 에이 여보쇼. 그 런 기이 세상에 어디 있다 말이오. 내 하도 형씨께서 겁을 먹 고 버얼버얼 떨기에 객담 좀 했수다. 하하하핫……."

석이는 잠자코 관수 웃음소리를 듣고 있었으나 야무네는 불안해하는 눈빛으로 관수를 숨어 본다.

"시답지도 않은 소문 몇 마디 말혔다가 이런 봉변이 어디 있단가? 간밤에 꿈자리도 안 나빴는디,"

투덜투덜했으나 사내는 관수를 두려워하여 힐끔힐끔 숨어본다.

"뭐 심심은데 옷깃만 스치도 전생의 연분이란 말 못 들었소? 한배 타고 감시러 코빼기만 치다보고 가는 것보담이사 낫지 멀 그러요."

읍내 나루터에서 내린 선객들은 뿔뿔이 흩어졌다.

"아지매 그라믄 잘 가소."

석이 관수가 인사를 하자 야무네,

"그, 그래 이렇기 만내가지고 언지 또 보겄노?"

코맹맹이 소리다.

"머 안 죽고 살믄 다시 만낼 날 안 있겠소."

갈 길이 바쁜 두 사람은 급히 발을 떼놓는다.

한참을 가는데,

"석아! 석아이—."

야무네 외치는 소리가 빈 거리, 아침이 이른 거리에 메아리쳐 들려온다. 돌아본다. 야무네가 보퉁이를 들고 몸을 앞으로 기울이며 허둥지둥 뛰어온다.

"아이고 숨차라. 아이고,"

야무네는 숨을 할딱이며, 조그마한 것을 석이 손에 쥐여준다.

"아무래도 그냥 가기가 섭운해서, 마침 떡장사가 있길래 샀다. 가믄서 입가심이나 해라."

"아지매도 참."

"이냥, ……서분해서…… 부디 아금바리 해서 옛말하고 살
아라. 우리사 머 지는 해니께……."

야무네는 눈물을 닦으며 돌아서 간다. 우두커니 손에 쥐여
준 떡을 보다가 야무네 뒷모습을 보곤 하는 석이 어깨를 툭
친 관수,

"어 가자. 간장 녹을 일이 어디 한두 가지가. 산 보듯 강 보
듯, 어 가자!"

9장 정염(情炎)

마을 숲속에서 뻐꾸기가 운다. 바람결 따라 멀리서 들려오
는가 하면 가까이, 무척 가까운 곳에서 들려오기도 한다. 멎
었다가는 또 운다―차라리 저놈의 새 울지나 말았으면 이 밤
이 이리 적막하고 길지는 않았을 것을, 만산에 흐드러졌을 진
달래 생각일랑 아니하였을 것을, 봄이 온 것도 아니 생각했을
것을―소복단장한 여인은 팔짱을 끼고 앉아서 등잔불을 바
라본다. 밤길을 오는 죽은 남편의 발자국 소리가 들리는 듯도
하다.

'이년아! 내 죽은 지 몇 달이 되었다고 사내 맞일 생각을 하
노! 무덤 위 띠잔디에 부채질하는 년보다 한술을 더 뜨는고

나. 몹쓸 계집!'

'야아. 맞소. 나는 몹쓸 계집이오. 이녁 생시 적부터 몹쓸 계집이었소. 길손이 오는 언덕길만 치다보믄서 살았이니께요. 밤마다 이녁 심 소리를 들으믄서 외간 남자 생각만 했이니께요. 죽어서 이내 몸이 천 조각 만 조각이 난다 해도 잊을 수가 없었소. 내 육신이 썩고 넋이 허공에 뜬다믄 모를까 잊을 수 없었소.'

'헛허어. 기차게 총기 좋은 조물주로군. 한 해 봄쯤 잊을 법도 한데……'

환이는 술잔을 기울인다.

'산에는 진달래가 필 텐데 말예요.'

'……'

'그 꽃 따서 화전을 만들어 당신께 드리고 싶어요. 당신께 드리고 싶어요. 당신께 드리고 싶어요. 싶어요. 싶어……'

여자의 목소리다. 별당아씨의 음성이다. 진달래 꽃이파리다. 꽃송이다. 목소리는 계속하여 울리면서 진달래의 구름이 되고 진달래의 안개가 되고 숲이 되고 무덤이 되고, 붉은 빗줄기가 된다. 붉은 눈송이가 된다. 핏빛 빗줄기가 내린다. 핏빛 눈물이 내린다.

환이는 술잔을 기울인다.

'새야. 봄밤에 우는 새야. 운다. 울어? 울어? 헛허어 어머님, 아니 최참판댁 마님, 당신이 세상을 하직한 지도 어느덧 십

년, 십 년 세월이 지났소이다. 속으로만 우시다가 세상을 떠난 당신이나 꿈속에서만 울며 사는 이놈의 신세나 생각해보면 우리, 모자(母子)이면서 모자가 아니었던 우리, 그 기구했던 인연과 핏줄을 이제는 잊을 만도 한데 말입니다. 어머니께서는, 아니 최참판댁 마님께서는 그래 저승서 며느님 아드님을 만나셨겠습니다. 흐흐흐……'

"하하핫, 하하하핫핫. 하하핫……."

별안간 터져 나온 웃음소리에,

"아니 성님 와 이러시오?"

강쇠가 놀라며 쳐다본다. 환이는 다시 술잔을 기울인다. 등잔불이 깜박거리는 방 안에서 웃음소리는 사라지고 종내 환이는 말이 없다. 시각을 재듯 천천히 술잔에 술을 붓고 그것을 입으로 가져가는, 그리고 결코 말을 하지 않는 환이의 평소 술버릇에 익숙해져 있는 강쇠이지만 어쩌다가 한번씩 웃어젖히는 그 웃음소리엔 번번이 놀라곤 한다.

'성님 오늘 밤에는 말 좀 허소. 무슨 심산으로 죽은 인이 집에 와서 묵고 갈라 캤는지. 이놈아 너를 장가보내기도 심이 드는고나, 그렇기 객쩍은 말씸이라도 한분 해보는 기이 좋겠구마는, 그라믄 나는 또 성님 아무리 그렇지마는 친구 마누라를 그럴 수 있었십니까? 할 기고요. 흥 생각은 꿀뚝 겉으믄서 아닌 체, 네놈 낯짝을 보면 다아 안다, 생각이야 꿀뚝 겉지마는 꿈속에라도 인이를 만내믄은 우찌 낯을 치키들 것입니까,

이놈아 입술에 붙은 밥풀 같은 소리 마라. 산 놈의 계집도 뺏는 놈이 있는데 죽은 놈 계집쯤 그거는 적선을 하는 거다 적선. 글씨요, 그거사 그렇겠소마는 아무리 과부라 캐도 이 사팔떼기 강쇠 놈한테 비하믄은 천양지간인데 일이 수울하겠십니까? 병신 같은 놈, 범의 장다리 걸은 놈이 낯짝 반반한 게 무섭냐? 그럴 양이면 그놈의 연장 싹둑 짤라서 섬진강에나 내버려. 아이구 성님도 고자가 되믄 곰보, 곱새등이 계집도 날마다할 긴데 그 일은 우짜고요?'

넉살 좋게, 밀밭 옆에도 못 가는 강쇠는 술이라도 잔뜩 취한 사람처럼 마음속으로 말 없는 환이의 말까지 자신이 지껄여보는 것이었다. 그러나 차츰 답답해진다. 커다만 덩치가 주체스러워진다. 제에기, 오가는 말이라도 있어야 안주 한 점이라도 집어묵지, 술 좀 마셔보라는 허튼 말이라도 해주었으면 싶어지는 것이다. 언젠가 한번, 오늘 밤과 같이 환이는 술을 마시고 강쇠는 꾸어다 놓은 보릿자루처럼 앉아 있었는데 강쇠가 화가 났다. 덥석 덤벼들듯 술사발을 빼앗은 일이 있다. 씩씩거리며,

"내라고 술 못하라는 법 없지."

연거푸 세 사발의 술을 들이켰다. 그리고 고래고래 소리를 질러보았으나 숨이 막히고 눈앞이 노오래지고 사람의 얼굴이 두 개 세 개로 보이고 천장은 올라갔다 내려왔다, 종내는 나자빠지고 말았다. 그 후 강쇠는 누가 뭐래도 술을 입에 대지

않았다.

'제에기, 그렇기 마주 보고 앉아서 도를 닦는 것도 아니겠고,'

그러나 눈을 내리깔고 시간을 재듯 술잔에 술을 붓고 그것을 입으로 가져가는 환이의 변함없는 동작에는, 매번 느껴온 터이지만 강쇠는 놀라움과 숭배감을 금할 수가 없다.

'장사다 장사라. 저런 것이 참말로 장산 기라. 사램이 우짜믄 저렇기, 심줄 하나하나가 강철로 된 거맨치로 천하장사하고 잠 안 자기 내길 한달 것 겉으믄 성님이 이길 기구마. 잠은 안 잘수록 눈은 초롱초롱해지고 술은 들어가면 갈수록 정신이 마알개가지고 세상에 머리카락 한 오래기도 까딱 안 한께로, 바윗덩이가 저렇겠지. 심으로 말할 것 겉으믄 나도 넘한테 뒤지지는 않을 기다마는 저런 거는 심도 아닐 기고 깡다구도 아닐 기고, 마 신이라도 들린 사람이라 카는 기이 옳을 성싶으구마는.'

속으로 중얼중얼하던 강쇠는,

"하기야 술 마시는 사람하고 가만히 앉아서 치다만 보는 사람하고 못 견디는 편은 어느 쪽인가 뻔하제."

혼잣말인데 그러나 큰소리로 말하고 나서,

"성님 나 먼지 자겠소."

대답이 있을 리 없다.

"그렇기 술을 마시는 심사는 아마도 니 죽고 나 죽자는 그

414

런 거는 아닌지 모르겠소?"

"……."

"술이 아니라 이놈의 내 원수야, 니가 이기나 내가 이기나 어디 해보자 하믄서 마시오?"

"……."

"내 술꾼한테 들은께로 술이란 떠들고 씨부리고 해감서 마시야 해독이 된다 카더마는."

"……."

"제에기, 참말이지 내겉이 미련한 놈 아니믄 벌써, 제에기, 달아났일 기구마는."

투덜거리다가 강쇠는 옆방에 앉아 있을 젊은 과부도 단념을 하고 벽을 향해 눕는다. 뭉긋이 겨를 태운 온돌방은 썩 기분에 좋다. 밤이슬에 젖은 옷도 어느새 말라 가슬가슬하다. 여자 생각보다 잠이 먼저 온다. 강쇠는 드러눕자마자 이내 입술을 불면서 잠이 들었다.

'발 닿는 대로 길을 떠나버릴까.'

낮에 산마루를 돌아올 때 이불 봇짐을 등에 지고 상투는 헝클어진 채 목이 터져라 노래를 부르며 가던 사내 생각이 난다. 사내 뒤를 촉새같이 생긴 아이 업은 아낙이 따라가는 것이었다.

"이년아! 장석 걸음을 걸을 기가! 내 돈으믄 내비리고 갈 긴께 알아 하라고."

사내는 아낙에게 욕설을 하다가 다시 환장한 사람처럼 노래를 부르며 마루터를 돌아갔다.

과부는 환이 뒷간에 간 뒤 술병에 새 술을 채워놓았다. 잠이 깊이 든 강쇠는 여자가 들어온 것도 나간 것도 알지 못하고 꿈속에서 달아나는 여자를 잡으려고 발버둥을 쳤다. 여자는 산을 기어오르고 가까이 다가가면은 돌아서서 돌을 굴렸다.

'보소 아지마씨, 내 말 좀 들어보소! 청춘이 구만리 겉은데 팔자 안 고치고 우찌 살 깁니까? 보소! 아, 아지마씨요!'

여자는 또 산을 기어오른다. 절벽을 타고 오른다. 나무 위, 한 그루 소나무 위로 올라간다. 나뭇가지가 휘는데 용케 가지를 딛고 서서 여자는 웃는다.

"아이고! 그만 참, 내, 내 안 잡을 긴께 내, 내리오소오! 아지마씨요오—."

술상을 가지러 온 것은 자정이 지나고도 훨씬 후 사경(四更)이 가까워졌을 무렵이다. 과부한테선 동백기름 냄새가 풍겨왔다. 허리를 구부리고 긴 두 팔이 술상 쪽으로 뻗치는 순간 여자의 눈은 환이 이마빼기에 와서 화살처럼 꽂혔다. 외면할 겨를도 없이 아래로 미끄러진 시선이 환이의 눈동자를 쏜다. 여자의 눈동자가 파들거린다. 필사적으로. 거미줄에 걸린 나비처럼 절망의 몸부림이다. 사내의 눈동자는 바위벽이었다. 잡지도 놓아주지도 않는다. 여자의 흰 치맛자락이 방바닥을 쓸고 그리고 사라졌다. 강쇠의 입술에선 풀무질이 요란했다.

정좌한 채 환이는 깜박거리는 호롱불을 쳐다본다. 호롱불은 미친 듯, 춤을 추듯 관솔불로 둔갑한다. 아득한 그날의 관솔불로 둔갑한다. 잠든 것처럼 죽어서 누워 있던 여자, 관솔불은 춤을 추고 미친 듯이 춤을 추고 여자는 죽어서 누워 있고 환이는 앉아 있는 것이다.

'여보?'

'……'

'저 산새 우는 소리 안 들리세요?'

'……'

'얼마나 즐거우면 저리 명랑하게 지저귈까?'

'……'

'새들도 밤이 싫은 거예요. 아침이 좋아서, 햇빛이 환한 게 좋아서 저리 지저귀나 봐요. 캄캄한 밤이 싫은 거예요. 나도 저 새들같이 한번 날아보았으면, 산속을 한번만 거닐어보았으면.'

북변(北邊)의 끄트머리 이름조차 기억하기 싫은 골짜기의 밤, 환이는 완전히 그 밤 한가운데 정좌하고 있는 것이다.

'여보?'

'……'

'나 명년 봄까지 살 수 있을는지……'

'……'

'산에 진달래가 필 텐데 말예요. 그 꽃잎 따서 화전을 만들

어 당신께 드리고 싶어요.'

　음성은 진달래 꽃잎이 되고 꽃송이가 되고— 그 꽃잎 따서 화전을 만들어 당신께 드리고 싶어요. 당신께 드리고 싶어요, 싶어요, 싶어요, 싶어. 밤길 가는 노새의 요령같이 멀어져간다. 진달래의 구름이 되고 진달래의 안개가 되고 숲이 되고 무덤이 되고 붉은 빗줄기 붉은 눈송이 붉은 구름바다, 핏빛 같은 붉은 비가 내린다. 칠흑 같은 검은 비가 내린다. 주럭주럭 내린다. 오랫동안, 이 년 가까이 소식 없었던 나그네가 찾아온 것이다. 북변 끄트머리 어느 깊은 골짜기, 얼음조각 같은 달이 검은 능선 위에 걸려 있던 밤으로부터, 입은 저고리를 벗어 시체를 감싸 묻은 그 무덤으로부터 나그네가 찾아왔다.

　등잔의 심지를 줄인다. 벽을 보고 돌아누웠던 강쇠가 어느덧 벽을 등지고 이쪽을 향해 누워 있었다. 목침을 베고 팔짱을 끼고 모로 누운 모습은 거대하고 의젓하다. 그러면서도 오므렸다 폈다 하며 풀무질을 하는 입술 모습이 천진하다. 우두커니 강쇠가 자는 양을 바라보다가 환이 방문을 밀고 마당으로 내려선다. 순간 안방의 불빛이 황망하게 꺼진다. 중천에 조각달이 댕그머니 떠 있었다. 밤바람이 부드럽다. 부드럽고 야정(夜精)을 실은 바람은 멀리서 왔다가 이십 호가량 옹달샘 같은 마을을 쓸고 숲 쪽으로 넘어간다. 사립문을 밀고 나와서 환이는 휘적휘적 마을 길을 지나간다. 마을과 동떨어진 서편 언덕을 향해 걸어간다. 언덕 중턱에 뿌리박은 한 그루의 소나무, 가지가 아래로 휘어져 내리덮인 그곳에 샘이 있다. 샘터까지 온 환이는 두 손을 모아 서너 번 물을 떠마시고 얼굴을 씻는다. 소매 끝으로 아무렇게나 얼굴을 문지르고 가까이 있는 빨랫돌 위에 걸터앉는다. 물 긷는 이 없는 한밤중의 샘에선 철철 물이 넘쳐흐른다. 넘친 물은 작은 도랑을 따라 졸졸졸 소리 내며 흐른다. 물소리와 이따금 이는 바람 소리, 뻐꾸기 울음.

환이는 곰방대에 담배를 재서 부싯돌로 불을 댕긴다. 손이 가느다랗게 떤다.

'어디로 그만 훌쩍 떠나버릴까? 다 된 밥에 재 뿌리기……. 혜관스님 대신 내가 간도로 갈까? 가면 못 돌아오겠지. 못 돌아올 게야. 못 돌아오면 어떤가.'

피어오르는 담배 연기 사이로 저만큼 하얀 자락이 흔들리면서 이곳을 향해 오는 것이 보인다.

"……?"

급히 담배를 빨아당긴다. 빨아당기면서 응시한다. 하얀 자락은 보다 가까이 다가온다.

"손님."

곰방대를 입술에서 뽑아 손에 쥐고 환이 일어선다. 과부, 죽은 인(寅)이의 아낙이다.

"손님 용서하시이소."

"……"

419

"아무래도 잠을 잘 수가 없었십니다. 내일이믄 손님은 떠나실 거 아닙니까?"

"그렇소."

퉁명스런 대답이다.

"그러믄 앞으로는 좀체로 못 보겄소."

"……."

"그렇기 생각을 한께…… 말씸이라도 해보고 접어서, 염치를 무릅쓰고 나왔십니다."

"할 말 있으면 해보시오."

"예."

여자는 똘똘 말아 붙이듯 치맛자락을 걷어붙이고 땅 위에 쭈그리고 앉는다. 환이를 보는 것도 아니요 아니 보는 것도 아닌 그런 어중간한 방향을 향해서. 담뱃재를 떨어버리고 천천히 곰방대를 옆구리에 찌른 환이는 빨랫돌 위에 도로 주질러 앉는다.

"부끄럼을 무릅쓰고 나왔십니다."

"……."

"부끄럼을,"

"부끄럼이나 마나 말해보시오. 어려운 일 있으면 도와드리겠소."

"아, 아닙니다. 부끄럼을 무릅쓰고, 수절하는 과부가 아닌 기생이다 생각하믄서 말입니다, 활달한 기생이다 생각하믄서. 예, 지는 애당초부터 기생이 됐어야 할 팔자를, 잘못 길을 들었십니다. 부끄럼을 무릅쓰고 목숨을 걸믄은 세상에 어려운 일이 어디 있겠소?"

여자의 음성은 차츰 가라앉았고 어둠 속에 흐미하게 웃는 얼굴을 느낄 수 있었다.

"또 지는 여기 오믄서 생각해보았십니다. 길 가다가 만나서 허물없이 신세 얘기를 하는 나그네끼리, 그렇기 생각한다믄 어렵을 것도 없일 성싶었고 사램이란 한을 품고 죽는다믄……. 풀 수 있다믄 한을 풀어보자. 예, 그렇기 생각을 했십니다. 말이 여염집 아낙이지 풍류를 좀 알았다는 기이 벵이었던지 모르겠소."

환이는 구부정하게 등을 구부리고서 눈만 치켜뜨고 방금 여자가 걸어온 어둠을 골똘히 쳐다보고 있을 뿐이다.

인이의 처 선산댁은 그 자신이 활달한 기생으로 자처하고 왔노라 했고 풍류를 좀 알았다는 게 병이었던지 모르겠다 했는데 그것은 빈말이 아니었다. 그는 풍류를 좀 아는 정도가 아니다. 여자는 한량과 기생들의 분위기를 가까이 느끼며 성장했다. 그에게는 두 언니가 있었다. 사십 초로에 동가식서가 숙하다가 비참하게 죽은 큰언니는 젊었을 한 시절 한량들 사이에 이름이 알려진 명기였다. 둘째 언니는 가무(歌舞)나 용색이 언니만 못하여 소위 나무기생으로 그 존재가 미미하였으나 대신 언니 뒷시중을 들면서 알뜰하게 축재한 덕분에 지금도 진주 기방사회에선 제법 콧김이 센 존재다. 기생 딸들 덕분에 호강을 하며 살던 선산댁 모친은 무슨 생각에서였던지, 본시는 양반이었으나 오래전부터 농사꾼으로 탈락된 인이에게 집 한 칸까지 마련하여 시집을 보냈던 것이다. 그러니까 숫되고 세상 물정을 모르는 여느 아낙들과 선산댁은 다른 점이 많았었다.

"삼 년 전에 손님은 우리 집에 오시서 하룻밤을 지내고 가셨십니다. 그러니까 손님은 오늘로 네 분째 오신 것이오. 지는 삼 년 동안을 길목을 바라보믄서 살았십니다. 처음 손님을 한 분 보고는, 그때부텀 꿈속에서만 살았던 것 겉소. 길목을 바라보는 일이라도 없었더라믄."

음성이 확실해지고 대담해진다. 교태 같지가 않고 솔직하다. 고백 같지도 않고 신상 얘기, 나그네끼리 허물없이 하는 말 같다.

"처음에는 남편 보기가 무섭었십니다. 하늘이 무섭고 세상 사람들 눈도 무섭었십니다. 제삿날 멧상을 올릴 적에는 게울에도 얼굴에서 땀이 떨어지더마요. 죄 많은 계집, 눈이 시퍼런 서방을 두고 외간 남자 생각으로 밤을 지새는 몹쓸 계집, 그러나 사람이란 미욱하다 하까요? 몹쓸 년 하면서도 어느덧 그런 생각에 익어부리고 괴롬이 없는 날이 차라리 이상터마요."

"그래서 어떻게 하자는 거요. 하룻밤 잠자리를 같이하자는 게요? 그건 어렵잖은 일이오만 일행이 있어서 일이 거북하군."

환이는 조롱하듯 말했다. 여자는 얼굴을 숙이며 입술을 깨문다.

"하기는 손님 맘 대강은 짐작하였소. 뜻이 없는 것을 짐작했소. 짐작하니께 똑똑히 알고 단념하리니 생각했을 겁니다. 계집이 꼬리를 치는데 바람기 아니게 대할 남정네가 있겠십니까? 추잡한 계집이라 생각해도 억울할 것 한 푼 없소."

환이는 낮게 웃는다.

"나는 다만 댁에게 동정을 아니했을 뿐이오. 형수를 덮치고 형수를 뺏아 달아났던 놈이 천하의 누굴 두고 추잡하다 하겠소. 그런 짓 한 놈이 남을 동정할 리 없지. 댁이 길목을 바라보면 나는 하늘을 치다보는 게요. 가시오."

"……."

"명 보존할 양이면 지금 방에서 코 골고 자는 사내 그쪽으로 팔잘 고치시오. 하룻밤 잠자리로 한이 풀릴 것 같으면 그건 어렵잖은 일이구. 하하핫핫……."

환이 미친 듯이 웃어젖힌다. 그런데 별안간 몸을 일으키는 여자에게 덤벼든다. 꽉 껴안는다. 여자 얼굴을 뒤로 젖히며 목덜미에 얼굴을 파묻은 환이,

"자아, 어서 가요, 어서 가아. 풍류를 아는 게 병이라구? 흐흐흐…… 내 말 잘 들어요. 살려거든, 살아남으려거든 사팔띠기한테 시집가라구."

다시 낮은 소리로 속삭인다.

"사팔띠기한테 시집가라구……."

다음 순간 환이는 여자를 떠밀어 젖힌다. 여자는 나자빠지면서 몸을 모로 눕힌다.

"싫은 계집이 달라붙으면 죽이고 싶더구먼. 왜놈의 배때기를 찌르듯이, 미칠 지경으로 밉더군."

뚜벅뚜벅 걸어간다. 돌아보지 않고 마을을 향해 걸어간다.

'저 계집은 목을 매달겠지. 목을 매달 거야. 한 계집 살리려고 잡놈 될 생각은 한 푼 없다.'

집으로 돌아갔을 때,

"성님 어디 갔다 오시오."

날이 선 강쇠의 음성이다.

"바람피우고 왔네."

"세상에 그런 법도 있소오?"

"과부한테 적선해주고 왔는데 왜?"

사팔눈을 껌벅이며 강쇠는 말문이 막히는 모양이다.

"쳇, 좋다 말았구마요."

쓸쓸한 얼굴이 되면서 강쇠는 외면을 한다.

"그나저나 떠나지."

"와요? 아침 해장국이 묵을 만할 긴데 첫새북 발등에 불 떨어졌소?"

환이는 짐을 챙겨서 일어선다. 강쇠는 입술을 닷 발이나 내밀고, 괘씸한 듯 환이를 흘겨보며 따라나서기는 한다. 마을로

빠져나오자,

"무신 변덕인지 도모지 종을 잡을 수가 있어야지."

"잔말 안 하는 게야. 잘못하면 원귀 따라온다."

"야?"

"모르거든 관두고 발이나 부지런히 옮겨."

얼마나 걸었을까 부옇게 어둠이 걷히기 시작한다.

"강쇠야."

"와 그라요!"

"섭섭하냐?"

"뉘한테요!"

"계집을 놓쳐서,"

"내사 성님 행토가 분하요! 계집이야 어디 그년뿐이겠소?"

"그 계집 처치했으면 싶다."

"머라꼬요? 데리고 놀 때는 언제고, 뭣 주고 뺨 맞는다 카
더마는 죄 고만 지으소!"

강쇠는 돼지 멱따는 소리를 지른다.

"계집이 원한을 품으면 오뉴월에 서리가 내린다 그 말 못
들었나?"

"원한? 뭐가 우찌 됐다고?"

강쇠는 갸우뚱 머리를 기울이며 걸음을 멈추고 히죽이 웃
는 환이 얼굴을 살핀다.

"그, 그라믄,"

"조금은 대가리가 돌아가나?"

"저, 그라믄."

"……."

"하, 하기야 계집치고 백이믄 백 성님 좋아하지 나를 좋아할 리가 없인께…… 계집의 원한이라 카는 것은 그러니께 성님이 인이 각시를 뿌리쳤다 그 말씸이거마는."

"그건 뭐 별일 아니고 그 여자 조금은 우리 일을 알 게야."

"그러니까 없이해야 한다 그 말씸이오?"

"그렇지."

"씰데없는 소리 하시오. 인이가 계집보고 미주알고주알 말할 성미라야지요."

"그러나 함께 살다 보면,"

"나는 성님 생각 옳다 할 수 없소! 사람의 목심이 파리 목심이오?"

"너를 내쳤는데도 안 미운가?"

"내쳤다고 직이고 밉다고 직이믄 어디 사람 사는 세상 씨나 남겼소? 나도 사내장분데 그따위로 좀생이 겉은 생각은 안 합니다!"

"뚝도 개미구멍으로 무너진다."

"조신하는 것도 나쁘잖소만 그럴지도 모른다는 생각 하나로 사람을 직인다 말이오? 나는 그럴 수 없소!"

강쇠는 펄펄 뛰었으나 환이는 염소가 종이 먹듯 맹한 얼굴이다. 가끔은 맥빠진 웃음기가 지나가기도 한다.

　주막에 당도하자,

　"주모, 잠 좀 잘 방 있소?"

하고 환이 물었다.

　"아침나절에 잠을 잔다 말입니까?"

　"아침이고 저녁이고 잠이 오면 자는 거지."

　"잠잘 방이야 없겠소."

　"그럼 방 하나 빌립시다."

　"아니 성님, 저녁까지는 가야 하는데 잠잘 틈이 어디 있소?"

　강쇠는 정색을 한다.

　"걱정 말어. 내일 가도 되고 모레 가도 돼. 내가 가는 게 아
냐. 그들이 날 기다리는 게야."

　치워주는 방 안으로 들어간 환이는 벌렁 자리에 나자빠지
면서,

　"강쇠야."

　"와요."

　"니 인이 집에 한번 가보겠나?"

　"머하러 갑니까."

　"죽지 말라구 말리러 가란 말이다. 그렇게 되면 넌 소원성
취할지도 모르고 그렇잖으면 그 여자 지금쯤 목을 매달지 않
았는가 몰라. 아무튼 너 알아서 해."

　환이는 돌아눕는다.

"무신 장난을 하는 깁니까? 말로 축지법을 쓰는 겁니까? 이러는가 하면 저러고 저러는가 하면 이러고 어느 기이 진담이고 객담이오."

환이는 그러나 대답이 없다. 강쇠가 뭐라 하건 말건 대답을 하지 않는다기보다는 깊은 늪 속으로 빠져들듯 잠 속으로 빠져들어가고 만다. 두 무릎을 안고 환의 어깻죽지를 노려보고 있던 강쇠는 불안한 듯 일어섰다. 다시 주질러 앉아 환이를 노려보고 또 일어서고, 몇 차례를 그러다가 술청으로 나가 국밥 한 그릇을 청해 먹는다.

국밥을 먹으면서도 강쇠는 생각에 잠긴다. 주모가 묻는 말에 건성으로 대답하고. 그러더니 반쯤 남은 밥은 후딱후딱 먹어치우고 휙 하니 밖으로 나간다. 처음에는 천천히 걷다가 차츰 걸음을 빨리한다. 이윽고 빤히 보이는 길에서 강쇠는 사라졌다. 강쇠는 거의 저녁때가 다 되어 기진맥진한 꼴을 하고 돌아왔다. 술청에 있는 손님들은 거들떠보지도 않고 환이 잠든 방문을 열고 들어간다. 환이는 나갈 때 그 모습대로 잠이 들어 있었다. 강쇠는 아랫목에 웅크리고 앉는다. 환이를 깨우려 하지는 않는다. 환이의 잠을 알기 때문이다. 환이의 깊은 잠은 고통 뒤에 오는 것임을 알기 때문이다.

'빌어묵을 계집, 싫고 좋은 거를 임의로 하나? 마아 잘 뒤졌다. 저승에 가서 지서방 인이나 만내지. 일진이 나쁠라 카이…… 세상에 성님 겉은 저런 사내 좋아해봤자 계집치고 패

가망신, 지 목심꺼지 줄이게 되는 기라.'

환이는 한 낮을 자고 또 한 밤을 자고 이튿날 새벽에 일어
났다. 강쇠를 힐끗 쳐다보았으나 아무 말도 묻지 않는다.

"목을 매 죽었더마요."

"……."

"염을 해주고 친정에 사람을 보내놓고 그라고 어제저녁 때
왔소."

〈7권에서 이어집니다〉

갈창: 갈청. 갈대의 줄기 안쪽에 있는 얇고 흰 막.

고조[小僧]: 나이 어린 사내를 얕잡아 일컫는 말.

돗쿠리[德利]: 아가리가 잘쏙한 술병.

덤짜: 가욋사람. 여기에서는 실력이 시원찮은 하급 기생을 뜻함.

망둥산: 망둥이와 산을 결합한 말로, 수북하거나 불룩한 모양을 뜻함.

머리카락으로 신을 삼다: 어떠한 정성을 들여도 소용없다.

반토[番頭]: 상가의 고용인 우두머리. 상점의 지배인.

밴질맞다: 뺀들거리다. 여기에서는 당돌할 정도로 똑똑하다는 의미로 쓰임.

뻗장나무: 굽지 못하고 곧게 뻗기만 하는 나무. 고집 센 모습을 비유하는 말.
≒뻗장나무

식지가 움직이다: 식지동(食指動). 검지가 움직인다는 말로, 음식이나 사물에 대한 욕심을 품는다는 뜻.

실겁다: 슬겁다. 마음씨가 너그럽고 미덥다.

여가집: 여염집. 일반 백성의 살림집.

오복점(吳腹店): 포목점.

제우답: 제위답(祭位畓). 추수한 것을 조상의 제사 비용으로 쓰기 위하여 마련한 논. ≒제후답

탯거리: 태(態)를 속되게 이르는 말.

해굴다: 하다와 굴다를 결합한 말.

헛구바다: 텅 빈 상태나 모양.

황: 환칠. 되는대로 얼룩덜룩하게 칠함. 또는 그런 칠.

토지 6
2부 2권

초판 1쇄 인쇄 2023년 5월 5일
초판 1쇄 발행 2023년 6월 7일

지은이 박경리
펴낸이 김선식

경영총괄이사 김은영
콘텐츠사업2본부장 박현미
편집 임경섭, 한나래, 임고운, 임소정 **디자인** 정명희 **책임마케터** 박태준
콘텐츠사업6팀장 임경섭 **콘텐츠사업6팀** 한나래, 임고운, 임소정, 정명희
편집관리팀 조세현, 백설희 **저작권팀** 한승빈, 이슬
마케팅본부장 권장규 **마케팅4팀** 박태준, 문서희
미디어홍보본부장 정명찬 **브랜드관리팀** 안지혜, 오수미, 문윤정, 이예주
크리에이티브팀 임유나, 박지수, 변승주, 김화정 **뉴미디어팀** 김민정, 이지은, 홍수경, 서가을
지식교양팀 이수인, 염아라, 김혜원, 석찬미, 백지은 **영상디자인파트** 송현석, 박장미, 김은지, 이소영
재무관리팀 하미선, 윤이경, 김재경, 안혜선, 이보람 **인사총무팀** 강미숙, 김혜진, 지석배, 박예찬, 황종원
제작관리팀 이소현, 최완규, 이지우, 김소영, 김진경, 양지환
물류관리팀 김형기, 김선진, 한유현, 전태환, 전태연, 양문현, 최창우
외부스태프 교정 김태형

펴낸곳 다산북스 **출판등록** 2005년 12월 23일 제313-2005-00277호
주소 경기도 파주시 회동길 490
전화 02-704-1724 **팩스** 02-703-2219
이메일 dasanbooks@dasanbooks.com
홈페이지 www.dasan.group **블로그** blog.naver.com/dasan_books
용지 아이피피 **인쇄** 한영문화사 **코팅 및 후가공** 평창피엔지 **제본** 국일문화사

ISBN 979-11-306-9952-3 (04810)
ISBN 979-11-306-9945-5 (세트)